저녁 종이 울릴 때

저녁 종이 울릴 때

임홍순
장편소설

지금 나는 인생의 산을 내려가고 있다.

산은 올라갈 때보다 내려갈 때 더 조심하라고 한다.

톨스토이는 우리의 인생은 살고 있는 것이 아니라,

이 세상을 지나가고 있다는 사실을 기억하라고 하였다.

우리의 모든 사랑도 지나가고, 기억하는 것이다.

지금도 은은하게 울려오는 사랑의 저녁 종소리에,

잠시 기도드린다.

-

임홍순

서문

　내가 어릴 때 설날이 돌아오면, 섣달 한 달 동안 어머니는 설 준비로 눈코 뜰 새 없이 바쁘셨다. 설날에 입을 설빔으로 한복 바지저고리와 버선을 지으시고, 새 검정 고무신을 사다 주셨다. 엿을 고우고 초청으로 콩 강정을 만드셨으며, 보름 전부터 안방 아랫목 구석에서 콩나물과 숙주나물을 길렀다.
　설날이 가까워지면 그 시절에 좀처럼 먹기 어려운 다식을 만들었다. 다식은 녹말, 콩, 송홧가루, 검은깨 등을 가루로 만들어 꿀이나 조청에 반죽하여 다식판에 박아 낸 음식이다. 보통 음식이 아니라, 요즘 간식으로 먹는 고급 과자와 같다.
　설날 사흘 전, 물에 불린 흰콩을 어머니와 누나는 맷돌에 갈아 두부를 만들었다. 그때 먹은 두부는 고소하고 엄청 부드러웠다. 갓 만든 두부를 김치에 싸서 먹는 맛이야말로 꿀맛이었다. 녹두를 불려 맷돌에 갈아 전을 부쳤다.
　부침개를 부칠 때는 맷돌에 갈아 낸 녹두에 김치와 파를 넣었다. 그리고 뒤뜰에 솥 걸이를 만들고 솥뚜껑을 뒤집어 놓았다. 장작불을 지핀 후, 반쯤 잘라낸 무 토막으로 솥뚜껑 위에 돼지기름을 골고루 바르고 전을 부치면 고소한 냄새를 풍기면서 빈대떡이 완성되었다.

  우리 집 뒤뜰에는 오래된 대추나무가 있었다. 가을이 되어 대추가 붉게 익어 갈 때면, 나는 동생들과 함께 대추나무에 올라가 대추를 땄다. 대추나무 아래에 멍석을 깔고 나무 위에서 어른 키보다 긴 장대로 후려쳤다. 우두둑우두둑 떨어지는 대추를 동생들은 바구니에 주워 담았다.

  바깥마당 앞 텃밭에는 감나무들이 많았다. 서리가 내리고 감이 익어 갈 무렵이면 감 따는 일이 큰 일거리였다. 고무줄총처럼 생긴 자루를 만들어 긴 장대에 매달아 감을 따야 했는데, 감이 깨지지 않도록 조심스럽게 따는 일이 무척 힘들었다.

  가장 어려운 일은 개울가 건너 앞산에 가서 밤송이를 따는 일이었다. 밤송이가 머리 위로 떨어질 때마다 몸서리가 처졌고, 밤송이를 까는 일도 무척 까다로웠다. 자칫 잘못하면 손톱 사이에 가시가 박혔다. 나는 아프다는 핑계를 대며 꾀를 부리곤 했다.

  마음속으로 은근히 기다리는 날은 제사 지내는 날이었다. 이웃집에서 제사를 지내는 날이면 밤잠을 설치며 기다렸다. 제사는 밤 12시가 돼야 지냈다. 그 시간이 돼야 돌아가신 조상님 귀신이 와서 제삿밥을 잡수신다고 했다. 그러나 조상귀신이 와서 밥을 먹고 간 흔적은 눈을 씻고 찾아보아도 없었다. 결국 그 밥은 제사꾼들의 몫이었다.

  그날은 밤늦게까지 눈을 비비고 제삿밥을 기다렸다. 모처럼 하얀 쌀밥과 고깃국을 먹을 수 있기 때문이다. 우리 집에서 제사를 지내는 날이면 괜히 마음이 설레었다. 그날은 제삿밥과 과일을 먹을 수 있기 때문이다.

제사를 지낸 후 이웃집에 제삿밥을 돌리는 일은 내 몫이었다. 제삿밥을 들고 이웃집에 가면 어른들은 내 머리를 쓰다듬으며 칭찬해 주셨다. 나는 그 순간을 지금도 잊을 수 없다.

그 시절 우리는 그저 그렇게 살아갔다. 이제는 모두 잃어버린 아름다운 옛 추억이 되었다. 지난날 우리는 오직 호구지책(糊口之策)을 해결하기 위한 삶의 연속이었다. 참으로 어려운 시대를 견뎌온 삶이었다. 그러나 이제 한 시대가 지나고 새로운 시대가 열렸다. 초근목피로 근근이 보릿고개를 넘기던 시절은 이제 낭만적인 옛이야기가 되었다.

우리는 지금 세계 4차 산업혁명 시대에 살아가고 있다. 하룻밤 자고 나면 예전에는 상상할 수 없었던 새로운 세계가 펼쳐지고 있다. 더군다나 1950년대, 1960년대 농경 시대에 성장하고, 1970년대, 1980년대 산업화 시대와 민주화 시대를 살아온 기성세대에게는 변화의 바람을 체감하는 온도가 너무 높아 세상 돌아가는 것 자체가 매우 두렵다.

우리는 지금 외교, 정치, 경제, 사회, 과학기술, 문화예술, 교육 등 모든 분야가 급속도로 빠르게 변화하고 있다. 대한민국 임시정부가 수립된 1919년, 1인당 국민소득은 18달러였다. 그리고 100년이 지난 2024년, 우리는 약 1,900배 성장하여 1인당 국민소득 3만 5천 달러 시대가 되었다.

일본에 침략당해 폐허가 된 땅, 먹을 것 없던 세계에서 가장 가난했던 나라가 이제 세계 10위권의 경제 부국이 되었다. 지금의 대한민국이 있기까지 수많은 고난과 시련의 변곡점을 거쳤다. 조선 말엽 권력자들에게 박해받았던 민중들, 36년 동안 일제 식민지 통치 아래 억압과 박해를 받아 온 우리 민족, 해방 후 남북으로 분단된 우리의 조국, 그리고 남북한의 6·25 전쟁으로 300만 명 이상이 사상한 아픈 역사를 지녔다.

온 강토가 초토화되고 잿더미가 된 땅, 가냘픈 희망조차 없던 이 땅이 오늘날 '기적의 땅'으로 변모하였다. 박해, 억압과 고난, 분단과 전쟁 등 '기적의 격류'를 겪은 나라가 이 지구상에 또 어디 있을까! 19세기 말 고요했던 '아침의 나라'로 불리던 이곳은 세계 현대사에서 그야말로 모든 종류의 격변을 통렬히 겪어왔다.

1929년 일제강점기 시절, 인도의 시성(詩聖) 라빈드라나트 타고르는 우리 민족을 '동방의 등불'이라고 했다.

> 일찍이 아시아의 황금 시기에
> 빛나던 등불의 하나인 코리아,
> 그 등불 다시 한번 켜지는 날에
> 너는 동방의 밝은 등불이 되리라.

마음에 두려움이 없고 머리는 높이 쳐들린 곳,
지식은 자유롭고 좁다란 담벽으로
세계가 조각조각 갈라지지 않은 곳,
진실의 깊은 속에서 말씀이 솟아나는 곳,
끊임없는 노력이 완성을 향해 팔을 벌리는 곳,
지성의 맑은 흐름이 굳어진 습관의
모래벌판에 길 잃지 않은 곳,
무한이 퍼져 나가는 생각과 행동으로
우리들의 마음이 인도되는 곳,

그러나 자유의 천당(천국)으로
내 마음의 조국 코리아여!
깨어나소서 부활의 소망 기원.

이 시를 읽을 때마다 우리는 감동한다. 그 이유는 우리 민족이 반드시 동방의 등불이 되어야 하고, 그것이 실현될 수 있다는 믿음 때문이다. 이스라엘 백성을 '가시떨기 같은 백성'이라고도 한다. 오랜 세월 고난의 역사를 겪어온 민족이지만, 그들은 그 시련의 시간을 잘 극복하고 하나님으로부터 선택받은 민족이 되었다. 오늘날 일부 역사학자들은 우리를 '동방의 이스라엘'이라고 부르는데, 그만큼 우리의 역사 역시 고난의 연속이었다.

과거의 역사를 잊은 민족은 미래의 역사도 없다고 한다. 옛날을 기억하는 것은 단지 과거를 위한 것이 아니라, 앞날의 역사를 위해서다.

병든 고래의 몸에서 짜낸 기름으로 향수를 만들고, 우황청심환은 병든 소에서 얻은 우황으로 만든다. 로키산맥처럼 험준하고 깊은 계곡에서 비바람과 눈보라를 이겨내고 살아남은 나무가 세계 최고의 명품 바이올린을 만드는 훌륭한 재료가 되듯, 시련과 환란을 겪으며 더욱 귀하게 쓰이는 존재가 있다.

1950년대는 6·25 전쟁으로 피폐하고 황폐해져, 어느 것 하나 온전한 것이 없었다. 1960년대를 거쳐 1970년대에는 독재 권력 아래서 경제개발이라는 명분으로 가난한 시절을 견디며 살아갔다. 정치적으로 암담한 때였지만, 잘살아 보겠다는 일념으로 국민 모두가 허리띠를 졸라매며 경제발전에 몰두했다. 그러나 다른 한편으로는 경제개발 앞에서 우리의 정치가 무력화되고 파멸되기도 했다.

우리는 과정을 무시한 채, 오로지 목표 달성을 위해 결과만을 쫓아왔다. 하지만 인생에서 겪는 경험과 실패에서는 그다지 잃을 것이 없다. 그것은 그것대로 가치를 품어 나중에 인생을 살아가는 토양이 되기 때문이다. 뜻하지 않는 경험은 새로움의 장을 만날 수 있다는 깨달음과 치유의 힘을 얻게 한다. '새는 날아가면서 뒤를 돌아보지 않는다'라는 말은 앞으로 다가올 미래를 걱정하지 말라는 글이다. 우리는 이런 글로 위안을 얻는다. 삶에 대한 해답은 오직 삶의 경험을 통해서만 발견할 수 있다.

우리 안에는 늘 새로워지려는 본능이 있다. 또한 자신의 삶을 변화시키려는 힘을 자기 안에서 깨우려는 의지가 있어,

우리는 자아 회복의 장소를 찾는다. 삶에 매몰되어 가기만 하는 것이 아니라, 스스로 치유하고 온전해지려는 의지를 지닌다. 시인 안도현은 '간절한 것에는 통증이 있다'고 했다.

지난 시절, 우리는 독재 권력과 가난, 배고픔이 함께한 어려운 시대를 살아냈고, 그 시절의 교육은 독재 권력 앞에서 시녀 노릇을 하였다. 유신 독재의 칼날 앞에서 맥없이 움츠렸던 그 시절, 국가 경제발전과 함께 시대적으로 어두운 그림자도 드리웠다. 남북이 대치된 상황에서 반공(反共) 이념과 함께, 배고픔에서 벗어나 잘사는 나라를 만들겠다는 신념으로 삶을 이어 왔다.

주인공 김기수는 교육대학을 졸업하고 군복무를 마친 뒤 산골 학교에 복직 발령을 받는다. 1960~70년대, 극심하게 가난하고 어려운 산골 마을, 그것도 화전민들이 사는 학교에서 아이들을 위해 헌신했다.

그는 산골 마을 학교에서 청춘을 아이들과 함께 불태워 보겠다는 열정과 신념으로 가득했지만, 현실은 여리고 성벽처럼 높은 장벽을 안고 있었다. 한낱 힘없는 젊은 교사로서 감당하기 힘겨운 현실과 싸워야만 했다. 이처럼 외딴 산골 마을에서 청춘을 보낸 김기수의 학교생활을 통해, 힘겹고 아팠던 그 시절의 역사를 되돌아보고자 한다.

임 홍 순

저녁 종이 울릴 때

차례

서문 · 5

저녁 종이 울릴 때

1부
적산 赤山 · 14

2부
낙화유수 落花流水 · 120

3부
만종 晩鐘 · 332

작가의 말
남기고 싶은 기억들 · 479

작가 인터뷰
기억의 저녁에 건네는 말들 · 483

저녁 종이 울릴 때

1부

―

적산
赤山

저녁 종이 울릴 때

1
⚘

임시 간이역인 J역을 벗어난 버스는 구불구불 구겨진 가파른 언덕길을 숨가쁘게 오르고 있다. 아무렇게나 깎아 놓은 울퉁불퉁한 비좁은 비탈길을 아슬아슬하게 절벽을 끼고 쉼 없이 돌아가는 중이다. 수십 길이나 되는 절벽 아래로 요리조리 펼쳐진 강물은 마치 청잣빛 가을 하늘을 통째로 쏟아부어 놓은 듯, 한 폭의 고운 쪽빛 치마를 풀어 놓은 듯 장관이다. 눈부시게 흰 모래밭 너머에 코발트색 강물이 흘러가는지 머무는지, 그 비경은 멀리서도 눈길을 끈다.

산 아래 비탈진 밭에는 이제 막 베어 놓은 수수와 옥수수 단이 제멋대로 쓰러져 있다. 미처 거두지 못한 옥수숫대가 밭 두렁에 서서 바람결에 이리저리 흔들리는 모습이 왠지 스산하다. 맥없이 서 있는 허수아비는 비스듬히 기울어져 하늘을 흘겨보고 있다. 길섶 잿빛 초가지붕 위에는 주황빛 물감으로 물든 감나무가 고즈넉한 분위기를 자아낸다. 기울어가는 토담집 멍석 위에 널어놓은 나락들은 이곳을 찾은 나그네의 시선을 붙든다. 계곡 한가운데 외따로 서 있는 미루나무 위로 철새들이 떼 지어 어디론가 날아간다.

　버스 안은 한껏 술이 오른 술주정뱅이의 고래고래 떠들어대는 소리로 무척 시끌시끌하다. 낮술에 취한 거친 목소리의 시골 촌부와 제 살림 이야기를 늘어놓는 아낙네들의 수다, 무명옷을 입은 승객들은 지친 기색이 역력해 몸을 이리저리 흔들며 졸고 있다. 나는 이불과 몇 벌의 옷가지, 그리고 당장 필요한 생활용품을 보따리에 챙겨 버스 맨 뒤 겨우 한 자리를 차지했다. 그 보따리는 버스 뒤 칸에 대충 던져 놓고, 간신히 빈자리에 엉덩이를 붙였다.
　버스는 마을 어귀에 가까워지자, 버스 차장이 지친 목소리로 손님들이 내릴 곳을 알렸다. 나이 어린 여자아이 차장의 기운 없는 안내에 따라 손님들이 하나둘 내리기 시작했다. 마침내 버스가 시골 장마당 앞에 도착했고, 나는 이불 보따리를 들고 버스에서 내렸다. 여러 시간 흔들리고 시달린 몸이었지만, 막상 내리니 고단함보다 호기심과 설렘이 더 컸다. 낯선 먼 이국땅에 떠밀려 온 나그네의 심정이었다.
　산골 장마당 풍경과 오고 가는 산골 마을 사람들의 모습은 무척 낯설었다. 장마당 대폿집에서는 술집 여인의 유행가와 술꾼들의 젓가락 소리가 애잔하게 흘러나왔다. 낡은 목조 건물인 면사무소 옆 허름한 방앗간에서는 햇곡식을 찧는 발동기 소리가 통통거리며 희뿌연 쌀겨 바람을 세차게 뿜어냈다.

❦

"교육청에서 발령받고 오는 사람이오?"

키가 작고 몸집이 뚱뚱한 배불뚝이 남자가 나를 향해 말을 걸었다. 짙은 갈색 재건복을 입고 찌그러진 헌 구두를 신은, 호걸스러운 인상의 40대 후반 대머리 중년이었다.

"예, 그렇습니다……."

나는 얼떨떨하게 대답했다.

"아! 그래요. 나는 M국민학교 교장이라오. 오느라 고생 많았소. 짐은 모두 이 사람에게 맡기시지요."

그는 솥뚜껑 같은 큼직한 손을 덥석 내밀며 악수를 청했다. 나는 어리둥절한 태도로 허리를 깊이 굽혀, 두 손으로 그의 손을 마주 잡았다.

"어이, 김 씨! 새로 오신 선생님 짐 보따리, 지게에 지고 학교로 가세!"

나는 키가 작고 얼굴이 까무잡잡한 김 씨의 지게 위에 보따리를 얹었다. 그 배불뚝이 교장은 오리걸음으로 뒤뚱거리면서 앞장서 걸어갔고, 나는 그의 뒤를 졸졸 따라갔다.

장터 앞을 조금 지나 큰 골목길로 들어섰다. 파란색 페인트가 듬성듬성 벗겨져 녹물이 흐른 교문 위에 아치 모양으로 세운 조형물이 보였다. 빛바랜 색깔로 '파란 꿈, 파란 마음'이라 쓰인, 어린이들에게 친숙한 글귀가 보였다.

학교 건물은 몹시 낡고 초라해 보였지만, 교문 앞에는 풍치(風致)가 깃든 해묵은 느티나무가 반겨 주었다. 이미 수업이 끝난 늦은 오후여서 교무실에서는 예닐곱 명의 선생님이 아이들 시험지를 채점하고 있었다. 느닷없이 나타난 나를, 그들은 호기심 어린 눈길로 쳐다보았다. 어찌할 바를 모르고 안절부절못하는 나를 보고 교무주임이 다가와 친절하게 자리로 안내해 주었다. 나는 내 자신이 너무 초라하고 바보 같아 보여 괜히 부끄럽고 당황스러웠다.

"오늘 새로 부임하신 선생님을 소개하겠습니다. 이분은 K교육대학을 졸업하시고 G국민학교에 잠시 근무하시다 국가의 부름을 받아 군복무를 마치신 뒤, 이번에 우리 학교로 복직 발령을 받으신 김기수 선생님이십니다. 하루빨리 본교 아이들과 학교생활에 익숙해지실 수 있도록, 여러 선생님께서 적극적으로 협조해 주시길 부탁드립니다."

부리부리한 큰 눈동자를 이리저리 굴리며 걸걸한 목소리로 내 소개를 마치고는, 잊지 않고 당부의 말도 덧붙였다. 교장 선생님의 안내를 받아 교직원들 앞에 서서, 나는 어설픈 태도로 입술을 떨며 인사를 건넸다.

"방금 소개받은 김기수입니다. 저는 이제 막 군에서 제대했습니다. 아… 아무것도 모르니까, 선배 선생님들께서 많이 지도해 주시길 부탁드립니다. 감사합니다."

사전 준비도 없이 내뱉은 몇 마디 인사말에 등에 식은땀이 흘렀다.

"김 선생님께서는 5학년 담임을 맡으셔야겠습니다. 앞으로 잘 부탁합니다. 그 반은 오래 담임 선생님이 없어서 교감 선생님이 임시로 담임을 맡아 지도하셨습니다. 그간 밀린 학급 장부나 교실 정리를 하려면 어려움이 많을 겁니다. 수고 좀 하시죠!"

번들거리는 대머리에 몇 가닥 남은 머리카락이 좌우로 흔들렸다. 넓은 이마와 두툼한 볼은 불그스레해 낮술에 취한 사람처럼 보였다. 명령조처럼 들리는 그의 말투는 근엄하면서도 어딘가 강인한 기세가 엿보였다.

2

바람과 구름, 그리고 새들도 쉬어 갈 듯한 깊고 높은 두메산골. 계곡과 들판 사이로 굽이쳐 흐르는 맑은 개울물은, 후덕한 이 산골의 인심을 그대로 보여 주는 듯했다. 늦가을 들판은 휑뎅그렁하고 썰렁하며 무척 한적하고 쓸쓸해 보였다. 어느 초가집 마당과 안뜰에서는 벌써 겨울 채비로 분주하게 움직였다. 건너편 곱달산에는 다홍빛으로 짙게 물든 나뭇잎들이 바람결에 나부껴 하나둘씩 떨어지고 있어, 마치 겨울을 재촉하는 듯했다.

산골 마을의 11월 늦가을 저녁 해는 노루 꼬리처럼 금세라도 잡힐 듯이 빨리 사라진다. 해가 서산마루에 엄지손가락 한 마디만큼 남았을 때, 노을이 산 아래로 서서히 스며들었다. 제법 차가운 저녁 공기가 옷소매 끝을 파고들자, 어둑해진 땅거미는 서서히 어둠 속에 묻혀버렸다. 초가집 나지막한 굴뚝에서는 저녁을 짓는 연기가 모락모락 피어오르고 있었다.

　마흔 중반쯤으로 보이는 하숙집 여주인은 무척 소탈한 모습으로 나를 반겨 주었다. 마치 조선 오이처럼 길쭉한 얼굴에, 앞으로 불룩 튀어나온 이마, 자그마한 새우 눈, 한 개의 금이빨과 빠진 앞니가 조금은 거북스럽게 보였다. 그러나 시골 아낙네 특유의 수다분하고 후덕한 인상을 풍겼다.
　그녀는 내가 앞으로 묵을 하숙방을 안내했다. 원래 쓰던 방을 베니어합판으로 가로막아, 하숙 손님을 한 명이라도 더 받을 요량으로 방을 둘로 나눈 것이었다. 방 한가운데 천장이 군데군데 뚫려 있는데, 그 사이로 깨어진 유리 조각을 붙여 놓았다. 워낙 쥐들이 많아 밤이면 너무 시끄러워 잠을 이루기 어렵다 보니, 궁여지책으로 불빛을 이용해 쥐들이 들어오지 못하도록 막은 것이라며, 여주인은 목소리를 높여 수다를 떨었다.
　누르스름하게 빛바랜 벽지와, 군데군데 구멍이 난 창호지로 바른 문에는, 쓰다 남은 아이들 공책을 찢어 덕지덕지 붙여 놓은 조각들이 바람결에 조금씩 펄렁거렸다. 하숙집 여주인은 다른 선생님과 며칠 동안 방을 함께 써야 한다며, 앞치마에 두 손을 비비면서 어쩔 줄 몰라 했다.
　이 집은 손바닥만 한 텃밭 하나뿐이어서, 그것만으로는 생계가 빠듯했다. 그래서 하숙을 들여 약간의 용돈을 벌어, 어려운 살림을 꾸려 가고 있었다.

※

　나는 조상 대대로 농사를 지어 온 마을에서 태어났다. 제대 후, 극심한 가뭄에 허덕이는 고향 농촌 현실을 보고 몹시 안타까웠다. 수리시설 하나 없는 우리 마을은 온통 건답이나 천수답이라, 가물면 오직 하늘에서 비 내려주기만을 고대하는 형편이었다. 논바닥이 거북 등처럼 쩍쩍 갈라지고, 벼 포기가 불긋불긋 타들어 가는 곳이 많았다. 양동이나 물지게로 퍼 날라 봐도 소용없었다. 깨진 독에 물 붓기였다. 동이 트면 해 질 때까지 물을 길어도, 진이 빠질 뿐이었다.
　아버지도 가뭄을 이겨 보려 무진 애를 썼다. 졸졸 흐르는 실개천을 막아 한 방울이라도 아끼려 했지만, 뾰족한 수가 없었다. 마을 주민들과 힘을 모아 가뭄을 이겨낼 방안을 골똘히 생각했으나 이를 해결할 특별할 묘안이 없었다. 안타까운 농촌 현실을 누구에게도 하소연할 데가 없었다. 가난에서 벗어나 잘사는 농촌이 되기를 그저 하늘에 맡길 뿐이었다.

　어려운 현실은 이것뿐만이 아니다. 일 년 내내 허리가 부러지도록 농사짓고도 가을이면 절량농가가 되어서 한 해 겨울을 나기가 넉넉지 않았다. 벼의 소출이 변변치 않아 빌려 온 장려 쌀을 갚은 후, 농지세까지 내면 양식이 얼마 남지 않았다. 농협이나 원예 조합에서 빌린 농지 대금도 제때 못 갚아, 해마다 이자가 눈덩이처럼 불었다.

아버지가 가꾸던 배추밭 때문에 난 눈코 뜰 새도 없었다. 그해 여름과 초가을, 7월 중순부터 비가 한 방울도 오지 않아 혹독한 가뭄이 이어졌다. 새벽부터 밤까지 언덕 아래 웅덩이서 바닥까지 박박 긁어 흙탕물을 지게로 퍼 날랐다. 가뭄에 타들어 가는 배추 한 포기라도 살리려고 안간힘을 썼다.

가난한 농촌이라 너나없이 돈이 없었고, 이럴 바엔 밭떼기로 팔 수 있게 배추를 많이 심어 목돈을 마련하자는 생각을 했다. 아버지는 천 평 가까이 배추를 심었는데, 잡초 뽑고 벌레 잡고 농약 주고 때맞춰 거름까지 주어야 하니 보통 일이 아니었다.

"저놈의 잡초랑 벌레들은 왜 태어나 사람을 이리 고생시키나. 저놈들도 빨갱이 같은 놈들이야! 하늘은 저 잡것들을 왜 만들어 고생만… 아이고, 힘들다 힘들어!"

아버지는 잡초를 뽑고 벌레를 잡을 때마다 그렇게 한탄했다.

3

제대하고 두 달 뒤, K군 교육청에서 복직 발령 통지서가 왔다.

나는 마을 일을 친구에게 맡기고, 기차로 2시간쯤 달려 K 교육청에 갔다. 미국 서부영화에 나올 법한 황량하고 을씨년스러운 역에서 내려, 흙먼지 날리는 길을 500미터쯤 걸어갔다. 시멘트 담벼락에 누렇게 물든 담쟁이가 뒤덮인 낡은 2층 목조 건물이 보였다.

약간 들뜬 마음으로 문을 열고 들어갔다. 키 작고 예쁘장한 여자 직원이 나이 지긋한 장학사에게 나를 안내했다.

"장학사님, 이분이 복직 발령받고 오신 선생님이세요."

차분한 말투로 소개하자, 장학사는 느릿하게 입을 열었다.

"오, 그래요? 복직, 축하합니다. 우선 인사기록부부터 쓰시지요. 깨끗이, 정확하게. 다 쓰면 지시 사항 기다리고, 조금 있다 학무과장님께도 인사하세요."

오랜 세월 교육행정 업무를 맡아온 듯한 장학사는, 사무적인 어조로 차분하면서도 굵은 목소리를 내며 지시를 내렸다. 여자 직원은 내게 잉크와 펜을 건네주었다.

나는 글씨가 서투른 데다 낯선 분위기에 잔뜩 눌려 손가락이 후들후들 떨렸다. 쉽게 글씨가 써지지 않았다. 손바닥엔 땀이 흥건히 고였다. 간신히 인사기록부를 채워 넣었다.

인사 담당 장학사는 내가 쓴 인사기록부를 한참 훑어보더니, 날파리라도 씹은 듯 입술을 비죽거렸다.

"음… 아마 학교에 가 보시면 알겠지만, 여긴 산골이 많고 집안 형편이 어려운 아이들도 많습니다. 아이들을 진심으로 아끼고 헌신하는 소명 의식이 필요합니다. 선생님께서는 교육대학을 나오셨고 젊으시니, 사명감으로 패기 있게 애써 주세요."

나는 그의 안내로 학무과장 앞에 허리를 굽혀 신고했다.

"금번 인사 발령받은 김기수입니다. 과장님께 진심으로 감사드립니다."

사전에 인사 담당 장학사가 일러준 대로 앵무새처럼 그대로 읊었다. 과장은 덩치 크고 몹시 뚱뚱한 배불뚝이로, 둥근 회전의자에 비스듬히 앉아 나를 지그시 바라봤다. 금테 안경에 반들거리는 대머리와 약간의 곱슬머리가 제법 권위가 있어 보이기도 했다.

"김기수 선생이라고 했나요?"

"예, 제가 김기수입니다."

마치 군 신병처럼 바짝 긴장했더니, 과장은 그 모습이 재미있다는 듯 엷은 미소를 지었다. 그러고는 내 양복 소매 끝에 시선을 멈췄다.

"양복이 좀 크네요. 평소 입던 옷이오?"

"아, 아뇨. 제대로 된 옷이 없어 형님 옷을 빌려…"

"음, 그래도 아이들 앞에 설 땐 복장이 단정해야지요. 학교 가면 옷 한 벌 마련하세요."

"예, 그렇게 하겠습니다."

며칠 전까지 농사일에 시달려 거무스름하고 허름한 몰골이라, 과장은 영 탐탁지 않은 표정을 지으면서 안경 너머로 나를 힐끔힐끔 바라보았다.

"교사는 매사에 아이들 모범이 돼야 합니다. 아직 학교생활 익숙지 않을 텐데, 선배들께 빨리 배워 잘 적응하시기를 바랍니다. 학교에 부임 하시거든 말과 행동을 바르게 하시고 복장을 단정히 해야 합니다. 아이들은 선생님 하는 대로 보고 배우니까요."

호박잎처럼 납작한 얼굴에 불그스레한 기색이 어린 그는, 마치 고집스러운 시골 동네 이웃 아저씨처럼 보였다. 뚱뚱한 몸을 회전의자에서 일으키려다 다시 털썩 앉으며 의자를 삐딱하게 돌려 몸을 뒤로 젖혔다.

"해 지기 전에 얼른 가세요. 늦으면 가기 어렵습니다. 교통이 엄청 불편한 곳이에요. 산골 어린이들을 위해 젊음을 불태우겠단 각오로 근무하시기를 바랍니다."

발령장을 받고 교육청을 나서니, 두려움과 긴장이 조금 누그러졌다. 그제야 내 차림새가 눈에 들어왔다. 아무 준비 없이 급히 올라오느라 변변한 양복 한 벌, 구두 한 켤레도 없었다. 형님 옷을 빌려 입고, 커다란 구두를 신어 발뒤꿈치에 물집이 생겨 아픈 것을 이제야 느낄 수 있었다. 이것 역시 형님이 오랫동안 신고 다니던 헌 구두로 특별한 날에 나들이할 때만 신던 구두다. 그래도 부임지로 향하는 마음은 묘하게 설레었다. 누런 황톳길을 따라 메마른 흙먼지 바람이 일었다.

4

 이 지역도 몇 달째 비가 오지 않아, 논의 벼뿐 아니라 밭작물까지 모조리 타들어 갔다. 이 산골 마을에서도 집집마다 비가 내리기를 애타게 기다리는 심정으로 학수고대(鶴首苦待)하고 있었다. 며칠 전에는 군수와 교육장, 경찰서장을 비롯한 지역 유지들이 읍내에서 가장 가까운 당산골 언덕 서낭당에 모여 기우제를 올리고, 무당들이 비 내림굿을 하기도 했다는 이야기가 들려왔다.
 '세계에서 가장 가난한 나라'라고 불리던 우리나라는 6·25전쟁으로 국토 전체가 파괴되어, 온전한 곳이라곤 찾아볼 수 없었다. 가난과 기근, 질병뿐인 나라. 혼란과 무질서와 무지 속에서 아귀다툼이 끊이지 않고, 끝 모를 고난과 어둠만이 가득했다. 희미한 희망의 불빛마저 도무지 보이지 않는 현실이었다.

더군다나 사회 곳곳에는 부정과 부패, 부조리가 만연해 국민 삶은 더욱 팍팍해졌다. 특히 농촌은 피폐할 대로 피폐해져서 절량농가(絶糧農家)가 넘쳐나고 있었다. 수리시설이 전혀 없어 조금만 가뭄이 들어도 모내기를 포기해야 할 정도였다.

게다가 이 깊은 산골에는 화전민(火田民) 마을까지 있었다. 그들이 한 해 동안 먹고사는 식량은 옥수수와 감자, 고구마가 전부다. 나무가 거의 없는 곳에 잡초만 우거진 산에 불을 질러, 그 땅을 일구어 옥수수나 감자와 고구마를 심는 게 이들의 유일한 생계 수단이었다. 화전민들에게 가장 큰 소원이라면, 그저 자식들에게 쌀밥 한 그릇이라도 배불리 먹이는 것이었다.

전기가 닿지 않는 산골이라, 밤이면 제대로 불을 밝히지도 못하는 집들이 허다했다. 등잔불이라도 켜야 하지만, 비싼 석유를 함부로 살 형편이 안 되기 때문이다. 추수가 끝나긴 했어도, 대다수 가정이 쌀이 부족해 조, 수수, 옥수수, 감자, 고구마 등으로 끼니를 이어갈 뿐이었다. 이것도 여의치 못하면 밥 대신 김치죽이나 김치밥, 혹은 산나물 죽을 끓여 먹는다. 봄부터 여름 내내 아낙네들이 산에서 뜯어와 말려 둔 산나물로 허기진 배를 달래는 것이다.

사방을 둘러봐도 끝없이 우뚝 솟은 산과 골짜기뿐이다. 평지가 없어서 벼농사 같은 것은 엄두도 낼 수 없다. 결국 산 중턱 아래 야트막한 곳이나 자투리땅을 겨우 개간해 밭농사라도 짓는 실정이었다.

※

1960년, 부패한 독재정권이었던 이승만 자유당 정권이 4월 학생혁명으로 무너진 뒤 잠시 허정 과도 정부가 들어섰다. 그 후 장면 총리를 중심으로 압도적인 지지를 받으며 내각 책임제 형태의 새로운 민주 정부가 수립되었다. 자유 민주주의를 열망하던 국민은 참된 민주주의와 자유, 평등이 실현되고, 누구나 잘살 수 있는 나라가 되기를 간절히 소망했다. 시장경제를 기반으로 한 자본주의 복지국가의 건설을 염원한 것이다.

그러나 민주당 '장면 정부'는 국민에게 실망과 좌절만 안겨주었다. 이른바 신파와 구파로 분열되어 정권 다툼과 파벌 싸움에 빠져 정책을 제대로 실현하지 못했다. 사실상 무정부 국가와 다를 바 없었으며, 법질서는 무너지고 각종 데모와 폭력이 난무하는 무능한 정권이었다. 우유부단(優柔不斷)한 정치 세력은 점차 국민에게 외면받기 시작했다. 정책 실현을 위한 시간이나 기회를 부여받기에는, 남북이 대치 중인 국내 상황이 그만큼 여유롭지 않았던 탓도 크다.

장면 정부는 극심한 가난에 짓눌려 무너질 대로 무너진 국민 경제를 되살려, 잘사는 복지국가를 건설하겠다고 줄곧 약속했다.

"친애하는 국민 여러분!

우리 정부는 국민의 더 나은 삶과 복지를 위하여 경제를 건설하겠습니다. 모두 힘을 합쳐 국가 경제 건설에 매진합시다!"

기회만 있으면 트랜지스터라디오를 통해 국가 건설을 외쳐 댔지만, 정작 가난한 삶에서 벗어나는 일은 요원했다. 하루 자고 나면 또다시 각종 시위와 폭력, 무질서가 뒤엉키면서 사회 분위기가 뒤숭숭해 날로 국민의 불안감만 커졌다.

거리는 "배가 고파 못 살겠다, 정부는 각성하라", "먹고살게 밥을 달라" 같은 피켓과 플래카드를 든 무리로 금세 아수라장이 되었다.

학교도 예외가 아니었다. 중·고등학생들은 마음에 들지 않는 교사가 있으면 "물러가라, 김영수 선생! 못 살겠다, 갈아 보자!"하고 집단으로 선동해 추방하자고 나섰다. 선생님들조차 파벌 싸움에 휘말려 수업이 제대로 이루어지지 않았다. 교권을 지나치게 억압하거나 위협하던 교장에게는 "자유당 앞잡이 김영록 교장은 물러가라!"라는 플래카드가 학교 정문에 내걸리고, 학교 게시판에는 이에 동조하는 교사들 명단을 게시했다. 어떤 교사들은 조회 시간이나 수업 시간에 교장을 몰아내야 한다며 선동하기도 했다.

5

　6·25 전쟁으로 처참하게 무너진 국가 경제와, 무질서한 사회 속에서 전 국민이 가난과 배고픔으로 초근목피(草根木皮)로 연명하던 시기, 나는 1956년 중학교에 입학했다. 그야말로 보리깡촌에서 자라난 나는, 난생처음 버스를 타고 중학교 입학시험을 치르러 갔다. 버스를 타는 것 자체가 무척 신기하고 어질어질했다. 아버지 손을 잡고 버스에 오르긴 했지만, 괜히 불안하고 겁이 났다. 버스가 울퉁불퉁한 흙길을 달리면서 덜커덕거리고 이리저리 흔들릴 때마다, 아버지가 내 옆을 떠날까 봐 연신 아버지의 옷자락을 꼭 잡고 있었다.

　종점에 도착하니 아버지는 내 손을 잡고 버스에서 내렸다. 수많은 차량 행렬과 인파가 뒤엉키는 거리, 가게며 건물이

줄지어 있는 도시 풍경이 너무 낯설고 신기해서 어디를 봐야 할지 몰랐다. 아버지는 나를 역 근처 중국집으로 데리고 갔다.

평생 음식점이라고는 들어가 본 적이 없어 어리둥절했다. 낯선 중국집 실내는 온갖 울긋불긋한 색으로 칠해져 호기심과 함께 묘한 두려움을 자아냈다. 벽 중앙에는 이마가 훤히 벗겨진 짧은 머리에 날카로운 눈매, 흐릿한 미소를 머금은 노인의 초상화가 걸려 있어 묘하게도 눈길을 끌었다. 나는 무슨 이유에서인지 자꾸 그 얼굴을 흘끗거렸다.

난생처음 먹는 자장면 맛은 아주 특별했다. 기름지고 끈끈한 검고 짙은 소스는 목구멍을 살살 녹여주었다. 한 젓가락을 후루룩 입에 넣을 때마다 온몸에 짜릿한 느낌이 퍼졌다. 6·25 전쟁 이후 국민학교 3학년 때, 미군들이 먹고 남긴 깡통 속 미깡 주스를 맛보았을 때도 그 맛은 이후 내 기억에서 좀처럼 지워지지 않았다. 달콤하고 시원하면서도 약간 새큼한 맛은 이 세상에서 또 한 번 영원히 맛볼 수 없는 것이었다. 미깡 주스를 마시면서 미군들은 전혀 다른 세상에서 온 별난 존재 같다고 생각했을 정도다. 아마도 외계인처럼 보였다고나 할까!

아무튼 나는 자장면을 먹다가 무심코 아버지에게 "이 음식은 뭐예요?"라고 물었다. 내 순진무구한 물음이 재미있었는지, 중국집 주인은 빙그레 웃으며 우리 부자를 슬쩍 흘겨보았다. 시골뜨기들이라고 얕보는 눈치가 역력했지만, 그래도 손님이니 친절을 가장해야 했던지, 앞치마에 손을 문지르며 다정한 척 응대했다.

"헤헤, 이게 자장면이란 거야. 처음이지? 앞으로도 우리 집에 자주 와서 사 먹어봐. 맛있게 해 줄게. 시골에선 이런 거 먹기 힘들 거야."

작달막한 키에 뚱뚱한 몸을 흔들며 땟국물이 낀 손으로 내 머리를 쓰다듬었다.

옆에 계신 아버지는 그의 행동이 못마땅한지 끝내 아무 말도 하지 않았다. 자장면 한 그릇을 기다란 젓가락으로 마구 휘저으며 비운 다음, 아버지는 있는 것 없는 것 마구 보태어 내 자랑을 늘어놓기 시작했다.

"우리 애가 공부를 얼마나 잘하는지, 이번에 제일 중학교 입학시험 치르러 올라왔소. 학교에서 1등, 전교 1등이라니까요."

아버지는 시골에서 흔히 입는 흰 무명 바지를 치켜올리면서 허리띠를 다시 졸라매었다. 큰 목소리로 몸을 약간 뒤로 젖히며 의자에 비스듬한 자세로 앉았다. 궐련 담배를 꺼내 담배를 피워 불었다. 담배 끝을 입에 질겅질겅 씹으면서 입술을 오물오물했다. 그리고 담배 연기를 동그랗게 말면서 일부러 연거푸 후…, 유…하고 내뿜었다. 담배꽁초를 바닥에 버린 후에 흰 고무신을 벗어 양회 바닥에 탁탁 털면서 가래침을 '퉤' 하고 내뱉었다. 그러자 중국집 주인은 언짢은 표정을 잠시 짓더니 이내 뚱뚱한 몸매에 어울리지 않게 호들갑을 떨면서 다시 내 머리를 쓰다듬었다.

"호호, 정말 장하군! 앞으로 장개석 총통 같은 사람이 돼야지!"

건성으로 칭찬을 하면서 입술을 조금 삐죽거렸다. 뜬금없이 장개석 총통을 들먹이며 그런 인물이 되길 바라느니 어쩌느니 하자, 나는 고개를 갸우뚱할 수밖에 없었다.

"허허, 이분이 바로 장개석 총통이거든. 우리 중국의 국부(國父)야. 학교에서 좀 더 공부하다 보면 곧 알게 될 거야. 내가 제일 존경하는 분이지."

그는 붉게 칠한 창틀 사이에 걸린 커다란 흑백 사진액자를 때 묻은 손톱으로 가리키며 자랑스럽게 말했다.

6
✿

 중학교 3학년이 되자, 나는 고등학교 입시 준비를 시작했다. 준비라고 해봐야 수학 공식을 외우고 문제집 한 권을 사서 가장 쉬운 문제만 조금 풀어보거나, 영어 삼위일체 문법책을 뒤적이는 정도였다. 뭐든 대충대충 덤벙거리며 지루한 긴 여름을 보내고 있었다.
 여름방학이 끝나갈 무렵, 내 짝인 노양수가 찾아왔다. 사실 반가운 마음은 별로 없었다. 이 녀석은 공부를 좀 한다고 해서 제법 아는 체를 하며, 못하는 아이들을 무시하거나 우습게 여기는 경향이 있었다. 인성이 그다지 훌륭하지 못하달까. 그런데도 그 녀석이 함께 시립 도서관에 가자며 졸랐다. 도시락에 김밥까지 싸 왔다고 했다. 도저히 거부하기 힘든, 아니 좀처럼 먹기 힘든 '밥심 유혹'을 들이밀면서 말이다. 하얀 쌀밥에 계란 지단을 두른 둥근 김밥 모습에 눈길이 슬쩍 쏠렸다. 노양수는 김밥을 흔들어 보이며, "같이 공부하러 가자"고 졸라댔다. 결국 김밥을 함께 먹자는 말에 못 이겨 마지못해 끌려가는 척하며 밖으로 나섰다.

수학 문제집과 영어 참고서를 챙겨 시립 도서관으로 향했다. 버스 정류장에서 내려 언덕배기에 있는 시립 도서관에 들어갔다. 우리는 정해진 좌석에 조용히 앉았다. 건물이 워낙 낡아서 우리가 몸을 움직일 때마다 삐걱거리는 소리가 시끄럽게 났다. 오래된 목조 건물에서 나오는 독특한 냄새가 이 도서관의 역사를 말해주는 듯했다. 고요하고 적막한 분위기는 마치 깊은 산속 절간에 들어온 듯한 기분이었다.
    나는 수학 문제집을 펼쳐 쉬운 문제부터 풀어보려 했지만, 자꾸만 신경은 노양수의 김밥으로 쏠렸다. '언제 김밥을 먹을까? 혹시 저 녀석 혼자 몰래 다 먹어 치우는 건 아닐까?' 같은 엉뚱한 생각이 머릿속을 맴돌았다. 그러다 문득, 중학교 입학시험 전날 아버지와 함께 처음으로 자장면을 먹으러 갔을 때가 생각났다. 거무스레한 자장면 맛은 생각만 해도 저절로 입 안에 군침이 돌았다.

수학 문제를 몇 개 풀다가 지루한 시간을 때울 요량으로 이번엔 책을 빌려 보려는 생각이 들었다. 대출 창구로 가서, 젊은 여자 직원에게 책을 빌리고 싶다고 말했다.

"어떤 종류의 책을 빌릴 건가요? 종류별로 많아요."

"저… 위인전을 좀 빌려 볼까 하는데요."

"그래요, 저쪽에 책 목록 카드가 있으니, 마음에 드는 책을 찾아 여기 신청서에 써서 주세요."

깻잎 같은 얼굴에 주근깨가 가득한 깨 박사 누나는 제법 친절했다.

나는 잠시 머뭇거리다가 카드 목록을 뒤적거렸다. 누구를 골라야 할지 딱히 정해 둔 인물이 없어 대충 훑어보는데, '장개석'이라는 카드가 유독 눈에 띄었다. '짜장면집 주인이 말했던 그 사람인가? 대체 어떤 인물인데 나보고 장개석 같은 사람이 되라고 한 거지?' 호기심이 생겨 그 책을 신청했다. 그렇게 빌려 온 위인전을 펼쳐 읽기 시작하니, 책 서두에 장개석이라는 인물에 대한 요약이 다음과 같이 적혀 있었다.

───── 장개석 (1898~)

중화민국 총통 겸 국가원수. 자(字)는 중정(中正). 중국 본토 절강성 봉화(奉化) 출생.
1906년 보정 군관학교를 졸업하고, 1907년 일본 육군사관학교에 입학해 재학 중 손문(쑨원)의 중국동맹회에 가입하여 손문의 신임을 받았다. 1911년 무창(武昌) 봉기가 일어났다는 소식을 접하고 귀국하여, 청조를 타도하기 위한 신해혁명 운동에 참여했다.
1923년 광동(廣東) 군 참모장을 거쳐 제1차 국공합작 이후 소련을 시찰했으며, 1924년 황포군관학교를 창설하여 그 교장에 취임했다. 이 군관학교는 당시 일제 치하에 놓인 한국 독립운동가들이 장개석 교장의 후의(厚意)로 군사훈련을 받았던 곳으로, 한국과 깊은 인연이 있는 곳이다.

1925년, 중국의 국부(國父)로 널리 알려진 손문(쑨원) 선생이 서거한 뒤 장개석은 총사령관으로서 북벌을 단행했다. 이어 국민정부 주석, 육·해·공군 총사령관을 겸직하며 군대를 재정비하고 손문의 뒤를 이어 혁명 지도자로 부상했다. 1926년에는 국민 혁명군과 제도를 개혁하여 큰 공을 세웠다.

1936년 서안(西安) 사건 이후 제2차 국공합작이 성사되자, 장개석은 일본의 중국 침략에 맞서 총력을 다해 항전했다. 이 기간에 그는 상하이(上海) 프랑스 조계에 있던 대한민국 임시정부를 정식 승인하고 항일 투쟁에 상호 협조했으며, 1937년 중경(重慶)으로 정부를 옮긴 뒤에는 임시정부 김구 주석과 합의해 중국군 군관사관학교(현 사관학교에 해당)에 한국인 반(班)을 특설, 한국광복군 사관생도 양성에 적극 협조했다.

이후 1943년 11월, 미국의 루스벨트 대통령, 영국의 처칠 수상과 카이로 회담을 열고 전후 처리 문제를 논의하면서 한국의 완전 독립을 결의하는 데에도 기여했다.

그 후 제2차 세계대전이 종결된 뒤에도, 장개석은 모택동의 중공군과 국내 내전을 치러야 했다. 1948년 국민대회에서 중화민국 총통으로 선출된 뒤 공산군과 항전을 이어갔지만 역부족으로 1949년 대륙 본토를 빼앗기고 대만으로 정부를 옮겼다.

같은 해 8월, 한국의 이승만 대통령 초청으로 내한하여 진해(鎭海)에서 반공 태평양 동맹 결성을 협의했으며, 그 결과 훗날 아시아 반공 민족연맹이 결성되었다.

장개석이 평소 자주 내세우던 구호인 "와신상담(臥薪嘗膽), 권토중래(捲土重來)"에서 드러나듯, 그는 언젠가 중국 대륙을 되찾겠다는 의지를 불태운 세계적 반공주의자 중 한 사람이다.

중국 민족의 지도자이자 세계적으로도 철저한 반공주의자로, 우리나라를 많이 도와준 사람이 바로 장개석이라는 사실을 알게 되었다. 우리나라와 관계가 깊고 유능한 이 중국 지도자가 왜 작은 섬인 대만으로 쫓겨 갔는지 무척 궁금했다. 그러다가 문득, 우리나라의 이승만 대통령도 혹시 이런 상황을 맞게 되지 않을까? 하는 엉뚱한 걱정까지 들었다.

국민학교 6학년 때, 담임 선생님께서는 이승만 대통령의 초상화를 교실 태극기 옆에 나란히 걸어 놓고, 매일 아침 교실에 들어올 때마다 그 앞에서 고개 숙여 인사하라고 하셨다. 선생님은 "이승만 대통령만이 우리나라를 올바른 방향으로 이끄는 민족의 지도자이며, 북한 공산당을 물리칠 유일한 분"이라고 입버릇처럼 말씀하시곤 했다. 심지어 붓글씨와 그림 그리기를 좋아하셨던 선생님은 붓글씨 시간마다 '북진통일'을 쓰라고 가르치셨다. 그때 선생님은 "우리나라가 살길은 북진통일뿐이다"라고 거듭 강조하셨다. 실제로 '북진통일'은 이승만 대통령이 내세운 우리나라의 통일 정책이었다.

한편 당시 북한은 6·25전쟁 이후 전세가 기울자 '평화통일'을 주장하며 거짓 평화 공세로 전환했다. 이는 스스로를 방어하고 체제를 지키기 위한 선전용 정책으로 보였다.

7

1959년 겨울이 다가왔다. 나는 고등학교 입시 준비에 여념이 없었다. 그러다 1960년 새해가 밝자, 3월 15일 정·부통령 선거를 앞둔 온 나라가 시끄럽고 뒤숭숭해졌다. 자유당 정권은 이승만을 대통령으로, 이기붕을 부통령으로 당선시키기 위해 대규모 선거 부정행위를 저질렀다. 12년간 이어온 독재정권을 연장하기 위해서였다. "이승만 대통령만이 민족을 살리고 북진통일을 이룰 수 있는 유일한 영웅"이라며 가르치던 국민학교 6학년 담임 선생님 말씀이 아른거리곤 했다.

한편으로는 "자유당 독재정권 물러가라", "이승만 정권을 타도하자"라는 구호가 쓰인 피켓을 들고 거리마다 행진하는 사람들도 점점 늘어갔다. 여기저기서 들려오는 이야기와 학교 아이들의 수군거림에 따르면, 이승만 대통령을 독재자라고 욕하거나 비난하는 사람이 점차 많아졌다.

　6학년 때 담임 선생님은 "이승만 대통령이야말로 우리 민족의 영웅이자 최고의 지도자"라고 굳게 믿으라고 하셨지만, 내 마음속 그 믿음엔 조금씩 금이 가기 시작했다. 중학교 1학년 무렵 처음 본 영화가 《유관순》이었는데, 영화가 시작되자마자 치솟는 분노와 일제에 대한 미움, 끝까지 "대한 독립 만세"를 외치다 순국한 유관순의 드높은 애국심에 큰 감동을 받았다. 마지막 장면에서는 극장 안 모든 학생이 엉엉 울어, 온 극장이 울음바다가 되었다. 그 뒤로 나는 《고종 황제와 안중근》, 《우남 이승만》을 비롯해 일제의 만행에 맞선 영화나 6·25 전쟁을 배경으로 한 반공 영화를 여러 편 보았다.

　그중에서 특히 인상 깊었던 영화 한 편이 바로 《우남 이승만》이었다. 영화는 이승만이 포악한 일제에 맞서 싸운 이야기와 나라 독립을 위해 몸 바친 우국충정(憂國衷情), 살신성인(殺身成仁)의 자세를 담고 있었다. 나는 그 정신과 태도에 불같이 존경심을 느꼈다.

　일제 식민지 시대의 억압 아래서 빼앗긴 나라를 되찾으려 싸웠고, 해방 후에는 북한 공산주의로부터 대한민국을 지켜낸 반공주의자인 이승만은 도대체 어떤 인물인지 자세히 알고 싶었다.

중학교 2학년 때 여름방학이 되면 아랫집에 사는 만수와 함께 돈 1환을 주고 자전거포에서 고물 자전거를 빌려 학교 운동장에서 신나게 놀곤 했다. 처음 타는 자전거라 서툴러 자꾸 넘어지고 자빠져, 무릎이 깨져 피를 흘리면서도 시간 가는 줄 모르고 신나게 탔다. 서산에 해가 뉘엿뉘엿 넘어가고, 동구 밖 미루나무 그림자가 길게 사라질 즈음이 돼서야 친구들과 헤어져 집으로 돌아오는 날이 많았다.

그 모든 행동은 사실, 아랫집 만수의 비위를 맞추기 위한 것이었다. 솔직히 말해 나는, 만수가 가지고 있는 책을 빌려 보기 위해 마음에도 없는 짓을 감수했던 것이다. 이렇게 만수와 친하게 지내면 내게 책을 빌려주기 때문이다.

국민학교 5학년 때 담임 선생님은 우리에게 위인전을 많이 읽으라고 하셨다. 그리고 국어 시간에 '에이브러햄 링컨' 이야기를 해 주셨다. 가난한 집안에서 태어나, 공부 한번 마음껏 못 하던 아이가 나중에 미국의 16대 대통령이 되었다는 얘기였다. 특히 책을 살 돈이 없어 아는 아저씨에게 책을 빌려다 본 내용이 있었다. 링컨이 집에서 꽤 먼 거리까지 가서 책을 빌려다 밤이 늦도록 읽다가 깜박 잠이 들었다. 그날, 밤새 비가 와서 통나무집 지붕에 비가 새는 바람에 책이 몽땅 젖어 못 쓰게 되었다. 그래서 이튿날 책 주인에게 찾아가서 사실대로 말하고 돈으로 변상할 수 없으니 책값 대신 며칠 동안 농장 일을 돕겠다고 말했다. 이 말에 오히려 책 주인이 감동했다는 이야기다. 그가 나중에 대통령이 되어 흑인 노예를 해방시켰다는 사실을 담임 선생님은 여러 시간에 걸쳐 자세히 알려 주셨다.

그러던 중학교 2학년 겨울방학 시작 며칠 전, 나는 학교 도서관을 찾았다. '이승만 대통령은 과연 어떤 인물일까?' '정말 우리 민족의 영웅이고, 6·25 전쟁 때 공산당으로부터 나라를 구한 분인가?' 이런 호기심이 생겨, 《우남 이승만》 영화로부터 받은 감동을 좀 더 깊이 알고 싶었다. 그래서 이승만 관련 위인전을 찾아 읽기로 했다. 책의 첫머리에 요약된 내용은 이랬다.

── 이승만 대통령의 생애와 업적 (1875~)

독립운동가이자 정치가로, 우리나라 초대 대통령. 황해도 평산 출신이다. 1894년 배재학당에 입학하여 이듬해 8월 이 학교 영어 선생으로 일했고, 1896년 미국에서 돌아온 서재필과 함께 협성회·독립협회를 조직했다.
1898년 황국협회의 음모로 체포되어 옥고를 겪다가 민영환의 도움으로 풀려나 미국으로 건너갔다. 그곳에서 공부하며 동포들과 독립운동을 펼쳐나갔으며, 상하이 임시정부 대통령직을 맡았다. 이후 1945년 해방과 함께 귀국하여 1948년 우리나라 첫 대통령이 되었다.

이승만은 식민지 시대 독립운동, 해방 후 건국, 6·25 사변 이후 한미 상호방위조약 체결과 농지개혁 등 대한민국 건국의 기초를 닦은 세계적 인물이다.

책을 읽어보니, 이승만 대통령은 고귀한 희생을 통해 우리나라 건국의 기틀을 다진 분이라고 했다. 그런데도 지금 와서는 왜 그토록 많은 사람이 그를 독재자라고 비난할까? 몹시 답답하고 안타까운 마음이 들었다.

8

 1959년 한 해가 저물어 가고, 1960년 새해가 밝았다. 칼바람이 매서운 겨울이었지만 선거 열기는 점점 고조되었다. 살을 에는 듯한 추위가 누그러지면서, 겨우내 얼어 있던 얼음장 밑으로 시냇물이 졸졸 흐르고 있었다. 정·부통령 선거운동은 막바지에 들어섰다.
 내가 고등학교 입학을 앞둔 1960년 3월 15일이 정·부통령 선거일이었다. 우리 동네도 어른들이 이른 새벽부터 투표소로 몰려갔다. 그날 새벽, 마을 이장이 우리 집에 들러 아버지와 바깥 사랑방에서 한참 동안 쑥덕거리는 표정이 여느 때와 달랐다. 오늘 선거할 때 투표 방식을 알려주려고 아침 일찍 집집마다 찾아다니는 중이라고 했다.
 "암, 염려 말게. 틀림없이 잘 처리할 테니 이승만 대통령이 이번에도 꼭 당선될 거라구."

이장을 안심시켜 보내고 나서 아버지는 "병든 조병옥은 미국 가서도 병을 고치지 못하고 죽지 않았나. 이게 다 하늘이 돕는 거지!"라는 말을 반복하며, "다른 놈이 대통령이 되어 봤자 이승만 따라가긴 어림도 없지! 어림없어! 부통령은 이기붕 의장이 해야 돼. 그래야 대를 이어서 대통령을 하지."라며 큰 목소리로 침을 튀겨가며 말했다. "민주당 놈들은 죄다 빨갱이 같으니, 이승만 욕하는 놈들은 다 조봉암 같은 놈들이지!"하고 흥분된 목소리로 만나는 사람들을 붙잡고 외치곤 했다.

마을 어른들은 밤마다 공회당에 모여 3인조 또는 5인조 공개투표 교육을 여러 차례 받았고, 이 교육 내용에 불만을 표하거나 딴소리를 하는 사람은 수상쩍은 사람으로 몰아붙였다. 심한 경우 지서에 끌려가 조사를 받거나 협박당한 이도 있었다. 투표장에 들어갈 때, 3인 또는 5인이 함께 들어가 이승만·이기붕을 찍으라는 희귀한 일을 아버지께 부탁하고 이장은 돌아갔다.

1960년 제4대 정·부통령 선거에서 민주당 대통령 후보 조병옥은 선거를 한 달 앞둔 2월 15일, 미국 월터리드 육군 병원에서 위 수술 치료를 받던 중 심장마비로 세상을 떠났다. 이미 1956년 5월 13일에는, 당시에 민주당 대통령 후보였던 신익희가 전주 지방으로 선거 유세를 떠나던 열차 안에서 갑자기 숨지는 일이 있었다. 이는 민주당뿐 아니라 국가 전체적으로도, 나라를 이끌어 갈 유능한 정치 지도자를 잃은 대단히 큰 사건이었다.

나는 중학교 공민 시간에 민주주의 선거의 4대 원칙을 배웠다. 보통 선거, 직접선거, 평등선거, 비밀선거는 민주주의를 실천하는 나라라면 선거할 때 반드시 지켜야 한다고 선생님께서 강조하셨다. 그러나 오늘 벌어지는 현실은 전혀 달랐다. 무엇보다 공개투표가 자행되려 한다는 사실이 가장 큰 문제였고, 게다가 연로한 노인들에겐 가루 봉지 담배나 고무신 한 켤레를 나눠 주면서, 이승만과 이기붕에게 표를 찍게 강요하거나 아예 투표를 포기하도록 만드는 사례도 있었다. 심지어 자유당 당원이나 선거인단이 대리투표를 했다는 소문도 들려왔다.

3·15 부정선거는 전국적으로 유령 유권자를 조작하고, 사전투표를 진행하며, 입후보 등록을 폭력으로 방해하고, 관권(官權)을 총동원해 유권자를 매수·협박·폭행하는 등 온갖 불법이 난무했다. 3~5인조 공개투표에다 야당 참관인을 강제로 축출하고, 부정 개표까지 자행했다.

그 결과 자유당 후보 득표율이 95~99%에 달했다. 국민과 민족 앞에 양심적으로 몹시 가책을 느낀 자유당 정권은 이를 조금 낮춰 조정한다며, 이승만 963만 표(85%), 이기붕 833만 표(73%)로 발표했다.

그러던 3월 15일, 마산에서는 부정선거에 항의하는 대규모 시위가 벌어졌다. 이를 진압하던 도중 경찰이 실탄을 발포해 최소한 8명이 숨지고, 72명이 크게 다치는 사건이 일어났다.

그때 마산 상고 1학년 김주열 학생이 경찰이 쏜 실탄에 맞아 사망했는데, 경찰은 시신을 바다에 몰래 수장했다. 하지만 며칠 뒤 고문 흔적이 선명한 상태로 시신이 떠오르면서, 마산 시민을 비롯한 전 국민이 극도로 분노했다.

이 일로 인해 4월 19일 대학생들을 중심으로 전국 각지에서 온 국민이 자유당 정권에 항거하는 대규모 시위를 펼치게 되었다.

9

4월 19일, 나는 아침 일찍 학교에 갔다. 거리에선 삼삼오오 몰려다니는 경찰들이 이전과 달리 엄중히 경계하고 있었다.

1교시가 시작되자, 담임 선생님께서는 갑자기 "오늘은 학력평가를 보겠다"라며 시험지를 나눠주셨다. 아이들은 아무 예고도 없이 시험을 치르게 되어 몹시 놀라고 당황했다. 2층 교실 창밖을 내다보니 학교 밖 풍경은 무척 요란하고 혼란스러웠다. 난데없이 소방차가 사이렌을 울리며 질주하고, 경찰차가 그 뒤를 따르는 광경을 보았다.

촉이 빠른 아이들은 "오늘 뭔가 심상치 않은 큰일이 벌어지는구나!"하고 알아차렸다. 그도 그럴 것이 고등학교에 입학한 지 보름 남짓밖에 안 된 시점에 무슨 학력 모의고사를 치른단 말인가! 2·3학년 선배들 또한 새 학년으로 올라온 지 20

여 일밖에 지나지 않았는데 예고도 없이 시험이라니, 어리둥절할 수밖에 없었다.

1교시가 끝나자, 3학년 선배 두 명이 잔뜩 흥분한 표정으로 우리 교실에 들어왔다. 그들은 "오늘 시험을 치르는 이유는, 이승만 대통령과 자유당 정권 물러가라며 전국적으로 벌어지는 시위에 우리 학교 학생들이 합류하지 못하게 하려는 것"이라며, "책임은 우리 선배들이 질 테니 빨리 교문 밖으로 나가라!"하고 소리쳤다.

우리는 선배들과 선생님의 눈치를 보며 우왕좌왕했다. 창문 밖을 보니 이미 교문 앞은 경찰과 소방차가 가로막고 있었고, 학생들에게 소방차가 물줄기를 마구 뿌리고, 경찰들은 방망이를 닥치는 대로 휘두르는 등 아수라장이었다.

결국 학교는 단축수업을 하고 귀가 조처가 내려졌다. 담임 선생님은 "학교에서 등교 명령이 있을 때까지 외출하지 말고 집에서 대기하며 가정학습하라"고 지시했다.

'4·19'는 결국 학생들이 봉기한 민주혁명으로 막을 내렸다.

4월 25일, 이승만 대통령은 노인(老人)의 떨리는 목소리로 라디오에서 "국민이 원한다면, 나는 대통령직에서 물러나겠습니다"라는 담화문을 발표했다. 1960년 4월 25일, 이승만 대통령의 하야 성명과 함께 자유당 독재정권은 마침내 붕괴했다.

10

༄

    1960년이 저물어 가고, 1961년 새해를 맞이하게 되었다. 나는 고등학교 2학년이 되었다. 어제 어머니와 누나가 앞산에서 뜯어온 산나물과 묵은 보리쌀을 섞어 밥을 지었는데, 새벽부터 풍겨 오는 밥 짓는 냄새가 새벽부터 허기를 달래 주었다.

    5월 16일 새벽 5시쯤, 아침밥을 먹고 학교 갈 준비를 하며 책가방을 챙기면서 트랜지스터라디오를 켰다. 그 순간 나는 라디오 소리에 깜짝 놀라 손을 뗄 수 없었다. 군인들이 혁명을 일으켜 서울 중앙방송국을 접수했다는, 떨리는 아나운서의 보도가 흘러나왔기 때문이다. 아나운서는 현재 계엄군이 모든 시내를 장악해 통제하고 있다고 전하면서, 곧 혁명 공약을 발표할 것이니 국민은 동요 말고 생업에 전념하라는 당부를 덧붙였다.

이 작은 트랜지스터라디오는 지난겨울 형님이 장작을 팔아 마련한 돈 200환으로 사 온 것이다. 여름 내내 송충이가 소나무잎을 모조리 갉아 먹어 말라 죽은 나무들을 베어 장작으로 만들었다. 이 중 꽤 쓸만한 장작은 나뭇단을 만들어 등짐을 지고 새벽마다 20리 길이나 되는 나무 시장에 내다 팔아서 모은 돈이었다.

이 라디오 덕분에 우리집 분위기는 사뭇 달라졌었다. 이제껏 시골 마을 소식만 듣던 우리 집은 전국 곳곳의 새로운 소식을 접하게 되었다. 이는 마치 어두운 동굴에 살던 새끼 곰이 어느 날 동굴 밖의 넓은 세상을 발견하고 놀라는 모습과도 같았다. 그야말로 우물 밖 넓은 세상을 알게 된 것이다.

1961년 5월 16일, 박정희 육군 소장은 장교 250여 명과 사병 3,500여 명을 이끌고 새벽에 중앙청과 국영방송인 KBS를 장악했다. 당일 새벽, 떨리는 목소리의 아나운서는 "오늘 새벽 5시경 혁명군이 방송국을 접수했다"라는 속보를 내보냈다.

"친애하는 애국 동포 여러분!

은인자중하던 군부가 마침내 오늘 새벽을 기해 행동을 개시하여, 국가의 행정·입법·사법 3권을 완전히 장악하고, 곧이어 군사혁명위원회를 조직하였습니다. 군부가 궐기한 것은 부패하고 무능한 현 정권과 기성 정치인들에게 더 이상 국가와 민족의 운명을 맡겨 둘 수 없다고 단정했기 때문이며, 백척간두에서 방황하는 조국의 위기를 극복하기 위함입니다."

방송은 역사 전환의 거대한 소리였다. 곧이어 군사혁명위원회는 총 6개 항의 혁명 공약을 발표했다.

"첫째, 반공(反共)을 국시 제일로 삼고, 지금껏 구호와 형식에만 머물렀던 반공 체제를 재정비·강화한다.

둘째, 유엔헌장을 준수하고 국제협약을 충실히 이행하며, 미국을 비롯한 자유 우방과의 유대를 더욱 공고히 한다.

셋째, 사회의 부패와 구악을 일소하고 퇴폐한 국민 도의와 민족정기를 바로잡기 위해, 참신한 기풍을 진작한다.

넷째, 절망과 기아 선상에서 허덕이는 민생고를 해결하고, 국가 자주 경제 건설에 총력을 기울인다.

다섯째, 민족적 숙원인 국토통일을 위해, 공산주의와 당당히 맞설 수 있는 실력을 배양하는 데 전력을 쏟는다.

여섯째, 이러한 과업이 달성되면, 참신하고 양심적인 정치인들에게 정권을 이양하고, 군은 본연의 임무로 복귀할 준비를 갖춘다."

"애국 동포 여러분! 본 군사혁명위원회를 전폭적으로 신뢰하며, 각자 직장과 생업을 평소와 다름없이 유지하시기 바랍니다. 우리 조국은 이 순간부터 우리의 희망에 의해 새롭고 힘찬 역사를 써 내려가고 있습니다. 또한 우리 조국은 우리 모두의 단결과 인내, 그리고 용기와 전진을 요구하고 있습니다.

대한민국 만세! 궐기군 만세!

군사혁명위원회 의장, 육군 중장 장도영."

아나운서의 떨리는 목소리는 잠든 새벽 공기를 뒤흔들었다. 온 국민은 놀람과 더불어 두려움과 공포로 몸을 떨었다. 그날 오전 9시, 아나운서는 포고문 1호부터 4호를 잇달아 전했다.

군사혁명위원회는 "공공의 안녕과 질서를 위해 5월 16일 오전 9시를 기해 전국에 비상계엄을 선포하고, 일체의 옥내외 집회는 금지한다."(1호), "군사혁명위원회는 5월 16일 오전 7시를 기해 장면 정부로부터 모든 정권을 접수한다. 민의원·참의원 및 지방의회는 16일 오후 8시를 기해 해산한다."(4호) 등의 지침을 발표했다.

당시 국민은 "10여 년 전 6·25 전쟁의 상흔이 채 가시지도 않았는데, 또다시 전쟁 같은 일이 벌어지는 건가?"라는 극도의 불안과 공포에 떨었다. 실질적으로 이 군사 정변을 주도한 박정희는 불과 몇 달 만에 중장에서 대장으로 초고속 진급했다. 이미 모든 권력을 장악한 박정희는 국회와 국무위원회를 해산하고, 국가의 모든 기관을 군이 접수했으며, 심지어 시골 면장 자리도 초급 장교가 겸임하는 등 군부가 행정 전반을 손아귀에 넣었다.

박정희는 국가재건최고회의를 조직해 스스로 의장직을 맡았다. 내세운 혁명 공약을 조속히 완수하기 위해서는 국가재건최고회의가 필요하다는 당위성을 언론 등을 통해 선전했다. 그러나 몇 달 지나지 않아, 앞서 내놓았던 '여섯째 공약'과는 결이 다른 '새로운 공약'을 발표했다. 그 요지는 '이와 같은 과업을 조속히 성취하고 새로운 민주공화국의 굳건한 기반을 마련하기 위해, 몸과 마음을 바쳐 최선의 노력을 다하겠다'라는 것이었다.

군사 정변 이후 3년간 군정(軍政)이 이어지는 동안, 박정희 정권은 중앙정보부를 창설해 정보정치를 개시하고, 민주공화당을 창당했다. 1963년 말에는 제3대 대통령 선거와 국회의원 선거에서 승리해, 이른바 '제3공화국'을 정식으로 출범시킨다.

3대 대통령이 된 박정희는 가난과 기근에서 벗어나기 위해 경제개발에 박차를 가하기 시작했다. 1962년 '경제개발 5개년 계획'이 발표되었다. 1인당 국민소득(GNP)이 65달러 남짓이었고, 철광석, 오징어, 활선어 정도가 주요 수출 품목이었다.

이 기간의 최대 목표는 자립이었다. 특히 전력, 석탄 같은 에너지원을 확보하는 것이 중점 사업이었다. 1차 산업인 농업 중심의 산업 구조에서 2차 산업의 비중이 크게 늘었다. 1962년 울산시 건설 공사가 착공되었다. 1964년 이후 정유 공장과 비료 공장이 속속 들어섰다. 그러나 외화 보유액이 턱없이 부족한 우리나라는 박정희 대통령이 미국, 서독 등을 방문해 차관을 들여와야만 했다. 국제사회에서 '거지 국가'라 불릴 정도로 구걸하는 형편이었다. 그럼에도 이 기간 경제성장률은 연평균 7.8%로, 목표치였던 7.12%를 웃돌았다.

11

1차 경제개발이 끝났지만, 이곳 산골 농촌 마을 사람들에게는 여전히 먼 나라 이야기처럼 들렸다. 온화하고 따뜻한 봄바람은커녕 냉기가 감도는 바람이 여전히 불어왔다. 가을 추수 때 벼를 모조리 거둬도 겨우내 양식이 턱없이 부족한 농가가 많았다. 벼를 베고 난 논바닥에 떨어진 이삭을 주워 근근이 연명해야 하는 경우도 흔했다.

가난은 산골 학교에도 마찬가지여서 사정이 여의찮았다. 늦가을이면 겨우내 쓸 난로 연료가 모자라 전교생이 학교 인근 산에 올라 솔방울이나 마른 나뭇가지를 주워 오곤 했다. 반별로 할당량이 있어, 많이 주워 온 반에는 조회 시간에 교장 선생님이 '근면상'을 주며 크게 칭찬했다. 그때 아이들은 공책이나 연필을 상으로 받으면 반 전체가 잔치 분위기가 되었다. 이 덕분에 담임 선생님도 근무 평가가 좋아지는 경우가 많았다. 게다가 재정이 빈약한 농촌 학교 자립화를 위해 아이들을 동원해 벼 이삭을 줍게 하기도 했다.

아이들에게 1년 중 가장 즐거운 날은 봄과 가을 소풍, 그리고 가을 운동회였다. 지긋지긋한 수업을 벗어나 마음껏 놀 수 있는 시간이기 때문이었다. 이날은 엄마가 평소에 먹지 못했던 특별한 음식을 싸 주거나, 다양한 주전부리를 할 수 있어 아이들은 손꼽아 기다렸다.

이런 특별한 날을 빼면, 학교에서 분유나 옥수수 가루를 배급해 주거나 옥수수죽을 끓여 주는 날이 또 하나의 축제였다.

"내일은 학교 올 때 보자기를 꼭 가져오세요!"
"선생님, 내일 뭘 주나요?"
반장 정수가 물었다.
"내일 옥수수 가루 배급을 줄 거예요. 그러니까 그걸 담을 그릇을 하나씩 준비해 오세요."
"우와! 선생님, 얼마나 주나요?"
"그건 내일 가 봐야 알아요. 선생님도 잘 몰라요."
아이들은 '와—와—' 환호성을 내지르며 너무 좋아서 손바닥으로 책상을 두드렸다. 교실이 떠나갈 듯 난리법석이었다.

이튿날 아침부터 아이들 마음은 온통 옥수수 가루에 쏠려 있었다.

"선생님, 지금 옥수수 가루 주면 안 돼요?"

"지금은 안 돼요. 이따 수업 끝나고 줄게요. 기다려요!"

"선생님! 저는 엄마가 일찍 타가지고 빨리 오라고 했어요. 지금 주면 안 되나요?"

순남이는 아침 첫 시간부터 옥수수 가루에만 온통 정신이 팔려있는 듯했다. 며칠째 결석과 지각을 반복하던 순남이었는데, 아이들의 입소문을 듣고 오늘은 일찍 등교했다. 옷도 한 벌밖에 없는지 한 달이 지나도록 지저분한 누더기만 입고 오는 아이다. 늘 덕지덕지 꿰맨 옷을 입고, 머리도 잘 감지 않아 쇠딱지가 되어 학교에 오는 날이 많았다. 정말 까마귀사촌이다. 오늘따라 기분이 썩 좋아 보인다.

"이 옥수수 가루는 미국 사람들이 여러분을 위해 보내 준 거예요. 그러니 고맙게 생각해야 해요. 1번부터 차례로 나와서 가져가세요."

큰 'USA' 글씨가 새겨진 드럼통 뚜껑을 열어, 양은그릇 가득 옥수수 가루를 퍼 주었다. 아이들은 너무 좋아 낄낄거리며 시끌벅적 자기들끼리 떠들고 야단법석을 떨었다.

"선생님, 이런 거 우리가 꼭 받아야 하나요? 전 자존심이 허락하지 않아요. 미국 사람이 먹다 남은 찌꺼기를 왜 우리 아이들에게 주어야 하죠?"

이 선생님은 뭔가 자존심 상한 듯한 표정으로 물었다.

"이 선생님, 어쩔 수 없잖아요. 워낙 가난하고 배고픈 나라니, 부자 나라에서 준 것을 우리가 안 받으면 또 뭘 먹겠습니까? 교육청에서 '아이들에게 배급하라'고 지시하는걸, 우리가 무슨 힘으로 거절할 수 있나요? 게다가 아이들도 저렇게 좋아하고, 학부모들도 대체로 환영하고 있으니…. 선생님께서는 학교를 막 졸업하고 사회 경험이 적으시다 보니 세상 물정을 잘 모르시는 모양인데, 이건 어쩔 수 없는 현실입니다. 그냥 받아들이시고, 괜히 오해 사지 않도록만 유의하세요."

나는 괜히 씁쓸하고 부끄러웠다. 나보다 훨씬 어린 여자 교사가 무심코 던진 한 마디가, 내가 미처 깨닫지 못했던 부분을 정확히 꿰뚫어 본 것 같았기 때문이다.

이제 교대를 막 졸업하고 부임했지만, 그녀가 날카롭게 바라보는 현실은 내 마음을 심한 소용돌이 속으로 몰아넣었다. 마치 부푼 풍선처럼 기뻐하던 순남이 모습 위에 이정숙 선생의 말이 겹치며, 묘하게 내 가슴에 파문이 일었다.

문득 내 어린 시절도 스쳤다. 6·25 전쟁으로 가난과 굶주림에 시달렸던 때, 보릿가루 한 줌과 산나물로 목숨을 이어야 했던 나날. 피란살이로 삶의 목표도 잃고 그저 하루하루 버텼던 시절이었다. 가장 기본적인 생존 본능만으로 살아가야 했던 지난날, 그 어둠의 시간이 잠시 내 머릿속을 스쳐 갔다.

12

 1950년, 6·25 전쟁이 터진 해, 나는 국민학교 1학년에 입학했다.
 전쟁이 일어난 지 사나흘쯤 지나자, 신작로에는 북쪽에서 피란민들이 물밀듯 내려왔다. 여자들은 보따리를 머리에 이고, 남자들은 등에 짐을 지고, 어떤 이들은 소달구지에 이불과 며칠 동안의 식량을 싣고 줄지어 남쪽으로 내려갔다. 동네 어른들은 "빨갱이가 내려온다"라며 극도로 불안해했다.
 다들 피란 갈 준비를 서둘렀으나, 이미 인민군이 우리 마을까지 쳐들어온 뒤였다. 국민학교에 입학한 지 3개월도 채 못 되어 일어난 전쟁이었다. 사람들은 북한군의 기습 남침에 무서워하며 공포에 떨었다.

우리 집 앞에는 사철 맑은 물이 흐르는 개울이 있었다. 나지막한 뒷동산에는 제멋대로 구부러진 대여섯 그루의 늙은 소나무가 있어 제법 풍치를 더해 주었다. 이 지역에서도 가장 아름다운 마을로 꼽힐 만큼 경치가 좋았다. 뒤뜰 울타리 틈에서 자란 커다란 감나무와 이미 고목이 된 참죽나무가 우리 집의 가풍(家風)을 말해 주는 듯했다.

나는 한여름이면 개울가에 나가 물고기 떼가 한가롭게 노니는 모습을 지켜보며 시간을 보내곤 했다. 종종 동네 친구들이나 형들과 함께 그물을 만들어 붕어, 미꾸라지, 가재 등을 잡기도 했지만, 내성적인 나는 혼자 물장난을 하며 노는 걸 더 좋아했다. 불볕더위가 한창이면, 뒤뜰 참죽나무에서 "매암, 매암… 미잉…"하고 울어대는 매미 소리가 대청마루로 시원한 바람을 불러오곤 했다.

어느 새벽, 대청마루에서 자다가 지붕 위로 "휘익—드르륵"하는 폭격기 소리에 깜짝 놀라 잠에서 깼다. 오늘도 평소처럼 할아버지가 나무로 깎아 만들어주신 '게다'를 신고 학교로 갔다. 며칠 전까지만 해도 운동장 계단 위에 태극기가 나부끼고 있었는데, 오늘 보니 처음 보는 낯선 깃발이 바람에 펄럭이고 있었다. 나는 이 낯선 깃발이 무척 궁금했다.

운동장 동쪽 모퉁이의 오래된 오동나무 아래에는 난생처음 보는 군인들이 몰려 있었다. 한편에는 풀과 나뭇가지로 위장한 군용 지프차 한 대가 있었다. 아이들은 처음 보는 자동

차에 우르르 몰려가 만지고 이리저리 더듬어 보았다.

아이들의 관심이 온통 그 차에 쏠려 있던 참에, 조회 시간을 알리는 종소리가 "땡… 땡…" 울리고 호루라기 소리가 잇따랐다. 담임 선생님은 빨리 모이라고 재촉하며 큰소리를 쳤다. 선생님의 행동이 오늘은 여느 때와는 무척 다르게 느껴졌다.

구령대 위에는 교장 선생님이 아닌, 키가 작고 몸집이 빼빼 마른 웬 낯선 남자가 올라서 있었다. 순간 학교 전체에 침묵이 흐르고 긴장감이 감돌았다. 그가 천천히 입을 열었다.

"어린이 동무 여러분, 안녕하십니까?"

카랑카랑한 쉰 목소리에 날카로운 작은 눈이 연신 깜빡이며 말하는 그는, 키가 작아서 앞줄에 선 나를 매섭게 노려보는 듯했다. 멸치처럼 마른 몸에 고양이 같은 눈을 한 그는 잠시 우리를 훑어보다가 이어 말했다.

"우리 위대한 영도자 김일성 장군님께서 자랑스럽고 용맹스러운 우리 인민군을 보내, 남조선을 해방하기 위해 용맹하게 떨쳐 일어나셨습니다. 미 제국주의 앞잡이 이승만 괴뢰 도당과 미 제국주의를 조속히 이 땅에서 몰아내어, 남조선을 해방시키고 머지않아 우리 인민의 낙원이 될 통일 조국을 건설할 것이오. 어린이 동무들, 이제 살기 좋은 세상이 곧 온단 말이오! 이 위대한 혁명사업을 위해 만세를 부릅시다!"

"김일성 장군 만세!"

"조선민주주의 인민공화국 만세!"

도대체 김일성이라는 인물이 누구이며, 인민군이란 또 무엇인지 어린 마음에 궁금증이 가득했다. 이제까지는 담임 선생님으로부터 "우리나라 대통령은 이승만"이라고 배웠는데, 왜 느닷없이 '김일성'이라는 사람이 등장해 나라를 '조선민주주의 인민공화국'이라 부르는지 전혀 알 수 없었다.

불과 며칠 전만 해도 선생님께서는 우리를 학교 뒷산으로 데려가 "동해 물과 백두산이 마르고 닳도록…"하는 애국가를 가르쳐 주시고, "나의 살던 고향은 꽃피는 산골…"이라는 노래도 함께 부르며 우리나라가 '대한민국'이라고 말씀하셨다. 그런데 오늘 구령대 위의 낯선 사람이 '조선민주주의 인민공화국'이라고 외치고 있으니, 도대체 저 사람은 누구란 말인가?

13

 전쟁이 일어난 뒤로 우리들은 등교할 때마다 전교생이 학교 강당에 모여 매일 노래를 배웠다. 강당이라고 해 봐야, 교실 세 칸을 터서 학예회나 졸업식 등 학교의 큰 행사를 치르기 위해 마련한 공간이 전부였다. 전교생을 강당에 몰아넣은 뒤, 우리는 인민군이 가르쳐 주는 노래를 매일 배웠고, 다 배우고 나면 어김없이 만세를 불렀다.
 "어린이 동무들이 이전에 학교에서 배운 노래는 반동들이 부르는 노래다. 오늘부터는 전에 배운 노래를 절대로 부르면 안 된다 이 말이야. 오늘 배울 노래는 모든 인민이 반드시 불러야 할 우리 조선의 애국가(愛國歌)다. 조국과 인민을 사랑하는 마음으로, 우리 조국 민족 해방을 생각하며 힘차게 불러야 한다 이거지. 어린이 동무 여러분이 잘 배워서 부모님께도 하루빨리 가르치도록 해야 하오. 그래야 남조선이 해방되고, 우리 조선이 하루빨리 통일을 이룰 수 있다 이 말이지."

키가 작고 까까머리를 한 젊은 인민군은, 우리에게 노래를 가르칠 때마다 오른손을 높이 치켜들고 주먹을 불끈 쥐며 큰 소리로 떠들어 댔다.

운동장 한 귀퉁이에는 마을 아저씨들과 형들이 붙들려 나와, 인민군 군가를 부르며 훈련을 받고 있었다. 농사일하던 차림 그대로 끌려온 그들은, 따발총을 멘 인민군들 앞에서 꼼짝도 못 한 채 심한 매질과 기합을 당하며 고생했다.

훈련을 어느 정도 받은 사람들은 4열 종대로 서서 어깨동무를 한 채 어디론가 끌려가는 모습이 보였다. 어른들 말로는 의용군으로 끌려가는 거라고 했다. 농사하던 그대로 흙투성이 헌 옷에 찢어진 검정 고무신과 심지어 헤어진 짚신을 신은 채 끌려가는 아저씨들과 형들을 보았다. 대열에서 조금만 벗어나도 인정사정없이 따발총 개머리판으로 무자비하게 때리고, 쓰러지면 발로 마구 짓밟는 모습을 보고 나는 너무나 무서워서 어린 마음에 오금이 저렸다.

그날도 우리를 지도하던 사람은 학교 선생님이 아니라, 인민군 군복을 입은 까까머리 젊은이였다. 그는 목에 핏대를 세워 노래를 불렀는데, 마치 거꾸로 세워 놓은 삼각형 같은 얼굴에, 아래턱은 홀쭉했고 뱁새 눈처럼 작은 두 눈으로 우리를 두루두루 무섭게 노려보았다.

"다음은 김일성 장군님을 높이 찬양하는 '김일성 장군' 노래요. 저기 앉은 동무! 왜 고개 숙이고 있나? 정신 차리라우! 정신이 어디에 가 있는 긴가! 좀 더 힘차게 부르라우! 그렇게 힘없이 부르면 남조선이 어디 해방이 되갔어? 지금 전선에선 우리 위대한 인민군대가 철천지원수 미 제국주의와 이승만 괴뢰 반동들을 상대로 목숨 걸고 싸우고 있단 말이야!"

우리는 목청껏 노래를 불렀다. '위대하다'라고 말하는 김일성 장군이란 사람이 누구인지도 모르면서, 그저 열심히 따라 불러야만 했다.

14

그날 나는 일찍 학교에서 돌아와, 어머니가 쪄 주신 보리 개떡을 먹고 집 앞 개울가에 앉아 있었다. 실버들 가지 하나를 꺾어 한쪽 끝을 자르고 껍질을 벗겨 피리를 만들었다. 학교에서 배운 노래를 박자에 맞춰 혼자 불었다.

얕은 물 속에는 붕어들이 한가롭게 떼를 지어 노닐고, 송사리 무리도 줄을 맞춰 이리저리 오락가락하였다. 나는 물가에 앉아, 실버들 가지로 만든 피리를 연신 불어 댔다.

얼마나 지났을까.

내가 앉은 개울가 쪽으로 군인들 무리가 몰려오는 모습이 보였다. 허름한 군복을 입은 채 총을 멘 사람과, 그 뒤를 따라 무거운 짐을 잔뜩 지고 땀을 뻘뻘 흘리는 사람들까지, 모두가 무척 힘겨워 보였다. 갑작스럽게 벌어진 광경이 너무 두려워, 나는 실버들 숲으로 몸을 숨겼다. 전혀 처음 보는 이들은, 마치 할머니가 들려준 옛날이야기에 등장하는 무서운 도적 떼 같았다. 학교 운동장에서 보았던 인민군과 똑같은 군복 차림인 것도 더 겁이 났다. 부들부들 떨면서 그들의 모습을 보고, 나는 점점 오금이 떨려 꼼짝없이 엎드려 있었다.

빨리 집으로 돌아가야겠다고 생각하며, 살며시 엉덩이를 뒤로 빼면서 달리기 시작했다. 그러나 몇 발짝 못 가서, 군복을 제법 잘 입고 계급이 높아 보이는 사람이 내 등허리를 덥석 잡았다.

"어… 어… 저, 저… 용서해 주세요! 겁이 나서 그랬어요."

"응, 용서하지. 그런데 우리가 누군진 아나?"

"모르겠어요."

"우리는 용맹스러운 인민군대야. 어린이 동무, 너 몇 살인가?"

"여덟 살이요…"

"학교 다니나?"

"예, 올해 국민학교에 들어갔어요."

"오늘 학교에서 뭘 배웠나?"

"노래요. 요샌 맨날 노래만 배워요."

"무슨 노래 불렀지?"

"김일성 장군 노래하고… 음, 그리고 조선의 애국가, 또 다른 노래도 있어요."

"그래, 열심히 배워. 김일성 장군님은 위대한 분이거든."
"제발 집에 보내 주세요. 저기 앞이 우리 집이에요."
"내가 무섭나?"
"네… 그냥, 조금…"

내 얼빠진 행동을 보고, 그는 무척이나 재미있었던지 이를 드러내고 씩 웃었다. 나는 그저 겁이 나서 다리가 후들거리고, 무서워서 벌벌 떨었다.

"어린이 동무, 이제 가도 좋다. 아무에게도 여기서 우리를 봤다는 말은 하지 마라!"

그는 모자를 비스듬히 고쳐 쓰고, 내 얼굴을 빤히 처다봤다. 나는 얼른 이곳을 벗어나야겠다는 생각에, 떨리는 목소리로 더듬거리며 대답했다.

"네… 네… 알겠어요."

바로 그때였다. "꽝! 드르륵드르륵!"하는 굉음이 들려왔다. 우리 집 지붕 위쪽으로 비행기 두 대가 날개를 쫙 펼치고 날아오는 것이 아닌가. 마치 물가를 향해 내려오는 두 마리 제비 같았다.

"적기다! 어서 엎드려!"

누군가 큰 소리로 다급하게 소리를 지르자, 그들은 훈련된 민첩한 동작으로 개울 건너편 콩밭을 지나 옥수수밭 머리 쪽으로 급히 뛰어가는 것이 보였다. 나 역시 급히 개울가 숲속으로 뛰어 들어가 엉덩이를 위로 하고 머리를 땅에 처박은 채 숨을 죽이고 있었다.

처음 들어 본 요란한 총소리에, 나는 양손으로 귀를 막고 너무나 무서워 엄마를 부르며 울었다. 이 순간이 빨리 지나가기만을 간절히 기다렸다. 비행기 두 대는 낮게 내려오면서 '탕! 따따따… 탕탕… 드르륵 드르르…"하고 연거푸 총을 쏘아댔다.

총성이 차츰 잦아들고 비행기 소리가 사라지더니, 주변은 언제 그랬느냐는 듯이 여느 때와 같이 물소리만이 공기를 흔들었다. 졸졸 흐르는 개울물 소리와 목덜미를 스쳐 지나가는 바람결에 정신을 차리고 주변을 살펴보았다. 개울 건너편 쪽으로 방금 사라진 그들의 행방이 묘연하여 호기심과 궁금증이 일었다.

개울가 징검다리를 건너 콩밭 옆을 지나 옥수수밭 쪽으로 살금살금 다가간 나는 소스라치게 놀라 "으악!"하고 소리를 질렀다. 옥수수밭 옆 오이밭 머리에 군인 한 사람이 피를 흘리며 옆으로 쓰러져 있는 것이 아닌가! 머리를 빡빡 깎은 그 사나이는 거의 다 헤어진 농구화에 낡은 군복을 입고 있었다.

밭고랑 사이에는 이미 피가 흥건히 고여 있는 것을 보고, 나는 어찌할 바를 몰라 온몸을 부들부들 떨며 멈칫멈칫 뒷걸음질을 쳤다. 기다란 총을 가슴에 비스듬히 얹어 놓은 자세로 힘없이 늘어진 채, 그의 손에는 먹다 남은 오이 한 개가 쥐어 있었다. 부릅뜬 두 눈은 나를 무섭게 노려보는 것만 같았다.

후들후들 떨리는 발걸음으로 한달음에 집으로 돌아온 나는 대문을 닫고 집 안에 숨어서, 조금 전에 본 끔찍한 광경에 몸서리를 쳤다. 그날 밤, 인민군의 부릅뜬 눈과 오이를 손에 쥐고 죽어 있던 모습이 꿈에 나타나 잠결에 헛소리를 하기도 했다. 연일 계속되는 비행기 폭격으로 밤에는 불조차 함부로 켜지 못했다. 마치 어둡고 습기 찬, 괴괴한 동굴 속에 갇혀 있는 듯한 무서운 공포 속에서 떨며 살았다.

15

며칠이나 지났을까? 어둠 속에서 두런두런 조심스럽게 가족들이 이야기하는 소리가 잠결에 들렸다. 아버지는 오늘 밤이라도 빨리 피난을 가야 한다고 하면서 할아버지께 말씀을 드렸다. 어머니는 우리를 모두 깨우더니, 빨리 피난을 가지 않으면 우리 식구가 모두 죽는다며 일일이 옷을 입혔다.

아버지는 포댓자루에 보리쌀을 담고, 어머니는 몇 벌 옷과 작은 솥단지, 밥그릇 몇 개를 대충 챙긴 뒤 집을 나섰다. 나는 무엇이 어떻게 돌아가는지 전혀 알 수 없었지만, 식구들을 따라 피난길에 올랐다.

큰 신작로는 인민군들이 지키고 있어 산속 오솔길을 더듬어 가며 밤새 걸었다. 천방지축인 나와 동생, 그리고 형은 힘들다고 울며 징징거렸다. 부모님은 우리를 달래며, 사람들이 한 번쯤 지나갔을 법한 산길을 따라 밤을 꼬박 새워 걸었다.

며칠 동안 우리 가족은 험한 산과 들을 헤매며 걸었다. 정말 피를 말리는 듯한 죽음과 싸우는 고난의 길이었다. 이 순간은 어린 나에게 너무나 힘겹고 무섭고 어두운, 고통스러운 시간이었다.

얼마나 걸었을까. 어스름한 새벽녘에 도착한 곳은 마치 소라껍데기처럼 초가집 몇 채가 모여 있는, 외딴 바닷가 갯마을이었다. 오래도록 사람이 살지 않던 허름한 빈 헛간에 들어가 온 식구가 잠시 둥지를 틀었다. 지금 와서 생각해 보면, 왜 하필 그곳으로 피난을 갔는지는 도무지 알 길이 없다.

어머니는 보리쌀을 씻고 대충 솥을 걸고 밥을 지었다. 그리고 이웃집에 가서 밑반찬을 조금 얻어왔다. 온종일 폭격 소리와 대포 소리, 기관총과 따발총 소리가 사방에서 들려와 우리 식구는 꼼짝도 못 하고 숨어 지냈다.

집에서 가져온 식량이 바닥을 드러내자, 어머니는 누나들과 함께 산으로 가서 산나물을 뜯었고, 형과 나는 바닷가 개펄에 나가 게를 잡고 조개를 캤다. 아버지는 밀물과 썰물을 봐 가며 양수리 나무를 꺾어 낚싯대를 만들어 고기를 잡았다. 어머니는 틈이 나는 대로 이웃집에 들러 보릿겨를 얻어왔다. 어머니는 사교성이 좋고 붙임성이 좋아, 금세 사람들을 사귀곤 했다.

보릿겨와 산나물을 섞어 반죽한 뒤 개떡을 만들어 먹으며,

그곳에서 한동안 별일 없는 듯 그럭저럭 지냈다. 그런데 어느 날, 온 동네 분위기가 갑자기 뒤숭숭해졌다. 어른들이 수군대는 소리에, 나는 그저 무섭기만 할 뿐이었다.

"오늘 밤 빨리 이곳을 피해야 한다. 인민군이 이 근방까지 왔으니 어쩌면 좋으냐! 오늘 밤에 떠나야 한다!"
어머니는 남은 보릿겨로 개떡을 쪄 주시면서, 걱정스러운 표정으로 우리에게 말씀하셨다.
얼마 전 학교에서 몸집이 마른 인민군이 와서 '곧 잘사는 세상이 올 것'이라고 말했는데, 왜 이렇게 피난살이를 하며 숨어 살아야 하는지 나는 도무지 영문을 몰랐다.

16

 아버지는 일제시대에 일본인들 밑에서 얼마 동안 공무원 생활을 했다. 우리 집은 이 지역에서 농토가 제법 있는 편에 속하는 농가였고, 게다가 아버지는 6·25 전쟁이 일어나기 직전에 한국민주당에 가입하여 활동하셨다.

 당시 우리 지역의 대표적 반공 극우 우파 인사인 한국민주당 계열의 강기철 국회의원을 지지하며 잠시 활동한 적이 있었다. 해방 후 철저한 반공주의자로 알려진 강기철 의원을 지지했던 사실이 드러나자, 인민군들은 아버지를 잡으려고 혈안이 되었다.

 이슥한 밤, 우리 가족은 남은 보따리를 챙겨 들고 다시 남쪽으로 피난길을 떠났다. 어디로 가야 할지 목표도 방향도 없이 떠나는 길은 참으로 힘겹고 고달팠다. 으슥한 산속에서 잠시 눈을 붙이고 있던 새벽녘, 갑작스러운 총소리에 놀라 깨었다. 잠시 요란하게 총소리가 나더니 이내 한나절 동안 잠잠해졌다.

철부지인 나와 동생은 배가 고프다며 징징대고 투정을 부렸다. 굶주린 어린 자식들에게 무엇이든 먹여야겠다는 생각에, 어머니는 동네로 내려가 먹을 것을 구하러 갔다. 저녁 늦게 돌아온 어머니는 어느 농가에 들어가 잠시 일손을 도와주고, 찐 감자를 조금 얻어오셨다.

우리 가족은 그곳에 머물며 매일 힘겹고 고달픈 생활을 이어갔다. 그야말로 오도 가도 못하는 거지 신세가 되었다. 굶주림과 불안에 떨면서 얼마 동안 몸을 피하며 지냈다.

어느 날 저녁, 밤이 새도록 함포 사격과 비행기 폭격 소리가 유난스레 들려왔다. 밤하늘을 찢는 듯한 폭격 소리와 북쪽을 향해 날아가는 시뻘건 불덩어리들 때문에, 우리 가족은 뜬눈으로 밤을 지새웠다. 며칠 동안 우리는 큰 개울을 건너 산속에 숨어 지냈다.

주변이 조금 조용해지자, 산 아래로 내려가 허름한 외딴집을 찾아갔다. 부모님은 집주인에게 고개를 숙이며 무엇인가 사정하는 모습을 지켜보았다. 그날, 그 집 건너편 작은 방에서 우리 가족은 그런대로 편안한 밤을 보냈다.

그날부터 아버지와 어머니는 주인을 따라다니며 밭일을

도 왔다. 얼마쯤 지났을까, 아버지께서 급히 달려오셨다. 국군이 서울과 인천을 되찾아 빨갱이들이 물러갔다는 소문을 듣고 오신 것이었다.

"여보! 아이들하고 짐을 빨리 챙겨요! 빨갱이 놈들이 다 물러갔다는군."

아버지는 몹시 상기된 표정으로 빨리 떠나야 한다며 어머니를 재촉하셨다.

"아니, 며칠 전까지만 해도 요란스럽게 폭격 소리가 들려왔는데, 빨갱이들이 물러갔다고요? 당신 뭘 잘못 알고 있는 거 아니에요?"

어머니는 반신반의하며 쉽게 믿으려 하지 않았다. 겁이 많은 아버지는 이곳에 오래 머물면 또 무슨 변을 당할까 봐, 하루빨리 떠나고 싶었던 것이다.

그 집을 떠나면서, 아버지와 어머니는 집주인에게 도움을 주어 고맙다는 말을 연신 건네며 깊이 허리를 숙여 작별 인사를 했다. 주인 여자는 어머니에게 찐 감자 몇 개를 건네주며 "큰길로 가지 말고 샛길로 가세요."하고 친절하게 알려주었다.

보름 동안 험하고 음습한 산길을 걸은 끝에, 우리 가족은 마침내 그리운 고향집으로 돌아왔다. 거의 석 달 동안의 피란 생활이었으나, 우리에게는 이루 말할 수 없는 고통과 두려움의 시간이기도 했다.

집으로 돌아온 뒤, 나는 동네 인심이 예전과는 사뭇 달라졌다는 걸 알게 되었다. 일제강점기 때 구장 댁에서 머슴을 살던 뒷골 마을의 이 서방이 인민 위원장이 되어 있었는데, 그는 완장을 차고 다니며 우리 할아버지께 아버지를 데려오라고 여러 번 협박을 일삼았다.

할아버지를 '반동'이라고 몰아붙이며 시도 때도 없이 찾아와 온 집안을 뒤엎고 가곤 했다. 땅을 조금이라도 가지고 있던 집들을 찾아다니며 "반동 지주"라고 부르고, 공출을 많이 내라고 독촉하는 것은 물론, 밤이면 인민위원회에 참가하라고 강제 동원하는 데 앞장섰다.

양짓골 중원이 할아버지는 땅을 가장 많이 가졌다는 죄명으로 인민 재판에 넘겨졌다. 우리 마을 옹골 논바닥으로 끌려가 '악질 지주이자 반동'이라는 죄목을 뒤집어쓴 채, 빨갱이 서너 명에게 몽둥이로 잔인하게 맞아 결국 목숨을 잃었다.

한편 이 서방은 인천상륙작전 때 월북하지 못하고 국군에게 붙잡혀 즉결 재판을 받고, 학교 뒷산에서 총살형을 당했다. 그의 가족들도 어디론가 사라져 버려, 그 뒤로 소식을 전혀 알 수가 없었다.

우리 집에는 날마다 낯선 피란민들이 몰려들어, 온 집안이 사람으로 들끓었다. 가장 큰 문제는 끼니때마다 먹을 것이 없다는 것이었다. 서로 남의 집 눈치를 보며 산나물 죽이나 보리죽으로 겨우 끼니를 이어갔다. 우리 집은 보리쌀이 조금 남아 있어 피란민 식구들과 나누어 먹긴 했지만, 그것도 오래가지는 못했다.

힘겨운 시절이었지만, 그때 이웃 간의 정만큼은 포근하고 따뜻했다. 먹을 것이 있으면 내 것 네 것 할 것 없이 서로 보태며 의지했다. 평안도 사투리를 쓰는 피란민, 함경도 사투리를 쓰는 피란민, 황해도 해주나 경기도 개성, 강원도 지역 등지에서 온 사람들까지, 온통 북한 사투리로 말하는 이들이 이곳에 다 모인 듯했다. 서로 알아듣기 힘든 말들이 뒤섞일 때면, 마치 시장터처럼 집 안이 시끌벅적해지곤 했다.

17

매서운 칼바람이 물러가고, 산 너머 남쪽에서부터 봄바람이 불어오기 시작했다. 이때가 되면 어김없이 성미가 급한 꽃들이 꽃망울을 터뜨린다. 보릿고개가 되면 아이들은 산과 들을 헤매며 배고픔을 달랬다. 진달래는 조금 달착지근하고, 민들레 뿌리는 쌉쌀하다. 아카시아꽃을 송이째 따 먹으면 달착지근하면서도 약간 비릿한 맛이 났다. 지천으로 피어나는 꽃들은 배고픈 아이들에게 잠시나마 허기를 달래 주는 존재였다.

뒷마을 언덕배기에는 싱아 풀이 쫙 깔려 있었다. 줄기를 꺾어 껍질을 살짝 벗겨 내면 새큼새큼한 속살이 드러났다. 언덕 아래에 찔레꽃이 피어나기 전, 줄기에 물이 오르면 껍질을 벗겨 먹기도 했다. 풋풋한 풀 내음에 달달한 맛이 섞여 그럭

저녁 심심풀이로 먹을 만했다.

  솔잎이 새로 나오면 질겅질겅 씹어 솔잎에서 우러나오는 물을 빨아먹었다. 소나무 잔가지를 잘라 겉껍질을 벗겨 낸 뒤 쭉쭉 빨거나 훑어 먹으면 달콤한 맛이 입안 가득 번졌는데, 꼭 꿀맛 같았다.

  5월 말이나 6월 초가 되면 논두렁이나 밭둑에 하얀 빌기 꽃이 널려 있었다. 달그림자 아래 무리를 지어 피어나는 모습이 마치 흰옷을 입은 가냘픈 여인처럼 보였는데, 꽃이 아직 피지 않은 어린 이삭은 날로 꺾어 먹었다. 이 꽃을 어른들은 '띠'라고 불렀다. 허기가 질 때 질겅질겅 씹으면 껌처럼 질겨지면서 달콤하게 부풀어 올라, 보릿고개 시절 허기를 달래는 데 한몫을 했다.

  우리 마을 쇠침쟁이 할아버지네 집 울타리밖에는 커다란 오디나무가 있었다. 마을 어른들은 이를 뽕나무라고 불렀지만, 아이들은 오디나무라고 했다.

  초여름, 오디가 한창 무르익을 무렵이면 아이들은 입술이 검푸르죽죽해질 때까지 오디를 따 먹었다. 그때마다 자기네 울타리를 망가뜨리고 시끄럽게 군다며, 쇠침쟁이 할아버지는 커다란 지팡이를 들고나와 호되게 야단치곤 했다. 하지만 아이들은 아랑곳하지 않고 입술에 피멍이 들도록 따 먹었다. 가끔 할아버지가 기다란 쇠침을 꺼내 "침을 놓겠다!"하고 엄포를 놓으면 그제야 무서워 달아나곤 했다.

쇠침쟁이 할아버지는 병들어 꼼짝 못 하는 소에게 쇠침 몇 방만 놓아도 금세 벌떡 일어나게 했다. 정말 용하다고 소문이 자자해서 근방에 모르는 사람이 없었고, 아이들이나 어른들도 웬만한 잔병은 그 쇠침 몇 방으로 스르르 나아지는 경우가 많았다. 다만, 소에 놓는 침이다 보니 어른 한 뼘은 되는 큰 쇠침이라는 게 흠이었다. 아이들은 그 쇠침을 보기만 해도 질겁을 했다. 그렇지만 그때 몰래 따 먹던 오디 맛은, 지금도 생각하면 절로 입맛이 돈다.

학교에서 돌아오면, 친구들과 함께 들판이나 논두렁길을 가리지 않고 양수리 나무를 길게 꺾었다. 나뭇가지 끝을 넓적하게 다듬어 개구리를 잡고, 부싯돌로 마른 나뭇가지와 솔잎에 불을 지펴 그 위에서 개구리를 구워 먹으며 끼니를 때웠다. 개구리를 잡으면 몸통을 발로 밟고 뒷다리만 쭉 뽑아 구웠는데, 지금 생각하면 개구리에게 무척 잔인한 짓이다. 그러나 당시 배고픈 우리에게는 세상에 둘도 없는 진수성찬이었다.

이른 봄이 되면 너나 할 것 없이 삽과 곡괭이, 괭이를 어깨에 메고 산에 올라가 칡뿌리를 캐 먹었다. 칡뿌리는 달착지근하면서도 약간 쌉싸래한데, 큰 뿌리는 혀끝이 아려 먹기에 조금 거북하다. 그렇지만 아이들은 입술이 끈적거릴 때까지 쭉쭉 빨아 먹었다.

가을철이면 콩밭에 모여 콩 이삭을 주워 삭정이에 불을 지피고, 주워 온 콩 이삭을 구워 콩튀기를 만들어 먹었다. 새까

많게 탄 콩을 집어먹다가 얼굴이 연탄 가루 범벅처럼 검게 변해 서로 알아보지 못할 정도가 되곤 했다. 그러면 서로의 까만 얼굴을 보며 배꼽을 잡고 웃었다.

배는 고팠지만, 나름 즐거운 시간이었다. 그 시절 아이들의 가장 큰 소원은, 무엇이든지 닥치는 대로 마음껏 배부르게 먹어 보는 것이었다.

18

"김 선생, 고생을 참 많이 했군요! 김 선생 같은 사람이 있어서, 올겨울에는 아이들 난로에 불 피울 땔나무 걱정이 조금 덜겠군. 역시 젊음이 차… 암, 좋긴 좋아… 허허허…"

요즈음 며칠 동안 5·6학년 아이들을 데리고 학교 인근 산에 올라가, 여름 내내 송충이가 솔잎을 갉아 먹어 죽은 소나무 잔가지나 솔방울을 주웠다. 그것들을 땔감으로 쓸 수 있도록 잘라 창고에 쌓아 두는 작업이었다.

아이들은 혹독한 노동에 시달린 셈이었다. 그러나 학교에서는 이를 '학교를 사랑하는 근로정신과 봉사 정신'이라며 아이들을 설득하곤 했다. 가끔은 '이것이 바로 아이들 교육에 필요한 노작(勞作) 활동'이라는, 말도 안 되는 이론을 늘어놓는 경우도 많았다.

며칠 동안 아이들과 함께 작업한 성과를 보고, 교장은 무척 흡족해했다. 벗겨진 머리에 번들거리는 이마, 호걸스러운 목소리를 지닌 교장은 고개를 흔들며 사뭇 기분이 좋아 보였다. 창밖 넘어 짙은 갈색의 느티나무 잎을 바라보더니 큰 소리로 껄껄 웃으며 나를 추켜세웠다.

"오늘 저녁은 교직원 회식이 있습니다. 육성회장님 댁에서 선생님들을 초대하셨으니, 한 분도 빠짐없이 모두 참석해 주셔야 합니다."

퇴근 무렵 교무주임 이기순 선생의 이 한마디에 교무실 분위기가 술렁이기 시작했다. 육성회장은 이 지역 공화당 지구당 위원장이었다. 그는 오수섭 국회의원의 보좌관으로, 이 산골 마을에서 무소불위(無所不爲)의 권력을 행사하는 인물이었다.

퇴근 전, 교직원 회의를 알리는 '땡땡땡' 종소리가 울리자, 모든 교직원이 교무실로 모였다.

"이 시간 모이라고 한 것은, 다름 아니라 육성회장님께서 여러분을 위해 저녁 식사를 준비하셨기 때문입니다. 선생님들께서는 예의에 어긋나는 행동이나 언행을 삼가시고, 오직 교사로서의 품행을 지켜주시기 바랍니다. 술은 마셔도 좋지만, 너무 많이 마셔 실수하지 않도록 각별히 유의하세요."

박순봉 교장은 근엄한 표정을 지으며, 부리부리한 눈동자를 좌우로 굴려 가며 걸걸한 목소리로 주의를 주었다.

다음 날 저녁 육성회장 댁에서 있을 회식에 맞춰, 교감의 "복장을 단정히 하고 오라"는 지시에 따라 모두 깔끔하게 차려 입고 출근했다. 그러나 나는 번듯한 양복 한 벌 마련할 형편이 되지 않아, 낡고 해진 옷을 입고 왔다. 육성회장 댁 회식 자리에 참석해야 한다는 사실이 몹시 부끄럽고 창피스러웠다.

육성회장 댁은 전통 한옥으로 뜰이 넓고, 앞마당에는 커다란 탱자나무 한 그루가 서 있었다. 여러 가지 색깔의 국화꽃이 본채로 향하는 좁다란 길은, 마치 가르마를 탄 듯 곧게 나 있었다. 단풍나무에 곱게 물들어 가는 단풍잎에서, 깊어져 가는 가을 정취가 물씬 풍겨났다. 뒤뜰에는 괴물처럼 굵은 몸통을 뻗은 늙은 감나무가 서 있었고, 그 가지 끝에 따다 남은 빨갛게 익은 홍시가 매달려 있어 집안 분위기를 한층 넉넉하게 보이게 했다. 마치 이 고목이 이 집 가풍을 그대로 보여 주는 듯했다.

고풍스러운 방 안에는 산수화로 둘러싼 병풍이 놓여, 산속의 그윽한 풍취를 더해 주었다. 산해진미(山海珍味)로 가득 찬 교자상에는, 육성회장 부인이 손수 담근 인삼주와 탱자주가 여러 차례 돌았다. 분위기가 제법 무르익어갈 즈음, 얼큰하게 취기가 오른 교장은 마치 교직원 회의 때처럼 큰 소리로 명령하듯 지시를 내렸다.

"자… 아! … 자! 선생님들끼리만 술잔이 오고 가면 예의가 아니지! 회장님께 한 잔씩 올려 드려야지! 어… 막내가 누군가? 응, 김기수 선생부터 한 잔 따라 올려 드려!"

교장은 마치 군대 지휘관이 명령하듯, 오른손으로 나를 가리키며 말하였다. 나는 얼떨떨한 기분으로 술잔을 들고 육성회장 앞으로 다가갔다.

"아하! 무릎을 꿇고 공손히 따라 드려야지. 웃어른에 대한 예의가 부족한 것 같군!"

교장은 몹시 못마땅하다는 듯 두 눈을 부릅뜨고 손바닥으로 교자상(交子床)을 탁탁 두드리며 나를 쏘아보았다. 나는 긴장되고 떨리는 마음으로 무릎을 꿇고, 최대한 예를 갖추었다.

"새로 오신 선생님이시군요?"
"예, 김기수입니다. 앞으로 많이 지도해 주십시오!"
"아, 뭐… 지도라고 할 게 있나요? 서로 힘을 합쳐 아이들 교육에 힘씁시다!"
"예, 예, 잘 알겠습니다."

나는 육성회장의 육중한 몸매와 위엄 있는 자세에 괜히 기가 눌려, 연거푸 머리를 숙이며 굽실거렸다.

"에… 다음은 누가 회장님께 한 잔 올릴까?"

교장은 자리에 앉아 있는 사람들을 휘둘러보더니, 마치 귀중한 보물을 찾아낸 것처럼 "허허허…" 큰 소리로 호탕하게 웃으며 좌중의 흥을 돋웠다.

"오! 예쁘고 젊은 이정숙 선생이 한 잔 따라 올려 드리지! 자, 어서 한 잔 따라 드려!"

이정숙은 당황한 표정으로, 벌겋게 취기가 오른 교장을 바라보았다. 정숙의 양쪽 볼은 잘 익은 복숭아처럼 발그레하게 물들어 있었다. 몹시 난처하고 부끄러운 기색이었다.

"저는… 웃어른께 술잔을 따라 드려 본 적이 없어서…"

이정숙은 어찌할 바를 몰라 머뭇머뭇했다.

"아하! 교장 선생님께서 말씀하신 건데, 이 선생! 웃어른께 대하는 태도가 그러면 안 돼요! 어서 회장님께 따라 드리고, 교장 선생님께도 한 잔 올려 드리세요! 어서요!"

교무주임이 재촉하며 교장의 눈치를 살폈다. 이정숙은 마지못해 살짝 미소를 지으며 육성회장 앞으로 다가갔다. 떨리는 손으로 산수화가 그려진 백색 도자기 술병을 들고, 무척 긴장된 자세로 조심스레 술잔에 술을 따랐다. 술이 떨어지는 소리가 방 안 공기를 가볍게 흔들었다.

"야! 오늘 참… 암, 영광인데 이렇게 젊고 예쁜 여자 선생님이 술을 따라주니 정말 기분이 좋구먼. 고마워요! 고마워! 허허허…."

회장은 큰 소리로 너털웃음을 지으며, 불그레하게 취한 얼굴에 야릇하고도 음흉스러운 웃음을 띠었다. 술잔이 여러 번 오고 가며 분위기가 무르익어갈 무렵, 회장은 술에 거나하게 취해 약간 비틀거리는 몸을 가다듬고 서서히 일어섰다. 곰처럼 뚱뚱하고 거대한 몸이 권위적이고 위압적인 자세로 좌중을 한 번 일일이 훑어보았다.

"오늘 제가 여러 선생님을 모시고 저희 집에서 저녁 식사를 함께하게 된 것을 참으로 영광스럽게 생각합니다. 이런 산골에 오셔서 어린아이들을 위해 헌신적으로 교육에 봉직하시는 젊은 선생님들을 특별히 고맙게 생각하지요. 오늘날 이 시대에 가장 중요한 것이 무엇인가? 하고 묻는다면, 저는 교육이라고 생각합니다. 교육은 국가의 백년지대계(百年之大計)입니다. 누가 무엇이라고 해도, 국가를 이끌어 갈 가장 중요한 시책이며 미래를 이끌 힘이라고 믿습니다.

저는 이런 산골에 사는 무지렁이입니다. 무식한 사람이 여러 선생님 앞에서 감히 교육에 대해 말씀드리자니 부끄럽군요. 용서해 주십시오. 하지만 저도 교육에 관해 말하라면, 어느 정도는 알 만큼 아는 사람입니다. 이 시간, 여러분께 부탁드릴 말씀이 있습니다. 아니, 꼭 들어주셔야 합니다. 그래야 우리 학교와 이 황재만, 그리고 우리 지역과의 관계가 서로 원만해질 것입니다."

회장의 벗겨진 머리에는 땀방울이 송골송골 맺히고, 탐욕이 가득한 얼굴에는 개기름이 번들거렸다. 삶은 문어 머리처럼 부풀어 있는 그의 모습과 거침없이 내뱉는 말이 방 안 분위기를 압도했다.

"여러 선생님도 아시다시피, 머지않아 국회의원 선거가 있습니다. 이번 선거는 우리나라가 흥하느냐 망하느냐의 갈림길이 될 만큼 매우 중요한 선거입니다."

회장은 마치 유권자들 앞에서 유세하듯, 있는 힘껏 목청을 높였다. 그는 주먹을 힘껏 치켜들며 미친 듯이 흥분된 모습으로 큰 소리로 외쳤다.

"그래서 제가 간곡히 부탁드리고자 하는 것은, 반드시 우리 오수섭 의원님을 다시 한번 국회에 입성시켜야 한다는 겁니다. 오 의원님은 대통령께서 가장 신임하시는 분으로, 5·16 혁명 때 이 나라를 살리기 위해 목숨까지 바친 혁명의 주체 세력입니다. 특히 이 지역 발전을 위해서도 꼭 당선되어야 하죠. 야당에서 이춘식이 출마한다고 하는데, 이거 말도 안 됩니다. 그 사람은 사상적으로 문제가 많은 인간입니다. 빨갱이 같은 인물이죠. 그런 작자가 국회의원이 되면 큰일납니다. 박 대통령이 영구 집권하도록 꼭 밀어주셔야 합니다. 안 그렇습니까? 교장 선생님…."

회장은 은근슬쩍 교장의 눈치를 살폈다. 자신이 한 말을 교장이 적극 지지해 주길 바라는 기색이 역력했다.

"아… 예, 예, 맞습니다. 박 대통령이 계속 집권하셔야 우리가 잘살 수 있습니다. 야당에 정권을 넘겨주면 큰일납니다. 민주당이 집권하면 나라가 망해요. 그리고 이번에 오 의원님이 꼭 당선돼야 합니다. 그분이 우리나라 이인자가 아니겠습니까?"

교장은 취기가 도는지 얼굴이 불그스름해져 있었고, 이정숙 선생이 따라준 술을 홀짝홀짝 마시며 큰 소리로 황재만에게 비위를 맞추었다.

"다 같이 박수… 암, 그렇고말고요. 우리 회장님 최고야. 차라리 우리 회장님도 이런 때 국회로 들어가시죠!"

이때 눈치 빠른 교무주임이 한껏 분위기를 띄우며 회장의 기분을 맞추었다. 나도 얼떨결에 분위기에 끌려 남들이 하는 대로 손뼉을 쳤다.

19

며칠 후, 월요일 4교시 수업이 한창 진행되던 중, 교장이 나를 슬며시 교장실로 불러냈다. 보통 수업 도중에 호출이 있으면 교육청에 급히 보고할 일이 생겼거나, 내가 학교 행정에 어긋나는 행위를 했거나, 아니면 교장의 심기를 불편하게 했을 경우가 많았다.

'내가 무슨 잘못을 했지? 아니면 우리 반 아이가 무슨 사고라도 쳤나?'하는 걱정으로 가슴이 두근거렸다. 그렇게 조마조마한 마음으로 교장실에 들어섰는데, 뜻밖에도 육성회장과 그의 부인이 나란히 앉아 있었다.

"허허허… 김 선생님, 어서 오시오. 여기 앉으시지! 저… 김 양! 김 선생님께 홍차 한 잔 가져다드려요!"

오늘따라 교장은 너털웃음을 지으며, 공손하게 자리까지 내주었다. 급사(給仕)로 일하는 여자아이가 홍차 한 잔을 더 가져오게 시키더니, 나에게도 홍차를 내밀 만큼 아량을 베풀었다. 예상치 못한 호의에 나는 몹시 당황하여 안절부절못했다. 어찌할 바를 몰라 정중히 사양했으나, 교장은 미소를 띤 채 이날만큼은 최대한 친절을 베풀었다. 한편 육성회장은 긴 파이프에 양담배를 물고, 뚱뚱한 몸을 뒤틀며 거드름을 피우고 있었다.

"아무런 연락도 없이 선생님을 이렇게 불쑥 찾아뵙게 되어 죄송합니다. 아무것도 모르는 철없는 우리 아이를 맡아 가르치시느라, 선생님께서 참 고생이 많으시지요. 우리 명희가 요즈음 학교생활은 어떤지요? 그리고… 이것은 저의 작은 정성입니다. 별다른 뜻은 없으니, 괜히 오해는 마시고 받아 주시면 고맙겠습니다. 이 산골에서는 드릴 만한 것도 마땅치 않아서 말입니다…."

육성회장은 누런색 작은 봉투를 내밀었다.

나는 곁눈질로 교장 쪽을 살폈다. 교장은 약간 상기된 표정으로 나를 향해 눈을 찡긋거리며 바라보고 있었다.

"회장님, 저를 생각해 주신 건 대단히 감사하지만, 이걸 받으면 아이들을 가르치는 데 부담이 될 것 같습니다. 모두가 공평하게 배우고 교육을 받아야 하는데, 자칫 명희한테만 더 신경 쓰게 될까, 우려됩니다. 아이들은 누구나 평등하게 교육받을 권리가 있습니다. 그래서 저는 사양하겠습니다. 부끄럽지 않은 교사가 될 수 있도록 해 주십시오. 회장님께서 베풀어 주신 마음은 잊지 않겠습니다. 회장님의 따님인 명희를 위해서도 늘 최선을 다해 지도하겠습니다. 진심으로 감사합니다."

나는 흐트러짐 없이 예의를 갖추어 사절했다. 육성회장 부부는 예상치 못한 내 태도에 놀란 기색이었고, 무언가 뜻대로 되지 않았다는 듯 아쉬워하는 표정을 지었다.

그날 밤, 한창 늦은 시각에 낯선 청년이 나를 찾아왔다. 그 청년은 월계옥에서 잔심부름을 하는 사람인데, 지금 교장 선생님께서 월계옥에서 기다리고 있으니 빨리 가 보라고 했다.

교장은 이미 술이 거나하게 취한 상태였다. 교장과 교감, 교무주임이 큰 술상에 앉아 여러 차례 오간 술잔으로 인해 분위기가 한창 무르익고 있었다. 몸집이 작은 젊고 예쁘장한 술집 여인과 교장은 음담패설에 가까운 농담을 주고받는 중이었다.

교장은 나를 보더니 느닷없이 내 손목을 꽉 잡았다. 입에 문 고기 안주를 목구멍에 넘길 새도 없이 반가운 표정을 지으며 말했다.

"오! 김 선생이 오기를 기다렸지. 자, 내 옆에 앉아요! 우선 내 잔 받으시지!"

그러면서 교장은 여느 때보다 다정하게 눈웃음을 치며 내게 술잔을 권했다. 나는 엉거주춤하게 무릎을 꿇고, 두 손으로 공손히 술잔을 받았다. 잠시 어색한 분위기가 감돌았다. 교감은 약간 차가운 표정으로 나를 바라보고 있었다. 헛기침 한 뒤 고갯짓하며 안경테를 왼손으로 잡았다.

"교장 선생님께서는 김 선생이 육성회장님께서 주신 봉투를 완강히 거절했다는 사실을 높이 평가하고 계세요. 요즈음, 김 선생 같은 젊은 선생님 보기 쉽지 않지요. 김 선생의 인격과 됨됨이를 새삼 다시 보게 됩니다. 차… 암 훌륭해요."

교감은 오른손으로 안경테를 붙잡은 채 호들갑스럽게 칭찬을 늘어놓았다. 그리고 나서 내게 술잔을 권했다. 자연스럽게 분위기에 이끌려 몇 차례 술잔을 주고받은 뒤, 정신이 몽롱해질 만큼 취기가 올랐다. 모두 취기가 오른 채로 여흥을 이어갔다.

교장은 넥타이를 느슨하게 풀더니, 와이셔츠 단추까지 풀었다. 눈을 게슴츠레하게 뜨고는 여인을 껴안으며 말했다.

"저, 김 선생은 아다라시 총각이야. 미스 리! 너, 아다라시가 뭔지 알아?"

혀가 꼬부라진 소리로 말한 뒤, 여인의 입술 위로 자기 입술을 덮쳤다.

"어휴, 이 귀여운 것."

마치 두부 자루를 주무르듯 입술에 침을 흘리면서 여인의 몸 여기저기를 주무르기 시작했다. 그리고 솥뚜껑 같은 손바닥으로 여인의 엉덩이를 두드리며 두 팔로 힘껏 끌어안았다.
"아이참! 이러지 마세요!"
여인은 코맹맹이 소리로 애교를 부리더니, 이내 교장의 목을 감아 안고 볼에 입을 맞췄다. 그러더니 젓가락 장단에 맞춰 〈한 많은 미아리 고개〉와 〈이별의 부산 정거장〉 같은 유행가를 간드러진 목소리로 불렀다. 노래가 끝나자, 교장은 구겨진 지폐 몇 장을 여인의 가슴 속으로 마구 밀어 넣었다.

술자리에서 교사들의 대화는 대개 학교 운영과 아이들 학습이나 생활지도 이야기를 시작으로, 정치 이야기를 거쳐 음담패설로 끝맺기 마련이었다. 분위기가 절정에 오르자, 교장은 야릇하고 짙은 성적 음담패설을 늘어놓더니 게슴츠레한 눈으로 나를 뚫어지게 쳐다보았다.
"내가 오늘 김 선생을 특별히 부른 것은, 교장으로서 한 가지 부탁이 있어서야. 내 부탁을 들어주면 좋겠군!"
교장은 갑자기 태도가 돌변하더니 엄숙한 얼굴로 나를 바라보며 말했다.
"김 선생은 아직 젊고, 세상물정을 잘 모를 것 같아서 내가 한마디 충고하려고 하네. 세상에는 공짜가 없어. 기름을 쳐야 할 땐 기름이 들어가야 하고, 목마른 사람에겐 물을 줘야지. 상대방 등이 가려우면 시원하게 긁어 줘야 좋아하는 법이고. 이게 서로 돕고 사는 세상이거든. 김 선생, 내 말이 무슨 뜻인지 알겠지? 우리 사회의 정의는 이미 오래전에 죽었어. 사회

정의를 찾기 힘들다는 거야. 사회 정의가 어쩌고저쩌고하는 소린, 다 개수작이야!"

교장은 몸을 좌우로 흔들며, 취기가 잔뜩 오른 어눌한 말투로 나를 설득하려 들었다. 그러자 교장이 말을 마치기가 무섭게, 교무주임이 때를 놓치지 않고 아양을 떨며 맞장구를 쳤다.

"옳은 말씀입니다. 세상일이라는 게 혼자서는 절대 일어설 수 없지요. 도와주는 이가 있어야 일어설 수 있습니다. 소도 언덕이 있어야 비비지 않습니까? 참, 지당하신 말씀입니다. 요즘 세상에 정의(正義)가 어디 있나요? 정의는 이미 다 죽었어요. 결국 적당히 맞춰 사는 게 정의 아니겠습니까? 그리고 힘이 있어야 정의도 있는 법이죠."

"암, 우리 교무주임은 내 속을 잘 긁어 줘서 좋단 말이야. 일등 교무주임이야. 허허허…."

교장은 젓가락으로 삶은 돼지고기 한 점을 집어 입에 물고 호탕하게 웃었다. 그러고는 정색하며 내 손목을 잡았다.

"김 선생, 다름이 아니라, 이번 학년말에 육성회장님 딸 명희에게 우등상을 줄 수 있겠나? 성적이 어떨지 모르지만, 우등상을 주자고. 이건 교장으로서의 부탁일세!"

"김 선생, 그렇게 합시다. 안 되면 되게 하는 방법을 연구합시다. 모든 것이 사람이 하는 일인데 안 될 게 있어요?"

교감은 내 어깨를 토닥거리며 은근히 마음을 흔들어 놓았다.

나는 가슴속에서 뜨거운 덩어리가 울컥 치밀어 오르며, 마치 등허리를 채찍으로 후려치는 듯한 느낌이 들었다.

"교장 선생님! 우리 학교 상벌 규정에 따르면, 우등상을 받으려면 전 교과 성적 중 '수' 이상이 4/5가 되고 '우'가 1/5가 되어야 합니다. 그리고 행동 발달 상황이 전부 '가' 이상이어야 하고요. 하지만 육성회장님 따님인 명희는 우등상을 받기에는 좀 부족합니다. 성적을 조작해서 억지로 우등상을 줄 수는 없습니다. 죄송합니다."

말을 마치자, 가슴 한구석에서 울컥 토할 것 같은 기분이 올라왔다. 화기애애하던 분위기는 갑자기 사그라지고, 방 안에는 싸늘한 공기가 감돌았다.

"담임 선생이 그렇게 거부한다면 우등상 주기는 틀렸군."

교장은 얼굴을 찡그리면서 입술을 오물거렸다. 따가운 눈초리로 나를 쩨려보았다. 자신이 계획했던 뜻이 이루어지지 않아 실망한 기색이 역력했다. 잠시 무엇인가 골똘히 생각하는 듯하더니, 술잔을 벌컥벌컥 들이켜고 접시 위에 놓인 삶은 오징어 다리를 질경질경 씹었다. 그리고 오징어 다리를 꿀꺽 삼킨 뒤 교무주임 얼굴을 빤히 바라보았다.

"저… 교무주임, 아이들에게 모범 어린이상을 주는 학교 내규가 있나요?"

"아… 네, 있습니다. 작년에도 불온 삐라를 많이 주운 아이에게 반공 어린이상을 준 일이 있었습니다."

"음… 그러면 그런 상을 하나 주는 게 좋겠군. 모범 어린이상을 하나 만들어주지. 김 선생, 어떤가? 내가 제안한 것을 받아 줄 수 있겠나?"

나는 육성회장 딸에게 왜 그토록 상을 주고 싶어 하는지 영문이 도무지 이해되지 않았다.

"교장 선생님, 한 가지 여쭤봐도 될까요?"
"무엇이든 물어봐. 도대체 뭘 알고 싶은 거야!"
교장은 큰 목소리로 거칠게 내뱉었다.
"육성회장님 따님인 명희에게 왜 그렇게 상을 주고 싶어 하시는지, 그 이유를 꼭 알고 싶습니다. 말씀해 주십시오."
"김 선생, 학교 전체 분위기를 보면 모르겠어? 육성회장님이 우리 학교에 물심양면으로 얼마나 많이 지원해 주고 돕고 계시는지! 나도 교장으로서 가만히 있을 수 없지. 고마운 마음의 답례로 그 아이에게 상을 주려는 거야. 교장이 하는 일이니, 김 선생도 협조 좀 해줘야 할 거 아닌가!"

교장은 큰 몸을 약간 뒤로 젖히더니, 금방이라도 터질 듯한 뚱뚱한 배를 오른손으로 만지작거리면서 얼굴을 잔뜩 찡그렸다. 부리부리한 눈동자를 굴리며 나를 노려보았다.

"교장 선생님의 뜻은 이해합니다. 하지만 상을 줄 때는 그만한 노력의 과정과 좋은 결과가 있어야 한다고 생각합니다. 아무 열매도 없는 형식적인 상은, 오히려 모든 아이에게 상처만 줄 뿐입니다. 아이들을 가르치는 교사로서, 양심상 그 뜻에 따를 수가 없습니다. 정말 아이들을 위하신다면, 그 아이들의 개성에 맞는 상을 주는 편이 교육적으로 더 효과적이라고 봅니다. 예를 들어, 다른 건 못하더라도 체육을 특별히 잘한다든가, 음악에 소질이 있어 노래를 잘 부른다든가, 혹은 그림을 뛰어나게 잘 그린다든가… 이렇게 아이들이 가진 재능을 발견해 상을 주면 훨씬 낫지 않을까요?"

내 말에 잠시 침묵이 흘렀다. 그러자 교감이 입을 열었다.

"김 선생 생각이야말로 참 훌륭한 발상입니다. 그렇지만 지금까지 그런 규정을 만들어 상을 준 예는 없어요. 아마 우리나라 전체를 둘러봐도 없을 겁니다. 특히 국민학교에서 그런 규정을 운영하는 건, 초등교육법에도 어긋날지 모르지요."

말을 마치고 교감은 내가 따라준 술잔을 훌쩍 입에 털어 넣었다.

교장은 내 의견이 참으로 바람직한 좋은 내용이지만 아직은 시기상조라고 말했다. 코를 잠시 킁킁거리더니 미간을 찡그린 채 불쾌한 듯한 표정으로 나를 바라보았.

만약 장학지도나 감사를 받을 때 이것이 문제가 될 수 있으니, 다시 한번 연구·검토해 보고 교육청에 문의한 다음 실시하는 것이 좋겠다는 말도 덧붙였다. 그러면서 이번 학년도 종업식에는 가능한 한 모범 어린이상을 많이 주는 것이 좋겠고, 그중에 육성회장 딸에게 특별 모범상을 주라고 했다.

불편한 술자리는 계속되었다. 왜 그런지 이들과 대화를 더 나누고 싶은 마음이 들지 않았다. 교장은 교감에게 모범 어린

이상을 만들어주라고 지시하고 나서, 내가 따라준 술잔을 벌컥벌컥 단숨에 들이켰다.

"김 선생은 아직 나이가 젊어서 세상을 살아가는 처세를 잘 모르겠군. 앞으로 내 말을 명심해야 학교생활을 잘할 수 있을 거야."

교장은 거칠게 말한 뒤, 가득 채운 술잔을 나에게 마시라고 권했다.

그날 밤, 나는 무엇에 짓눌린 듯한 마음으로 희미한 달빛만 바라보며 터덜터덜 걸어 밤 열두 시가 훌쩍 넘어 하숙집에 돌아왔다. 저들이 행하려는 불순하고 비교육적인 처사에 치가 떨렸다. 만약 그들의 강압에 굴복한다면, 티 없이 맑고 순수하게 자라고 있는 천진난만한 아이들은 과연 어떤 눈으로 나를 바라볼까? 갈등과 고뇌로 좀처럼 잠을 이룰 수 없었다.

20

❧

 월요일 아침 교직원 조회 시간에, 오늘따라 교장과 교감, 교무주임이 교장실에서 늦게 나왔다. 교무주임은 오늘 중요한 회의가 있을 예정이니, 아이들을 조용히 자습시킨 후 다시 모이라고 알렸다.
 다른 선생님들은 영문도 몰랐지만, 나는 며칠 전 월계옥에서 일어난 그 사건이 오늘 교직원 회의 주제가 될 것이라고 짐작했다.
 회의가 시작되자, 교장은 뚱뚱한 몸을 깊이 파인 회전의자에 기대어 앉았다. 마치 새로운 교육 이론이라도 연구·개발해낸 듯, 회전의자를 좌우로 흔들며 훈시를 시작했다.
 "사람은 타고난 소질과 적성, 재능이 모두 다릅니다. 여러분도 아시다시피 산수나 국어, 자연 등을 잘하는 아이가 있는

가 하면, 특별히 음악을 잘하는 아이도 있고, 미술을 잘하는 아이, 체육을 남들보다 잘하는 아이가 있습니다.

우리가 주는 우등상은 주요 학과 성적 위주일 뿐 아니라, 행동 발달에도 흠이 없어야 받을 수 있습니다. 그런데 사람이 모든 것을 다 잘한다고 생각합니까? 절대 그렇지 않아요. 그래서 나는 아이들의 능력과 소질을 중심으로, 특별히 잘하는 분야를 찾아 상을 주려고 합니다. 내 의견에 여러분 모두 찬성하리라고 믿습니다. 하지만 이 때문에 문제점도 많을 것으로 생각합니다. 지금까지 국민학교에서 이렇게 실시한 예가 있는지, 교육적으로 타당성이 있는지, 또 교육법에 저촉되지 않는지 확실히 검토한 뒤 앞으로 실시하려고 합니다.

다만, 이번 종업식과 졸업식에는 모범적인 활동을 한 어린이들을 많이 찾아 모범상을 주려고 합니다. 각 담임 선생님께서는 교장이 의도하는 학교 교육 방침을 잘 이해하시고, 상을 줄 수 있는 아이들을 찾아서 모범 어린이상을 수여하도록 해 주십시오. 부탁드립니다."

회의라기보다는 교장의 독단적이고 강압적인 지시에 가까웠다.

방과 후, 아이들의 과제물과 학급 게시판을 정리하고 있을 때 이정숙 선생이 쪼르르 달려왔다. 학교에 새로운 소문을 들었거나 개인적으로 어려운 문제가 생길 때면, 그녀는 늘 급한 걸음으로 허둥대며 슬리퍼를 질질 끌고 내게 달려오곤 했다.

오늘따라 이정숙 선생은 유난히 엷은 주홍색 립스틱을 바르고, 가슴이 살짝 파인 엷은 보라색 블라우스에 분홍색 스커트를 매치해 화사한 차림으로 출근했다. 짙은 갈색 머리칼이 좌우로 물결치듯 찰랑거리며 가볍게 흔들렸다. 새벽 안개꽃처럼 고운 목과 오뚝한 콧날, 그리고 청명한 가을 하늘 아래 맑고 촉촉한 호수 같은 눈동자가 나의 시선을 끌었다. 희고 깨끗한 피부에서 은은한 향기가 퍼져 나와, 나는 잠시 그 향기에 빠져들었다.

지난 수요일, 교육청에 출장 갔다 온 뒤로 무척 재미있는 얘기가 있었다는 듯, 그녀는 호들갑스레 이야기를 풀어놓았다. 우리 학교 육성회장은 이 지역 공화당 지구당 위원장으로, 그 뒤에는 여당의 최고 실세인 오수섭 국회의원이 버티고 있다는 것이다. 그의 말 한마디면 웬만한 일은 죄다 해결될 정도로 막강한 권력을 휘두르고 있단다. 실제로, 어떤 학교 교장은 그의 빽으로 기본 인사 규정을 무시한 채 도시의 큰 학교로 영전했다는 소문도 있었다. 도(道) 교육감도 그의 말 한마디에 쩔쩔맬 정도라니, 꽤 대단한 권력을 가졌다는 얘기였다.

소문에 따르면, 우리 학교 교장도 육성회장의 힘으로 머지않아 도시에 규모가 큰 학교로 영전할 것이며, 이참에 교감은 내년 학년 초 교장 승진 연수를, 교무주임은 돌아오는 여름방학에 교감 승진 연수를 받을 것이라고 한다. 보기 드문 파격적인 승진 인사가 될 것이라는 사실은 알 만한 사람들은 이미 다 알고 있다고 했다.

교육청과 여러 학교 관리자들은 오수섭 국회의원의 튼튼한 동아줄을 잡기 위해 그 앞에서 다투듯 뇌물과 아부를 서슴지 않는 실정이라며, 정숙은 자기 친구들뿐만 아니라 군내 대부분의 선생님도 이런 사실을 거의 다 알고 있다고 했다. 그러고는 청명한 가을 호수 같은 고운 눈을 살짝 감았다가 이내 얼굴을 찡그렸다.

"대학교 졸업할 때만 해도, 아이들을 가르치는 데 평생을 바치겠노라 다짐했던 사람들이 이렇게 명분 없는 출세와 승진에만 목매는 걸 보면, 너무 가련하고 불쌍해요. 정말 아이들이나 학부모들 보기에 부끄럽고 민망할 정도죠."

정숙은 목까지 내려오는 긴 머리카락을 고운 손가락으로 만지작거리며 수다를 이어갔다.

"김 선생님, 그렇다고 이게 전부 그분들의 잘못이라고만은 생각하지 않아요. 아이들을 위해 평생 몸과 마음을 바친 훌륭한 선생님들도 많지만, 지금 제도상으로는 그분들에게 마땅한 보상이 주어지지 않으니까요. 각종 불합리한 교육제도를 고쳐야 할 필요성이 너무 많다고 생각해요. 특히 승진제도는 하루빨리 개선되어야 해요. 그래야 경력이 많은 선생님들이 이 눈치 저 눈치 안 보고 마음 놓고 열심히 아이들을 가르칠 수 있겠죠. 승진 이상으로 다른 형태의 보상도 마련돼야 한다고 봐요. 교사에게는 아이들을 위하는 헌신과 사랑, 그리고 자기 뜻을 실천하는 마음가짐이 꼭 필요하다고 생각하거든요. 그게 우리에게 주어진 사명이 아니겠어요?"
 이정숙의 목소리는 점차 높아지면서 말투가 빨라졌다.

 "이 선생님, 교직 경력이 짧은 데도 정말 많은 걸 알고 있군요."
 그 말에, 정숙은 잠깐 나를 바라보다가 아무 말도 없이 긴 머리카락을 손끝으로 만지작거렸다.
 "지난 여름방학 때 공무원 중앙연수원에 가서 연수를 받았던 일이 떠오르네요. 그때 교육개발원에서 오신 교수님이 우리에게 해 주신 말씀이 있는데…"
 정숙은 목에서 올라오는 가래침을 꿀꺽 삼키며, 흐트러진 머리카락을 두 손으로 재차 매만졌다.
 "교대나 사대에 입학할 때는, 평생 아이들을 가르치겠다는 신념과 포부를 가진 학생들이 대부분이라네요. 그런데 중견 교사가 되어 나이가 들면서, 서서히 아이들을 가르치는 데 권태와 염증을 느껴 가르치는 일에 소홀해지는 경우가 많대요. 아이들을 직접 가르치기보다는, 자신의 권력과 권한을 행사할 수 있는 관리직에 눈을 돌리기 시작한다는 거예요. 그러기 위해 교감이나 교장, 혹은 장학사나 장학관이 되려고 별별 수단과 방법을 다 동원한다고도 하더군요.
 평생 아이들을 위해 직접 헌신해 온 교사들에게는 아무런 보상이 없는 우리나라 승진제도를 빨리 개혁해야 한다고, 그 교수님께서 강조하셨어요. 교육 선진국에서는 아이들을 위해 평생을 헌신한 교사들에게 특별한 보상이 있다고 해요. 그래서 우리도 누구나 자부심과 긍지를 가지고 아이들을 가르치는 데 전념할 수 있도록, 제도가 확립되어야 한다는 거죠. 아이들을 가르치는 일이 보람 있고 자랑스러워야 하지 않겠어요? 그 교수님 말씀으로는, 그렇게 하려면 우리나라도 교육 선진국처럼 선임 교사·수석 교사 제도를 위한 교육법 규정을 만들어야 한다고 했어요. 관리자가 되지 않더라도 평생 아이들만 가르치는 데 보람을 느낄 수 있는 승진제도가 필요하다고도 하셨고요."

이정숙은 목에 힘을 주며, 아까보다 더 큰 목소리로 열변을 토했다.

"우리나라 교육제도가 하루빨리 변해야 해요. 소수의 특권을 누리는 관리자 중심으로 돌아가는 학교 교육이 되어서는 안 된다고 생각해요. 지나친 권력 중심의 권위주의가 사라져야 해요."

마치 자신이 교육 개혁 이론가라도 된 것처럼, 그녀는 점점 목소리를 높여 가며 진솔하고 진지하게 말했다. 두 손을 맞잡으며 목을 약간 뒤로 젖히고 마른 입술에 침을 발라가면서 거침없이 말을 이어갔다.

"이 선생님, 그래도 그런 제도가 빨리 자리 잡으려면 국가 차원의 개혁 의지가 있어야 해요. 우리가 요구하는 승진제도가 바뀌려면 많은 세월이 걸릴 것 같아요. 정치인들은 교육의 중요성을 알면서도, 현실적으로 눈에 확 띄고 짧은 시간 안에 성과가 나타나는 곳에만 예산을 쓰려하거든요. 교육 분야는 수십 년이 지나야 그 효과가 나타나니까, 정치인들이 교육 정책에 많은 것을 투자하지 않는 게 일반적이에요."

내 말을 들은 정숙은 갑자기 두 손으로 입을 막고 콜록콜록 잔기침을 두어 번 했다.

"그러니까 우리 교사들이 단합해야 해요. 근데 교사들은 단결력이 부족한 것 같아요. 우리 교사들을 대변할 진정한 조직이 필요하다고 생각해요. 정치인이나 고위 관료들은 교육의 중요성을 너무나 몰라요. 결국 우리가 해결하지 않으면, 아무도 우리를 도와주지 않아요."

그녀는 마치 무언가에 취한 듯, 혹은 신들린 사람처럼 흥분된 목소리로 떠들어 댔다. 평소에는 신중하고 침착한 편이지만, 오늘만큼은 마음속 깊이 간직해 온 생각을 꼬치에서 실뽑아내듯 줄줄이 쏟아내고 있었다.

조금 수다스러워 보이긴 했지만, 그동안 꾹 참았던 현실에 대한 자기 생각을 스스럼없이 표출하는 모습이 어딘지 모르게 대단해 보이면서도, 한편으로는 내 마음 한구석을 불편하게 만들었다. 나이 어린 그녀 앞에서, 나는 왠지 모르게 소심해지고 작아지는 기분이었다.

21

 근검·절약 정신을 강조하는 정부의 지시에 따라, 학교는 아껴 쓰기 운동에 적극적으로 참여하도록 아이들에게 독려했다.

 매일 직원 조회 시간이면, 교장은 대통령 지시 사항을 알려주었다. 반복되는 지시 사항은 대부분 박 대통령과 현 정부의 업적을 높이 찬양하는 내용들이었다. 국회의원 선거가 가까워질수록 각종 지시 사항과 대통령·정부 홍보 내용이 매일 쏟아져 내려왔다.

 날씨가 차츰 추워지자, 지각하는 아이들이 점점 늘어나기 시작했다. 이 산골 마을은 추위가 일찍 찾아온다. 북서쪽에서 모질게 불어오는 세찬 바람은 마치 칼끝으로 뼈와 살갗을 베어 내는 듯했다. 차디찬 눈보라는 깊은 산속 등굣길에서 종종 만나는 무서운 산짐승만큼이나 아이들을 괴롭혔다.

아침밥이라 해봐야 겨우 옥수수밥 한 그릇과 찐 감자 두세 개로 끼니를 때우고 등굣길에 나서는 어린아이들은, 허기진 배를 움켜쥔 채 한두 시간 이상 험한 산길을 넘는다. 흰 버짐이 올라 창백해진 얼굴에 듬성듬성 부스럼투성이인 머리, 그리고 손바닥을 호호 불어가며 등교하는 모습이 몹시 안쓰러웠다. 그런 어려움을 참고 견디며 학교에 오는 아이들의 해맑은 표정을 볼 때마다, 나는 무척 대견스럽고 고마운 마음이 들었다.

"난롯불 피울 때 나무 좀 아끼세요. 이러다가 며칠 못 때고 연료가 동날 것 같아요. 나무는 반드시 2교시가 끝나면 불을 꺼야 합니다. 내가 각 반에 돌아다니며 점검할 거예요. 만약 어기는 반이 있으면, 다음 날 땔나무를 안 주겠어요."

교감은 직원 조회 때마다 극성스레 잔소리를 퍼부었다.

"내일은 날씨가 좀 춥더라도 솔방울을 주워 와야겠어요. 불쏘시개가 없어요. 4학년 이상은 오전 수업만 하고, 솔방울 따러 갈 겁니다. 아이들 모두 보자기나 양동이 같은 그릇을 챙겨오라고 하세요. 반별로 솔방울 담아 올 그릇을 준비해야 해요. 그리고 추우니까 옷을 든든히 입고 오라고 해 주세요."

교감은 이날도 난로에 피울 연료 문제로 잔소리를 멈추지 않았다.

다음 날, 오전 수업을 마치고 점심시간이 끝난 뒤, 4학년 이상 아이들은 모두 운동장에 모였다. 교실에서 수업하지 않는다는 생각에, 개구쟁이들은 마음이 들떠 신이 나 있었다. 매서운 찬바람이 옷깃을 파고들고, 볼과 귀를 세차게 후려쳤다. 진눈깨비가 간간이 내리더니 바람결에 이리저리 휘날려, 목덜미 속으로 스며들어 섬뜩섬뜩 몸을 움츠리게 했다. 하지만 아이들은 추위에 웬만큼 익숙해진 듯, 좀처럼 움츠러들지 않아 그나마 다행이었다.

"얘들아! 여기서 솔방울이나 삭정이를 주우면 돼요. 높은 나무 위엔 올라가지 말아요. 위험한 곳으로는 절대 가지 말고요."

고사리 같은 손을 호호 불어가며 이리저리 뛰어다니며 솔방울을 줍는 아이들, 나무 위에 올라가 삭정이를 꺾는 아이들, 자루만 걸머진 채 별 소득 없이 뛰어다니는 아이들까지, 모두 착하고 순박한 모습으로 불평 한마디 없이 담임인 내 말을 잘 따랐다. 그러나 이정숙 선생은 짜증스러운 표정으로 불평과 원망이 뒤섞인 목소리로 내게 말했다.

"김 선생님, 이거 너무 심하지 않아요? 우리 반에 점심도 못 싸 온 아이들이 여러 명이에요. 이런 걸 시키는 건 너무하죠. 보호받아야 할 어린아이들에게…"

"이 선생님, 어쩔 수 없잖아요. 학교에 연료 살 돈이 없대요."

강가에서 불어오는 쌀쌀한 바람과 깊은 계곡에서 거세게

밀려오는 세찬 바람이 나뭇가지를 미친 듯 흔들었다. 몇 가닥 남아 있던 잎새들은 힘없이 팔랑거렸다. 초겨울 북서쪽에서 불어오는 바람은 여리고 어린아이들의 살 속까지 파고들어, 배고픈 아이들의 마음에 더욱 어둡고 그늘진 기운을 드리웠다.

땅에 떨어진 솔잎과 가랑잎 사이로 스치는 차가운 바람은 아이들의 마음을 한층 움츠러들게 했다. 낙엽이 겹겹이 쌓인 비탈진 산 중턱까지 오르면서, 낙엽을 밟으며 '아름다운 사랑의 추억'을 노래하는 어떤 시인의 시적 감상이 왠지 위선적이고 가증스럽게만 느껴졌다. 소나무 가지에 엉겨 붙은 솔방울을 따내는 아이들의 거친 손짓은, 마치 자신의 아픈 상처를 말해 주는 듯했다.

초겨울 오후의 해는 노루 꼬리만큼 짧다. 어느덧 해는 산허리에 몸을 감추고 있었다.

"선생님! 이제 학교로 돌아가야겠어요. 가뜩이나 옷도 제대로 입지 못하고, 점심도 변변히 먹지 못한 아이들을 너무 고생시키는 것 같아요. 이제 학교로 돌아가죠."

나는 이정숙 선생과 함께 아이들을 데리고 험한 비탈길을 내려오면서 혹시나 아이들이 다칠세라 조심스럽게 길을 안내했다.

"김 선생님, 문교부나 도 교육청에서 이런 사실을 알고나 있을까요?"

"이 선생님, 이게 우리나라 교육의 현실인 걸 어떻게 하겠어요. 있는 그대로 받아들이고, 우리가 해야 할 일만 잘하면 되잖아요?"

"김 선생님, 우리가 해야 할 일이 뭔데요. 저는 아직 교육 경력도 짧고, 나이도 어려서 판단력이 부족하고 사리 분별도 잘 못한다는 걸 알아요. 하지만 학교 교육환경은 국가가 책임져야 하는 것 아니겠어요? 국민학교가 의무교육이라고 분명히 우리나라 교육법에 명시되어 있는 걸로 알고 있어요. 그런데 왜 우리 교사들이 나서서 아이들의 난로 땔감까지 책임져야 하는지, 저는 이해가 안 돼요.

우리가 너무 어리석은 거 아닌가 싶어요. 교사의 가장 큰 사명은 아이들을 사랑으로 가르치고 지도해서 국가와 사회가 요구하는 인재가 되도록 이끄는 거라고 생각해요. 그런데 우리는 엉뚱한 일에 힘을 쏟고 있잖아요. 우리가 모두 힘을 모아서, 잘못되어 가는 현실을 알려야 한다고요."

개울가에는 헌 빨랫줄처럼 구불구불 길게 늘어진 징검다리 틈 사이로 물결 따라 거슬러 올라가는 물고기 떼가 보였다. 이정숙 선생이 거침없이 쏟아내는 말을 들을 때마다, 나는 조금씩 그녀의 말에 빨려 들어가고 있었다. 마치 삼투압 작용으로 서서히 흡수되는 액체 방울처럼.

'페스탈로치가 이 모습을 본다면 우리에게 뭐라고 말할까? 지금 내 모습은 어린아이들의 마음을 제대로 보듬어 주고 있

는 걸까? 진정 그들을 위해 헌신과 희생을 다 하는 걸까?'

이런저런 생각에 마음이 혼란스러웠다. 교사는 새싹 같은 어린 생명을 보살피기 위해 암탉이 병아리를 품듯 온 힘을 다해 따뜻한 사랑으로 가르쳐야 한다고, 대학 2학년 때 강연기 교수님께서 강조하신 말씀이 머릿속을 스쳤다. 교육학 이론 시간에 '줄탁동시(啐啄同時)'라는 개념을 설명하시던 김정남 교수님이 떠오르기도 했다.

"알 속에서 자란 병아리가 때가 되면 바깥으로 나오기 위해 부리로 껍데기 안쪽을 쪼는 것을 '줄(啐)'이라 하고, 그 소리를 듣고 어미 닭이 밖에서 껍데기를 쪼아 새끼가 알을 깨고 나오도록 도와주는 것을 '탁(啄)'이라 합니다. 병아리는 깨달음을 향해 나아가는 수행자, 어미 닭은 그 수행자에게 깨우침의 방법을 일러주는 스승으로 비유할 수 있습니다.

안과 밖에서 동시에 알을 쪼아야 비로소 병아리가 알을 깨고 나올 수 있듯, 스승이 제자를 깨우쳐 주는 것도 이와 같습니다. 제자는 안에서 수양을 통해 껍데기를 쪼아 나오고, 스승은 제자의 상태를 잘 보살피고 관찰하다가, 시기가 무르익었을 때 깨우침의 길을 열어주어야 합니다. 이 시점이 일치해야 진정한 깨달음이 일어납니다.

어미 닭이 알을 품어 생명을 보호하되, 알을 깨고 나올 때는 바깥세상으로 나오도록 도와주어야 하는 것이죠. 교육의 원리로 말하자면, 학생과 선생이 선후(先後) 없이 적절한 시기에 맞춰 가르치고 배우며 호흡을 맞춰야 한다는 뜻입니다."

지난날 김 교수님의 이 가르침이 새록새록 떠오르며, 나는 깊이 생각에 잠겼다.

저녁 종이 울릴 때

2부

낙화유수
落花流水

저녁 종이 울릴 때

1

아이들이 솔방울을 줍던 날, 늦은 밤 갑자기 몰아친 찬바람과 함께 산골 마을에 첫눈이 내렸다. 첫눈이 내리는 산골 초겨울 풍경은 마치 하나님이 창조한 대자연의 웅장한 걸작품 같았다.

잣나무 가지 사이로 언뜻언뜻 보이는 송이송이 쌓이는 눈송이와 절벽 아래로 폭포수처럼 쏟아지는 하얀 눈, 잣나무 가지 위에 포근하게 쌓인 눈 솜사탕에다 솜옷처럼 두툼하게 눈을 입고 있는 나뭇가지들은 흰 눈꽃 터널을 이루고 있었다.

상수리나무 아래 흰 눈 사이로 구불구불 실타래처럼 끝없이 펼쳐진 풀잎들, 이어진 눈길 위 어설프게 찍힌 새들의 발자국이 다문다문 이어졌다. 해가 떠오르며 산 정상엔 코발트색 하늘이 드리우고, 온 세상이 마치 동화 속 한 장면처럼 한 폭의 그림이 되었다.

　때 이른 첫눈이 내린 운동장에는 아침 일찍부터 남자아이들이 편을 갈라 눈싸움을 하고, 여자아이들은 손을 호호 불어가며 눈사람 만들기에 여념이 없었다. 무엇이 그리 재미있는지, 눈이 쌓인 운동장은 아이들의 웃음꽃으로 활짝 피었다. 수업 시작종이 '땡 땡 땡' 울렸음에도 아랑곳없이, 아이들은 교실로 들어가려 하지 않았다.
　나는 우리 반 아이들을 모두 운동장에 모이라고 했다. 교실에 들어가 수업하지 말고, 편을 갈라 눈싸움을 하기로 한 것이다. 아이들이 신나게 노는 분위기를 깨뜨리지 말아야겠다고 생각했다. 남자아이들은 편을 갈라 눈싸움하고, 여자아이들은 눈사람을 만들기로 했다.
　"오늘 이기는 편에는 선생님이 상을 주겠어요. 다만, 눈싸움할 때 절대 위험한 행동은 하면 안 돼요. 만약 그런 행동을 하는 사람이 있으면 벌을 주고, 그 편이 진 걸로 인정하겠습니다."
　개구쟁이들은 저마다 차가운 맨손으로 눈을 뭉쳐 상대편을 향해 던지거나, 서로 밀치고 쓰러뜨리고 옷깃 속에 눈을 넣기도 했다. 참으로 오랜만에 보는 활기찬 모습이었다. 여학생들도 편을 갈라 손을 호호 불어가며 여럿이 함께 눈덩이를 굴려 눈사람을 만들었다. 숯으로 입과 눈, 코를 만들고, 소나무 가지로 눈썹과 수염을 붙이며 멋을 냈다. 머리에는 헌 밀짚모자를 씌우고, 헌 가마니로 옷을 만들어 입혔다. 여기저기 크고 작은 예쁜 눈사람들이 측백나무 울타리와 어우러져, 운동장은 살아 있는 하나의 걸작품이 되었다.

   펄펄 눈이 옵니다 바람 타고 눈이 옵니다
   하늘나라 선녀님들이 송이송이 하얀 솜을
   자꾸자꾸 뿌려 줍니다
   자꾸자꾸 뿌려 줍니다

   펄펄 눈이 옵니다 바람 타고 눈이 옵니다
   하늘나라 선녀님들이 하얀 가루 떡가루를
   자꾸자꾸 뿌려 줍니다
   자꾸자꾸 뿌려 줍니다

   한겨울에 밀짚모자 꼬마 눈사람
   눈썹이 우습구나 코도 삐뚤고
   거울을 보여 줄까 꼬마 눈사람

   하루 종일 우습구나 꼬마 눈사람
   무엇을 생각하며 혼자 섰느냐
   집으로 돌아갈까 꼬마 눈사람

누가 먼저 노래를 시작했는지 알 수 없었다. 아이들은 마냥 즐거워서 노래를 부르기 시작했다. 처음에는 몇몇 여학생이 부르더니, 여기저기서 다른 아이들도 하나둘씩 따라 부르기 시작했다. 운동장에서 눈덩이를 굴리던 아이들까지 모두 함께 노래를 부르자, 운동장은 즐거운 노래로 하나가 되었다.

창밖으로 이 광경을 바라보던 교감은, 1교시가 끝난 직후 몹시 못마땅한 표정으로 나를 불렀다.
"김 선생! 첫째 시간이 무슨 시간이죠?"
그는 자리에서 벌떡 일어나며, 앉아 있던 의자를 오른발로 힘껏 걷어찼다. 회전의자는 제멋대로 빙글빙글 돌아갔다. 눈을 매섭게 치켜올려 뜨고 안경을 오른쪽 손가락으로 만지작거렸다.
"자연 시간이었습니다. 그런데 무슨 문제라도 있습니까?"
나는 조금도 당황하는 기색 없이 아무 일 없었다는 듯 태연히 대답했다. 내 태도에 교감은 의아한 표정으로 날 따가운 눈초리로 쏘아보았다.
"내가 한 말을 이해 못 하나요? 자연 시간에, 그것도 첫 시간부터 아이들을 데리고 운동장에서 눈싸움이나 하고 놀고 있으니…… 김 선생, 지금 정신이 제대로 박힌 겁니까!"
교감의 무서운 책망에 나는 움츠러들어 한마디 변명도 못 하고, 죄송하다는 말만 남긴 채 교무실을 빠져나왔다. 교감 앞에서 무엇이라 변명하거나 설득할 용기도 나지 않았다.

교실에 돌아오니, 아이들은 아직도 신이 나서 시시덕거리며 한바탕 시끌시끌했다. 어떤 아이들은 교실 안까지 눈덩이를 가져와 잔뜩 떠들썩했다. 아이들의 활기찬 모습이 왠지 흐뭇하고 사랑스러웠다.

"오늘 눈싸움에서 이긴 쪽이 어디죠?"

"청군이 이겼어요! 선생님, 이긴 팀에게 상 주신다고 했잖아요! 빨리 주세요!"

"그래, 약속대로 상을 줄 테니 조금만 기다려요."

나는 미리 준비해 둔 알사탕을 이긴 팀 아이들에게 두 개씩 나누어 주었다. 청군이 알사탕을 받자, 백군 아이들은 부러운 표정으로 청군 아이들을 바라봤다.

"선생님, 진 편은 아무것도 안 주나요?"

백군 팀 대장인 대식이가 무척 서운한 표정으로 내 손을 바라보며 묻는다.

"진 편도 열심히 참여했으니까, 상을 주겠어요. 하지만 이긴 편보다는 조금 못한 상을 주겠어요."

백군 아이들은 마치 약속이나 한 듯, 또랑또랑한 눈빛을 반짝이며 "우와!"하고 환호했다.

나는 미리 준비해 둔 알사탕을 이번에는 한 개씩 건네주며 등을 토닥이고, "정말 잘했어!"하고 칭찬을 해 주었다. 눈사람을 만든 여자아이들에게도 똑같이 사탕을 나누어 주었다. 오랜만에 맛보는 달콤한 사탕에 아이들은 교실이 떠나갈 듯 깔깔대며 기뻐했다.

2

산골 마을에서 가장 큰 축제는 누가 뭐라고 해도 닷새에 한 번 열리는 장날이다.

장터 식당은 어느 때보다 사람들로 와글와글 북적이고, 장터 술집에선 대낮부터 막걸리를 마시는 술꾼들로 요란스럽다. 막걸리 대폿집 여인이 흥이 오른 젓가락 장단에 맞춰 부르는 노랫가락은 산골 장마당 특유의 분위기를 한껏 돋운다.

장날은 산골 마을에 구수하며 인정미가 넘치는, 포근한 냄새가 가득한 정겨운 날이다. 팔려 나온 토종 돼지 새끼들이 꿀꿀거리고, 담뱃대를 물고 장닭을 안고 있는 수염 덥수룩한 시골 노인, 방금 대장간에서 나와 푸르스름한 빛이 도는 괭이와 호미를 팔러 온 대장장이, 색색의 여인용 옷감과 옷을 들고 와서 펼쳐놓은 장돌뱅이 옷 장수들까지. 곤히 자고 있던 소를 깨워 새벽부터 먼 길을 몰고 온 누런 어미 소들이 송아지를 찾는 울음소리에서도, 이 산골 마을의 순박한 인심이 물씬 풍겨 나온다.

취나물, 돌나물, 더덕, 고사리, 고들빼기, 도라지 등, 높고 험준한 비탈진 산에서 뜯어온 갖가지 산나물을 팔러 나온, 흙때 묻은 산골 아낙들의 수수하고 어수룩한 표정은 한층 더 정겨운 분위기를 자아낸다. 특히 이곳의 옥수수는 산골 화전민들이 가꾸어 거둬들인 곡식이다. 깊숙한 산속에 들어가 산불을 놓아 태운 뒤, 돌과 자갈, 나무뿌리를 치우고 삽과 괭이로 간신히 일궈낸 가파른 산밭에서 거둔 양식이다. 옥수수, 감자, 고구마, 조, 수수 등을 심고 수확한 곡식은 일 년간 먹고 살아야 할 양식이다.

장날이면 옥수수와 고구마, 감자를 들고나와 필요한 물건을 사거나, 필요한 물건을 서로 가격을 따져서 물물교환하는 일도 흔하다. 이곳에서 나온 옥수수는 많은 사람들이 끼닛거리로 사 갈 만큼 소중한 식량이다. 그러나 이마저도 일찍 떨어져 보릿고개가 오면, 화전민들은 산나물 죽이나 옥수수 가루로 버티며 겨우 연명하기도 한다.

동수는 학교에서 약 25리나 떨어진 깊은 산속 마을에서 살고 있다. 부모님은 화전민으로, 옥수수와 고구마, 감자 등을 심어 간신히 생활을 잇는 형편이다. 더덕, 도라지, 취나물, 고사리 같은 산나물을 뜯어 팔거나, 깊은 계곡에서 밤과 도토리, 머루, 산딸기를 따 먹으며 겨우 연명한다.

운동장 가의 플라타너스 나무에서도 나뭇잎이 거의 다 떨어져 가는 늦가을에, 따뜻한 햇볕이 내리쬐는 장날 오후. 아이들은 모두 일찍 집으로 돌아가 텅 빈 조용한 교실에서, 나는 내일 수업 준비에 몰두하고 있었다. 바로 그때, 뜻밖의 손님이 교실 문을 열고 들어섰다.

"이 교실이 5학년 교실인가요?"

얼굴은 검게 그을리고 옷매무새가 매우 누추한, 키가 작은 시골 여인이 작은 광주리를 이고 들어왔다. 불쑥 나타난 모습을 보고, 나는 장터에서 팔지 못한 물건을 떠넘기러 온 것이려니 짐작했다.

"예, 5학년 교실이 맞습니다만, 무슨 일로 오셨는지요?"

"저… 제가 동수 어미예요. 진작 찾아뵙고 인사를 드려야 했는데, 먹고살기 힘들다 보니 이렇게 늦어 참으로 죄송하구먼요. 철없는 우리 아이 가르치시느라 얼마나 수고가 많으세요…"

차분하고 조용한 말투와 순박한 태도는 오히려 어느 우아한 여인보다 기품 있어 보였다. 비록 옷이 누추하고, 가난과 힘든 농사일로 얼굴이 새까맣게 그을렸지만, 그 속에는 말끔하고 겸손한 예절이 엿보였다.

"선생님, 저희 집은 학교에서 꽤 멀어요. 아이 아버지가 서울서 사업을 한답시고 나섰다가 빚만 잔뜩 지고, 야간 도주하듯 이곳으로 내려왔죠. 지금은 화전을 갈아서 먹고살고 있어요. 화전골이라고, 선생님도 혹시 아시는지 모르겠네요."

동수 어머니는 꾸밈없이 자신의 가정사를 낱낱이 털어놓았다.

"선생님께 드릴 건 없고요, 변변치 못하나 옥수수를 조금 쪄서 가져왔어요. 선생님 입맛에 맞으실지 모르겠네요. 참말로 부끄럽지만… 제 성의니 받아 주셨으면 좋겠네요."

광주리 안에는 노릇하게 익은 탐스러운 옥수수가 소담스레 담겨 있었다. 먼 산길을 마다하지 않고 머리에 이고 오면서 식어버린 옥수수를, 학교 근처에서 솥을 빌려 다시 따끈하게 데웠다고 했다. 그래서인지 꽤나 먹음직스러워 보였다.

"동수 어머니, 이렇게까지 신경 써 주시다니… 제가 분에 넘치는 대접을 받네요. 정말 감사합니다."

동수 어머니가 돌아간 뒤, 나는 머릿속으로 키가 작고, 몸이 바싹 마른 남자아이 동수를 떠올렸다. 얼굴이 창백하면서도, 점심때 간혹 옥수수밥이나 찐 감자를 도시락으로 가져왔던 동수. 몇 번이고 헝겊을 덧대 꿰맨 옷을 입고 학교에 오는 그 아이를 볼 때마다 늘 안쓰러운 마음이 들었다.

그날 저녁 해거름에 장마당 모퉁이를 돌아 작은 초가집 토담 옆 샛길로 들어서려는 순간, "선생님!"하고 부르는 익숙한 남자아이의 목소리가 들렸다. 아무 생각 없이 돌아보니, 그곳에는 키가 작은 아이와 얼굴이 까맣게 그을린 시골 아낙네가 보였다. 산을 개간해 얻은 옥수수와 산나물, 그리고 집에서 키운 붉은 장닭 한 마리를 돌 틈에 새끼줄로 묶어 놓고, 사 갈 사람을 기다리는 모습이었다.

나는 너무 반가워 길남이 어머니께 허리를 굽혀 반갑게 인사를 했다. 길남이 어머니는 몹시 부끄러운 듯 수줍은 표정으로 나를 바라보았다.

"선생님, 길남이가 오늘 저 도와준다고 학교를 빠졌어요. 선생님 뵙기가 정말 창피하네요. 이거 팔아서 밀린 육성회비를 내야 할 텐데, 아무도 안 사 가서 큰일이네요…"

길남이 어머니의 그늘진 얼굴을 보니, 나 역시 애처롭고 답답한 마음을 금할 수 없었다.

"길남이 어머니, 이 닭 한 마리가 얼마인가요?"

"이 닭은 집에서 놔 먹인 토종닭이라 아주 기름지고 좋아요. 그런데 왜 닭값을 물어보세요?"

"마침 제가 닭 한 마리를 사러 나왔거든요. 제가 이 닭을 사겠습니다. 얼마면 될까요?"

"아니에요, 그러지 마세요. 어차피 닭이 팔리지 않으니 그냥 가져가 잡아 드세요. 그래야 제 마음이 편하겠어요."

길남이 어머니의 말과 행동으로 보아, 도무지 닭값을 받으려 하지 않는 듯했다. 하는 수 없이 생각지도 않았던 닭 한 마리를 안고 하숙집으로 돌아왔다.

저녁 식사 때 닭고기를 뜯으며 동료 선생님들과 함께 술잔을 기울였다. 그리고 닭을 얻게 된 경위를 이야기했다. 선생님들은 내 처사를 나무라듯 혀를 찼다. 특히 연세가 많으신 이기일 선생님께서는 몹시 꾸중하셨다.

"닭 한 마리면 이 근방에서는 큰 재산인데, 그냥 넘어가면 예의가 아니지. 닭을 그냥 준 건, 내 아이를 좀 더 사랑으로 보살펴 달라는 뜻일 수도 있어. 자기 아이뿐 아니라, 모든 아이를 따뜻하게 보살펴 주길 바라는 시골 아낙네의 간절한 마음이 담긴 거라네."

그 말에 나는 괜스레 마음 한구석이 무거워졌다.

3

 강둑에 외롭게 서 있는 버드나무 가지에 남아 있는 잎새들이 펄렁이는 늦가을에 나는 화전골을 찾아갔다. 십 년 선배인 최인수 선생님을 중심으로, 이정숙 선생님과 한상기 선생님이 동행하여 그곳에 살고 있는 아이들의 가정 형편과 마을 주민들의 생활 형편을 살펴보기 위해서였다.
 우리는 일요일 아침 식사를 끝내고 서둘러 길을 나섰다. 최 선생님은 이미 두어 차례 그곳 아이들의 가정을 방문한 경험이 있어 길을 쉽게 안내할 수 있었다. 또 아이들에게 줄 선물로 학용품과 과자, 사탕 등을 미리 준비해 두었다.

 큰 신작로를 벗어나 비탈진 산길을 따라 올라갔다. 인적이 거의 없는 험한 길이었다. 낙엽이 바람에 날려 겹겹이 쌓여 있어 산길의 흔적마저 지워버렸다. 오래 묵은 낙엽 더미와 암석에 두툼하게 눌어붙은 이끼에서는 축축한 습기와 냉기가 풍겨 나왔다.

울창한 숲속은 태고부터 사람 손이 닿지 않은 듯한 자연 그대로의 모습이었다. 아름드리 나무들은 아무도 찾아오지 않는 이곳을 지키듯 서 있었고, 구름 한 점 없이 맑은 늦가을 하늘은 휑하니 높고 아름다웠다. 여기저기 나무와 수풀 사이로 바삐 뛰어다니는 다람쥐들은 무척이나 귀엽고 평화로워 보였다. 우리가 가까이 가서 손짓해도 피하지 않고 우리를 아랑곳하지 않는 모습이 신기하기만 했다.

오래 묵은 잣나무 가지에는 주인 없는 잣송이가 햇빛과 바람을 받으며 나뭇잎 사이로 보였다. 마음껏 휘어진 노송들은 오랜 세월 풍상을 이겨낸 늠름한 자태로 험준한 산을 지키고 있었다. 이름 모를 새들과 이 산과 저 산에서 지저귀는 산솔새와 호랑지빠귀 소리는 아름답고 신비로운 자연의 합창처럼 들렸다. 살아 있는 기쁨이 가득 차 있었다.

새들의 합창 소리와 함께 아름다움을 더해 주는 것은, 계곡 사이로 흐르는 맑은 개울물 소리다. 마치 유리 쟁반 위에 옥구슬이 굴러가듯 낭랑하고 청아했다. 차갑게 여울져 흐르는 개울물은 물비린내를 풍기며 끊임없이 흘러내려, 이곳을 지나는 등산객과 나그네들의 갈증과 더위를 씻어 주었다. 예전부터 "이 물로 밥을 지어야 제맛이 난다"라는 말이 있을 정도여서, 자연스레 사람들의 쉼터가 되었다.

우리는 울창한 숲속의 가파른 언덕길을 숨 가쁘게 올라갔다. 멀리 산 중턱 아래에는 쓰러질 듯 힘겹게 버티고 있는 작은 토담집들이 옹기종기 모여 있었다. 그때 최 선생님이 조용히 말했다.

"여기는 누구에게도 제대로 보호받지 못하는 곳이라, 마을 주민들과 이야기할 때 조심하셔야 합니다. 암담한 현실에 대한 두려움과 막막한 앞날 때문에, 심리적 불안감과 좌절감이 큰 분들이 많거든요. 정부나 사회에 대한 불만과 불평이 가득해서 외부 사람들에게 배타적인 경우도 있습니다. 수사기관에서 감시 대상이 된 주민들도 적지 않아요. 학부모와 대화할 때는 너무 부정적인 이야기나 상처가 될 말은 삼가고, 그저 따뜻한 위로와 격려로 실의에 빠진 분들에게 힘과 용기, 그리고 희망을 주고 돌아가도록 합시다."

최 선생은 우리에게 말과 행동을 조심하라고 여러 차례 당부했다.

병풍처럼 둘러싸인 가파른 산 중턱 위, 토담집들 사이에 곡식 낟가리들이 큰 더미를 이루며 군데군데 어지럽게 쌓여 있었다. 늦가을에 비와 눈을 피하려고 임시로 쌓아 둔 추수한 옥수수였다. 일손이 부족해서 미처 거두지 못한 옥수수는 산 위에서 불어오는 바람에 중심을 잃고 이리저리 힘없이 쓰러져 있었다.

간신히 흙을 빚어 지은 쓰러질 듯한 토담집 옆 풀밭에서는 누런 송아지가 배를 드러낸 채 한가로이 옥수수 잎을 뜯으며, 낯선 나그네인 우리를 물끄러미 바라보았다. 눈을 껌벅거리며 평온한 풍경으로 누워 있는 누런 송아지의 모습은 여느 시골 농촌 마을과 다름이 없었다. 숲속에서 들려오는 이름 모를 새들의 소리와 선들선들 불어오는 산바람을 맞으며 마을에 들어섰다.

한가롭게 놀고 있던 개들이 불청객을 보자 경계심 가득한 눈초리로 "컹, 컹, 컹!" 짖기 시작했다. 개들이 요란하게 짖어 대는 소리를 듣고 달려 나온 아이들은 선생님이 온 것을 알자, 산에서 놀던 아이들까지 우르르 몰려와 반갑게 인사를 건넸다. 다 해진 헌 옷을 걸치고 맨발로 뛰어오는 아이들은, 땟국물이 흐르는 머리에 부스럼과 종기가 나 있어도 치료 한 번 제대로 받지 못하고 있었다.

이곳까지 선생님들이 가정 방문을 온 일은 마을로선 큰 경사였다.

"아니, 선생님들이 이 힘한 곳까지 오시다니… 예가 어디라고…."

화전민 책임자인 이장은 우리를 보자마자 검정 고무신을 벗어서 탁탁 털었다. 희끗희끗해진 낡은 밀짚모자를 벗고, 흙 묻은 누더기를 걸친 채 허리를 굽혀 인사를 했다. 산 중턱에서 옥수수를 거두던 일손을 멈추고 황급히 달려온 것이다. 그는 우리를 자기 집으로 안내했다.

마당 한가운데 듬성듬성 구멍이 난 멍석을 깔아 놓아, 우리는 그 위에 앉았다. 산등성이에서 불어오는 서늘한 바람이 송알송알 이마에 맺힌 땀방울을 금방 식혀 주었다. 옥수수밭 두렁, 미루나무 위에서는 참새 떼가 짹짹 재잘거리고 있었다.

"선생님! 다래랑 머루 좀 따왔어요. 잡수세요."

제법 나이 먹은 여자아이가 산에서 딴 다래와 머루를 내밀고 수줍게 뒤돌아서 홀쩍 달아났다.

"이 동네에서는 다래랑 머루가 지천이에요. 산나물도 아주 많죠. 더덕, 취나물, 고사리, 도라지, 두릅 같은 거요."

이장은 우리가 구멍 난 헌 멍석 위에 앉아 있는 걸 미안해하며 방으로 안내했다. 방이라고 해봐야 장판 대신 풀잎을 촘촘히 엮어 깔아 놓았고, 황토벽에는 여기저기 신문지를 대충 바른 채였다. 마른풀과 흙냄새가 은근히 풍겼다.

얼마 지나지 않아 이장은 부엌에서 찐 옥수수와 고구마를 산나물, 김치와 함께 작은 소반 위에 내왔다. 두 손으로 들기도 버거운 노란 옥수수는, 이제껏 먹어 본 어떤 옥수수보다도 입안에 고소함이 감돌 만큼 진한 맛이었다.

잠시 후 나는 눈을 의심할 만한 광경을 보았다. 흰 쌀밥에 갖가지 산나물과 채소를 곁들인 밥상을 이장 댁이 들고 들어오는 것이 아닌가! 쌀 한 톨 보기 힘든 이 산골에서 어떻게 쌀밥을 구해 왔을까 싶어 놀랍고, 한편으로 고맙기도 해 마음속이 뭉클해졌다.

"여기는 워낙 깊은 산골이라, 손님이 와도 제대로 대접하기가 어려워요. 죄송해요. 찬이 입맛에 들지 모르겠네요…."

이장 댁은 행주치마에 손을 비비며 부끄러운 듯 연신 죄송하다고 했다.

그때 더욱 놀라운 일이 벌어졌다.

어린아이들이 우르르 몰려와, 우리가 밥 먹는 방 안을 기웃거리며 까만 눈동자로 밥상을 호기심 어린 표정으로 바라보고 있었다. 서너 살쯤 되어 보이는 사내아이 하나가 쌀밥을 먹고 싶다고 칭얼대다 못해 문지방 안으로 들어서려는 찰나, 누나인 듯한 계집아이가 아이의 팔을 붙들어 밖으로 끌고 나가는 모습이 펼쳐진 것이다. 그 장면을 보고 있자니 나도 모르게 울컥하며, 가슴이 저려 왔다.

"선생님들, 우리 이 밥 한 그릇으로 나눠 먹고, 다른 밥은 아이들 주면 어떨까요?"

최 선생님이 우리 눈치를 살피며 제안했다. 우리는 그 말대로 한 그릇의 밥을 조금씩 나눠 먹고 옥수수와 고구마로 배를 채웠다.

"여기는 일 년 내내 쌀밥을 먹기가 어려운 고장이에요. 제 삿날이나 팔월 추석, 음력 설날 정도에야 겨우 한 끼 정도 쌀밥을 먹을 수 있을까 말까 하죠. 우리는 특별히 귀한 대접을 받은 거예요."

이미 이곳 사정을 어느 정도 알고 있던 최 선생님은 우리에게 넌지시 일러주었다.

　우리는 일일이 가정을 찾아다니며 학부모들과 인사를 나눴다. 그리고 느티나무 아래 아이들을 모아 놓고, 재미있는 옛날이야기를 들려주었다. 〈깊은 산속 옹달샘〉, 〈다람쥐〉 같은 노래를 함께 부르며 즐거운 시간을 보냈다.

　　　깊은 산속 옹달샘 누가 와서 먹나요
　　　새벽에 토끼가 눈 비비고 일어나
　　　세수하러 왔다가 물만 먹고 가지요

　　　산골짝에 다람쥐 아기 다람쥐
　　　도토리 점심 가지고 소풍을 간다…

　우리는 아이들과 함께 손에 손을 잡고 둥글게 빙글빙글 돌며 손뼉도 치고, 즐거운 한때를 보냈다. 미리 준비해 간 학용품과 과자, 사탕을 하나하나 아이들의 손에 쥐여 주고, 따뜻하고 포근한 인사를 나눈 뒤 헤어졌다.
　산골의 서산 해는 서서히 넘어가고 따사롭던 햇볕도 점차 차가운 공기를 몰고 오기 시작했다. 아쉬움을 뒤로한 채, 우리는 아이들에게 작별을 고했다.
　"얘들아, 안녕!"
　"선생님, 안녕!"

헤어지기가 무척 서운했던지, 아이들은 동구 밖까지 따라와 고사리 같은 손을 흔들어 주었다.

"김 선생님, 오늘 저는 우리가 해야 할 일이 무엇인지 새삼스럽게 깨달은 것 같아요. 저 아이들을 위해 뭔가 해야 할 일이 생겼어요."
"무엇을 해야 할까요?"
"헐벗고 굶주린 아이들을 위해 무엇이든 도와줘야겠어요."
이정숙은 내 귀에 대고 작은 목소리로 말했다. 그녀의 머리카락이 바람결에 날려 내 목덜미를 스쳤다.
"선생님, 우리가 저 아이들이 배고프지 않도록 도울 방법이 있을까요? 우리 힘만으로는 너무 어려운 일이 아닐까요?"
나는 그녀가 뱉은 말이 현실적으로는 별다른 의미가 없는, 그저 막연한 소망처럼 느껴졌다.
"물론, 배고픈 아이들에게 먹을 것을 줘서 그들의 허기를 전부 채워 줄 순 없지요. 하지만 어려운 가운데서도 희망의 끈을 놓지 않도록 용기를 줄 수는 있어요. 겨울에 얼어붙은 개울물 밑에서도 붕어들이 헤엄치고, 눈 덮인 엄동설한 밭고랑 속에서도 밀과 보리는 뿌리를 내리며 자라잖아요. 헐벗은 가난을 이겨낼 수 있도록 아이들에게 꿈과 희망을 심어주는 것, 그게 바로 우리가 할 일 아니겠어요?"

"세계에서 제일 못사는 나라, 후진국인 우리가 개발도상국으로 발돋움하기 위해 제1차 경제개발 5개년 계획을 세워 온 국민이 땀 흘려 노력하고 있습니다. 지금은 1인당 국민소득이 겨우 100달러도 안 될 정도예요. 우리가 먼저 국가를 위해 뭔가를 해야 합니다. 그게 우리가 잘사는 나라로 가는 길이에요. 200달러 정도는 넘어야 겨우 개발도상국으로 발돋움할 수 있다고 해요. 잘살기 위해선 선진국보다 몇 배 더 땀 흘려 일하고 노력해야지요.

선생님들은 자신의 학급 아이들을 열심히 가르치며, 주어진 사명과 책무를 최선을 다해 수행해야 합니다. 특히 내가 가르치는 아이들에게 꿈과 희망을 심어주는 일이 중요해요. 조국을 근대화하는 데 최일선에서 애쓰는 분들이 바로 우리 선생님들이잖아요. 부디 각자 맡은 바 사명을 다해 주시기를 바랍니다. 우린 반드시 잘사는 나라가 될 겁니다."

나는 지난겨울 방학 때 교육청 주관 연수에서, 어느 대학 교수님의 강의를 들으며 큰 감명을 받았던 기억이 떠올랐다.

4

산골의 한여름은 마치 초록색 파스텔로 가득 채워 놓은 한 폭의 사생화 같다. 밤이면 검푸른 휘장이 드리워진 듯하고, 그 위로는 아무렇게나 뿌려진 은빛과 금빛 별들이 총총히 반짝인다. 별들은 달빛에 젖은 호수의 물결과 함께 부드럽게 빛나고 있다.

첩첩 둘러싼 산마루에서 살랑살랑 맑은 바람을 타고 내려온 향긋한 풀잎 냄새는 간혹 마음을 설레게 한다. 쪽빛 골짜기 사이로 흐르는 폭포수는 마치 부서져 내리는 조각 같고, 깊은 계곡에서 흘러 내려오는 개울물은 하늘에서 선녀들이 내려와 목욕이라도 한 듯 향기로웠다.

햇빛에 반짝이는 자갈과 모래와 함께 흐르는 개울물에는 붕어, 모래무지, 버들치, 송사리, 불거지, 피라미, 누치, 가재가 유유히 한가롭게 놀고 있다. 학교 앞 개울가에서 아이들과 함께 물장구를 치고, 어항이나 그물로 물고기를 잡는 오후 시간은 무척 즐겁고 여유롭다. 모처럼 아이들과 하나가 되어 마음껏 어울리는 소중한 순간이다.

 나는 방과 후 틈을 내어, 아이들과 함께 개울가에서 재미있는 시간을 보내곤 했다. 분단별로 고기를 잡을 도구를 준비했다. 반두를 챙긴 아이들, 양싸리나무나 대나무를 꺾어 낚싯대를 만든 아이들, 양동이를 준비한 아이들, 어항을 가져온 아이들, 심지어는 자기 체격에도 맞지 않는 투망을 들고나오는 아이도 있었다. 이 시간만큼은, 새장에 갇혀 있던 새들이 푸른 들판 위로 날아오르듯 아이들도 마음껏 신나게 뛰어놀 수 있었다.
 남자아이들은 물속에 들어가 수영 실력을 뽐내는가 하면, 낚싯대를 가져온 아이들은 조용히 깊은 물가에서 붕어 낚시에 집중하며 제법 낚시꾼 흉내를 냈다. 저마다 여유로운 모습이 대견스럽다. 영식이는 팔뚝만 한 붕어를 낚아 올렸다. 붕어는 비늘을 희번덕거리며 팔딱거렸다. 영식이는 붕어 아가리에서 낚싯바늘을 꺼냈다. 그리고 제법 익숙한 솜씨로 다래끼에 붕어를 던져 넣고 다시 낚싯밥을 끼웠다. 손가락으로 익숙하게 움직이는 영식이의 모습을 보고 아이들은 "야호!"하고 함성을 질렀다.
 반두를 들고 이리저리 개울을 헤집고 다니는 아이들은 몹시 소란스럽다. 물풀이 우거진 구석에 반두를 갖다 대면, 다른 아이들이 고기를 몰아오는 식이다. 그물 안에 들어가는 놈은 잡힌 놈들이고, 다행히 그물을 비껴간 놈은 운이 좋은 놈들이다. 삶과 죽음이 엇갈리는 순간이다.

철호는 조금 찌그러진 빈 깡통을 가져왔다. 깡통 바닥에 물고기가 들어갈 만큼 작은 구멍을 뚫었다. 그리고 그 안에 들깻묵과 된장을 넣었다. 헌 베 헝겊을 깡통 아가리에 씌운 다음, 물 흐르는 방향으로 작은 돌과 돌 사이에 조심스레 놓았다. 어항을 구하기 어려운 형편이라 스스로 만들어 낸 방법이었다.

만수는 투망질을 곧잘 했다. 투망을 왼쪽 어깨에 걸치고 있다가 오른손으로 쥐고 있던 그물 한쪽을 물 위로 힘껏 던졌다. 투망이 참새 그물망처럼 활짝 펼쳐지는 모습에 아이들은 "우와!"하며 감탄을 터뜨렸다. 그러자 만수는 꽤나 으쓱거렸다. 만수는 조금 더 깊은 물가로 들어가 다시 투망을 힘껏 던졌다. 투망은 기분 좋게 활짝 펴졌다. 깊은 물에 펼쳐진 투망을 걸어 올리느라 애를 먹는 모습을 보자, 기남이가 뛰어와 함께 끙끙거리며 끌어냈다. 투망에는 팔뚝만 한 발강이, 붕어, 모래무지, 버들치, 송사리 등 여러 마리가 팔딱거리며 뛰고 있었다. 아이들은 이 광경에 "야호!" 함성을 연거푸 쏟아냈다.

나는 아이들이 고기 잡는 곳에서 조금 떨어진 넓은 개울가에 주낙을 길게 늘어놓았다. 여자아이들에게는 개울 윗목에서부터 고기를 몰아달라고 부탁했다. 여자아이들은 재잘거리며 치마를 걷어 올리고 이리저리 개울가를 헤집고 돌아다녔다. 물고기들은 호들갑스러운 아이들을 피해 물 아래로 내려오다가 그물에 걸려 옴짝달싹 못 하고 펄떡이는 신세가 되었다. 여자아이들은 그물에 걸린 발강이, 붕어, 모래무지를 싸리나무 바구니에 담으며, 자기들이 잡은 것처럼 깔깔대고 좋아했다.

"선생님! 이거 전부 선생님이 갖다 잡수세요."

만수는 싱글벙글 웃으며 투망에서 거둔 고기를 양동이에 담았다. 만수의 투망 솜씨는 어른 못지않게 정말 일품이었다. 자기 재주를 자랑하며 물결 따라 물속을 누비는 아이들은 이 순간만큼은 세상에서 가장 기쁘고 행복해 보였다.

"선생님, 우리가 잡은 걸 학교로 가져가서 매운탕 해 먹어요!"

장난기가 제일 많은 남수는 싱싱하게 살아서 팔딱팔딱 은빛 나는 붕어와 버들치를 그물에서 꺼내면서 해해거리며 떠들어 댔다.

저녁 무렵, 우리는 고기잡이를 마치고 학교로 돌아왔다. 아이들은 저마다 잡은 고기를 자랑하느라 입이 마를 새가 없었다. 논두렁, 밭두렁을 밟으며 돌아오는 길에, 서로 손을 맞잡고 〈고기잡이〉 노래를 목청껏 불렀다.

고기를 잡으러 바다로 갈까나
고기를 잡으러 강으로 갈까나
이 병에 가득히 넣어 가지고서
랄랄랄라 랄랄랄라 온다나

선생님 모시고 가고 싶지만은
하는 수 있나요 우리만 가야지
하는 수 있나요 우리만 가야지
랄랄랄라 랄랄랄라 간다나…

　푸른 산과 숲속, 그 안에서 자라나는 나무와 꽃과 풀은 저마다 질서와 조화를 이룬다. 논두렁과 밭두렁에서 풍기는 흙냄새는 어릴 적 맛보던 엄마의 젖비린내처럼 풍겨 온다. 개울가에 놓인 거칠고 모난 돌들은 물과 햇빛과 바람 따라 매끄럽고 동글동글한 예쁜 돌로 변한다.

　아이들 마음도 이처럼 아름다운 자연 속에서 자라면, 고운 조약돌처럼 둥글고 온화해지리라. 높고 푸른 하늘과 숲속에서 불어오는 향기로운 바람과 들풀, 간장(肝腸)을 녹이듯 흐르는 개울물… 이런 자연 속에서 우리는 세상을 살아가는 이치를 배운다. 깨끗한 계곡물이 '돌돌돌' 흐르는 소리와 부드럽게 굴러가는 모습, 그 유연함이 아이들 가슴속에 가득 차면, 어느덧 그 마음 또한 순수한 자연을 닮아간다.

5

며칠 전부터 학교가 야단법석이다. 안성수 교감은 요즘 발바닥에 물집이 생길 정도로 종종걸음을 하고 있다. 수업 시간에도 불쑥 교실에 들어와서 수업을 참관했다. 잠시 수업하는 모습을 보고, 깨알 같은 글씨로 자신의 수첩에 기록한다.

수업이 잘못된 점만 지적하는 것이 아니다. '아이들이 용모가 단정하지 않다. 수업 태도가 바르지 않다. 교실이 더럽다. 유리창을 잘 닦지 않았다. 심지어는 아이들이 앉고 있는 책상 줄이 맞지 않는다.' 고주알미주알 다 기록한 다음, 교직원 회의 때가 되면 마치 인민재판식으로 큰 소리로 몰아세운다.

학급 장부를 검토한다고 하면서 생활기록부를 보여 달라, 학급 일지를 가져와라, 출석부를 제출하라, 학급 경영록, 학습지도록, 판서 기록부, 성적 일람표, 저축 장부, 급식 장부,

용의 검사록, 청소 일지, 주번 일지 등 손가락으로 세기도 힘들 정도로 여러 종류의 학급 장부를 제출하라고 독촉했다. 심지어는 출근부에 출근 도장이 흐리게 찍혀 있거나 삐딱하게 찍혀 있으면 큰 소리를 지르며 윽박지르기를 밥 먹듯이 했다.

"김 선생, 어제 수업 시간에 왜 애들에게 존댓말을 쓰지 않고 반말로 수업을 합니까! 아이들에게 공손한 말을 써야 그것을 본받아 좋은 말을 쓰게 됩니다. 그리고 아이들에게 다정다감하게 친절한 말을 사용하세요. 알겠어요!"

안 교감은 자기 생각을 그런대로 그럴듯하게 말하고 있지만, 정작 자신은 교사들에게 반말지거리를 찍찍 하기를 밥 먹듯이 하고 있다. 그뿐만 아니라 욕설과 거친 말로 떠들어 대어 교무실 분위기가 늘 썰렁하다.

교직원과의 관계가 너무나 살벌하고 까칠하다. 교직원들은 교감과 마주칠 때마다 슬그머니 딴청을 하거나 다른 곳으로 못 본 체하고 피하는 경우가 많다.

"에…… 이달 10월 말, 월요일에 군 교육청 장학지도를 받게 되었습니다. 우선 깨끗한 환경을 조성해야 하겠어요. 학교 전체 대청소를 해야 할 뿐 아니라, 학급에 가서서 환경 정리를 철저히 하도록 하세요. 오늘부터 야근하는 한이 있더라도 환경 미화를 완벽하게 하세요. 특히 김 선생 반은 손을 더 많이 봐야겠어요. 김 선생 반이 문제가 많아요."

오른쪽 엄지와 검지로 검은 안경테를 흔들어 대면서 큰소리로 한바탕 소동을 부렸다. 교감은 애써 소리 지르지만, 정작 교사들은 수첩에 낙서하거나 자기 할 일을 하면서 딴청을 부리는 등 시큰둥하게 듣고 있다.

  가을이 무르익어가는 들녘은 너울거리는 한 폭의 황금물결이다. 밤마다 뒤뜰 싸리나무 울타리 너머에서 들려오는 귀뚜라미 소리는 고향을 떠난 나에게 향수를 달래 주는 듯했다. 하숙집 뒤뜰 오동나무에서 색 바랜 잎들이 살포시 안마당으로 날아왔다.

  손에 잡힐 듯한 보름달을 뒤로 하고, 은하수를 건너 무리 지어 날아가는 기러기들의 모습은 겨울을 재촉하고 있었다. 밭두렁 사잇길에 곱게 피어난 코스모스 위로 고추잠자리가 맴돌고 있다. 하늘이 너무 파래 바라볼수록 눈이 부셔 눈물이 날 정도다. 구름의 빛깔도 하늘빛처럼 한결 뚜렷하다. 여름내 풍겨 온 초록빛 향내가 아쉽게 서서히 사라져가고 있다.

  어스름하게 어둠이 깔린 새벽부터 집집마다 윙윙거리는 탈곡기의 숨 가쁜 소리는 산골 마을을 뒤흔들었다. 새벽어둠이 썰물처럼 조금씩 물러가고, 서쪽 하늘에 별빛이 희끗희끗 사라져 가고 있다. 이내 산 너머 동녘 하늘이 이글거리며 붉게 타오르고 있다. 호수에 비치는 해의 모습은 호숫가 산골 마을에서나 볼 수 있는 장관이다.

  동녘이 밝아 오면, 학교 작은 지붕 위에서 울려 나오는 노랫소리가 고요한 마을 정적을 마구 흔들어 깨웠다.

잘 살아 보세 잘 살아 보세
우리도 한 번 잘 살아 보세
금수강산 어여쁜 나라
한마음으로 가꿔가며
알뜰한 살림 재미도 절로
부귀영화 우리 것이다
잘 살아 보세 잘 살아 보세
우리도 한 번 잘 살아 보세

곱고 부드러운 목소리로 간드러지게 불러대는 여자 가수의 노랫소리는 무엇을 간절히 호소하듯, 애타게 그리워하듯, 보이지 않는 행복한 세상을 그리는 듯했다. 마치 희망의 무지개를 향해 한 마리 행복의 파랑새가 훨훨 날아오르는 느낌이다.

하지만 아침부터 학교는 어수선하기만 하다. 우물 하나뿐인 학교라, 아이들은 양동이를 들고 물을 퍼 나르느라 줄을 선다. 손걸레로 교실 구석진 곳과 창틀을 닦는 아이들, 몇몇 아이들은 매끄럽고 동글동글한 돌멩이로 교실 바닥을 박박 문지르기도 한다. 입김을 호호 불며 유리창에 대롱대롱 매달려 창을 닦는 아이들은 제법 능숙해 보였다. 담임 선생들은 환경 미화가 잘 안된 부분을 종이와 풀, 가위를 들고 뛰어다니며 예쁘게 게시물을 붙이고 교실을 꾸미느라 정신이 팔려 있었다.

9시쯤 직원회의를 알리는 종소리가 울리자, 교직원들은 교무실로 모였다. 전체 직원이라고 해봐야 교장, 교감까지 합쳐서 11명이다. 교장과 교감은 이날따라 말쑥한 신사복 차림으로 근엄하게 등장한다.

"에…… 오늘은 선생님들도 아시는 바와 같이 군 장학지도를 받는 날입니다. 우선 선생님들께서는 주변 청소를 깨끗이 해주시고, 수업할 때는 반드시 정장을 하고 수업에 임해 주셔야 합니다. 그리고 장학사님이나 외부 손님을 보고 꼭 인사를 잘하도록 아이들을 지도하세요."

교감은 약간 긴장된 목소리로 헛기침을 하면서 쿵쿵 콧소리를 내었다. 입가에 깊게 팬 팔자 주름과 이마에 밭고랑 같은 몇 가닥 주름살이 오늘따라 무척 고달프게 보였다.

대머리 교장의 지루한 마지막 훈시를 끝으로 직원 조회가 끝난다.

"박정희 대통령이 장기 집권하도록 우리가 밀어줘야 해요. 그리고 공화당 정권이 계속 이끌어 가야만 이 나라가 잘 살 수 있어요."

교장은 언제나 직원회의 때마다 같은 말을 지겨워지게 했다. 이 말을 할 때는 갑자기 큰 목소리로 목에 핏대를 세우며 말하곤 했다.

교장은 이 지역의 기관장 중에서 가장 연장자로, '지역 발전 위원장'이라는 직함을 맡고 있다. 면장, 국민학교 교장, 중·

고등학교 교장, 지서장, 우체국장, 보건소장, 농촌 지도소장, 지역 농업 협동조합장, 지역 번영회장 등, 작은 산골 마을에 있는 각 기관 대표의 모임인 '지역 발전 위원회'가 있다. 매주 금요일 오후가 되면 술집 '목련옥'에서 이 지역 발전을 논의한다며 모이지만, 사실 그 내막은 전혀 다른 속셈을 가진 조직이다.

이들은 자신들이 지닌 쥐꼬리만 한 권력에서 뿜어나오는 위선적인 품위와 가식적인 인격을 한껏 과시하며 거드름을 피우는 자리였다. 여기서 서로가 주고받은 정보는 부하 직원들이나 지역주민들을 공격하거나 스스로를 방어하는 창과 방패가 되었다.

대화는 주로 이 지역 출신인 오수섭 국회의원의 동향과 각종 스캔들, 그리고 어떻게 하면 오수섭과 손을 잡아 정치적 권력의 도움을 받을 수 있을지에 대한 이야기로 이어졌다. 괜한 허풍을 떨며 자기를 과시하는 시간도 빼놓을 수 없었다.

술잔이 몇 차례 돌고 흥이 오르면, 이들은 술집 아가씨들과 함께 음담패설을 나누며 낄낄거리기도 했다. 그러다가 저녁 무렵이 되면 화투짝을 돌리면서 밤늦게까지 한가로운 시간을 보냈다.

교직원 회의를 마치고 교무실 문을 나오는데, 정숙은 나를 보더니 알 수 없는 눈길을 주며 미소를 지었다. 내 옷소매를 넌지시 잡더니, 교무실 뒤에 아담하게 자리 잡은 등나무 아래

야외교실로 나를 데리고 갔다. 정숙은 짙은 연분홍 입술에 핑크빛 짧은 치마와 하얀 블라우스를 걸쳐 입었다. 오늘따라 화사한 모습에서 세련미가 넘쳐났다.

"김 선생님! 저 좀, 잠깐 볼 수 있어요?"

갑작스레 나를 붙들면서 무척 재미있다는 듯이 오른손가락을 동그랗게 말더니, 자기 입술을 내 귀에 대고 작은 목소리로 속삭였다.

"어제 교장 선생님 사택에서 일어난 사건 아세요?"

갑작스럽게 묻는 말에 호기심이 발동해 그녀를 바라보았다. 궁금하기도 하고, 조금은 재미있을 듯하여 사건의 내용을 알고 싶었다.

"어젯밤 교장 선생님 사택이 너무 시끄러워서 잠을 못 잤어요."

정숙은 '잠을 못 잤다'라는 말에 힘을 주어 말했다.

"무슨 큰일이라도 생긴 모양이죠?"

나는 사건이 무언지 궁금해 그녀의 말에 귀 기울였다.

"교장 선생님 사택에 어제 목련옥 술집 아가씨가 다녀갔어요. 어젯밤 서울에서 사모님이 내려오시는 날이었거든요. 술집 여자와 함께 있는 걸 사모님이 보시고 난리가 난 거예요. 저는 교장 선생님이 정말 그런 분인지 몰랐어요. 차……암… 기가 막혀…. 밤새도록 부부싸움을 했어요. 자취할 방을 다른 집으로 옮겨야 할까 봐요."

조금 흥분된 목소리로, 이제 막 피어난 연분홍빛 얼굴로 손을 내저으며 수다를 떨었다. 그러나 곧 언제 그랬느냐는 듯, 뭐가 그리 우스운지 희고 곱고 귀여운 오른손으로 입을 살며시 막으면서 깔깔대고 웃었다.

6

　장학관 한 명과 장학사 두 명이 오전 10시경에 학교에 도착했다. 그들은 거드름을 피우며 교무실로 들어오더니 교무실 주변을 휘휘 둘러보았다.
　교감은 장학관 앞에 가서 연신 굽실대며 그들을 교장실로 안내했다. 급사 아이는 각 학급을 다니면서 장학사가 곧 들이닥침을 알려주었다. 아이들에게는 인사 잘하기와 휴지나 오물 등을 아무 데나 버리지 않기, 그리고 자기 주변을 항상 깨끗이 하도록 특별히 주의를 주었다.
　오늘 1교시에 4, 5, 6학년 전체 아이들에게는 국민교육헌장을 암송하도록 교감이 엄명을 내렸다. 3, 4교시는 장학사들이 학급에 들어와 수업을 참관하기로 계획되어 있었다.

나는 무척 긴장되고 떨리는 마음으로 수업했다. 며칠 전부터 밤잠을 설치며 학습 준비를 했으나, 워낙 낡은 학교 시설과 부실한 학습 자료로는 내가 생각한 만큼 충분히 준비하기에 어려웠다. 국어 교과서에 실린 내용만으로는 상상력과 창의력이 필요한 학습을 이끌어가기 힘들었다. 흥미로운 수업을 위해 동기를 유발해 보려 했으나 역부족이었다.

나는 '아름다운 우리말'에 관하여 공부하기로 하고, 아이들에게 '곱고 아름다운 우리말'을 찾아오라는 과제를 내주었다.

'아롱다롱' '반짝반짝' '새하얀' '곱슬곱슬' '새파란'
'징검다리' '돌돌돌' '졸졸졸' '새파란' '하늘빛'
'깡충깡충' '논두렁 밭두렁' '싱글벙글' '시냇물'
'풀잎' '산새 들새' '봄바람' '나뭇잎' '여름 바다' '해와 구름' '소나무' '울긋불긋' '앞뜰과 뒤뜰'
'모래' '따스한 햇볕' '흰 눈' '눈사람' ⋯

아이들은 저마다 조사해 온 낱말들을 공책에 서툰 글씨로 빼곡히 적어 분단별로 발표했다. 누런 전지 위에도 크레용으로 자신들이 찾아온 낱말을 써놓았다. 그리고 몇 개의 낱말을 골라 짧은 글을 짓도록 했다.

"새하얀 박꽃이 돌담 위에 피었습니다."
"우리 집 앞 시냇물이 졸졸졸 흘러갑니다."

"밤하늘에 별들이 반짝반짝 아름답게 빛납니다."
"가을에 나뭇잎이 울긋불긋 물들었습니다."
"뒤뜰에 새싹이 파릇파릇 돋아났어요."
"봄이 되면 햇볕이 따스합니다."
"햇볕은 쨍쨍, 모래알은 반짝."
"흰 눈이 펄펄 내립니다."
"아버지는 논과 밭두렁을 다니면서 일합니다."

아이들은 분단별로 자신들이 지은 짧은 글을 서로 협동해 큰 종이에 크레용으로 썼다. 분단원들이 지은 짧은 글을 모아 한 편의 글을 꾸민 뒤, 나와서 발표했다. 제일 먼저 1분단장 김인철이 아이들 앞에 나와 발표했다.

"우리 마을"

"봄이 되면 앞뜰과 뒤뜰에 새싹이 파릇파릇 돋아나고요. 겨우내 얼었던 얼음장 아래로 개울물이 졸졸 흐릅니다. 우리 집 울타리 사이로 예쁜 병아리들이 따스한 봄볕을 받으며 종종걸음으로 엄마 닭을 따라갑니다. 여름이 오면 아버지께서는 논두렁 밭두렁 사이를 누렁이와 함께 바쁘게 다니십니다. 돌담을 타고 올라간 새하얀 박꽃이 초가을 달빛 아래 소복이 피어나고요. 서로 다투어 물든 나뭇잎이 앞산과 뒷산을 곱게 물들입니다. 겨울이 되어 흰 눈이 펄펄 내릴 때가 되면, 우리들은 연을 날리며 들판을 즐겁게 뛰어다닙니다."

인철은 자기 분단원들과 함께 꾸민 글을 발표했다. 아이들은 모두 감탄하며 크게 손뼉 쳤다. 인철이 발표한 글을 들은 뒤, 자신들이 쓴 글을 분단별로 경쟁하듯 나와서 발표했다. 아이들은 티 없이 맑고 순수한 감정으로 자신들의 생각을 자유롭게 마음껏 발표했다.

상상력과 창의력을 발휘하며 서로 협동하는 모습은 생동감이 넘치고 살아 움직이는 학습 분위기였다. 마치 얼어붙었던 학습 분위기에서 얼음이 녹아 물이 흘러가듯, 자유롭고 능동적이며 상상력을 키워 주는 창의적인 학습이었다. 자유로운 연상을 통해 자신의 생각을 마음껏 표현할 수 있는 학습 활동 시간이었다.

7
❧

 6교시가 끝난 후 아이들을 모두 귀가시켰다. 그러던 중, 교무실에서 장학지도 강평회가 있다는 급사의 연락을 받았다. 괜히 마음이 조마조마해 두근거리는 가슴을 안고 교무실로 갔다. 갑자기 가냘프고 여린 참새 가슴이 된 기분이었다.
 장학지도는 학습지도나 아이들의 인성 지도, 상담 활동, 예절 지도, 건강한 생활지도, 안전사고 예방 지도, 올바른 단체 활동 지도 등, 교사가 아이들을 반드시 가르쳐야 할 덕목을 좀 더 효율적이고 바람직한 방향으로 이끌도록 도와주는 역할을 해야 한다. 그러나 장학지도를 받을 때만 되면 전시 행정으로 일관되는 일이 많았다. 실제로 아이들의 교육 활동과는 거리가 먼, 대부분 가식적이고 허울 좋은 임시방편으로 끝나는 경우가 거의 일반적이었다.

장학사의 호통과 격에 맞지 않는 언어와 행동으로 교권을 무시했다. 무참하게 교권을 짓밟는 장학지도는 교사들의 심리적 고충은 말할 것도 없고, 마음에 상처만 줄 뿐 아니라 의욕까지 잃게 했다. 오직 행정 중심의 지나친 감독은 아이들의 학습지도와 생활지도와는 거리가 멀었고, 오히려 교사들에게 업무 부담만 가중하는 경우가 많았다.

"모두 기립하십시오. 지금부터 김학송 장학관님과 임종호 장학사님, 그리고 신종환 장학사님을 모시고 장학지도에 관한 결과 강평회를 갖겠습니다. 바쁘신 중에도 불구하고, 에… 여기까지 오시기에 여러 가지 여건도 좋지 않은 우리 학교에 오신 것을 진심으로 환영합니다. 산골 학교인 본교에 장학지도를 위하여 오신 장학진 여러분께 감사드립니다. 훌륭하신 고견과 지도를 받아 우리가 아이들을 가르치는 데 좀 더 힘써 지도하도록 하겠습니다. 감사합니다."

교장은 공손한 태도로 인사말을 했다. 그리고 저벅저벅 뚱뚱한 몸을 이끌고 앞으로 나오더니, 장학관이 앉은 자리 앞으로 갔다. 마치 군(軍)에서 소대장이 대대장이나 사단장에게 인사를 하듯이 장학관 앞에서 부동자세로 서 있는 게 아닌가! 잠시 후 그는 갑자기 긴장되고 떨리는 목소리로 크게 소리를 질렀다.

"전체 차려! 장학관님께 경례!"

모든 교직원은 교장의 명령에 따라 허리를 굽혀 경례했다. 교장은 마치 땅에 동전 한 닢이라도 줍는 듯이 깊숙이 허리를 숙였다.

"에……, 지… 지금부터 김학송 장학관님 인사 말씀이 있 겠습니다."

교감은 약간 떨리는 말소리로 장학관에게 예의를 표했다.

"김학송입니다. 혹시 저를 처음 보시는 선생님이 있습니 까? 아마 대부분 선생님이 저를 알고 계실 줄 믿습니다. 저는 교육청 학무과장으로 소임을 맡고 있습니다. 오늘 본교를 방 문하게 된 것을 영광스럽게 생각합니다. 교육환경 여건이 어 려운 이 산골 학교에서 수고하시는 선생님들께 진심으로 감 사드립니다.

오늘 본교에 와서 훌륭하고 좋은 것을 많이 보고 배웠습니 다. 주마가편(走馬加鞭) 격으로 아이들의 교육과 우리의 교 육 발전을 위해 기탄없이 협의하고자 합니다. 아무쪼록 진지 한 강평회가 되기를 바랍니다."

학무과장은 눈 주위가 발갛고 얼굴이 무척 피곤해 보였다. 약간 졸음이 오는 듯한 표정이었다.

"다음은 오늘 장학지도를 하신 장학사님의 강… 강평이 있 겠습니다."

교감은 약간 더듬거리며 순서를 이어나갔다.

"임종호 장학사님의 장학지도를 하신 소감과 지도 조언이 있겠습니다."

교감이 말을 마치자, 기다렸다는 듯 임종호 장학사가 잘 빗지 않은 부스스한 머리를 한 채 약간 뒤뚱거리며 일어났다. 그는 자신이 메모한 수첩을 들고 안경 너머로 교무실에 앉아 있는 선생님들을 한 번 '획' 돌아보았다. 교무실 분위기에 잠시 침묵이 흘렀다.

"선생님들의 수업을 잠시 둘러보았습니다. 대체로 열심히들 지도해 주셨습니다. 그런데 몇몇 선생님은 학습 준비가 부족하거나, 수업에 최선을 다하지 않는 모습을 보여 주셨습니다. 무척 안타깝습니다."

키가 작고 깡마른 그의 외모에서 깐깐하고 세심한 사람처럼 보이는 인상이 풍겼다. 턱이 길고 광대뼈가 툭 불거진 작은 얼굴에, 실테 안경 너머로 번뜩이는 작은 눈빛이 예사롭지 않았다. 마치 꿩을 잡는 매의 눈처럼 날카로워 보였다.

"본격적인 강평에 들어가기 전에 몇 가지 알아볼 게 있습니다. 5학년 담임 선생님은 누구신가요?"

광대뼈가 나지막이 움직이며 그 말이 떨어지자, 나는 갑자기 숨이 막히고 심장이 방망이로 얻어맞은 듯 멈추는 느낌이었다.

"예…… 예! 저… 저… 저입니다."

나는 어릴 때 숲속에 숨어 있다가 인민군에게 붙잡혀 생명의 위협을 느꼈던 순간처럼 놀란 모습으로 자리에서 벌떡 일어나 장학사의 표정을 살폈다.

"음…… 에…, 4교시 수업이 무슨 과목인가요?"

"국어 시간입니다."

나는 있는 힘을 다해, 마치 훈련소 훈련병이 점호 시간에 관등 성명을 말할 때처럼 허공을 향해 소리를 질렀다.

"그래요, 내가 보기에는 단원이 국민교육헌장의 필요성과 중요성을 다루어야 할 내용 같은데, 수업 방향이 전혀 엉뚱한 쪽으로 흐르더군요. 왜 그렇게 하셨는지 설명해 보세요."

장학사는 마치 좋은 먹잇감이라도 발견한 듯 안경 너머로 눈동자를 좌우로 굴리며 약간 비웃는 듯한 미소를 지었다.

나는 미처 사전에 아무런 대비도 하지 못한 채, 무방비 상태로 외부의 공격을 심하게 받은 기분이었다. 그때 나는 이정숙의 표정을 읽었다. 정숙은 내가 안절부절못하는 태도를 보고 안타까운 표정으로 나를 바라보고 있었다.

순간, 마음속 깊은 곳에 잠재되어 있던 무의식의 감정이 솟구쳤다. 마치 집채만 한 파도가 출렁대는 거센 물결처럼, 혹은 육중한 무게에 억눌렸던 용수철이 반사적으로 튀어 오르듯, 격한 감정이 꿈틀댔다.

"장학사님, 국민교육헌장은 이미 모든 학생이 내용을 잘 알고 외우고 있습니다. 국민교육헌장의 필요성과 중요성에 대하여 더 이상 지도할 이유가 없다고 생각했습니다. 그래서 4교시에는 아이들에게 바른 언어생활과 우리말의 중요성을 지도했습니다. 아름다운 우리말을 사랑하는 것이 나라를 사랑하는 것이고, 아이들의 심성을 곱게 기르는 길이라고 믿습니다. 그뿐만 아니라 우리말이 아름답다는 사실을 아이들에게 인식시킴으로써 나라에 대한 긍지와 애국심을 기를 수 있다고 생각합니다. 또, 어휘력을 길러주어 자신들의 생각과 감정을 원만하게 표현하도록 능력을 키워 주는 수업이기도 했습니다.

　수업 시간은 교사가 행사할 수 있는 가장 큰 권한입니다. 국가정책이나 교육 정책에 크게 벗어나지 않는다면, 교사의 수업권은 보장되어야 합니다. 그리고 교육은 과거 방식을 그대로 답습해서는 안 된다고 생각합니다. 교육과정이 중요한 것은 저도 잘 압니다만, 교육은 아이들의 창의력과 상상력을 발휘하고 그들만이 지닌 잠재력을 마음껏 펼칠 수 있도록 해야 한다고 믿습니다. 협동과 체험을 통해 얻는 지식이야말로 참된 교육이고, 살아있는 산 교육입니다. 아이들이 스스로 해결할 수 있는 능동적이고 생생한 교육으로 변화되어야 합니다. 교육에는 힘찬 생명력이 깃들어 있어야 합니다."

　나는 갖고 있던 자존감과 자부심을 끌어올려, 알 수 없는 힘에 이끌리듯 내 생각을 거침없이 분명하게 말했다. 예상치 못한 내 발언에 장학관과 장학사는 점차 얼굴이 불그레하게 상기되어 일그러진 표정으로 나를 노려보았다. 교장과 교감의 얼굴도 극도로 긴장하고 당황한 기색이 역력해 흙빛으로 변해 있었다. 이정숙을 비롯한 모든 교직원은 나의 당돌한 행동을 보고 의아해하면서도 속으로는 쾌재를 부르는 듯했다.

　"김 선생님이 하신 말씀이 꼭 잘못된 것은 아니에요. 하지만 교육과정 운영상, 교과 진도 내용이 일치해야 합니다. 그리고 수업이 학습 목표와 일치하지 않고 내용이 맞지 않으면, 그 수업은 아주 잘못된 수업을 하는 겁니다. 선생님께서는 문교 행정과 국가 시책에 어긋나는 행동을 하고 계세요. 게다가 자칫 잘못하면 이념적으로 불순하다고 인정받을 수도 있습니다. 비록 선생님 뜻과 다르다 하더라도, 관리자나 교육청에서 지시하는 대로 따르시기를 바랍니다.

앞으로는 조심하십시오. 다시 한번 경고합니다. 젊은 선생님께서 이런 행동을 계속하시면, 별도의 조처를 하겠습니다."

나는 뜻하지 않은 장학사의 위협적인 태도에 뜨거운 피가 솟구쳐 올라왔다. 심장이 터질 듯했고, 억제할 수 없는 의구심과 분노로 온몸이 부르르 떨렸다. 억지로 꿰맞추는 교육과정이 어째서 그렇게 중요하단 말인가! 국가 시책에 노리갯감밖에 되지 않는 교육, 허수아비 같은 교육과정이 누구를 위한 것이란 말인가! 창의력과 상상력이 없을 뿐만 아니라, 현실과 미래를 변화시키지 못하는 생명력 없는 죽은 교육이 무슨 참교육이란 말인가!

나는 그날 집에 돌아와서 이리 뒤척 저리 뒤척하며 밤잠을 이루지 못했다. 장학지도가 끝난 다음 날부터 교장과 교감, 그리고 몇몇 선배 교사들이 나를 곱지 않은 차가운 눈초리로 바라보는 게 느껴졌다. 그들이 나를 대하는 태도는 어제와 사뭇 달랐다.

장학지도가 끝나고 며칠이 지났다. 퇴근 시간에 급사 계집 아이가 헐레벌떡 뛰어오더니, 교장 선생님께서 교장실로 빨리 오라고 하셨다고 전하곤 이내 사라졌다. 지난 장학지도 사건 이후 앞으로 어떤 일이 닥칠지 대비해 마음의 준비를 하고 있었다.

교장실에는 교장을 중심으로 교감과 교무주임이 누런 종이 한 장과 수첩을 들고 앉아 있었다. 내가 들어서는 순간, 교장실 분위기는 얼음장처럼 싸늘했다. 교장은 나를 문 앞에 세워 놓고, 마치 주인이 못된 하인을 꾸중하듯 버럭 큰 소리를 질렀다.

"김 선생! 김 선생은 교사로서 자격이 전혀 없어요. 지금이 어느 시대인 줄 알아요? 나이 어린 사람이 국가 시책이나 교육과정도 전혀 모르면서 되바라지게 아는 체를 하다니! 당신은 아이들을 가르칠 자격이 없는 사람이야! 난 당신 같은 사람하고는 학교에 같이 근무할 수 없어요!"

교장은 몹시 흥분한 듯 나를 심하게 노려보았다. 두 주먹을 부들부들 떨며, 금방이라도 나에게 주먹질을 할 것 같은 태도였다. 그는 울분을 참지 못하고 나를 마구 윽박질렀다.

평상시와는 다르게 교장이 왜 저렇게 돌변한 걸까? 벗겨진 이마에 송알송알 맺힌 땀방울과 창백한 얼굴을 보니, 오랜 연륜과 경륜이 쌓인 교장의 모습이 한순간 측은해 보였다.

그때 나는 마음속 깊은 곳에 남아 있던 자존심의 작은 모래알까지도 맥없이 스르르 녹아내리고 있었다. 현실의 장벽은 너무나 높았고, 도저히 감당할 수 없는 고통의 순간이었다.
 "교장 선생님, 제가 너무 철이 없었습니다. 교장 선생님과 모든 선생님께 심려를 끼쳐 죄송합니다. 다시는 이런 일이 없도록 주의하겠습니다."

8

장학지도가 끝난 지 일주일 후, 군 교육청으로부터 나에게 한 통의 출두 명령서가 날아왔다. 장학지도 때 상급자에 대한 예의가 불경스러웠고, 수업 시간에 국가 시책과 교육과정을 위반했다는 이유로 내려진 경고장이었다.

군 교육장의 명으로 지적 사항과 함께 교육청으로 출두하라는 명령이 내려왔다. 학교 관리자는 철저히 나를 지도·감독하고, 수시로 수업 내용을 보고하라는 지시를 받았다.

그날 밤, 온갖 고뇌와 가슴속에 맺힌 분노, 어둡고 불안한 감정이 나를 무겁게 짓눌렀다. 나는 거의 하얗게 밤을 새우다시피 했다. 무엇이 나를 이토록 고통스럽게 만드는지, 사춘기 청소년처럼 정체성을 찾지 못해 방황하는 기분이었다.

이튿날 아침 7시, 험하게 패인 흙길을 달리는 덜커덩거리는 버스를 타고, 오전 9시가 되어서야 겨우 군 교육청에 도착했다. 분주하게 오고 가는 사람들 틈을 비집고 학무과 사무실 안으로 들어갔다. 교육청에서 받은 출두 명령서를 들고 어찌할 바를 몰라 우물쭈물하는데, 젊고 예쁜 여자 직원이 다가와 "무슨 일로 오셨습니까?"하고 친절하게 물었다. 나는 출두하라는 명령서를 보여 주었다.

서류를 훑어보던 여직원은 상냥하고 친절했던 표정을 거두고, 나를 아래위로 훑어보더니 징그럽고 더러운 벌레라도 보는 듯한 태도로 돌변했다. "잠시 기다려요."하고 퉁명스럽고 쌀쌀맞게 내뱉었다.

"김 선생은 군(軍)에서 언제 제대하셨나요?"

커다란 탁자 위에는 '김학송'이라는 학무과장 명패가 놓여 있었고, 명패 양옆에는 아름답게 새겨진 두 마리 공작새가 힘차게 창공으로 날아오르는 모형이 그의 작은 권력을 보여 주고 있었다. 검은색 양복과 흰색 와이셔츠, 짙게 물든 붉은색 넥타이가 그의 권위를 드러내는 듯했다. 머리카락이 거의 다 빠져 나간 탈바가지 머리에는 약간 희끗희끗한 귀밑머리만 남아 있었다. 그중 대여섯 가닥이 말할 때마다 흔들렸는데, 꼭 시들어 가는 풀잎이 바람에 이리저리 흔들리는 모습처럼 보였다.

"3년 전에 제대했습니다."

"김 선생님, 국민교육헌장을 외울 수 있나요?"

"예, 외울 수 있습니다."

"그럼 여기서 한 번 외워 보시죠."

"우리는 민족중흥의 역사적 사명을 띠고 이 땅에 태어났다. 조상의 빛난 얼을 오늘에 되살려, 안으로 자주독립의 자세를 확립하고, 밖으로 인류 공영에 이바지할 때다. 이에 우리의 나아갈 바를 밝혀 교육의 지표로 삼는다. … 길이 후손에 물려줄 영광된 통일 조국의 앞날을 내다보며, 신념과 긍지를 지닌 근면한 국민으로서, 민족의 슬기를 모아 줄기찬 노력으로 새 역사를 창조하자.

1968년 12월 5일,

대통령 박정희."

"음… 어… 잘 알고 있군!"

학무과장은 자신이 기대했던 뭔가 새로운 것을 발견하지 못한 듯 몹시 아쉬운 기색을 보였다. 그는 한동안 손가락 사이로 펜대를 빙글빙글 돌리면서 창밖을 내다봤다.

"그건 그렇고… 어… 국민교육헌장이 제정된 이유가 뭐죠? 알고 있는 대로 말해 보시오."

마치 형사가 피의자의 범죄 사실을 끝까지 파헤쳐 자백받아 내려는 듯한 태도였다.

"국민교육헌장이 제정된 이유는 첫째, 조상의 훌륭한 전통과 유산을 계승·발전시키기 위함입니다. 둘째는 물량적 발전과 정신적 가치관 사이에 조화로운 융합이 이루어지도록 하는 것입니다. 셋째, 국민의 국가 의식과 사회의식을 증진하고 민족 주체성을 살리는 것입니다. 넷째, 학교 교육에서 정신적·도덕적 교육을 향상해야 하므로 국민교육헌장을 제정했다고 생각합니다."

마치 지붕 아래 한 마리 거미가 몸속에서 한 가닥 실을 뽑아내 거미줄을 치듯 거침없는 내 답변에 그가 약간 놀란 기색을 보였다.

"아… 그렇다면… 에… 국민교육헌장의 기본 정신은 무엇이라고 생각합니까?"

"첫째, 민족 주체성의 확립입니다. 둘째는 전통과 진보의 조화를 통한 새로운 문화 창조이고, 마지막으로 개인과 국가의 조화를 통한 민주주의 발전으로 요약할 수 있습니다."

내가 소신을 거침없이 행동으로 보이자, 그는 더욱 놀란 표정을 지었다.

"아! 좋아요. 자… 알… 알고 있군요! 김 선생님, 지금 알고 있는 내용을 아이들을 지도하는 데 잘 적용해, 바람직하고 좋은 교육관을 가지고 열심히 지도해 주시오. 지난번 선생님의 잘못된 과오는 불문에 부치도록 하겠소. 그 대신 여기에 각서와 시말서 한 장씩 쓰고 가시오. 다시는 지난번처럼 되바라진 행동을 하지 않겠다고…."

나는 간단한 각서 한 장과 시말서를 쓰고 나서야 교육청을 빠져나올 수 있었다. 앞으로 또다시 정부 시책이나 교육과정에 위배되는 행위를 할 경우 엄중한 처벌을 받겠다는 다짐도

포함되어 있었다.

　강압적인 권력 앞에서 초라하게 작아진 내 모습은, 마치 힘없이 날개가 꺾여 겨우 퍼덕대는 작은 새 같았다. 거리에서 불어오는 싸늘한 저녁 바람이 가슴속 깊이 파고들었다. 움츠러들고 작아진 내 모습을 곱씹으며 학교로 돌아왔다.

　그 후로 나는 주위의 시선에 옥죄이는 듯한 심정으로 학교 생활을 했다. 거세게 흐르는 흙탕물 속에 속절없이 휩싸여 빨려 들어가는 작은 물방울이 된 기분이었다.

9

한 달간의 여름방학이 끝나고 2학기 새 학기를 맞이하였다. 검게 그을린 얼굴과 한 뼘 이상 자란 아이들이 낯설게 보였다. 오늘 첫 시간에는 여름방학 동안 집에서 생활한 내용 중에서 가장 즐거웠던 일이나 보람 있었던 일, 또는 가장 어렵고 힘들었던 일을 친구들 앞에서 발표하기로 했다.

아이들이 발표하기 전에, 내가 국민학교 시절 여름방학 동안 재미있었던 이야기를 들려주었다. 아이들은 샛별 같은 눈동자로 반짝이며 내 이야기를 재미있게 들었다.

"이제는 여러분들이 이야기할 차례예요. 누가 제일 먼저 나와서 이야기할까요? 제일 먼저 할 사람, 손을 드세요."

아이들은 서로 눈치를 보며 선뜻 나서는 아이가 없었다. 얼마 동안 적막감이 감돌았다. 숨소리만 들리던 교실 분위기가 갑자기 소란스러워졌다.

이제까지 수업 시간에 발표도 제대로 하지 못하고 아이들과도 잘 어울리지 못하던 영규가 "저요!"하고 손을 번쩍 들었다. 영규의 갑작스러운 돌출 행동에 아이들은 호기심과 의아함이 뒤섞인 눈초리로 그를 바라보고 있었다. 나는 영규의 예상치 못한 행동에 새로운 것을 기대하기보다는, 그가 얼마나 달라졌는지에 더 많은 관심을 가졌다.

"저는 방학 동안 일하시는 부모님을 도와드렸습니다. 우리 옆집에 사는 아저씨는 농사를 많이 짓습니다. 아빠는 이 아저씨네 집에 자주 가서 일을 도와드립니다. 요즈음 그 집에는 경운기를 새로 사 왔습니다. 하루는 아빠가 나를 부르더니 경운기 운전하는 것을 배워보라고 하였습니다. 나는 재미가 있을 것 같아서 아빠 보고 가르쳐 달라고 하였습니다. 아빠는 이 집에 가서 일할 때마다 나를 데리고 갔습니다. 처음에는 어떻게 잘못될까 봐 겁이 났으나, 조금씩 배우니까 그렇게 어렵지 않았습니다. 이제 나는 경운기를 마음대로 운전할 수 있습니다. 어른들은 나보고 잘한다고 칭찬을 많이 합니다. 나는 다른 기술도 많이 배우려고 합니다. 방학 동안 정말 재미있었습니다."

발표를 마친 후에 영규의 얼굴에는 이제까지 볼 수 없었던 새로운 빛이 감돌았다. 아이들도 영규가 갑작스럽게 변한 모습에 놀라운 표정을 지으며 뜨겁게 박수를 보냈다.

"이제까지 말이 없던 영규가 발표를 참 잘했어요. 영규의 발표를 듣고 여러분들은 뭘 느꼈나요?"

맨 앞에 앉은 미영이가 손을 번쩍 들었다.

"저는 영규가 발표한 것을 듣고, 사람은 누구나 노력하면 성공할 수 있다는 것을 알게 되었습니다."

미영의 발표가 끝난 후, 옆에 앉은 미정이가 손을 번쩍 들었다.

"영규는 말도 잘 하지 않고 아이들과 잘 놀지도 않았습니다. 그러나 방학 동안에 경운기 운전 기술을 배웠습니다. 우리들에겐 정말 배우기 어려운 일이잖아요. 사람은 누구나 무엇인가 잘할 수 있는 능력이 있다는 걸 알게 되었습니다."

미정의 말이 끝나자 아이들은 모두 크게 박수를 쳤다.

잠시 교실 분위기가 조용해지더니, 성호가 손을 번쩍 들었다. 몸과 옷이 늘 지저분하고, 구멍 난 헌 바지와 누덕누덕 기워 입은 옷에서는 가까이 다가가기 힘들 정도로 냄새가 났다.

성호네 집은 철쭉산 아래 큰 개울가 다리 밑에 천막을 치고, 넝마주이로 힘겹게 살아가고 있다. 아빠와 엄마는 마을을 돌아다니며 집 근처나 쓰레기 더미를 뒤지는 것이 일과다. 싸리나무로 엮은 큰 바구니와 커다란 집게를 들고 다니면서 헌 종이, 종이상자, 음료수병, 깡통, 헌 옷 등을 주워 팔아 겨우 입에 풀칠하며 살아가는 것이다.

손을 번쩍 든 성호는 어색한 듯 우물쭈물하면서도 선뜻 일어나지 못했다. 엉덩이를 조금 들썩거리더니 이내 그대로 주저앉았다. 양쪽 볼이 발갛게 물들어 몹시 부끄러워하는 표정으로 나를 바라보았다.

"성호가 몹시 부끄러운 모양이구나! 손을 든 것만 해도 성호는 무척 용기 있는 사람이에요. 성호에게 용기와 힘을 주는 뜻으로 다 함께 박수를 칠까요?"

내 말이 끝나자마자 아이들이 힘차게 박수를 쳤다. 성호는 빙그레 웃으면서 오른손으로 뒷머리를 긁적거리더니 아이들 앞에 나왔다. 무척 수줍은 표정으로 아이들을 둘러보았지만 고개를 숙인 채 말을 선뜻 꺼내지 못했다. 흰 버짐으로 얼룩진 얼굴에는 잔뜩 긴장한 기색이 역력했다.

"성호야! 많이 떨리니? 편안한 마음으로 발표해요! 손을 든 것만 해도 성호는 무척 용기 있는 사람이란다. 성호에게 용기와 힘을 주는 뜻으로 다함께 박수를 칠까요?"

내 말이 떨어지자마자 아이들이 힘차게 박수를 쳤다. 고개를 숙이고 말이 없던 성호는 용기를 얻었는지, 빙그레 웃으면서 오른손으로 뒷머리를 긁적거리며 아이들 앞에 나왔다. 무척 수줍은 표정으로 아이들을 둘러보더니 고개를 천천히 들며 약간 떨리는 목소리로 발표를 시작했다.

"우리 아빠와 엄마는 넝마주이입니다. 아침부터

밤늦게까지 여기저기 다니면서 빈 병, 빈 깡통, 쇳덩어리, 헌 종이, 빈 종이상자, 헌 옷 같은 고물을 주워요. 그리고 그걸 모아 팔아서 먹고삽니다. 나는 방학 동안에 아버지를 따라다니며 헌 종이, 헌 병, 헌 옷, 고물 쇠붙이를 주웠습니다. 엄마는 헌 옷을 골라 개울가에서 빨아야 해서 매일 빨래를 합니다. 겨울에는 개울에 얼음을 깨뜨려 가면서 빨래를 해요.

그런데 얼마 전에 헌 천막 안에 모아 놓은 고물들이 불이 나서 전부 타 없어졌습니다. 아빠와 엄마는 밤이 새도록 울었습니다. 아빠와 사이가 나쁜 사람이 일부러 불을 냈다고, 분하다고 하셨어요.

어제는 순경 아저씨가 오더니 우리 아빠를 데리고 갔습니다. 지서에 갔다 오시더니 하루 종일 말을 안 하셨어요. 아빠가 북한에서 날아온 불온 삐라를 주워서 사람들에게 보여줬다는 소문이 나서 조사를 받았다고 했어요. 우리 아빠는 전혀 모르는 일이라고 하셨어요. 우리 아빠는 그런 분이 아니에요. 정말 너무 억울해요.

그리고 거의 한 달 동안 모은 고물들이 다 타 없어져서 속상해요. 그래서 다른 사람을 만나려 하지도 않으세요. 우리 집은 개울가 다리 밑에 헌 천막을 치고 그 안에서 살고 있어요. 아이들이 우리 집 근처를 지나갈 때는 정말 창피합니다. 그리고 나를 거지새끼라고 놀리는 아이들도 있어요. 또 어떤 아이는 양아치라고 놀려요.
나는 거지새끼도 아니고 양아치도 아니에요. 앞으로 공부를 열심히 해서 돈을 많이 벌고 부모님을 호강시켜 드리겠습니다. 그리고... 응... 흐... 흑... 흐흐흑...”

성호는 말을 잇지 못하고 어깨를 들먹이더니 한 손으로 교탁을 잡고 고개를 푹 숙인 채 엉엉 울기 시작했다. 나는 성호를 힘껏 껴안아 주며 가만히 등을 두드려 주었다.
"성호야, 참 장하다. 부끄러움을 무릅쓰고 나와서 발표한 것 훌륭하다. 그렇게 어려운 처지에서도 용기를 잃지 않고 꿈을 간직하고 있으니, 넌 앞으로 틀림없이 훌륭한 사람이 될 거야. 힘내라, 성호야!”
내 말이 끝나자마자 아이들은 다 같이 크게 손뼉을 쳤다. 몇몇 여자아이는 눈물을 글썽이기도 했다.
"성호의 발표를 듣고 여러분은 어떤 생각이 드나요?”
내가 묻자, 반장 정수가 손을 번쩍 들었다.
"나는 성호가 가정 형편이 그렇게 어려운 줄 몰랐습니다. 성호에게 미안한 마음이 듭니다. 왜냐하면 제가 성호를 너무 무시한 적이 많았거든요. 그리고 성호에게 거지새끼라고 한 아이들은 깊이 반성해야 합니다. 앞으로 성호를 많이 도와줘야겠습니다.”
정수는 진지한 태도로, 지금까지 자기 행동이 잘못되었음을 깊이 반성하는 듯했다. 반장은 자리로 돌아와 조심스럽게 걸상을 끌어다 앉았다.

반장이 말을 마치자, 창섭이가 걸상을 드르륵 뒤로 밀더니 벌떡 일어났다.

"제가 발표하겠습니다!"하고 큰 소리로 외쳤다.

"저는…… 응…… 그러니까……."

평소 무척 덜렁거리며 활동적인 창섭이는 얼떨결에 나왔지만, 무엇을 말해야 할지 정리가 잘 안되는 모양이었다.

"우리 집은 화전골에 사는 화전민입니다. 나무가 없는 산에 옥수수나 감자를 심어 먹고 살아요. 저는 거의 일 년 내내 옥수수와 감자만 먹습니다. 사실 쌀밥을 먹고 싶지만, 쌀이 없어서 못 먹고 있어요. 우리 집도 무척 가난합니다. 그렇지만 성호를 도와주고 싶어요. 성호는 정말 좋은 아이라고 생각합니다. 제가 성호에게 줄 수 있는 건 옥수수밖에 없네요. 앞으로 좀 더 사이좋게 지내겠습니다."

창섭이 말이 끝나자 여기저기서 힘찬 박수가 터져 나왔다. 아이들은 꾸밈없이 각자의 생활과 생각을 진술하게 꺼내놓고 있었다. 나는 이처럼 많은 아이들이 가난 속에서 배고픔과 여러 가지 어려움에 시달리고 있다는 사실을 미처 몰랐다는 것이 무척 부끄럽게 느껴졌다.

나는 아이들에게 16절짜리 누런 종이를 한 장씩 나누어 주며 말했다.

"오늘 친구들이 발표한 내용을 들으며 느낀 점이나, 방학 동안 있었던 특별한 이야기를 한 번 써 볼까요?"

숙이는 아까부터 고개를 푹 숙인 채 연필로 책상 위에 낙서하고 있었다. 무엇인가 골똘히 생각하는 듯했지만, 종이를 받은 뒤에도 반응 없이 그저 연필로 책상만 긁적거리고 있었다.

나는 숙이에게 다가가 조용히 물었다.

"숙이야, 어디 몸이 아프니?"

그러나 숙이는 대답 대신 눈물만 글썽였다. 다른 사람에게 말 못 할 특별한 사정이 있는 듯했다. 숙이는 아무 말 없이 책상 위에 두 손을 모으고 고개를 숙인 채 그대로 있었다. 자칫하면 숙이에게 마음의 깊은 상처가 될까 싶어, 나는 더욱 조심스러워졌다.

"숙이가 그동안 말 못 할 어려운 사정이 있나 보구나. 마음이 불편하면 안 써도 되니까, 네 마음대로 해도 좋단다."

그렇게 말하자 잠시 후, 숙이는 몽당연필을 집어 들고 종이 위에 무언가를 긁적거리며 쓰기 시작했다.

'나는 우리 집이 아주 싫다. 엄마와 아빠가 자주 다투신다. 어제는 아빠가 술을 마시고 들어와 엄마를 많이 때렸다. 나는 아빠를 붙들고 말렸지만 소용이 없었다. 나도 매를 맞았다. 아빠가 왜 그러시는지 잘 모르겠다. 엄마가 불쌍하다. 그래서 방학 동안 엄마가 하는 일을 도와드렸다. 엄마는 집에서 작은 편물점을 하신다. 편물 기계로 스웨터나 조끼를 짜서서 돈을 벌고 계신다. 그런데 아빠는 집에 있는 돈을 몰래 가지고 나가셔서 술집에 가서 다 써버린다. 술집이 미워 죽겠다. 술집이 왜 생겼는지 모르겠다. 술집 여자들만 보면 죽이고 싶다. 정말 밉다. 우리 집은 농사짓는 땅이 얼마 안 돼서 엄마가 버는 돈으로 살아간다. 아빠가 술을 안 마시면 좋겠다. 오늘도 집에 들어가기 싫다.'

숙이의 글을 읽고 나니, 가슴이 답답해져 숨이 막히는 듯했다. 숙이가 항상 어둡고 그늘진 모습으로 학교생활을 하는 이유를 이제야 알 것 같았다.

숙이네 집은 장마당 골목에서 작은 편물점을 운영하고 있다. 숙이는 말이 적고 성격이 착하며, 반에서 모든 면에 모범적이다. 키가 작고 피부가 약간 가무잡잡하다. 콧날이 오뚝하고 서글서글한 큰 눈으로 수업 시간에 집중하고 매사에 열정을 쏟는다. 그러나 한편으로는 아이들과 잘 어울리지 못하고 외톨이처럼 지내고 있었다. 어두운 가정환경이 숙이에게 이런 아픈 상처를 남겼다는 것을 미처 알지 못했다.

나는 담임으로서 책임을 다하지 못했다는 부끄러운 마음과 함께, 숙이가 안고 있는 마음의 상처를 어떻게든 보듬어 주어야겠다고 결심했다. 교사로서, 내 평생을 아이들에게 헌신하고 사랑하겠다는 다짐을 다시 한번 되새겼다.

아이들은 저마다 일상에서 겪는 일과 평소 생각을 솔직하고 꾸밈없이 글로 표현했다. 그 글들을 읽고 나니, 아이들에게는 포근한 사랑과 따뜻한 위로, 그리고 세심한 돌봄이 훨씬 더 필요함을 절감했다. 부모의 사랑이 결핍된 아이들, 물질적으로 궁핍해 어려움에 부닥친 아이들, 지역적으로 학교를 오가기 어려운 아이들, 가정환경 때문에 수업에 결손이 많은 아이들, 학습 능력이 부족한 아이들, 그리고 결손 가정환경에서 자라는 아이들을 위해 내가 무엇을 할 수 있을지, 한동안 깊은 고민에 빠졌다.

며칠 후, 나는 짤막한 한 통의 글을 써서 숙이에게 보냈다.

사랑하는 숙이에게

숙이야!
네가 그렇게 힘들게 생활하고 있다는 사실을 그동안 전혀 알지 못했다가, 늦게야 알게 되어 정말 미안하구나. 그 어려운 환경 속에서도 꿋꿋하게 잘 자라고 있다니 참으로 대견하고 자랑스럽다. 너의 아픔은 곧 선생님의 아픔이고, 너의 기쁨은 선생님의 기쁨이란다.

숙이야! 선생님도 어렸을 때 많은 어려움을 겪었단다. 그 덕분에 네 아픔이 얼마나 힘든지 더 잘 알 수 있지. 추운 겨우내 꽁꽁 얼었던 땅이 녹으면, 그 속에 묻혀 있던 새싹들이 예쁘게 돋아나듯이, 너도 어려운 시기가 지나가면 기쁘고 즐거운 새로운 날이 반드시 찾아올 거라고 선생님은 믿고 있어. 우리 속담에 '비 온 뒤에 땅이 굳는다'라는 말이 있단다. 지금 이 편지를 쓰고 있는 나 또한 힘들어하는 너를 생각하며 안타까운 마음으로 글을 적고 있단다.

 숙이야! 내일은 동녘 하늘에 새로운 해가 떠오를 거야. 사람이 이 세상을 살아가면서 희망과 꿈을 잃지 않고, 목표를 향해 한 걸음씩 나아가는 게 무엇보다 중요하단다. 그리고 너에게 특별히 부탁하고 싶어. 아빠의 마음을 달래 줄 사람은 너밖에 없을 것 같구나. 오늘이라도 간절한 마음을 담아 아빠에게 편지 한 장을 써 드려 보렴. 아빠에게 진심을 담아 부탁하는 글을 보여 드리면, 언젠가는 아빠도 변하실 거야. 오늘 당장 변하지 않더라도, 내일도 모레도, 변하실 때까지 기도하는 마음으로 계속해 보렴. 그리고 열심히 공부하고 효도를 다하여 부모님을 기쁘게 해 드리면, 반드시 좋은 아빠가 되실 거라고 믿는다. 선생님도 매일 너를 위해 기도할게. 부디 희망의 끈을 놓지 말고 늘 새로운 용기를 갖기를 바란다.

 마음씨 착하고 예쁜 숙이야, 안녕.

- 숙이 담임 선생님으로부터

10

월요일 직원 조회 시간에 교감 선생이 이번 주 안으로 학급 환경 미화 작업을 완성하라고 지시했다.

"각 학급에서는 오늘부터 환경 정리를 시작하세요. 어떤 일이 있어도 금주 내로 모두 끝내셔야 합니다."

교감 선생의 지시가 떨어지자마자, 나는 자리에서 벌떡 일어났다.

"환경 정리를 하려면 비품이나 재료를 구입해야 하는데, 그 비용은 어떻게 마련하나요?"

"김 선생! 그걸 나한테 물어보면 어떡하나? 엄청 답답한 사람이군. 학교 재정 형편상 학급 환경 미화에는 더 이상 지원할 수 없습니다. 담임 선생 능력껏 아이들과 학부모와 함께 해결하도록 하세요. 그리고 다음 주 월요일 오후에 환경 정리

심사를 하겠습니다."

교감은 안경을 벗어 오른손으로 만지작거리더니, 퉁명스럽게 책상 위에 내던졌다.

새 학년을 맞이한 지 몇 달 만에, 개구쟁이들이 학급 비품을 함부로 사용한 탓에 물건들이 모두 파손되어 더 이상 사용하기 어려운 상태가 되었다. 결국, 아이들로부터 학급비를 걷어 환경 미화에 필요한 물품을 구입할 수밖에 없었다. 학급비로도 부족하면 학부모들의 도움을 받을 수밖에 없는 형편이었다.

문제는 아이들의 가정 형편이 전반적으로 어려운 이 산골마을 학교에서, 학부모에게 또다시 부담을 지우는 일이 쉽지 않다는 것이다. 그럼에도 불구하고 경제적으로 조금 여유가 있는 몇몇 학부모에게 의지할 수밖에 없었다. 아버지가 한약방을 운영하는 반장 김정수, 면사무소 근처에서 방앗간을 하는 이종길, 부모님이 제법 넓은 농사를 짓는 김미자, 그리고 어머니가 장마당에서 식당을 하는 강숙자 등이었다.

학년 초에도 이들 학부모의 협조로 아이들에게 꼭 필요한 비품과 물품을 어느 정도 마련해 두었다. 그런데 이제 와서 또다시 그들에게 부탁한다는 것이 영 내키지 않았지만, 어쩔 수 없는 학교 사정이었다. 학교는 아이들 교육에 필요한 학습 환경을 갖추어, 아이들이 마음껏 자유롭고 즐겁게 생활할 수 있는 배움의 터전을 마련해야 하기 때문이다. 잘 준비된 환경에서 자란 아이들이 꿈을 갖고 그 꿈을 키워 갈 수 있다.

우리 학교는 6·25 전쟁으로 폐허가 된 이후, 그 아픈 흔적이 교실마다 여전히 남아 있었다. 특히 우리 학급 교실 바닥에는 어른 주먹만 한 크기의 구멍이 곳곳에 나 있어, 아이들이 마음껏 뛰놀기조차 어려운 상황이었다. 교실 바닥을 전면 교체하려면 비용이 너무 많이 들어 엄두를 낼 수 없었다. 이를 안타깝게 여긴 교장 선생님은 학교 청부 김 씨에게, 헌 양철판으로 그 구멍들을 땜질하라고 지시하기도 했다.

지난 학년 초에 환경 심사를 할 때, 교장 선생님은 6·25 전쟁 당시 인민군이 북으로 쫓겨 가면서 이 지역에 살던 여러 사람을 '반동분자'라는 죄목으로 이유 없이 잡아 총살했던 장소라고 설명해 주셨다. 그만큼 민족 상쟁의 뼈아픈 상처가 남아 있는 교실이었다. 전교생에게 반공교육을 할 때면, 교장 선생님은 늘 이 교실을 돌아보며 6·25 전쟁의 참상을 설명하곤 했다.

비바람이 몰아치는 날이면 깨진 유리창 사이로 빗물이 들이쳐, 제대로 수업을 진행하기 어렵기도 했다. 겨울이 되어 차가운 바람이 몰아칠 때면, 아이들이 헌 종이로 깨진 유리창을 막아 잠시 추위를 피하곤 했다.

나는 토요일 오후에 읍내에 들러 학급에 필요한 주전자와 양동이, 물컵 몇 개를 사다가 교실에 비치했다. 일요일에는 한 학기를 보내며 색이 바래고 헤실바실해진 환경 게시물과 아이들의 작품을 다시 손질했다.

교실 창문 밖, 커다란 느티나무에서 들려오는 매미 소리가 '매암… 매암… 미잉…'하고 울려 퍼져 후텁지근한 여름 날씨를 조금이나마 식혀 주고 있었다. 운동장 한가운데서는 아이들이 더위도 잊은 채 구슬땀을 흘리며 공놀이에 한창 열중하고 있었다.

나는 창밖으로 살랑살랑 불어오는 실바람을 느끼며 무심히 밖을 내다보다가, 구석 한쪽에서 어린아이들이 재잘거리며 소꿉장난하는 모습을 보았다. 가장 나이가 많아 보이는 계집아이는 열 살쯤, 그 곁의 사내아이와 다른 계집아이는 예닐곱 살 정도 되어 보였다. 이미 소꿉놀이는 한창 무르익었는지, 모래와 흙, 삭정이로 만든 집과 작은 돌을 이용해 솥까지 걸어 두었다.

"엄마가 시장에 갔다 올 테니, 너희는 집에서 놀고 있어!"

엄마 역할을 맡은 계집아이가 제법 진지하게 엄마 흉내를 내고 있었다.

"엄마! 이따 올 때 맛있는 거 사다 줘!" 하고 사내아이가 졸랐다.

"뭘 사 달라며 그렇게 조르면 어떡해!" 엄마는 언짢은 표정으로 날카롭게 소리 질렀다.

"음… 사탕… 그리고 빵…" 이번에는 어린 계집아이가 엄마의 옷자락을 붙들고 졸라댔다. 마치 흥미로운 연극의 한 장면 같았다.

그러자 엄마 역할을 하던 계집아이는 머리에 이고 있던 그릇을 털썩 내려놓으며 큰 소리를 질렀다.

"돈이 있어야 사 오지! 이거 팔아서 몇 푼이나 된다고… 지금 집에 보리쌀도 없단 말이야!"

엄마로 분장한 계집아이는 화가 난 표정으로 두 남매에게 손가락질하며 버럭 소리를 질렀다. 그리고 나서 약간 서러운 표정을 짓더니, 손등으로 눈물을 훔치는 시늉을 했다. 그러자 두 아이는 사탕을 먹고 싶다며 칭얼대고 우는 장면을 연출했다.

"지난주에 교회에 갔더니, 주일학교 선생님이 기도하면 뭐든지 들어주신다고 했어. 그러니까 하나님께 기도하자!"

엄마 역할을 하는 계집아이는 어른스러운 말투로 두 아이를 달랬다. 그리고 두 아이를 무릎 꿇게 한 뒤, 함께 기도를 시작했다.

"하나님! 우리에게 맛있는 걸 주세요. 사탕하고 빵을 주세요. 그리고 쌀밥도 주세요. 먹고 싶어요… 아멘."

실제로 살아있는 삶의 한 장면을 여실히 보여주는 듯했다.

나는 잠시 하던 일을 멈추고, 놀이에 몰두하고 있는 아이들에게 다가갔다. 느티나무 그림자가 길게 드리워지고, 매미와 쓰르라미들이 하늘을 찢어발기듯 우렁차게 울고 있었다. 나는 아이들 앞에 다가가 있는 힘껏 큰 소리로 박수를 쳤다. 느닷없이 등장한 불청객인 나를 본 아이들은 부끄럽고 어색한지, 얼굴이 발갛게 달아올랐다.

"소꿉놀이가 아주 재미있네. 엄마가 사탕이랑 빵을 사다 주지 않아서 속상했지?"

내 말에 아이들은 아무 대꾸도 하지 않은 채, 손으로 모래를 주무르며 계속 흙장난만 했다. 마치 자신들의 행동이 몹시 부끄러운 듯한 표정이었다.

"엄마 대신 내가 사탕과 빵을 사줄까?"

"……."

"아저씨는 누구예요?"

나이가 조금 많아 보이는 계집아이가 손에 묻은 흙을 탁탁 털며 경계하는 눈초리로 나를 올려다봤다.

"응, 나는 이 학교 선생님이야."

"선생님이세요? 몇 학년 가르치세요?"

경계하던 아이들의 마음이 조금 풀리는 듯, 모두가 나를 뚫어지게 쳐다보았다.

"나는 5학년을 가르치는 선생님이란다. 그런데 너희들은 몇 학년 아이들이니?"

"저는 3학년이고, 이 애들은 둘 다 1학년이에요."

"먹고 싶은 게 많지? 선생님이 사줄게."

하지만 아이들은 여전히 의심스러운 눈길로 힐끗힐끗 나를 보면서 모래를 만지작거릴 뿐이었다.

"너희들 여기서 놀고 있어. 내가 저 앞 가게에 가서 맛있는 사탕이랑 빵을 사 올게."

나는 서둘러 교문 앞 가게로 달려가 알사탕과 빵을 사다 주었다. 아이들은 알사탕과 빵을 보자마자, 빠진 앞니가 드러나도록 활짝 웃었다.

"자, 이거 너희들 먹으라고 선생님이 사 왔어! 모자라면 더 사다 줄게. 아까 주일학교 선생님이 기도하면 하나님이 다 들어주신다고 했잖니. 봐봐, 너희들이 기도하니까 하나님이 정말 들어주셨잖아!"

내 말을 아이들이 얼마나 귀담아듣는지는 모르겠지만, 손에 흙이 잔뜩 묻은 채로 며칠 굶주린 어린 짐승처럼 사탕과 빵을 게걸스럽게 먹어 치웠다. 어린 남자아이는 흘러내리는 누런 콧물을 손등으로 쓱쓱 문지르며, 콧물과 빵이 뒤섞인 채 입속으로 밀어 넣었다.

"아까 엄마가 보리쌀도 없다고 했는데, 그게 정말이니?"

빵 조각을 크게 잘라 한입 가득 넣은 계집아이는 우물쭈물하더니 금세 어두운 표정을 지었다.

"오늘 아침에 우리 엄마가 보리쌀이 떨어졌다고 했어요. 그래서 오늘 저녁부터는 옥수수로 밥을 할 거래요."

"옥수수밥이 맛있니? 선생님도 한 번 먹어 봐야겠다."

"아뇨, 맛이 되게 없어요. 보리밥이 훨씬 나아요. 엄마 말로는 며칠 있다가 일하는 집에서 보리쌀을 가져온다고 했어요."

내가 사다 준 사탕과 빵을 다 먹고 나니, 아이들의 마음이 조금씩 열리는 듯했다.

"앞으로 너희들이 먹고 싶은 게 있으면 선생님 찾아와!"

내 말을 듣던 3학년 계집아이는 눈을 동그랗게 뜨고 두 손을 모은 채 나를 유심히 바라보았다.

"선생님, 찾아가도 정말 돼요? 어디로 가면 되는데요?"

"음… 바로 이 교실, 5학년 교실로 언제든지 오면 돼!"

아이들을 보낸 뒤, 씁쓸하면서도 안타깝고 허전한 마음이 스쳤다. 가을 추수를 하려면 아직도 달포 이상은 기다려야 한다. 햇곡식이라도 거둬들여야 조금 숨통이 트일 텐데, 걱정이 이만저만 아니다. 여름에 거둬들인 보리쌀도 벌써 바닥을 보일 지경이었다. 성급한 가정에서는 덜 익은 수수 모가지를 베어 삶아 먹거나, 아직 덜 익은 벼 이삭을 칼로 잘라 털어 간신히 끼니를 이어가는 집도 있었다.

'우리나라는 언제 한 번 잘살아 볼까요? 참으로 답답해요. 아이들 집에 가정 방문을 가 보면, 도와줘야 할 곳이 한두 군데가 아니에요. 육성회비 내라, 교과서 값을 내라 하는 것도 가당치 않다는 생각이 들어요. 아이들이 불쌍해요. 부디 빨리 잘사는 나라가 되었으면 좋겠어요.'

언젠가 정숙이 내게 털어놓았던 이 말이 계속 귓가에서 맴돌았다.

11

6월의 아침, 텃밭의 푸성귀들이 풋풋하게 돋아나고 있었다. 담장을 타고 기어오른 호박 넝쿨은 풍성한 햇볕을 받아 밤톨만 한 씨 호박에 꽃을 피워내고 있다. 밤이 이슥하도록 이슬을 맞은 잎사귀들은 아침 햇살 무늬로 푸르름이 더해가고 있었다.

요즘 이 산골 마을에는 농번기가 돌아와, 어린아이들부터 노인들까지 모두 논밭으로 나가 쉴 틈 없이 바쁘게 뛰어다니고 있다. 군청과 면사무소를 막론하고 모든 공무원이 총동원되어, 옷소매와 바짓가랑이를 걷어붙인 채 모내기 일손을 거드느라 눈코 뜰 새가 없다.

농번기가 되면 부족한 일손을 돕기 위해 국민학교 어린아이들까지 동원된다. 뿐만 아니라 나라를 지켜야 할 군 장병들까지 농촌으로 파견된다. 이때에는 도시의 중·고등학교 학생들과 공무원들도 한몫을 거든다. 철모르는 어린아이들이 고사리 같은 손으로 한 포기씩 못줄에 맞춰 모를 심는 모습이 앙증맞고 기특하기만 하다.

　이번 주 수요일부터 토요일까지는 농번기 방학으로, 일손 돕기 운동을 하라는 군 교육청의 지시가 내려왔다. 오늘은 5·6학년 아이들 전원이 면사무소에서 배정해 준 농가로 모내기 일손을 돕기 위해 나선 날이다.
　우리 반은 학교에서 오 리쯤 떨어진 논에서 모내기를 하게 되었다. 아이들은 모내기하러 간다며 좋아서 교실이 떠나갈 듯이 소리를 질러대고 한바탕 야단법석을 떨었다.
　나는 우리 반 아이들과 함께, 흙먼지가 하얗게 일어나는 신작로를 벗어나 오솔길을 따라 산등성이를 넘었다. 산등성이 아래로는 다닥다닥 붙은 다랑논들이 파편처럼 흩어져 있었다. 미리 써레질로 고르게 다져 놓은 논배미는 발목까지 물이 차올라 모를 심기 안성맞춤이었다. 가로세로로 못줄을 치고 줄을 맞춰가며 질서 정연하게 모를 심는 광경은, 보기 드문 한 폭의 그림처럼 정겹고 아름다웠다.
　남학생들은 논에 들어가 모를 심고, 여학생들은 못짐을 날라 주었다. 편하게 모를 심도록 못짐들을 논바닥에 골고루 펼쳐 두었다. 장난기 많은 아이들은 질퍽질퍽한 논바닥을 밟으며 이리저리 뛰어다녔다. 논바닥에는 일렬횡대로 아이들이 서고, 가로세로 길게 쳐 놓은 못줄 눈금에 맞춰 모를 꽂았다. 반장과 부반장이 양쪽 끝에서 못줄을 잡고, 반장이 "오라이!" 하고 소리치면 뒤로 물러나며 차례대로 모를 심어갔다.

넓은 논배미에 모를 거의 마쳤을 즈음, 갑자기 여자아이들이 술렁대기 시작했다. 몇몇 아이들은 자지러질 듯 소리를 질러댔다.

"으악! 어머나… 엄마야! 선생님, 뱀이 있어요!"

여자아이들은 이리 뛰고 저리 뛰며 논바닥에서 허둥대고 난리법석을 떨었다. 어디선가 큰 물뱀이 갑자기 나타났던 것이다. 물뱀은 꼬리를 흔들며 무법자처럼 논바닥을 이리저리 휘젓고 돌아다녔다. 나 역시 뱀을 보는 순간 등골이 서늘해지고 몸이 떨렸으나, 아이들 앞이라 태연한 척하려고 애썼다. 그러나 속으로는 몹시 당황하고 있었고, 아이들도 내 안절부절못하는 기색을 눈치챈 듯했다.

마침 그때, 김기덕이 철벅거리며 논바닥을 헤치고 뱀이 있는 곳으로 달려갔다. 그리고는 믿기 힘들 만큼 재빠른 동작으로, 눈 깜짝할 사이에 엄지와 검지로 뱀의 목을 바싹 움켜쥐었다. 기덕이의 놀라운 손놀림과 용감한 행동에 아이들은 "우와!"하고 함성을 질렀다. 뱀의 목을 꽉 쥔 채 논 밖으로 나온 기덕이는 물뱀을 휘휘 물매 돌리듯 몇 바퀴 돌리고 나서 논두렁 옆 바위에다 힘껏 패대기쳤다. 몸뚱이를 비틀며 펄떡거리던 큰 물뱀은 머리에서 피를 흘리더니 곧 축 늘어지고 말았다.

아이들은 기덕의 귀신같은 솜씨에 또 한 번 혀를 내둘렀다.

☙

　기덕이 아버지는 뱀을 잡아 생계를 잇는 '땅꾼'이다. 잡은 뱀을 뱀탕 집에 팔아 겨우 입에 풀칠하는 형편이다. 기덕이 아버지 김진수는 6·25 전쟁 때 국군 제9사단에 편입되어, 1952년 10월 철원 백마고지 전투에 참전했다.
　그해 10월 6일, 국군 9사단은 중공군 38사단의 공격을 받아 열흘 동안 열두 차례에 걸쳐 치열한 전투를 치렀다. 주인이 일곱 번이나 바뀌는 혈전 끝에, 결국 국군이 철원 백마고지를 차지하였다. 이때 중공군 약 1만 3천여 명이 전사하거나 부상당하거나 포로가 되었고, 국군 9사단 역시 3천 5백여 명의 사상자를 냈다. 이 전투에서 제9사단은 '상승 백마'라는 칭호를 얻게 되었다.
　1952년 10월, 철원 평야의 요충지인 395고지 전투에서 김진수는 왼팔과 오른쪽 눈을 잃었다. 찢어질 듯 가난한 산골 농부의 아들인 진수는, 그때부터 극심한 실의와 좌절에 빠져들었다. 상이군인이 된 이후로 점점 성격이 난폭하고 거칠어져, 날마다 술에 빠져 세월을 보내다시피 했다. 술에 취하면 걸핏하면 남에게 시비를 걸어 싸움을 일삼았다.
　상이군인이라는 명목으로, 비슷한 처지의 동료와 함께 집집마다 돌아다니며 구걸도 하고, 도움을 청하기도 했다. 그러나 자신의 뜻대로 일이 풀리지 않으면 집에 들어가 마구 행패를 부리기 일쑤였다. 가구를 부수고 젊은 여인을 희롱하거나, 마구 욕설을 퍼붓기도 했다. 그 때문에 마을 사람들은 점차 그를 따돌리기 시작했으며, 가까웠던 친구나 이웃들도 점점 멀어졌다.

깡술만 퍼마시며 세월을 보내던 진수는 몸과 마음이 피폐해져 차츰 폐인이 되어갔다. 건강도 극도로 나빠져 기침을 달고 살았다. 밤새 기침을 멈추지 못해 잠을 한숨도 못 자는 날이 허다했다. 제대로 먹지도 못하면서 술로만 견디다 보니, 몸뚱이는 망가질 대로 망가졌다.

그는 술에 취하면 아무나 붙들고 시비를 걸었다. "야, 이 새끼들아! 너희가 누구 덕에 먹고사는 줄 알아? 전부 나 덕이야, 이 개새끼들아!"하고 닥치는 대로 욕설을 퍼부었다. 손에는 길고 날카로운 쇠꼬챙이를 들고 다니며, 길에서 조금만 부딪쳐도 다짜고짜 윽박질렀다.

"내가 눈깔 하나 없다고 우습게 보이냐, 이 새끼야!"하고 시비를 걸었다. 날마다 세상을 원망하고 나라를 원망하며, 술집에서 술값을 내지 않아 주인과 대판 싸우는 일이 예사였다.

이후로 진수의 건강은 날이 갈수록 악화되었다. 몸은 바짝 마르고 기침도 자주 해, 심한 기침으로 밤잠을 설치는 날이 잦아졌다. 어떤 날은 기침이 너무 심해 밤새 한숨도 못 잘 때도 있었다. 제대로 먹지도 못하고, 날마다 깡술로 세월을 보내다 보니 몸이 완전히 망가진 것이다.

군 보건소에서 진단받아 보니 폐결핵이라는 결과가 나왔다. 치료 약을 사 먹으려 해도 약값이 워낙 비쌀뿐더러, 약 자체를 구하기도 쉽지 않았다. 게다가 돈도 없어 약을 살 형편조차 안 되었다. 마을 사람들이 좋다는 약초를 산에서 뜯어말려 삶아 먹거나 끓여 마셔 보았지만 별다른 차도가 없었다.

여름이 지나 초가을에 접어들 무렵, 화전민들이 사는 마을에서 조금 떨어진 계곡에 움막을 짓고 사는 '장돌이'가 찾아왔다. '장돌이'란 이름은 그가 떠돌이 생활을 한다고 해서 마을 사람들이 붙여 준 별명이고, 본인도 자기 본명을 모른 채 살아왔다.

"어이, 진수야! 어디 가노?"

"논 가에 가서 개구리나 잡으려 한다. 폐병에는 개구리가 좋다더라."

"진수야! 폐병에는 뱀탕이 최고다. 그것도 구렁이나 살모사 같은 뱀으로 끓여 먹으면 직통으로 낫는다던데. 한번 먹어 봐라!"

장돌이는 뱀 자루를 왼쪽 어깨에 둘러메고 긴 쇠꼬챙이를 허공에서 크게 휘둘렀다.

"치워라, 임마! 징그럽게 어떻게 뱀을 끓여 먹노. 난 죽어도 못 먹는다."

"진수야, 젊은 놈이 이렇게 죽으면 어떻게 되겠냐? 네 처자식은 어쩌고. 이제 갓 아장아장 걷는 기덕이 좀 생각해 봐라. 무슨 수를 써서라도 살아야지! 내가 뱀탕 끓여 올 테니, 너는 미친 척하고 한번 먹어 봐라. 돈은 안 받을게."

다음 날부터 장돌이는 때마다 뱀탕을 끓여 가지고 왔다. 뽀얀 닭국물처럼 보이는 국은 처음엔 흙냄새가 나서 역겨웠지만, 이걸 먹고 살 수만 있다면 뭐든 할 수 있다는 생각이 조금씩 들었다. 특히 귀엽게 자라는 아들 기덕이를 볼 때마다 살아야겠다는 마음이 솟구쳤다. 몇 차례 먹고 나니 점차 뱀탕 맛에도 익숙해졌고, 기력이 조금씩 회복되는 기분이 들었다. 거의 죽을 지경이었던 진수는 장돌이가 끓여 준 뱀탕 덕에 차츰 생기를 되찾았다.

어느새 진수가 장돌이를 찾아가는 게 일상이 되었다. 새벽만 되면 서둘러 일어나, 산골 계곡에 움막을 짓고 사는 장돌이 집으로 향했다. 가는 길에 달콤한 새벽 공기를 온몸에 들이마시며, 진수는 모처럼 생기 가득한 아침을 느꼈다. 나뭇잎들의 푸른 기운이 숨결을 타고 들어와 온몸에 퍼지는 듯했다. 매일같이 태양을 바라보며 심호흡하는 시간이 생겼고, 그럴 때마다 새로운 기운이 북돋아지는 것만 같았다. 날이 갈수록 장돌이 집으로 향하는 진수의 발걸음도 점차 가벼워졌다.

뱀탕을 먹고 어느 정도 건강을 회복하자, 장돌이는 그에게 함께 일하자고 졸라 댔다.

"야, 진수야! 할 일 없이 비럭질만 하지 말고 나랑 같이 일하자."

"내가 뭘 할 수 있겠노. 왼팔도 없고, 오른 눈도 안 보이는 애꾸눈인데."

"임마, 그런 거 걱정 말고 그냥 나만 따라다니라. 산에만 잘 오르내려도 돼. 너 군대에서 백마고지 전투했지? 산 타는 건 귀신 아닐까. 게다가 오른쪽 눈 하나는 멀쩡하잖아."

그렇게 해서 기덕이 아버지 진수는 장돌이를 따라다니며 뱀을 잡는 땅꾼이 되었다.

진수가 폐병을 뱀탕으로 고쳤다는 소문은 산골 마을에 조금씩 퍼져 나갔다.

"그거 뭐냐, 다 죽게 생긴 진수가 뱀탕 먹고 나았다카더라!"

"아이구야, 잘됐네. 몸도 성치 않은데 정말 큰 일이었는데, 다행이구먼."

"뱀이 은근히 효험이 있긴 있나 봐."

마을 사람들은 모여 앉기만 하면 뱀탕 이야기를 나누곤 했다.

"뱀이 폐병에만 좋은 게 아니라 허리나 무릎 아플 때도 잘 듣는다던데."

"용길네 어르신도 무릎이 아파서 꼼짝 못 했는데, 장돌이가 갖다준 뱀탕 먹고 싹 나았다나 봐! 뱀이 효험은 좋은 모양이야."

뱀탕이 주는 효험은 이 산골 마을에서 큰 화젯거리가 되었다. 그러더니 어느새, 그 소문이 남자 정력에 최고로 좋다는 이야기로 번져 나갔다. 나이가 좀 있는 남자들은 슬금슬금 진수나 장돌이네 집을 드나드는 일이 점점 많아졌다. 겉으로는 몸이 아파서 뱀탕을 찾는다고 했지만, 실제로는 다른 목적을 품고 온 경우가 대부분이었다. 어떤 집 아낙네는 멀쩡한 남편에게 억지로 뱀탕을 끓여 먹이기도 했다.

어쨌든 몸이 아파도 돈이 없어 제때 치료나 약을 구하기 어려운 이 산골 사람들에게, 뱀탕의 효험은 반가운 소식이었다. 그 뒤로 마을 사람들은 장돌이를 두고 '뱀 박사', '뱀 아범', '뱀 귀신'이라는 별명을 붙였다.

※

기덕이는 여름방학 때나 토요일, 일요일에 틈만 나면 아버지를 따라다니며 뱀 잡는 일을 거들었다. 진수는 뱀이 있을 만한 곳을 마치 귀신같이 알아냈다. 숲속이나 개울 근처에서 뱀이 나타나면, 오른손에 든 긴 쇠꼬챙이로 뱀 대가리를 꾹 누른 뒤 얼마간 질식시키듯 제압했다. 그러고 나서 뱀의 몸통을 휘휘 감아 자루에 담았다. 어느새 그의 솜씨는 장돌이보다 더 능숙해졌다.

진수가 잡아 온 뱀들을 궤짝이나 자루에 모아두다 보니, 온 집 안 구석구석에 뱀이 득실득실하다는 소문이 조금씩 퍼져 나갔다. 근처 마을 사람들은 뱀이 무서워 기덕이네 집 근처에도 얼씬거리지 않았다.

"야들아, 기덕이네 가지 마! 그 집에 뱀들이 득실득실하다더라. 뱀한테 물리면 큰일난다. 약도 없는데!"

특히 어린 애를 둔 집에서는 아이들이 혹시나 기덕이네 집에 갈까 봐 단속하느라 난리가 났다. 이를 눈치챈 진수는 결국 가족을 데리고 장돌이 근처에 작은 토담집을 짓고 이사를 했다. 그 뒤로 사람들은 그곳을 '뱀골'이라고 불렀다.

기덕이는 아버지를 따라다니며 뱀 잡는 일에 큰 몫을 해냈다. 아버지가 쇠꼬챙이로 뱀을 제압하면, 기덕이가 그것을 자루에 담았다. 진수는 강가나 개울에서 뱀을 잡을 때, 마치 뱀장어나 미꾸라지를 다루듯 능숙하게 뱀 목을 따고, 허물을 벗겨 내고, 내장을 정리했다. 깨끗이 손질한 뱀을 솥에 넣고 몇 시간 푹 고운 뒤, 베 보자기로 꾹 짜낸 국물을 마시는 게 어느덧 버릇이 되었다. 가끔은 온 식구가 뱀탕으로 한 끼를 때우기도 했다.

기덕이는 아버지가 '뱀 잡는 박사'라며 아이들 앞에서 으쓱댔고, 자신도 뱀을 잘 잡는다고 자랑하고 다녔다. 오늘 물뱀을 단숨에 잡아낸 것도 그런 기질 덕이었다. 그는 이번 일로 친구들 사이에서 한층 영웅 대접을 받게 되었다.

그럭저럭 모내기가 거의 끝나갈 무렵, 논배미 주인 부부가 아이들의 점심을 논두렁으로 가져왔다. 주인 아낙네는 함지박에 밥을 이고, 남편은 국통을 지게에 지고 좁다란 논두렁을 아슬아슬하게 걸어오고 있었다. 이 광경을 본 아이들은 "우와!" "야호!"하며 환호성을 질렀다.

"손과 발을 개울가에 가서 깨끗이 씻고 오세요. 그래야 점심을 먹을 수 있어요."

그러나 아이들 중 제대로 씻는 애들은 거의 없었다. 내 말을 귓등으로만 듣고, 밥 먹는 데만 정신이 팔려 있었다. 발과 다리, 손목, 귀밑머리에는 흙이 덕지덕지 붙어 있고, 머리카락은 논바닥에서 묻은 흙으로 뒤범벅이 된 아이들도 있었다. 일단 배부터 채우고 보자는 속셈이었다.

한 줄로 서서 밥과 국을 받은 아이들은 삼삼오오 모여 깔깔거리며 식사했다. 오랜만에 따뜻한 혼식(쌀과 보리를 섞은 밥)을 먹는 기쁨도 컸겠지만, 무엇보다 작업을 끝낸 뒤 친구들과 함께 들판에서 먹는 점심이라 더욱 즐겁고 신이 났다. 동그랗게 둘러앉아 식사하며 나누는 이야기꽃이 만개하자, 아이들의 웃음소리가 들판 위로 멀리 퍼져 나갔다.

12

가을 운동회 연습으로 학교가 온통 북새통이다. 오전 수업을 마치고 나면, 오후에는 전교생이 운동회 연습에 매달려 학교가 매일 시끌시끌했다.

전기가 들어오지 않는 곳이라 마이크를 사용하려면 배터리를 자주 충전해야 한다. 배터리를 충전하려면 대략 오 리쯤 떨어진 유선방송국으로 가야만 한다. 이 지역은 집집마다 라디오가 거의 없어서, 저녁이면 유선 방송으로 소식을 듣는 재미와 즐거움이 제법 쏠쏠하다. 이곳에선 자체적으로 운영하는 '유선방송국'을 통해 집집마다 선을 연결하고, 스피커로 방송을 들을 수 있는 시설을 갖추고 있다.

주민들이 돈을 조금씩 모아 자체 발전기를 돌려, 밤에만 약 3시간 정도 전기를 공급한다. 그러나 워낙 낡고 허름한 시설이라 자주 고장이 나거나 정전이 잦다. 게다가 발전기 성능에 따라 전등 밝기가 조금 밝아졌다 어두워졌다 하면서 좀처럼 예측하기가 어렵다. 그래도 면사무소 주변에 사는 주민들은 이렇게나마 전기가 들어온다는 사실을 꽤 자랑스럽게 여긴다. 가을이면 전기세를 곡식으로 거두는데, 형편이 여의치 않은 가정들이 많아 늘 분쟁이 끊이지 않는다. '전기세가 너무 비싸다'든지, '전깃불이 어둡고 잘 들어오지도 않는다'라는 불만에 말다툼이 잦았다. 결국 전기를 끊고 석유 등잔불이나 피마자기름으로 불을 밝히는 집들도 있었다.

나는 학교 방송 시설 업무를 맡고 있어서, 마이크를 사용할 때마다 내 능력이 시험대에 올랐다. 오늘도 운동회 연습 도중 앰프가 고장 나서 무용 연습을 지도하던 선생님이 몹시 애를 먹고 있었다. 나는 앰프와 배터리를 리어카에 싣고, 6학년 남학생 중에서 덩치가 큰 몇몇 아이들과 함께 유선방송국으로 달려갔다. 마침 유선방송국 주인이 이웃 마을에 출장을 가서, 그가 돌아올 때까지 기다릴 수밖에 없었다.

이 마을 사람들은 유선방송국 주인을 '서울 정 씨'라고 부른다. 서울 청량리 근처에서 라디오 수리점을 하다가 부도가 나서 이 산골 마을로 흘러 들어온 것 말고는, 그의 신상을 아는 사람이 거의 없다. 서울에서 사업을 하다 빚에 몰려 야반도주했다는 소문도 떠돌지만, 그 이상 관심을 갖는 사람은 드물다. 그래도 서울 정 씨는 학교 일에 무척 협조적이다. 학교에서 어려운 일이 생기면 만사를 제쳐놓고 도와주곤 한다. 가령 가을 운동회나 봄철 신입생 환영 전교생 봄 소풍, 학예회, 졸업식 등을 할 때면 하루 종일 앰프와 마이크 옆을 지키며 수고를 아끼지 않는다.

이 지역에는 학교의 마이크가 사실상 유일한 확성기다. 면사무소에서 특별한 행사를 열거나 면민 체육대회를 할 때마다 이 마이크를 사용하곤 했다. 그때마다 나는 방송 기기가 고장날까 봐 전날부터 조바심에 시달렸다. 일이 잘못되면 무조건 내 책임으로 돌아오기 때문이다. 게다가 나는 마이크나 앰프 같은 방송 기기에 대해 아는 바가 거의 없어, 이 업무로 인해 큰 스트레스를 받았다.

그날도 오래되고 낡아빠진 마이크와 앰프로 운동회 연습을 하다가 갑자기 마이크가 고장 나, 소리가 전혀 나오지 않았다. 운동회 연습이 시작되면, 아이들을 지도하고 돌보는 시간보다 방송 기기를 관리하는 시간이 더 많아질 지경이었다. 이날도 연습 도중 마이크가 꺼져 연습을 제대로 진행하지 못했고, 선생님들은 내가 돌아오기만을 애타게 기다리고 있었다.

이곳에서 송출되는 유선 방송은 거의 오 리쯤 떨어진 곳까지 선이 연결되어 있다. 먼 마을로 연결된 선이 낡거나 끊어지면 방송이 제대로 나가지 않고, 그때마다 마을 주민들의 불만과 짜증 섞인 원망이 쏟아져 유선방송국 정 씨가 곤욕을 치르기 일쑤였다. 방송이 잘 안 나오거나 음질이 나쁘다는 신고가 들어오면, 정 씨는 곧바로 자전거나 오토바이를 타고 나가 유선이나 스피커를 점검하는 일을 거의 매일같이 반복한다.

얼마쯤 기다렸을까. 오후 두 시가 넘어서야 정 씨가 오토바이를 타고 돌아왔다. 쓰다 남은 전선, 스피커, 각종 연장 도구 등을 싣고 온 그는, 지긋한 나이에 어울리지 않게 허리에 낀 때 묻은 베수건으로 땀을 훔치며 나에게 깍듯이 인사를 건넸다. 그런 뒤 이리저리 세밀하게 점검을 마치고 나서, 발전기를 돌리기 시작했다.

"선생님, 배터리를 충전해야겠군요. 이 배터리도 수명이 다 되어 얼마 못 버틸 것 같아요. 앰프도 이미 제 기능을 다했네요. 마이크도 하나 새로 사야 할 것 같습니다. 서울 청계천에 가면 중고품 파는 곳이 있는데, 거기서 좀 싸게 구할 수 있어요. 일단 배터리 충전을 하고, 급한 대로 앰프도 봐 드릴게요. 그렇지만 이 상태로 계속 운동회 연습하기는 어려울 것 같아요."

정 씨는 답답하다는 듯 혀를 끌끌 차며 고개를 갸우뚱했다. 나 역시 더 머무를 시간이 없어 조급해진 마음에 "네, 네, 잘 알겠습니다"하고 건성으로 대답했다. 그리고 허리를 굽혀 여러 차례 고맙다는 인사를 건넨 후, 아이들과 함께 리어카에 짐을 싣고 학교로 달려왔다.

땀과 흙먼지로 뒤범벅이 된 나는 쉬지도 못한 채 곧바로 교무실 한쪽 귀퉁이에 놓인 철제 캐비닛 안의 앰프와 전축을 연결했다. 그 사이, 아이들은 운동장 한편에서 잠시나마 제멋대로 놀 수 있게 된 것이 좋은지, 이리저리 뛰어다니며 신이 나 있었다.

앰프에 전축을 연결한 뒤, 마이크를 들고 운동장 구령대 앞으로 나갔다. 무용을 지도하는 강 선생님이 구령대에 올라가 아이들을 질서정연하게 줄 세운 다음 외쳤다.

"자, 여러분! 선생님이 하는 동작을 보고 그대로 따라 해 보세요!

하나, 둘, 셋, 넷, 다섯, 여섯, 일곱, 여덟,

둘, 둘, 셋, 넷, ···.."

마이크에서 울려 나오는 맑고 고운 음성은 학교 울타리 밖으로 확성기를 통해 온 마을로 퍼져 나갔다. 흰 체육복을 입고 날렵하게 움직이는 몸동작은 그녀의 경륜을 그대로 보여 주었다. 우리의 고전 무용인 강강술래를 지도하는 강순임 선생은 해마다 운동회 때마다 고전 무용을 가르쳐 왔다. 그녀가 아이들에게 무용을 지도하는 방법은 다른 교사들과는 사뭇 달랐다.

따가운 가을 햇볕이 오랜 시간 내리쬐는 동안에도, 그녀는 연습에 참여하는 어린아이들부터 먼저 챙겨주었다. 짜증 한 번 내지 않고, 웃음도 잃지 않았다. 아이들에게 건네는 칭찬과 지지, 그리고 용기를 주는 한마디는 듣는 이들에게도 흐뭇하고 포근한 기분을 안겨 주었다. 서두르지 않는 침착한 움직임과 자상하게 아이들을 대하는 태도에서 교사로서의 품격과 교양미가 넘쳤다.

레코드판에서 흘러나오는 〈강강술래〉 노래가 나팔 스피커를 통해 퍼져 나갔다. 선생님과 아이들이 하나가 되어 음악에 맞춰 빙글빙글 도는 가운데, 선생님의 지시에 따라 4·5·6학년 여학생들의 율동이 시작되었다.

가을 운동회는 아이들의 체력을 향상하고 단결심을 고양하며, 인내심과 협동심도 높여 준다. 상대방을 배려하면서도 자신의 기량을 마음껏 펼칠 수 있는 스포츠이자 종합 예술인 셈이다. 이 행사는 학교와 마을 주민들이 함께 어우러지는 지역사회의 한마당 축제이기도 하다.

이날을 위해 한 달 이상 교사와 아이들은 교실 수업을 거의 포기한 채, 운동장에서 온 힘을 다해 땀 흘리며 연습한다. 강 선생님의 지도 아래, 음악에 맞춰 아이들은 빙글빙글 돌면서 아름다운 하모니를 연출했다. 춤 동작이 점점 격렬해지자 둥근 원이 빠르게 움직이기 시작했고, 전축 음반에서 흘러나오는 〈강강술래〉 가락에 맞춰 숨 가쁜 소리를 토해 내며 달팽이 모양으로 휘감겼다. 칭칭 감기던 달팽이는 이내 강렬한 힘을 뿜어내며 바다에서 싸우는 용사의 모습으로 변했고, 잠시 후에는 여울에 몰려든 은어 떼처럼 부지런히 움직이는 형상이 되었다.

나는 잠시 넋을 잃고 아이들의 춤 동작을 바라보고 있을 때, 전축에서 울려 나오던 〈강강술래〉 노랫소리가 갑자기 멈추더니 "치치칙, 치치칙, 우웅 우우웅……"하는 날카롭고 둔탁한 소리가 반복적으로 나기 시작했다. 그 순간, 힘겹게 움직이는 어린아이들의 가냘픈 모습만 멍하니 바라보다가 잠시 정신이 아득해졌다.

전축에서 울리는 괴상한 소리를 들으면서, 아이들의 행동이 마치 어른들을 위한 꼭두각시놀음 같다는 생각이 들었다. 촘촘한 조직적인 단체 행동과 잘 짜인 각본에 따라 움직이는, 영혼 없는 꼭두각시들의 움직임처럼 보였다. 아무런 의욕도 기쁨도 없고, 끼와 흥미마저 없이 움직이는 아이들에게는 그저 마음의 상처만 줄 뿐이라는 생각이 들었다. 힘없이 느릿느릿 돌아가다 멈추기를 반복하던 음반은 아무 의미 없는 소리만 내고 있었다.

13

결국 어쩔 수 없이, 유선방송국 정 씨에게 부탁하기 위해 학교 청부 아저씨에게 자전거를 빌려 급히 달려갔다. 서울에서 내려온 정 씨는 나를 보자마자 걸걸한 목소리로 "허허허" 하고 싱겁게 웃었다.

"선생님, 또 오실 줄 알았어요. 앰프가 고장 나서 오신 거죠?"

그는 어둑하고 허름한 창고 안으로 들어가 연장 가방과 테스트기를 꺼내 들었다. 작은 키에 뚱뚱한 체격, 쟁반 같은 얼굴을 한 그는 한바탕 싱겁게 웃더니, 오토바이를 타고 흙먼지를 날리며 학교로 달려갔다.

"앰프가 다 돼서 더 이상 쓸 수 없네요. 너무 낡았으니 빨리 새로 교체해야겠어요. 이거 하나 갈아 달라고 하세요. 이

제 못 쓰게 됐는데요. 그리고 기계는 한 사람이 맡아서 써야 해요. 이 사람 저 사람 아무렇게나 쓰게 되면 고장이 날 수밖에 없어요. 지금 당장 급하다고 하니, 임시변통으로 쓸 수 있게 해 놨습니다. 선생님만 사용하세요. 다른 사람은 일절 쓰지 못하게 하세요."

정 씨는 나에게 몇 번이고 신신당부했다.

다음 날 아침, 직원 조회를 알리는 종이 울렸다. 으레 매일 아침이면 빠짐없이 일과의 시작을 알리는 직원 조회 시간에 참여했다. 이 시간에는 거의 매일 반복된 지시 사항이 전달될 뿐이었다. 그 밖에 주번 교사가 전하는 내용이나 교감과 교장의 지시 사항을 교무 수첩이나 학급 경영록에 적는 것으로 회의가 끝나곤 했다. 토론이나 토의가 없는 일방통행식 회의는 지금껏 관습처럼 이어져 왔기에, 아무도 이의를 제기하지 않았다.

그러나 오늘은 느닷없이 돌발적인 상황이 벌어졌다. 회의가 끝나기 직전, 강순임 선생이 갑자기 손을 번쩍 들더니 조금 떨리는 목소리로 말을 걸었다. 지금껏 말이 없고 조용한 성품이었던 그녀가 보인 돌출 행동에, 교무실 안 사람들의 시선이 일제히 그녀에게로 쏠렸다. 교무실 안은 갑자기 무거운 침묵으로 감돌았다.

"교장 선생님께 건의 말씀 드리겠습니다. 심기가 상하고 조금 불편하실 수 있더라도 들어 주시길 바랍니다. 이 모든 말씀은 아이들과 학교 교육의 발전을 위해 드리는 것입니다.

교사가 학교에서 아이들을 지도하려면, 충분한 지원과 아낌없는 도움이 있어야 한다고 생각합니다. 그런데 우리 학교는 그동안 아이들을 지도하는 데 필요한 학습 자료나 학습 도구가 거의 준비되어 있지 않습니다. 물론 학교 예산이 부족하여 운영에 어려움이 많다는 점은 저도 잘 알고 있습니다. 그렇다고 해서 그대로 방관만 하고 있을 수는 없다고 봅니다. 무슨 방법을 쓰더라도 힘이 닿는 한 최선을 다해야 하지 않겠습니까! 지역사회나 학부모와 연계하여 이러한 어려운 문제들을 해결해야 한다고 생각합니다. 우리 학교는 지역사회 학교입니다. 학부모와 주민이 함께 가야 합니다. 학부모와 지역 주민들과 함께 힘쓰고 고민해야 올바른 교육을 할 수 있다고 믿습니다.

한 가지 덧붙여 말씀드리고 싶은 것은, 군 교육청에서 학습 자료를 구입해 학교에 공급하고 있는데, 다들 아시다시피 교육청에서 보내 준 학습 자료는 거의 쓸모가 없습니다. 이 문제는 시급히 해결해야 합니다. 교장 선생님께서 교육청 담당자에게 건의하여 시정하도록 해 주셔야 합니다. 아마 군 내 다른 학교들도 사정은 마찬가지일 것입니다. 이런 관행은 이미 오래전부터 이어져 온 것 같습니다. 이러한 잘못된 관행은 하루빨리 뿌리 뽑아야 합니다. 어렵더라도 지금까지 잘못된 관행을 교장 선생님께서 조속히 시정해 주시기를 바랍니다.

교육청은 무조건 학교를 감시하고 감독하는 기관이 되어

서는 안 된다고 생각합니다. 학교의 여러 가지 어려운 문제를 찾아 도와주는 곳이 되어야 한다고 봅니다. 교육청 장학사님들은 학교를 감독하거나 감시자가 되기보다는, 교사와 학생들을 지원하는 역할을 해야 합니다. 예를 들어 학습 자료 하나를 구입할 때도 교사들의 의견을 듣고 이를 반영해야 하는데, 현재 교육청에서 하는 일은 학교나 교사를 돕는 방향이 아닙니다. 이로 인해 발생하는 피해는 고스란히 아이들에게 돌아갑니다. 결국 학교 교육이 제대로 이루어질 수 없게 됩니다. 이 상황을 교장 선생님들이 책임지고 시정하도록 힘써 주셔야 한다고 생각합니다. 교장 선생님께서 적극적으로 도와주십시오.

이제 가을 운동회가 며칠 남지 않았는데, 준비 과정이 너무 열악하여 아이들을 위한 사전 지도나 연습을 충분히 할 수 없는 실정입니다. 조속히 문제점을 해결해 주셔야겠습니다. 학교의 모든 문제를 앞장서서 챙기고 관심을 기울이는 것이 관리자가 해야 할 일이라고 생각합니다.

이 부족한 제가 지금까지 드린 말씀은 결코 제 개인적인 불평과 불만에서 비롯된 것이 아닙니다. 우리 학교 교육의 발전과 아이들의 교육을 위해 드리는 말씀입니다. 교장 선생님께 심려를 끼쳐 드려 대단히 죄송하지만, 간곡히 부탁드립니다."

조금도 머뭇거림 없이 단호하고 논리적으로, 그리고 사리에 맞는 차분한 목소리로 간결하게 자신의 의사를 밝혔다. 교직원들은 그녀가 지닌 따뜻하고 인자하며 포근하고 부드러운 이미지가 갑자기 엄격하고 원칙적이며 강하고 차가운 이미지로 변신한 것에 무척 놀란 표정이었다. 그녀가 지닌 외유내강(外柔內剛)의 새로운 면모를 비로소 깨달은 듯했다.

강 선생의 말을 듣던 교장은 잠시 눈을 감은 채 무척 못마땅한 표정으로 눈살을 찌푸리고 있었다. 대머리에 몇 가닥 남은 머리카락이 조금씩 흔들렸다. 울컥 짜증 섞인 말투로 화를 낼 법도 했지만, 교장은 표정을 바꾸어 입가에 알 수 없는 미소를 지으며 잠시 말을 아꼈다. 이어 회전의자에서 서서히 일어나더니, 두 손바닥으로 대머리를 뒤로 쓱 문질렀다.
"방금 강 선생님이 하신 말씀은, 교장을 훈계하고 있다는 태도로 들리는군요. 강 선생님께서는 내가 학교 관리도 안 하고, 아이들 교육에도 관심이 전혀 없는 무기력하고 무능한 교장으로 보시는 것 같습니다."
교무실 분위기는 갑자기 싸늘하고 차가운 기류로 돌변했다. 교무실 창가 밖 나무에 앉았던 이름 모를 새 한 마리가 몇 번 푸드덕 날갯짓하더니, 작은 나뭇가지를 흔들어 놓았다. 갑자기 불어오는 바람에 창밖에 걸려 있던 학교 종이 잠시 흔들거렸다.
"강 선생이 교장을 가르치려 드는군요. 강 선생이 학교 교육 이론을 얼마나 많이 알고 있다고 생각하는지요? 그리고 학교 행정을 나보다 더 많이 아는 것처럼 떠들어 대네요. 그렇지만 내가 강 선생이 지적한 발언에 대하여 전혀 탓하지는 않겠습니다. 나도 잘못은 있지요. 선생님들을 제대로 챙기지 못한 거나, 아이들의 교육에 크게 관심을 두지 못한 것은 내 잘못입니다. 하지만 나를 공개적으로 비판하거나 추궁하는 태도는 더 이상 참을 수가 없어요. 이 조회가 끝난 다음에 강 선생은 교장실로 오세요! 나하고 담판을 지읍시다!"

교장은 말을 끝내자마자 벌떡 일어나 회전의자를 박차고 교무실 문을 거칠게 열더니, 뚱뚱한 몸을 뒤뚱거리며 나가 버렸다. 험악해진 분위기 탓에 더 이상 회의를 진행할 수 없음을 직감한 교감은 안경을 벗으며 이내 회의를 마치자고 했다.

강 선생이 교장에게 지적한 내용은, 그녀 나름대로 학교 교육 발전과 아이들 교육에 대한 열정이 가득해 진심 어린 의견을 제시했다는 사실을 모두가 잘 알고 있다. 그녀가 평소 아이들을 아끼고 사랑하는 마음은 누구도 따라가지 못할 정도로 모범적이다. 단아한 모습과 밝은 표정, 그리고 깔끔하면서도 사리에 맞는 차분하고 조용한 언행 덕분에, 누구든 그녀와 상대할 때는 조심스럽게 접근하곤 했다.

나는 강 선생의 돌발적인 행동에 대해 속내를 드러내지는 못했지만, 내심으로는 은근히 맞장구를 치고 있었다. 회의 분위기를 잠시 곱씹은 뒤, 회의가 끝나자마자 교장실 문을 두드렸다. 강 선생이 들어오길 기다리던 교장은 흥분된 기색으로 서성거리며 주전자에 담긴 물을 벌컥벌컥 들이마셨다.

"김 선생이, 웬일인가! 강 선생 들어오라고 해! 나한테 훈계하겠다는 거야? 돼먹지 않은 년… 내가 그렇게 만만해 보이는 모양이지!"

마치 술에 취한 주정뱅이처럼 슬리퍼를 질질 끌고, 불룩 나온 배를 흔들며 소리를 마구 질러 댔다. 그러곤 접대용 소파 위에 털썩 주저앉은 뒤 잠시 말을 잇지 않았다.

"김 선생, 무슨 일이야?"

그는 오른손 주먹으로 탁자를 두드리며 몹시 짜증 난 목소리로 나를 노려봤다.

"교장 선생님, 모든 일은 제 불찰로 비롯된 것입니다. 제 잘못입니다. 교장 선생님께 사과드립니다."

전혀 예상치 못한 내 반응에, 교장은 무슨 영문인지 몰라 물끄러미 나를 바라봤다.

"김 선생, 무슨 일이오? 말을 해 보시오!"

"요즘 강 선생님께서 아이들과 운동회 연습하느라 무척 고생하고 있습니다."

"그건 교사로서 당연한 일이 아니오? 강 선생만 고생하나? 다 고생하고 있지. 누구나 알고 있는 사실인데, 왜 새삼스럽게 그런 말을 하는 거요! 교사는 교장의 명을 받아 아이들을 지도해야 할 의무가 있는 것을 모른단 말인가!"

교장은 극히 사무적인 말투로 대꾸했다. 다혈질인 그는 꽤 흥분된 목소리로 나에게 말을 쏟아냈다.

"네! 그 말씀은 지당하신 말씀입니다. 그러나 요즘 운동회 연습을 하는 데 무척 어려움이 많은 것은 사실입니다. 제가 담당하는 방송 기기가 너무 낡아 더 이상 쓸 수 없을 지경입니다. 유선방송국 정 씨에게 수리를 의뢰했지만, 이제 한계에 다다른 듯합니다.

강 선생님이 열심히 지도하고 싶어도 앰프와 마이크가 나빠서 더는 진행하기 어렵다고 하십니다. 아마 요즘 강 선생님의 괴로운 심정을 말씀드린 것 같습니다. 방송실을 담당하는 저로서도 조금이나마 책임을 느껴 교장 선생님께 용서를 구하려고 찾아왔습니다. 강 선생님의 속마음도 헤아려 주시기를 부탁드립니다."

나는 진솔한 마음으로 교장 선생에게 이해와 용서를 구했다.

교장은 잠시 무엇인가 생각하더니, 탁자 위에 놓인 파고다 담배 한 개비를 꺼내 물었다. 조끼 주머니를 뒤적거리다 라이터를 꺼낸 뒤 서둘러 담뱃불을 붙였고, 한 모금을 힘껏 빨았다. 넓적한 양 볼이 깊게 패였다가 하얀 연기가 길게 뿜어져 나왔다. 다시 한번 길게 빨더니 갑자기 콜록콜록 두세 번 기침했다.

"김 선생, 잘못은 없어요. 전부 내 불찰이지. 강 선생 말도 틀린 건 아니야. 하지만 방법이 잘못됐어요. 교직원들 앞에서 공개적으로 나한테 무턱대고 대들면 어쩌자는 거야? 선생님들은 세상 처세를 너무 모른다니까. 이런 건 슬쩍 나한테 와서 도와 달든지, 서로 의논을 해야지. 교장한테 충고를 하면 되나요? 이게, 교장을 아주 망신 주려고 작정한 거지! 에이, 못된 년!"

교장은 말없이 잠시 골똘히 생각에 잠긴 듯했다. 조금 누그러진 태도로 담배를 계속 빨고 있었다.

"김 선생이 나한테 꼭 하고 싶은 말이 뭐에요? 솔직하게 말해 봐요."

교장은 담배꽁초를 재떨이에 마구 비벼 끄면서 물 한 컵을 벌컥벌컥 들이마셨다.

"교장 선생님, 요즘 운동장에서 여러 선생님이 운동회 연습을 하는데 무척 힘들어합니다. 특히 방송 기기가 거의 작동되지 않고 있습니다. 앰프와 축음기, 배터리 모두 새것으로 교체해야겠습니다. 여러 차례 수리해 봤지만, 이제는 거의 사용할 수 없을 정도입니다. 하루빨리 조처해야겠고요. 그리고 교육청에서 사다 준 학습 자료는 사용할 수가 없습니다. 자료 자체가 불량품이기도 하고, 자연과 학습용 자료는 전혀 쓸모가 없습니다. 선생님들이 수업하는 데 애로가 많습니다. 교장 선생님께서 도와주서야 하겠습니다."

내 말을 듣는 교장은 공감하는 듯, 고개를 몇 번 끄덕였다. 쿵쿵 헛기침을 하면서 펜을 들고 수첩에 내가 한 말을 모두 기록하더니, 잠시 묵묵히 창밖을 바라보며 길게 한숨을 내쉬었다. 교장실에는 잠시 침묵이 흘렀다. 열린 창문 사이로 고추잠자리 한 마리가 날아와 앉았다가, 인기척을 느꼈는지 창문 주변을 빙빙 돌더니 이내 날아가 버렸다.

14

 나는 교장실을 빠져나와 강 선생에게 다가가, 모든 일이 내 부족함 때문에 일어난 일이라고 사과했다. 예상치 못한 내 말에 강 선생은 몹시 당황한 기색을 보였다.

 그날 오후, 강 선생이 교장실에 다녀온 후로 오전 내내 어둡던 표정이 조금씩 밝아지기 시작했다. 아마도 교장이 강 선생의 요구 조건을 들어주기로 약속한 듯 보였다. 한편, 인품이나 인격 면에서 흠잡을 데 없는 그녀가 교장 앞에서 자신만의 처세와 기량을 발휘해 교장의 마음을 어느 정도 달랜 듯했다. 그러나 교장과 강 선생 사이에 엉켜 있던 감정의 골은 쉽게 풀리지 않아, 서먹서먹한 관계가 계속 이어졌다.

 그럼에도 강 선생은 아이들을 위해 몸을 돌보지 않고 이전보다 더 열심히 노력했다. 학교 축음기가 쓸모없게 되자, 자신이 집에서 쓰던 소형 축음기를 가져와 앰프에 연결해 사용하기도 했다. 또 다른 아이들보다 더 열심히 활동하는 아이들에게는 사비를 들여 특별한 상을 주곤 했다.

화요일 오후, 갑자기 예고 없이 직원 종례를 알리는 종이 울렸다. 직원 종례는 평소라면 퇴근 30분 전에 시작했지만, 오늘은 한 시간 전에 종이 울려 모두들 궁금한 마음으로 교무실에 모였다. 운동장에서 운동회 연습 중이던 아이들은 일찍 귀가시켰고, 선생님들은 뜨거운 가을 햇볕으로 그을린 얼굴에 땀을 닦을 새도 없이 교무실로 들어왔다.

"오늘 선생님들을 급히 모이게 한 것은 교장 선생님께서 특별한 말씀을 하실 예정이어서입니다. 교장 선생님의 말씀을 듣고, 학교 방침에 잘 따라 주시기 바랍니다."

교무주임은 교장의 눈치를 살피며 회의를 시작했다. 교장은 여러 날 동안 품고 있던 불편한 마음을 털어 버리고 싶은 듯, 입가에 웃음을 띤 채 푹신한 회전의자를 뒤로 밀고 천천히 자리에서 일어섰다.

"선생님들, 요즘 아이들 학습지도 하랴 운동회 연습하랴 무척 수고가 많습니다. 정말 고맙습니다. 우리 학교에는 훌륭한 선생님들이 많이 계십니다. 저는 어디를 가든 우리 학교 선생님들을 자랑하곤 합니다. 이번 운동회에 여러 가지 어려움이 많다고들 하시는데, 저 역시 공감합니다. 이 어려운 사정을 교장 혼자 해결하기는 힘들어 어제 몇몇 학부모님과 지역 대표분들을 만났습니다. 그분들도 학교의 어려운 형편을 이해하시고 도와주겠다고 하셨습니다.

그래서 이번 주 토요일에 지역주민 대표님, 육성회 이사님들, 그리고 체육진흥회 회원님들을 모시고 학교에 어려운 사정을 알린 뒤, 이를 해결할 방안을 토의하기로 했습니다. 이를 추진하려면 선생님들의 협조가 많이 필요합니다. 각 담임 선생님들께서는 자기 학급 학부모님들을 직접 찾아가 안내장을 보여 드리고, 학교의 어려운 사정을 설명해 주시기 바랍니다. 그리고 학교 방침에 적극 협조해 주시길 간곡히 부탁드려 주세요. 무엇보다 학부모님들은 담임 선생님의 의견을 가장 잘 받아들이시니까요. 요즘 눈코 뜰 새 없이 바쁜 와중에 이런 부탁을 드려 미안합니다. 우리 모두 함께 힘써 봅시다!"

교장의 간곡한 부탁이 끝나자 교무실 분위기는 잠시 숙연해졌다. 그리고 교무주임은 학부모와 지역주민 대표에게 보낼 안내장을 담임 교사들에게 나누어 주며, 내일 일과가 끝난 뒤 각각 해당하는 댁을 방문해 학교 사정을 설명하고 안내장을 전해 달라고 했다.

회의를 마치고 교무실 문을 열고 막 나가려는 순간, 이정숙 선생이 약간 겁에 질린 표정으로 쪼르르 달려왔다.

"김 선생님, 큰일이에요. 저는 이순자네 집에 가야 하는데, 거리가 너무 멀어요. 산길을 거의 2시간이나 걸어야 해요. 안내장을 전하면서 학교 사정을 설명하자면 정말 힘들 거예요."

"이 선생님, 걱정 마세요. 저랑 같이 가시면 돼요. 저도 그 근처에 갈 일이 있으니까요."

"아이 좋아라! 나한테는 김 선생님밖에 없네요."

순진무구한 소녀처럼 해맑은 얼굴로 팔짱을 끼며, 하얀 이를 살짝 드러내놓고 까르르 웃었다. 예상치 못한 이정숙 선생의 행동에 나는 어쩔 줄 몰라 당황했고, 그녀는 목젖이 보일 정도로 크게 깔깔대며 재미있다는 듯 호들갑을 떨었다. 그러자 나도 모르게 얼굴이 화끈거리고 심장이 울렁거리며 두근대기 시작했다.

수요일 오전 수업을 마친 뒤, 운동장에서 아이들과 한바탕 운동회 연습을 하느라 지친 몸을 쉴 새도 없이, 학급 담임 선생님들은 가정 통신문을 들고 가정 방문을 나갔다. 뽀얀 흙먼지가 날리는 신작로를 지나 호젓한 산속 오솔길로 접어들었다.

정숙은 학교 안에서는 명랑하고 발랄하며 조금 수다스러운 편이지만, 웬일인지 신작로를 벗어나 오솔길로 들어서자 갑자기 말수가 줄었다. 타박타박 걷는 동안 간간이 돌멩이나 나무뿌리에 부딪히는 소리만 유난히 크게 들렸다. 이 산 저 산에서 들려오는 이름 모를 새소리에 취한 듯, 정숙은 아무 말 없이 발그레한 얼굴로 나를 따라왔다.

산 중턱쯤 올라갔을 때, 정숙은 한 손으로 입을 가리며 키득키득 웃기 시작했다. 무슨 까닭인지 몰라 어리둥절해하는 내 표정을 보고, 그녀는 더 큰 소리로 아랫배를 잡고 깔깔거리며 웃었다. 나는 어찌할 바를 몰라 주변만 두리번거렸다. 정숙은 터져 나오는 웃음을 참지 못하고 나를 바라보았다.

"김 선생님, 제가 왜 웃는지 정말 모르시겠어요?"

"글쎄요, 제가 뭘 잘못했나요?"

"선생님, 양말 좀 보세요. 짝짝이로 신으셨어요. 색깔이 조금 다른 양말인데다, 바지 뒤도 조금 터졌네요."

나는 너무 부끄럽고 창피해서 고개를 들 수가 없었다. 정숙이 아무런 꾸밈 없이 장난기 어린 말투로 조잘거리자, 나도 흐흐흐 웃음을 터뜨리며 싱겁게 웃었다. 산등성이에서 젊은 두 남녀의 웃음소리는 고요한 산속에 울려 퍼져, 산울림이 되어 되돌아왔다. 솔 향기를 품은 산바람이 살랑살랑 불어와, 땀으로 축축해진 몸속으로 스며들었다.

15
❧

산등성이 위에 있는 참나무 잎은 엷은 갈색으로 조금씩 변해 가고 있었다. 불그스름하게 물들어 가는 이파리에서 계절의 변화를 느꼈다. 그때 산비둘기 두 마리가 숲속에서 푸드덕거리는 소리를 내며 허공을 가르며 날아갔다. 흰 조각구름이 새털처럼 둥둥 떠가는 틈 사이로는 파르스름한 하늘에서 따사로운 가을 햇볕이 내리쬐었다. 숲속에서 짙게 풍겨 오는 숲 향기에 우리의 마음은 한껏 설레었다. 지나가는 바람에 사각사각 물결치는 억새풀 소리, 그리고 돌돌돌 바위틈을 따라 흐르는 계곡 물소리는 마치 다정한 연인들의 속삭임처럼 들려왔다.

산 중턱 언덕길에 오래된 너럭바위가 있어, 우리는 마치 약속이라도 한 듯 나란히 앉았다. 아무도 없는 이런 호젓한 곳에서 젊은 여인과 이렇게 가까이 마주 앉은 건 내게 처음 있는 일이었기에, 두근거림과 설렘으로 어찌할 바를 몰랐다. 내 심정을 눈치챈 정숙은 엉덩이를 조금 옆으로 빼며 산 아래를 물끄러미 내려다보았다. 머루 덩굴들이 뱀같이 휘감은 잡목들 사이에서 뒤엉켜 있었다.

우리는 잠시 산 중턱에 무리 지어 피어나는 들국화를 바라보았다. 조용하던 분위기를 깨고, 정숙이 먼저 입을 열었다.

"김 선생님! 선생님이 제일 좋아하는 꽃은 무슨 꽃이에요?"

"저는… 그러니까, 글쎄요… 진달래꽃이나 개나리꽃을 좋아한다고 할까, 아니면 라일락꽃…"

나는 얼떨결에 궁색한 대답을 했다. 사실 지금까지 살아오면서, 내가 좋아하는 꽃이 무엇인지 진지하게 생각해 본 적이 없었다.

꽃

우리 고향은 겨울철을 제외하고는 계절마다 온갖 꽃들이 다투어 피었다. 초가지붕 밑에 달렸던 고드름이 녹아내리고, 개울가 얼음장 밑으로 물이 졸졸 흐를 때쯤이면 울타리 사이로 산수유꽃이 노랗게 피어난다.

그 무렵 어른들은 농사지을 채비를 시작한다. 들판에 아지랑이가 조금씩 피어오르기 시작할 즈음이면, 어김없이 앞산 바위틈을 타고 진달래가 발그레하게 피어난다. 울타리 사이로 어미 닭을 따라 노란 병아리들이 종종걸음으로 봄나들이를 시작할 때쯤이면, 개나리꽃, 살구꽃, 복숭아꽃이 지천으로 피어나 우리 고향의 자랑거리가 된다.

5월이 오면, 윗마을 이장 댁 울타리에 덩그러니 서 있는 해묵은 라일락꽃에서 짙은 향기가 솔솔 담장 밖으로 퍼져나간다. 온 마을이 라일락 향기로 마음껏 취하게 된다. 오뉴월 달밤에 뜰 안에서 피어나는 흰 백합꽃은 깨끗하고 단아한 멋이 으뜸이면서, 그 향기 또한 어느 꽃보다 상큼하고 톡 쏘는 맛이 일품이다. 하얀 드레스를 입고 이제 막 신랑을 맞이할 신부처럼 청순하고 고아한 자태가 꽃 중의 꽃처럼 보였다.

개울가 근처 산 아래서 풍겨 오는 아카시아꽃 향기가 달밤에 은은하게 번질 때면, 마을의 총각과 처녀들은 설레는 마음에 밤잠을 설치기 일쑤였다. 그러다 보니 딸이나 아들을 둔 집에서는 자식 단속하느라 마을 어른들이 전전긍긍하기도 했다.

우리 집 뒷동산을 조금 오르면, 마을 이씨 문중의 큰 산소(山所)가 있었다. 철모르던 시절, 나는 아이들과 함께 산소 위에서 뒹굴며 놀 때가 많았다. 그러다가 이씨 문중 어른들에게 호되게 꾸지람을 듣거나 심하면 귀싸대기를 맞기도 했다. 그래도 우리는 숨어서 전쟁놀이를 하며 신나게 뛰어놀았다.

산소 근처 잔디 사이에 수없이 피어나는 꼬부라진 할미꽃을 보며, 왜 할미꽃들은 태어날 때부터 고개를 숙이고 태어나는지 궁금해 어른들에게 물어봤다. 어른들은 머리가 무거워서 그렇다고 대답했지만, 그런 말을 곧이곧대로 믿는 아이는 많지 않았다. 때론 "미친놈들, 별걸 다 물어보네!"라며 핀잔을 주는 어른도 있었다.

아이들은 잎이 넓은 상수리나무 잎을 엮어 모자를 만들어 쓰고, 피어난 할미꽃을 꺾어 모자에 꽂았다. 할미꽃을 많이 꽂을수록 계급이 높은 셈이었다. 나무를 잘라 만든 목총(木銃)과 잘 다듬은 나뭇가지 칼을 차고, 나뭇잎과 풀잎으로 온몸을 가려 마치 진짜 군인이 된 것처럼 위장한 뒤 이웃 마을 아이들과 전쟁놀이를 했다. 그럴 때 할미꽃은 우리 '계급장' 역할을 했다.

해가 지려고 서쪽 바다가 다갈색으로 물들고, 아기 주먹만 한 해가 빨간 알사탕이 되어 물속으로 서서히 녹아 사라질 무렵이면, 우리는 아쉬움을 뒤로하고 집으로 돌아갔다. 동산에서 내려오면서는 어김없이 〈할미꽃〉 노래를 불렀다. 서로 어깨동무를 하고 온 마을이 떠나가라 목청껏 소리를 질러댔다.

> 뒷동산에 할미꽃 가시 돋은 할미꽃
> 싹 날 때에 늙었나 호호백발 할미꽃
> 하하하하 우습다 꼬부라진 할미꽃
>
> 젊어서도 할미꽃 늙어서도 할미꽃
> 천만 가지 꽃 중에 무슨 꽃이 못되어
> 가시 돋고 꼬부라진 할미꽃이 되었나

✿

"아이, 참… 무슨 대답이 그래요! 이거면 이거, 저거면 저거지, 그런 대답이 어디 있어요!"

"지금까지 특별히 내가 좋아하는 꽃에 대해 생각해 본 적이 없어서요. 그래도 어릴 때 우리 마을엔 진달래와 개나리가 지천으로 피어서, 학교 갔다 오면 동산에 올라가 진달래를 꺾거나 진달래 잎을 따서 먹으면서 해 질 때까지 아이들이랑 놀곤 했던 기억이 자주 떠올라요."

우리 마을 앞산에는 무려 600년이나 된 커다란 은행나무가 있었다. 나무줄기 한쪽은 언젠가 벼락을 맞아 절반 이상이 쪼개져 나가 속이 텅텅 비었다. 마을 어른들은 벼락을 맞은 게 재앙을 알리는 신호라고 했고, 그래서 해마다 가을걷이가 끝나면 은행나무 아래에서 고사를 지냈다. 우리들은 이날을 잊지 않았다. 부침개, 떡, 과일 등 제물로 차려 놓은 음식을 모처럼 얻어먹을 수 있었기 때문이다.

은행나무 아래에는 작은 연못이 있었다. 연못 주변에는 수국이 화려하게 피어났고, 연못 안에는 연꽃과 꽃창포가 피어나 은은한 멋을 더했다. 마을 우물가에 앵두꽃이 지고 앵두가 익어 갈 때면, 젊은 여인들은 너나 할 것 없이 앵두를 따 먹으러 물동이를 머리에 이고 나왔다.

우리 집 앞산에는 유난히 이팝나무가 많았다. 초여름 문턱인 입하(立夏)가 지나고 논에서 못자리가 한창일 무렵이면, 이 팝나무에 흰 쌀밥 같은 꽃이 소복하게 피어나곤 했다. 마치 밥그릇마다 가득한 흰 밥처럼 보였고, 그 모습만 봐도 가난한 사람들은 왠지 배가 불러지는 듯한 기분이 들었다. 가난으로 늘 허기졌던 시절, 쌀밥 먹는 게 간절하여 '이팝꽃'이라는 이름이 붙었다고 했다. 또 어른들 말씀으로는, 이(李)씨 왕조 시대에 벼슬을 해야만 임금이 내려주는 하얀 쌀밥을 먹을 수 있었기에, '이(李) 씨의 밥'이라는 뜻에서 붙여진 이름이라고 했다.

해나절이 되어 해가 조금씩 서산으로 기울어져 갈 즈음, 우리는 마을로 들어섰다.

우리가 온 것을 알고, 개울가에서 고기를 잡으며 놀던 아이들이 우르르 몰려들었다. 우리는 아이들의 안내로 마을 이장 댁이며 육성회 이사 댁을 차례로 찾아갔다.

이장은 겨울 채비를 위해 땔감을 준비하는 중이었다. 산에 올라가 여름 내내 송충이가 솔잎을 갉아 먹어 말라 죽은 소나무를 베어다가 도끼로 장작을 패고 있었다. 우리가 온 것을 보더니 일손을 멈추고 반갑게 맞아 주었다. 그는 밀짚모자를 벗고 베잠방이 옷소매로 땀을 닦았다. 그리고 우리를 마루 위로 안내하더니 황급히 뒤뜰로 나갔다.

잠시 후 그의 부인이 호미와 바구니를 들고 들어왔다. 검게 그을린 피부, 주름진 얼굴, 헝클어진 머리는 이미 중년을 넘어 노년을 앞둔 듯한 모습이었다. 아이들은 바깥마당에서 문틈 사이로 기웃거리며, 선생님들이 이런 시골구석까지 온 게 반갑기도 하고, 한편으로는 무슨 일로 왔는지 궁금한 눈치였다.

이장은 안마당에 자리 잡은 작은 우물로 가서 두레박으로 물을 퍼 올린 뒤, 일하며 더러워진 발을 깨끗이 씻었다. 손과 발을 닦은 뒤에는 부엌으로 들어가 작은 소반 위에 물을 가득 채운 사기대접 두 개를 들고 마루로 올라왔다.

"날씨가 더운데 이렇게 멀리 오시느라 고생 많으셨죠? 이 우물은 우리 조부님께서 젊으실 때 직접 파신 우물인데, 물맛이 아주 최고랍니다. 시원하게 한 잔씩 드셔 보세요."

40대 후반쯤 돼 보이는 이장은 나이 어린 우리에게 예의를 갖추느라 무척 애를 쓰고 있었다. 시원한 냉수 맛은 이장의 말대로 한 모금씩 마실 때마다 간장을 녹여 낼 듯하였고, 그 특유의 물맛과 시원함은 무엇과도 비교할 수 없었다. 답답했던 가슴속이 한순간 '뻥' 뚫리는 기분이었다.

"우리 순임이 학교에 맡겨 놓고, 선생님들을 제대로 찾아뵙지 못해 죄송합니다. 먹고사는 게 뭔지, 너무 바빠서 자주 못 찾아갔네요."

순임이 어머니는 헝클어진 옷과 머리를 다듬으며 이정숙 앞에서 어찌할 바를 몰라 쩔쩔맸다. 이때 이정숙은 순임이 어머니의 손을 두 손으로 다정하게 붙잡고, 예의를 갖추어 인사를 건넸다.

우리는 학교의 어려운 사정을 자초지종 설명한 뒤, 학교에서 보낸 가정 통신문을 보여 주었다. 통신문을 받아 든 이장은 잠시 난감한 표정을 지었다. 헛기침을 두어 번 하며 고개를 갸웃거리더니, 잠시 말이 없었다.

"학교가 어렵다니 도와드려야죠. 하지만 선생님들도 아시다시피 이 산골에 무슨 돈이 있겠어요. 뭘 팔아서 돈을 마련하려고 해도 마땅한 방법이 없네요. 돼지를 세 마리 키우는데, 집에서 먹다 남은 음식 찌꺼기만으론 버티기 힘들어요. 장에 나가 사료를 사든지, 옥수수를 더 심어 먹이든지 해야 하는데 밭뙈기가 워낙 적어서 그것도 쉽지 않습니다. 그래도 학교 사정이 그렇다니, 힘이 닿는 대로 노력해 보겠습니다."

이장은 마을 주민들의 딱한 사정을 생각나는 대로 이야기했다.

"논배미가 없어 벼농사를 지을 수 없어요. 그래서 우리 마을은 쌀이 몹시 귀하지요. 어쩔 수 없이 다른 작물을 심어 그것을 팔아 쌀을 사다 먹는 형편입니다. 하지만 토질이 워낙 나빠 소출이 적어 제대로 거둬들이기 힘들어요. 수확을 많이 해도 내다 팔기 어렵고, 팔아도 제값을 받지 못하는 처지지요. 새마을운동인가 뭔가 한다는데, 그렇게만 하면 정말 잘살 수 있을까요? 지금까지 정부에서 뭘 한다고 해놓고 제대로 된 걸 본 적이 없어서요. 원… 당최…… 뭘 한다고 하면 믿을 수 있어야죠."

이장은 봉지 담배를 뜯어 담뱃가루를 마분지에 돌돌 말

았다. 혀끝을 길게 내밀어 겹친 부분을 침으로 살짝 붙이더니, 베잠방이 주머니에서 딱성냥을 꺼내 불을 붙였다. 그는 말없이 한동안 담배를 피우며, 덥수룩한 구레나룻을 만지작거렸다.

16

 우리는 해가 서산으로 넘어가고 땅거미가 내릴 즈음 자리에서 일어서려 했다. 날이 점점 어두워져 더 이상 머무를 수 없었기 때문이다. 그러나 이장은 우리를 붙들며 그냥 보낼 수 없다고 했다.
 "선생님들, 그냥 가시면 안 됩니다. 우리 안사람이 지금 닭을 잡아 솥에 넣고 끓이는 중입니다. 아예 저녁 식사를 하고 가시죠."
 우리는 더 늦기 전에 가려고 했으나, 이장은 쉽사리 놓아주지 않았다. 어쩔 수 없이 저녁 식사를 하기로 하고 다시 자리에 앉았다.
 "날이 어두우면 제가 선생님들을 모셔다드리지요. 걱정하지 마세요. 우리는 아주 늦은 밤에도 면사무소 있는 마을까지

갔다 오는 일이 많습니다. 거기나 여기나 우리는 매한가지니까요. 아무 걱정하지 마세요."

이곳에서 닭 한 마리는 적지 않은 재산이다. 달걀을 모아 팔면 아이들 학용품을 사거나 육성회비를 마련할 수 있기 때문이다. 이장네 집에서 저녁 식사를 마치고 나니, 해는 이미 서산으로 넘어가고 어스름한 달이 떠 있었다.

이장은 우리가 가는 길에 말동무라도 되어 주겠다며 따라나섰다. 나는 오히려 이장이 함께 가는 것이 훨씬 마음이 편했다. 어두운 밤에 산길을 젊은 남녀가 함께 걷는 것도 부담스러웠지만, 특히 젊은 남녀 교사가 밤이 깊도록 동행하는 것은 더욱 조심스러웠다. 자칫 잘못하면 쓸데없는 오해를 받을까 봐 두려웠고, 교사의 품위를 손상시켜 아이들의 교육에 나쁜 영향을 줄까 봐 몹시 불안했다.

이 지역은 폐쇄적이고 고루(固陋)한 곳이라 남녀가 자유롭게 만나기 어려운 풍습이 여전히 남아 있다. 남녀가 만나 연애를 하면 마을을 떠나야 한다. 마을 사람들의 입방아에 오르면 나쁜 헛소문이 눈덩이처럼 불어나 도저히 견딜 수 없기 때문이다. 특히 학교 교사는 아이들에게 교육적으로 좋지 않은 영향을 준다는 이유로 학교를 떠나거나 다른 학교로 쫓겨나는 불명예를 당하는 일이 종종 있었다.

이장은 우리 앞에서 걸으며 길을 안내했다. 올 때는 대낮이라 산길을 따라 어려움 없이 왔지만, 익숙지 않은 어두운 산길을 걷자니 안내자가 없으면 쉽게 길을 찾기 어려웠다. 우리는 이장이 안내하는 대로 그 뒤를 따랐다.

나는 산길을 걷는 동안, 이장이 친절을 베풀어 준 것에 대한 고마움과 미안함에 어찌할 바를 몰랐다.

"이장님, 여기까지 안내해 주셔서 고맙습니다. 집에 돌아가시려면 한참 더 가셔야 할 텐데, 죄송해서 어쩌지요. 면사무소까지 얼마 남지 않은 것 같은데요. 이제 우리 둘이 갈 수 있어요. 돌아가서 쉬세요."

"아닙니다. 끝까지 제가 모셔다드려야지요. 제 걱정은 하지 마세요."

이때 정숙은 이장에게 미안함을 느꼈는지 내 말을 거들었다.

"이장님, 우리 걱정하지 마세요. 충분히 갈 수 있어요."

정숙이 이렇게 말하자, 이장은 여자 선생님이 괜찮다고 하니 안심이 되는지 집으로 돌아가겠다고 했다. 우리에게 조심해서 가라고 몇 번이고 당부한 뒤, 그는 되돌아갔다.

밤이 이슥하고, 어스름한 달빛 아래 인적이 드문 어두운 산길을 젊은 남녀가 함께 걷는 모습을 누가 보더라도 곱지 않은 시선으로 볼 것이 두려웠다. 정숙은 이렇게 깊은 밤에 산길을 걷는 것이 난생처음이라며, 몹시 무섭고 떨린다고 했다. 그러면서 점점 나에게 바싹 다가왔다. 그러던 중, 갑자기 길 아래에서 바스락거리는 소리가 들렸다. 놀란 정숙은 "어머나!"하고 외치며 나를 와락 껴안았다. 너무 갑작스러운 일이라 나는 어찌할 바를 모르고, 그저 하는 대로 내버려둘 수밖에 없었다. 아마도 산에 사는 들쥐가 인기척에 놀라 급히 달아나는 소리였을 것이다.

나는 어쩔 수 없이 그녀가 이끄는 대로 조심스럽게 산길을 걸었다. 깊은 숲속에서 들려오는 부엉이 소리, 수풀 사이에서 부스럭거리는 풀벌레 소리, 실바람 소리에도 정숙은 깜짝깜짝 놀라며 "어머나!"를 연발했고, 나에게 더욱 바싹 다가와 매달리다시피 했다. 그럴 때마다 내 마음이 요동쳤고, 설레는 감정을 감출 수 없었다.

마을 가까이 다다르자 정숙은 나를 놓아주었다. 우리는 잠시 쉬어 가기로 하고, 어스름한 달빛 아래 여울져 흐르는 개울가 풀밭에 털썩 주저앉았다. 희미한 달빛 속에서 나무들은 바람결에 잎을 설렁설렁 흔들고 있었다. 개울가 자갈밭에 듬성듬성 널려 있는 바위들은 달빛을 받아 기기묘묘한 형체를 이루고 있었다. 나란히 서 있는 두 개의 바위는 마치 서로 사랑을 속삭이는 것처럼 보였다.

고르지 못한 개울 바닥을 씻어 내리는 산골 여울물은 지칠 줄 모르는 고요한 밤의 오케스트라였다. 신선하고 온화한 달빛과 별빛이 우리를 은은하게 비추고 있었다. 산속에서 풍기는 숲 향기는 마치 젊은 여인의 체취처럼 은근하고 아련했다.

"선생님, 저는 젊은 남자하고 단둘이 이렇게 오랜 시간 밤

길을 함께 걸어본 게 처음이에요. 오늘 느낌이 참 요상하네요. 선생님은 마음이 어떠세요?"

정숙은 설레는 마음으로 나에게 조금씩 다가오고 있었다. 나는 지금껏 젊은 여인과 함께 이슥한 밤에 단둘이 조용히 만나 대화를 나눈 일이 거의 없었다. 그녀의 말에 어떻게 대답해야 할지 몰라 잠시 망설이다가, 더듬거리며 말했다.

"그…… 그…… 그러네요."

더 이상 내 생각을 말로 잘 표현하지 못한 채, 젊은 남자답지 않게 목구멍으로 기어들어 가는 목소리로 몇 마디를 더듬거렸다. 그러자 정숙은 갑자기 '까르르'하고 큰 소리로 웃었다. 고요한 산속을 흔드는 웃음소리에 나는 당황하며 낮은 목소리로 말했다.

"선생님, 이 산속에서 젊은 여자가 그렇게 크게 웃으면 안 됩니다. 그리고 우리는 학교 교사잖아요. 누가 듣고 달려오면 어쩌려고 그래요."

나는 조심스럽게 정색하며 정숙의 얼굴을 바라보았다. 뜻밖의 내 행동에 정숙은 눈을 동그랗게 뜨며 말했다.

"어머머……! 선생님이 그렇게 말씀하시니까 참 멋있네요! 선생님이 이렇게 심각한 표정으로 말하는 거, 오늘 처음 봤어요. 호호호……."

그녀는 오른손으로 입을 가리며 재미있다는 듯 웃으면서 나를 바라보았다. 희미한 달빛에 비친 그녀의 얼굴은 더없이 우아하고, 마치 한 송이 흰 장미꽃처럼 청초해 보였다. 정숙은 수줍은 듯 주름 잡힌 원피스 앞가슴의 분홍색 리본을 만지작거렸다. 오늘 밤 그녀의 모습은 유난히 아름다웠다.

어디선가 '풍덩'하는 소리가 들렸다. 물체가 물속으로 뛰어드는 소리가 산속의 고요한 분위기를 깨뜨렸다.
"엄마야!"
정숙은 깜짝 놀라며 외마디를 지르더니 나에게 바싹 달라붙었다. 긴 머리카락이 내 뺨을 스치면서, 그녀에게서 풍겨오는 싱그럽고 향기로운 기운이 내 코끝을 간질였다. 젊은 여인들만의 독특한 향취, 세상의 무엇과도 바꿀 수 없는 그 느낌이 내 마음 깊숙이 파고들었다. 마치 무르익은 싱싱한 사과의 향기를 맛보는 것처럼, 그녀의 체취가 선명하게 느껴졌다.
이때, 무의식적으로 슬며시 일어나는 욕정의 덩어리를 억누르고 있었다. 심장은 점점 걷잡을 수 없이 뜨겁게 타올랐다. 밀물처럼 몰려와 요동치는 파도 속으로 차츰 휩쓸려 가기 시작했다.
나의 손은 명주 비단처럼 보드랍고 가냘픈 정숙의 손을 향해 천천히 다가갔다. 손과 손이 맞닿는 순간, 가슴이 걷잡을 수 없이 요동치고, 심장이 콩닥콩닥 빠르게 뛰었다. 정숙의 옥처럼 곱고 하얀 얼굴, 검은 수정 같은 커다란 눈동자, 매끄럽게 빛나는 흑갈색 머리채…… 정겨운 여름밤 모닥불의 작은 불씨가 타오르듯, 서서히 뜨거운 감정이 피어올랐다.
젊은 남녀의 주체할 수 없는 감정은 거센 불길처럼 타올랐다. 욕정의 파도에 휩쓸려 방향 감각을 잃은 나는 혼미한 감정 속으로 빠져들기 시작했다. 달아오른 우리는 서로를 껴안고 뜨거운 포옹을 나누었다. 그 순간, 정숙의 달콤하고 부드러운 입술이 나의 입술과 맞닿았다. 나의 팔이 힘 있게 정숙의 가냘픈 허리와 몸을 감싸안았다. 다시 한번, 우리는 뜨거운 입맞춤 속에서 하나가 되었다.

"사랑해, 정숙. 지금, 이 순간을 영원히 간직하고 싶어."

입맞춤과 함께 헐떡이듯 속삭였다. 그러나 정숙은 그저 다정하고 감미로운 목소리로 나를 감싸안을 뿐이었다. 나의 뺨에서 흐르는 따뜻한 온기가 정숙의 뺨을 적셨다. 그녀는 뒤늦게 내 말에 놀란 듯, 부끄러운 얼굴로 나에게 깊이 안겼다.

"사랑한다고…… 그러셨죠? 정말 나를 사랑한다고요?"

"사랑하고말고. 세상 모든 걸 다 준다 해도, 당신과는 바꿀 수 없어. 당신 없이 이 세상을 살아갈 의미가 없어."

정숙은 밤바람에 흩어진 긴 머리카락을 살짝 날리며, 나의 가슴에 조용히 얼굴을 묻고 편안함을 마음껏 누렸다. 별들이 반짝이는 밤하늘 아래, 더할 나위 없이 야릇한 기쁨과 달콤한 행복감을 맛보았다. 마치 한 조각의 구름을 타고 별빛을 바라보며 창공을 향해 훨훨 날아가는 기쁨 같았다. 이 순간, 우리는 서로의 깊고 뜨거운 사랑의 감정을 확인할 수 있었다.

이때, 멀리 산마루에서 부엉이 소리가 밤공기를 타고 날아왔다.

17

"선생님, 오늘은 참 이상한 날이에요. 김 선생님과 이렇게 가까워진 것 같아서요. 저를 이상한 여자로 보지 마세요."

정숙은 부끄럽고 민망한 듯, 먼저 입을 열었다.

"정숙 씨, 내 마음속에 숨어 있는 모든 감정을 다 드렸어요. 우리는 철없는 사춘기 아이들의 불장난이 아니라고 생각해요. 우리 사이에 사랑의 불씨가 일어난 게 아닐까요? 나는 늘 정숙 씨를 마음에 담고 살아왔어요."

이 순간, 나는 새롭게 펼쳐질 우리만의 아름다운 세상을 잠시 꿈꾸고 있었다.

"선생님, 남녀 관계란 참으로 이해할 수 없는 것이 많아요. 남녀가 서로 사랑한다는 것은 무엇이라고 생각하세요?"

정숙은 나에게 팔짱을 가볍게 낀 채, 천천히 걸으면서 다가왔다.

"글쎄요, 사랑은 아름답게 수 놓은 밤하늘이라고 생각해요. 한 폭의 아름다운 밤하늘을 그리려면 별빛을 보며, 내가 꿈꾸는 새로운 세상을 진솔하게 꾸며야 하니까요. 남녀의 사랑은 진달래 꽃잎처럼 보드랍고, 목화송이처럼 따스하고 포근하며, 이 세상에서 가장 아름답고 값진 진주가 아닐까요? 진정한 사랑은 참되고 따뜻한 영혼이 하나가 되는 것이라고 생각해요."

나는 정숙이 갑자기 묻는 말에 그저 생각나는 대로 말했다.

"선생님, 남녀 간의 순수하고 고결하며 참된 사랑에 대해 아세요?"

이때, 정숙의 몸에서 이제까지 느껴보지 못한 향긋하고 그윽한 향기가 나에게 다가왔다. 소나기가 막 지나간 뒤 풀 내음과 같은 싱그러운 내음이 풍겨왔다.

"프랑스 작가인 알퐁스 도데의 「별」이라는 단편소설을 고등학교 때 배운 기억이 나네요. 너무나 아름답고 순결한 사랑의 이야기죠. 어느 목장에서 양을 관리하는 양치기 소년이 그 주인, 집 딸인 스테파네트를 짝사랑하는 내용은 우리에게 참으로 신선하고 아름다운 사랑을 보여 준 이야기라고 생각해요.

어느 날 심부름을 할 하인이 집에 없어서, 하인 대신 주인,

집 딸인 스테파네트가 양치기 소년이 머무는 깊은 산속으로 음식을 싣고 들어왔어요. 얼마쯤 양치기 소년과 함께 있다가 스테파네트는 집으로 돌아가다가, 갑자기 내린 비로 개울물이 불어나는 바람에 물에 흠뻑 젖어서 소년이 있는 곳으로 되돌아왔죠.

해가 뉘엿뉘엿 지고 어둠이 깔리자, 스테파네트는 산을 내려갈 수가 없었어요. 양을 지켜야 할 소년은 어쩔 수 없이 그녀와 함께 밤을 지새워야 했죠. 두려워 떨고 있는 스테파네트에게 소년은 이렇게 말했어요. '7월의 밤은 아주 짧아요. 아가씨, 조금만 참으면 됩니다.' 진심으로 아가씨를 위로하는 소년은 세상에서 가장 소중한 보물을 지키는 마음으로 홀로 앉아 있는 스테파네트를 위로했어요.

스테파네트는 마침 하늘을 가로지르며 떨어지는 별똥별을 보고 무엇이냐고 물었어요. '천국으로 들어가는 영혼이에요.' 소년은 대답하며, 별자리 이야기를 스테파네트에게 들려주었죠. 추울까 봐 스테파네트를 양털로 덮어주고 모닥불을 쬐어주며 함께 하룻밤을 지냈어요. 잠이 든 스테파네트는 슬그머니 소년의 어깨에 머리를 기대었죠.

소년은 마지막 부분에 이렇게 말했어요. '수많은 별들 가운데 가장 아름답고 빛나는 별 하나가 길을 잃고 내려와 내 어깨에 머리를 기댄 채 잠들어 있다.' 아마도 이 순간 소년은 세상을 다 얻은 것처럼 행복감을 느꼈을 거예요."

정숙은 나의 이야기가 무척 재미있다는 듯이 달빛에 비친 내 얼굴을 바라보며 계속 미소를 지었다.

"정말 달밤에 그려진 아름다운 한 폭의 그림 같은 이야기네요. 김 선생님, 이 순간 제가 스테파네트가 된 기분이에요. 선생님은 양치기 소년, 나는 주인집 딸 스테파네트… 호호호… 참, 재미있네요. 매우 순수하고 서정적이고 아름다운 이야기예요. 가슴 설레는 마음으로 하룻밤 사이에 맺어진 순수한 작은 사랑의 이야기네요. 정말 진실되고 순결한 사랑이 무엇인지를 말해 주는 이야기예요."

정숙은 달빛에 비친 보조개와 함께 환한 미소를 지으며 나에게 살며시 기대었다. 정숙의 얼굴이 내 옆에 다가올 때마다 매혹적인 향기가 바람결에 은은하게 스쳐 지나갔다. 정숙은 오랫동안 걸어서 힘에 부치는 듯 가끔 거친 숨을 몰아쉬고 있었다.

마을 입구에 가까워지자 더 이상 계속 걷기가 힘들다며 밭두렁 옆 풀밭에 털썩 주저앉았다. 밤이슬이 내렸는지 풀잎이 촉촉하게 젖어 있었다. 밤공기가 제법 찬 기운이 돌았다. 나는 윗옷을 벗어서 정숙의 어깨를 덮어주었다. 정숙은 몇 번이나 잔기침을 했다. 우리는 다정한 연인처럼 팔짱을 끼고 걸었다. 정숙의 숨소리가 조금씩 거칠게 들렸다.

어스름 달빛에 옹기종기 모여 있는 희뿌연 초가집 지붕들이 어른거리는 그림자처럼 보였다. 산속에서 난데없이 이름 모를 새소리가 들려왔다. 밤이 점점 깊어질수록 풀벌레 소리도 조금씩 뜸해졌다. 멀리서 '컹 컹 컹' 개 짖는 소리가 사납게 들려왔다. 나지막한 언덕을 올라가니, 저만치 서낭당 옆에 커다란 느티나무가 검은 괴물처럼 우뚝 서 있는 모습이 보였다. 느티나무가 가까워질수록 정숙은 무섭다고 하며 나에게 노골적으로 안겨 왔다.

지금도 마을에 어려운 일이 생기면 무당들이 이곳에 와서 굿을 하고 마을의 평안을 비는 풍습이 있다. 정월 대보름 날이면 마을 사람들은 동신(洞神)에게 제사를 지내고, 역병을 막고 농사가 풍년이 되기를 기원한다. 서낭당에는 돌무덤이 있고, 그곳에는 울긋불긋한 천을 새끼줄에 매달아 사람들이 그 안에 들어가는 것을 금기시하고 있다. 동신제(洞神祭)로 금줄을 치고, 큰 고목인 느티나무를 신으로 모시는 거수숭배(巨樹崇拜) 풍습이 이어져 내려오고 있다.

"이 선생님, 세상에서 가장 숭고하고 아름다운 사랑은 '아가페' 사랑이라고 생각해요. 인간들이 가진 본능적인 사랑인 남녀 간의 '에로스' 사랑보다, 부모 자식, 형제자매, 또는 친구와 이웃 간의 사랑인 '필로스' 사랑보다 더 위대하고 아름다운 사랑이 바로 '아가페' 사랑이라고 생각해요. 아가페 사랑은 인간의 사랑을 초월한 것이죠. 에로스 사랑과 필로스 사랑을 포괄하는 사랑이에요. 그것은 하나님과 인간과의 사랑을 말하는 것이죠.

구약 성경의 '아가서'에는 솔로몬왕과 술라미 여인의 사랑이야기가 기록되어 있어요. 그 내용만 보면 아가서는 남녀 간의 사랑을 노래한 것이지만, 사실 이 사랑은 하나님과 이스라엘 백성, 그리고 그리스도 예수와 교회, 또는 하나님과 인간의 사랑을 의미하는 것이에요. 이 사랑은 지상에서 가장 지고 지순한 사랑이라 할 수 있어요.

우리는 어린 새싹들의 생명을 다루는 교사예요. 그 새싹들이 아름답고 참되게 자라도록 돕기 위해서는 평범한 인간의 사랑보다 더 숭고한 가치 있는 아가페 사랑을 실천해야 한다고 생각해요. 기독교에서는 이를 '그리스도 예수의 사랑'이라고 부르고 있어요. 우리는 참된 마음으로 사랑하고 헌신적이며 희생적인 도구가 되어야 한다고 생각해요.

교사는 어린 생명인 새싹들이 잘 자라서 아름다운 꽃을 피울 수 있도록 보살피는 보호자가 되어야 해요. 우리는 아이들의 세계를 잘 이해하고, 그들을 훌륭한 인격체로 존중하며, 함께 놀아주고 소통하며 공감해야 한다고 생각해요.

물론 제가 말한 것이 모두 옳다고 생각하지는 않아요. 하지만 저는 앞으로 제가 하고자 하는 일에 대해 참되고 올바른 교육관을 가지고 실천할 거예요. 선생님, 옆에서 지켜봐 주세요."

어스름 달이 조금 기울어질 즈음, 우리는 마을로 돌아왔다.
오늘 밤, 나는 그녀와 뜻밖의 깊은 만남을 가진 후 잠을 이루지 못해 밤을 새웠다. 들창문을 조용히 열고 밤하늘의 별빛을 바라보았다.

달 조각과 별들이 보석처럼 하늘에 주렁주렁 박혀 있었다. 별들이 반짝이고, 하얀 소금을 뿌린 듯한 은하수가 맑은 강물처럼 고요하게 흐르고 있었다. 저 멀리 북두칠성이 뚜렷하게 깜박였고, 북극성 별자리 옆으로 별똥별이 빠르게 지나가다 곧 사라졌다. '천국으로 들어가는 영혼이에요'라고 말한 소년의 말이 떠오르며, 나는 혼자서 밤하늘을 바라보며 새물새물 웃었다.

18

오늘은 아이들이 기다리고 고대하던 가을 운동회 날이다.

구름 한 점 없이 높고 새파란 가을 하늘 아래, 온갖 곡식들이 이글이글 타오르듯 여물어 가고 있다. 물기를 머금은 벼 이삭은 연한 갈색 물결을 이루고 있다. 학교 지붕 위의 나팔 스피커에서는 〈새마을 노래〉가 은은하게 흘러나오고 있다.

  새벽종이 울렸네 새 아침이 밝았네
  너도나도 일어나 새 마을을 가꾸세
  살기 좋은 내 마을 우리 힘으로 만드세

박정희 공화당 정부는 근면, 자조, 협동을 기본 정신으로, 농촌을 근대화하여 잘 사는 나라를 이루기 위한 목표로 새마을운동을 시작했다. 농민들의 삶과 생활을 개선하기 위해 현대적인 환경으로 탈바꿈하고, 농업 시설들을 정비하며, 국민들의 의식을 새롭게 변화시키기 위해 지역 사회 개발 운동을 일으켰다.

1960년대 후반까지 우리 농촌은 초가집이 주류를 이루었다. 그러나 1970년대에 들어서면서 슬레이트 지붕으로 바뀌기 시작했다. 1970년 4월 22일, 박정희 대통령은 전국 지방장관회의에서 새마을 가꾸기 운동을 제창했고, 1970년 5월부터 구체적인 방안이 마련되어 새마을운동이 본격적으로 시작되었다. 생활 태도 혁신, 환경 개선, 소득 증대를 통해 낙후된 농촌을 근대화시키고, 가난을 벗어나 우리도 잘살아 보자는 일념으로 1971년 정부 주도로 전국적으로 지역 사회 개발 운동이 시작되었다.

나는 여름방학 때 새마을운동 중앙연수원에서 새마을 교육을 받았다. 그때 강하게 역설한 교육개발원 교수의 말씀은 나에게 큰 감동을 주었고, 꿈과 비전을 안겨 주었다.

"우리나라는 지금 세계에서 가장 가난한 나라입니다. 우리는 가난을 숙명으로 여기는 사람들이 많습니다. 이 가난에서 벗어나려면 의식이 변화해야 합니다. 우리보다 더 어려운 악조건의 주변 환경을 극복하고, 온 국민이 일치단결하여 잘 사는 나라들이 이 지구상에는 많습니다.

5천 년 역사의 묵은 바위를 굴려야 합니다. 구르는 바위에는 이끼가 절대로 끼지 않습니다. 묵은 이끼를 떨어내고 새로운 의식을 가지고 나아가야 합니다. 우선, 근면한 정신을 가져야 합니다. 부지런하지 않으면 절대로 뜻을 이룰 수 없습니다. 뜻이 있는 곳에 길이 있습니다. 자조 정신을 가져야 합니다. 나 스스로 일어서겠다는 의식과 마음의 굳건한 각오가 필요합니다. 남을 의지하는 정신을 버려야 합니다. 하늘은 스스로 돕는 자를 돕는다고 했습니다. 하나님도 열심히 최선을 다했을 때 우리를 돕습니다.

간절한 것에는 통증이 따릅니다. 나 혼자가 아니라 함께 가야 합니다. '멀리 가려면 함께 가라'는 말이 있습니다. 협동 정신을 가져야 합니다. 마을 주민들이 함께 일어나 힘을 합친다면 어떤 어려움도 이겨낼 수 있고, 성공할 수 있습니다.

개미와 꿀벌의 정신을 가져야 합니다. 작은 물방울이 모여서 큰 물줄기가 됩니다. 우리는 지난날의 가난과 고난의 역사를 절대로 잊어서는 안 됩니다. 승풍파랑(乘風破浪)의 정신을 가져야 합니다."

교수는 세계지도를 정면에 펼친 후, 우리를 둘러보았다. 그리고 자신의 넥타이를 마구 풀어 제쳤다. 와이셔츠 윗단추와 넥타이는 간신히 목에 걸렸다. 헝클어진 머리로 잠시 창밖을 내다보았다.

그는 덴마크와 이스라엘을 지휘봉처럼 일일이 짚어가며 강의를 시작했다.

"19세기 덴마크는 매우 가난한 나라였습니다. 프로이센(독일)과의 전쟁으로 모든 것을 잃게 되었죠. 전쟁으로 인해 많은 국토를 빼앗겼고, 남아 있는 땅은 거의 쓸모없는 황무지였습니다. 국민은 좌절과 실의에 빠졌고, 어두운 사회 분위기 속에서 알코올 중독자들과 자살하는 사람들이 늘어나기 시작했습니다.

이때 덴마크의 선각자, '그룬트비'는 국민을 위하여 적극적으로 앞장서서 삶을 개척하도록 의식 개혁 운동을 주창했습니다. 그룬트비가 내세운 '하나님을 사랑하자, 이웃을 사랑하자, 땅을 사랑하자' 즉, 하늘, 이웃, 땅의 3애(愛) 운동 정신은 덴마크를 부흥시켰습니다. 역사에는 '우연이 없다. 기적도 없다. 요행도 없다. 오로지 노력하는 사람만이 세상을 바꿀 수 있다'라는 자연의 진리만 있을 뿐입니다. 그룬트비는 덴마크 국민의 의식을 변화시키고 깨우쳐 주었습니다. 그 결과, 덴마크는 세계적인 낙농업으로 잘 사는 복지국가가 되었습니다.

이스라엘 민족은 2천여 년 동안 나라 없는 서러움을 겪은 나라입니다. 2천여 년 동안 세계 각국에 흩어져 살며 이루 말할 수 없는 고난을 겪었습니다. 1948년 5월 14일, 나라를 되찾아 신생 독립 국가가 되었습니다. 이스라엘은 땅 넓이가 우리나라 전라남북도 크기만 하고, 남한의 1/4.5, 한반도의 1/10 정도이며, 인구는 약 200만에서 300만 정도가 되는 작은 나라입니다. 이 나라의 국토는 대부분 사막입니다. 기후, 토양, 수자원 등 국토가 거의 농업 여건에 매우 불리합니다. 이러한 악조건을 오히려 역이용하여 가장 경제적이고 효율적인 농업 생산성을 증대시키고 있는 나라입니다.

　이 나라가 이렇게 성공한 요인은 다음 세 가지 정신을 가지고 이를 극복해 나갈 수 있었습니다. 첫째는 유대 민족을 팔레스타인으로 복귀시키려는 시오니즘의 뿌리인 키브즈와 모샤브 운동 등 민족의 강한 의지와 이념이 결집된 집단 영농단체의 육성입니다. 이 운동은 온갖 불리한 환경 여건을 극복하고 성공적으로 이끈 원동력이 되었습니다. 둘째로는 1960년대에 이미 수자원을 전국적으로 연결하고 물을 합리적으로 절약하면서 생산성을 극대화시키는 점적관수(點滴灌水)와 관비 방법 등을 개발하여 실용화시킴으로써 불모지와 같은 사막의 땅을 옥토로 탈바꿈시켰습니다. 셋째는 농작물 재배와 가축 사양(飼養) 등 모든 영농 작업을 현대화하여 소득을 획기적으로 증대시켰습니다.

　선생님들과 지역 대표 여러분! 우리는 근면, 자조, 협동의 정신을 가지고 이 어려움을 견디고 이겨나가야 합니다. 이 위대한 새마을운동에 적극적으로 동참하여 우리나라가 부강한 나라로 만들어야 합니다.

　학교에서는 아이들에게 새마을운동 정신을 부각시켜 미래에 잘 사는 복지국가를 이룰 수 있다는 꿈을 심어주어야 합니다. 그리고 주민들에게는 작은 일부터 새마을운동에 동참하도록 해야 합니다. 과거에 냉소적이고, 폐쇄적이며, 부정적이고, 수동적이고, 소극적이며, 퇴보적이고, 퇴폐적인 잘못된 정신을 모두 버려야 합니다. 기쁨으로 긍정적이고 능동적이며 진취적이고 적극적인 자세로 감사와 기쁜 마음을 가지고 꿈과 희망, 자긍심을 가지고 앞으로 잘 살 수 있다는 의지를 가져야 합니다. 가난을 숙명으로 받아들인 정신을 버려야 합니다.

이런 일을 하려면 아주 작은 일부터 실천해야 합니다. 내 일부터 마을 주민들과 함께 내 집 앞과 마을길을 빗자루를 들고 나와 깨끗이 청소합시다. 지붕을 개량하고 마을 길을 넓히며, 낡은 관습을 버리도록 합시다. 겨울철 농한기에 술과 화투 치기로 허송세월하는 아까운 시간을 낭비하지 맙시다.

이제부터 우리는 부지런히 일하고 서로 힘을 모아 창의적이고 생산적인 시간으로 탈바꿈해야 합니다. 품종을 개량하여 소득을 증대시키도록 힘써야 합니다. 농한기에 소득 증대를 위해 연구하고 새로운 것을 개발하는 데 함께 힘써야 합니다. '국가에서 무엇을 해 줄까'하고 바라지 말고, '내가 먼저 국가와 사회, 이웃을 위해 무엇을 할까?'하는 마음을 가집시다! 우리 서로 손잡고 힘차게 나아갑시다! 반드시 잘 사는 나라가 될 것입니다."

나는 교육개발원 교수가 우리도 앞으로 잘 살 수 있다는 강한 힘을 심어준 것에 크게 감명을 받았다. 그는 가난을 극복하고 잘 사는 나라가 될 수 있다는 희망과 자긍심을 심어주었다.

나는 학교에 돌아와서 어려운 현실만 바라보지 말고, 미래에 잘사는 나라, 부강한 나라가 될 수 있다는 꿈을 아이들에게 심어주어야 하겠다고 다짐했다.

　우리보다 더 어려운 환경을 극복하여 세계에서 제일 잘사는 나라, 최고의 낙농 국가로 성공한 덴마크에 대한 이야기를 아이들에게 했다.

　2천 년 동안 나라 없는 설움을 이겨내고 독립한 이스라엘에 대한 이야기도 들려주었다. 풀 한 포기 자라기 어려운 사막의 땅을 개간하고 개척하여 세계적인 부강한 나라, 잘 사는 나라가 된 이야기를 했다. 뿐만 아니라 이스라엘은 1967년 6월 아랍 연합 국가와 6일 동안 전쟁을 하여 승리로 이끈, 위대한 민족성과 나라를 사랑하는 국민성을 높이 칭찬했다. 특히 이스라엘의 인구는 약 200만 정도이고 아랍 연합국은 거의 1억 2천만 정도로 비교할 수 없는 나라의 크기와 인구수였지만, 이스라엘은 이 어려운 전쟁에서 온 국민이 일치단결하여 6일 만에 전쟁에서 승리했다고 이야기했다.

　나의 이야기를 듣고 아이들은 크게 감탄했다.

19

운동장에는 흰 석회 가루가 이리저리 거미줄처럼 뿌려져 있다. 그 위로는 만국기가 바람에 이리저리 펄럭이고 있다. 아이들은 만국기 아래에서 물 만난 물고기처럼 이리저리 뛰어다니고 있다. 오늘은 일 년 중 가장 큰 고유의 명절인 팔월 추석이다.

정부는 우리의 고유 명절인 팔월 추석을 공휴일에서 제외했다. 산업 생산성을 높이고 소비를 줄인다는 명분으로 여느 때와 다름없이 근무하도록 했다. 특히 공공기관과 관공서, 학교는 반드시 근무하도록 지시했다.

일제강점기에는 일본이 음력 명절을 모두 폐지했다. 광복 이후 1946년 9월 10일, 미 군정이 추석을 휴일로 지정했다. 대한민국 정부는 1949년 '공휴일에 관한 규정'으로 추석을 공휴일로 지정했다.

추석은 일 년 중 우리에게 가장 즐거운 명절이다. 오곡백과가 무르익고 추수를 앞둔 우리는 더없는 보람과 기쁨을 만끽할 수 있는 명절이다. 우선 잠시나마 배고픔에서 벗어날 수 있는 계절이 다가오고, 조상님의 은덕과 풍요로움을 베풀어 준 하나님과 자연에 감사하는 마음을 가질 수 있기 때문이다.

그러나 우리가 이 귀한 결실을 얻기까지는 거센 비바람을 이겨내야만 했다. 시련의 바람과 거센 파도는 자연과 함께 살아가야 하는 인간의 숙명인가 보다. 우리에게 끝없는 시련과 인내와 용기를 시험하는 자연은 결코 우리에게 공짜로 행복을 주지 않는다. 고달픈 재난을 겪고 나서 맞이하는 풍년, 역경을 이긴 행복, 아픔을 이긴 기쁨은 그래서 보석처럼 빛난다.

해마다 추석이 돌아오면 풍요로운 추석을 바라고 있다. 하늘을 우러르고 땅에 고개 숙여 감사하며, 배불리 먹을 수 있는 기쁨이 되기를 노래했다. 우리는 지난날 배고픈 설움을 뼈마디에 사무치도록 겪어왔다. 미국이 보내 준 밀가루 포대의 '악수하는 두 손' 그림을 잊을 수 없다. 미국이 철철 남아도는 잉여 농산물을 보내 주는 배가 부산항에 며칠만 늦게 들어와도, 부지기수의 목숨이 부황증에 걸려 초근목피(草根木皮)를 찾아 산과 들을 헤매고, 병원 앞에는 피를 팔려는 사람들이 장사진을 이루었다.

풍년이 되어도 풍년이 아니다. 가을걷이를 하면 다음 해 가을걷이까지 걱정 없이 먹을 수 있어야 한다. 그러나 그렇지 못한 어려운 사정이 현실이다. 식량 자급자족이 안 되어 춘궁기에 수백만 명이 굶주림과 싸워야 했다.

추석은 한 번 실컷 먹어 보는 명절이다. 극장과 약국이 대목을 보는 날이다. 극장은 유일한 볼거리를 만족시켜 주는 장소이고, 약국에서는 소화제가 불티나게 팔렸다. 이날 젊은 남녀들의 가장 좋은 만남의 장소는 극장이나 다방이었다. 일 년 내내 제대로 못 먹다가 이날이라도 원 없이 먹어 보자고 해서 부모들은 아이들에게 닥치는 대로 먹였다. 배가 터지도록 먹고 변소를 쉴 새 없이 들락거리는 게 일이다. 평소에 제대로 먹지 못해 배탈이 난 것이다.

※

아이들은 청군과 백군으로 나뉘어 머리에는 파란 띠와 흰 띠를 두르고, 파란색 팬티와 흰색 팬티를 입었다. 본부석에는 교장을 비롯하여 학부모 대표로 육성회장과 어머니 회장, 군 교육청 대표로 장학사가 참석했다. 그리고 공화당 지구당 위원장과 면장을 비롯하여 지서장, 우체국장, 지역 농업 협동조합장, 지역 번영회장 등 모든 기관장들이 한껏 자신의 품위를 뽐내며 앉아 있었다.

그동안 고향을 떠나 객지에서 떠돌던 젊은이들에게는 모

처럼 고향 친구들을 만나는 만남의 장소가 되었다. 나는 군대에서 제대한 후에도 여러 해 동안 추석 명절에 고향의 부모님을 찾아뵙지 못하고 조상님께 제사를 지내지 못했다. 집안 어른들은 명절날 제사 차례를 지낼 때마다 내가 없는 것을 알고 몹시 언짢아했다. 이때마다 아버지와 어머니는 나에 대해 변명해야 했고, 그것이 몹시 고통스러운 일이었다.

마을 젊은이들은 청군과 백군 응원석을 벗어나 나무 그늘 밑이나 교실 안팎의 작은 틈새를 이용해 오래간만에 만난 고향 친구들과 삼삼오오 이야기꽃을 피웠다. 서울 부잣집에서 식모살이하는 계숙이는 오늘따라 예쁘게 화장하고 화사한 옷과 높은 구두를 신고 나타났다. 서울 구로동 봉제공장에 취직한 봉순이는 멋진 머리에 빨간 모자를 쓰고 짧은 미니스커트를 입어 눈길을 끌었다. 입담이 좋고 허풍을 잘 떠는 용섭이는 인천 국수 공장에서 작업반장이라며 자기 자랑을 늘어놓았다. 서울 택시 운전사인 형빈이는 택시를 타는 서울 사람들의 여러 가지 모습을 큰 소리로 떠들며 이야기해 웃음바다를 만들었다. 돈 있는 사람들이 타는 서울 택시는 이곳에서는 꿈 같은 이야기였다.

첫 번째 경기로 100미터 달리기가 시작되었다. 아이들은 출발선에서 '탕'하는 딱총 소리와 함께 자신의 기량을 마음껏 내뿜었다. 결승선에 무사히 도착하면 1등 상품으로는 공책 3

권, 2등은 공책 2권, 3등은 공책 1권을 타게 된다. 상을 받을 아이들은 본부석에 앉아 있는 교장 선생님을 비롯하여 여러 내빈 앞에서 인사를 하고 상을 받는다. 이 시간만큼은 누구에게나 기회와 과정이 공평하고, 정정당당한 경쟁을 통해 이루어낸 자랑스럽고 영광스러운 순간이다.

점심시간을 알리는 '팥 주머니로 바구니 터뜨리기' 프로그램이 끝나자, 아이들은 부모님과 함께 여기저기 흩어져 점심을 먹었다. 교장과 내빈들은 특별 교실에서 별도로 준비한 음식을 대접받았다. 어제 어머니회에서 정성 들여 만든 음식이었다.

우리 교직원들은 뒷마당 느티나무 그늘 아래에 미리 마련된 식탁에서 잠시 휴식을 취하며 식사를 했다. 식사를 다 마칠 즈음, 60대쯤 된 여인이 나를 찾아왔다. 행색으로 보아 생활고에 시달리는 듯했다. 그 여인은 오른손에 작은 보따리를 들고 흰색 고무신을 신고 있었는데, 학교 선생님을 만나는 자리라 신경을 많이 쓴 듯했다. 거친 손은 너무 헤어져 거북이 등껍질처럼 변해 있었다.

"저…… 명순이 담임 선생님이세요?"

여인은 머리를 깊이 조아리며 공손히 인사했다.

"네! 제가 김명순 담임입니다. 명순이 하고는 어떻게 되시나요?"

나는 나이 많은 여인을 보는 순간, 고향에 계신 어머니 생각이 났다. 최대한의 예의를 갖추어 인사했다. 가난한 시골에서 9남매를 키우느라 고생하신 어머니, 오늘도 나를 보고 싶어 하실 어머니를 떠올렸다. 명절이나 제사 때 좋은 음식이 있으면 멀리 떠나 있는 자식을 먼저 생각하시던 분. 그날따라 거친 음식만 골라 잡수시던 어머니의 지극한 사랑에 늘 감사하며 살아왔다.

"선생님, 일찍 찾아뵙지 못해 죄송해요. 먹고살기에 너무 바빠서 아이를 맡기고 찾아뵙지 못해 부끄럽습니다. 저는 명순이 할미입니다. 명순이 에미가 몇 년 전에 세상을 뜬 이후로 제가 아이들을 키워 왔지요. 지금 명순이 애비는 고향에 갔어요. 명순이 할애비와 명순이 에미 산소에 갔어요. 그제 떠나서 아직 오지 않았지요. 평소에 남의 땅을 부쳐 먹는 처지에 산소에 갈 엄두도 못 내다가, 추석 명절을 앞두고 겨우 틈을 내서 갔죠."

나는 명순이 할머니를 통해 명순이네 가정 사정을 비로소 자세히 알게 되었다. 학교에서는 늘 말이 없고 착하며 조용한 아이였다.

"추석이라고 해도 선생님께 드릴 것이 마땅치 않아서, 어제 저녁 송편을 빚어 오늘 아침에 쪄서 가지고 왔지요."

명순이 할머니는 오른손에 들고 있던 보자기를 내게 조심스럽게 내밀었다.

명순이 할머니가 다녀간 뒤, 보자기를 열어 보았다. 색깔이 퇴색한 찬합(饌盒)에 담긴 송편에서 갓 익은 솔잎 냄새가 확 풍겨왔다. 향긋한 솔잎 냄새는 고향에서나 느낄 수 있는 풋풋한 고향의 향기였다.

20

점심시간이 끝나는 종이 울리자, 흩어졌던 아이들이 제자리로 돌아갔다. 학부모와 주민들은 오후 시간에 펼쳐질 프로그램을 기대하고 있었다.

첫 번째 프로그램은 강강술래였다. 4·5·6학년 여학생들이 모두 예쁜 한복으로 곱게 갈아입고, 운동장 네 모퉁이에서 옹기종기 모여 가운데로 입장하려는 순간, 예기치 않은 일이 벌어졌다. 교문 앞에 모여 있던 사람들이 웅성거리기 시작했다.

갑자기 사람들이 양쪽으로 물러섰고, 그 가운데로 경찰 지프차 한 대가 들이닥쳤다. 예고도 없이 나타난 불청객에 사람들은 의아해했다. 경찰차는 거침없이 운동장 한가운데까지 들어왔다.

차에서 내린 사람은 군 경찰서장으로 보였다. 그는 교장에게 귓속말로 무언가를 전했다. 교장은 곧바로 교무주임에게 모든 행사를 당장 멈추라고 지시했다. 잠시 후, 경찰차 뒤로 검은 승용차 한 대가 미끄러지듯 들어왔다. 승용차에서 내린 주인공을 본 본부석의 사람들은 너나 할 것 없이 모두 일어나 허리를 굽혀 굽실거리며 그를 영접했다. 그 승용차 뒤로는 군수와 군 교육장이 탄 검은 지프차가 따라 들어왔다.

검은색 안경을 쓰고 검은 양복을 입은 사나이. 그는 이 지역 국회의원 오수섭이었다. 그의 등장에 사람들은 뜨겁게 환호했다.

오수섭이 본부석 맨 앞자리, 교장의 자리에 앉자 교장을 비롯한 내빈들은 그의 눈치를 살피기 시작했다. 이 지역에서 조금이라도 힘이 있다고 생각하는 사람들은 서로 다투어 그를 만나려 했다. 마치 운동장에서 축구하는 어린아이들이 포지션을 지키지 않고 공만 쫓아 우르르 몰려다니는 것과 같았다. 자신의 책임과 의무는 다하지 않은 채, 출세와 영달, 이익을 위해 권력의 그림자만 쫓는 군상들이었다.

군중들 사이에서는 "오수섭! 오수섭!"하며 소리를 지르며 환호하는 사람들도 있었다.

잠시 후, 육성회장이면서 이 지역 공화당 지구당 위원장이 구령대 위에 올라 마이크를 잡았다. 그는 더없이 좋은 기회를 만난 듯 얼굴에 웃음을 띠었다.

"친애하는 주민 여러분!

오늘 본교 가을 운동회를 한층 더 빛내 주시려고, 정무가 무척 바쁘신 가운데 우리 지역주민 여러분들을 만나 뵙고 인사를 드리려고 오수섭 의원님께서 이 자리에 참석하셨습니다. 나랏일에 바쁘신데도 불구하고 여러분들을 잊지 않고 찾아오신 오수섭 의원님을 뜨거운 박수로 환영합시다."

지구당 위원장의 인사말이 끝나자, 큰 박수와 함께 여기저기서 "오수섭! 오수섭!"하며 큰 소리로 연호하였다.

오수섭은 지구당 위원장의 안내를 받으며 구령대에 올라섰다. 검은 안경에 검은 양복을 입은, 체격이 제법 좋은 사나이다. 그는 굵고 둔탁한 목소리로 인사말을 했다.

"존경하는 주민 여러분! 저, 오수섭입니다."

그는 머리를 조아리고 무릎을 꿇더니 주민들 앞에서 넙죽 절을 하였다. 커다란 궁둥이는 하늘로 치솟고, 머리와 이마를 바닥에 댄 자세로 얼마 동안 일어나지 않았다. 배가 불룩하고 얼굴에는 개기름이 절절 흘렀다.

그는 자리에서 일어나더니 검은 안경을 벗어 양복 웃주머니에 넣고 청중을 이리저리 둘러보았다. 그리고 크고 거친 목소리로 마치 군 지휘관이 사병들 앞에서 훈시하듯 연설을 하기 시작했다.

"존경하고 사랑하는 주민 여러분, 그동안 평안하셨습니까! 요즘 살기가 얼마나 어렵습니까. 나는 여러분들의 살림살이가 앞으로 좋아질 것이라는 희망을 갖고 이 자리에 섰습니다.

박정희 대통령께서는 부패한 정치와 부정, 그리고 부조리한 사회와 악습을 일소하고, 새로운 나라, 잘사는 나라를 건설하고자 날마다 밤잠을 주무시지 못하며 고심하고 있습니다. 우리 역사상 이런 지도자가 언제 있었습니까?

지난 1969년에 박 대통령께서는 3선 개헌을 하셨습니다. 우리가 앞으로 이룩해야 할 혁명 과업이 아직도 많이 남아 있습니다. 이 과업을 완수하기 위하여 우리는 박 대통령 각하께 힘을 실어드려야 합니다.

우리나라는 지금 새마을운동으로 온 국민이 하나가 되었습니다. 이 새마을운동을 성공적으로 이끌어 갈 지도자는 박정희 대통령입니다. 우리의 의식을 개혁하고 새롭게 변화시켜야 합니다. 우리 모두 단결하여 스스로 일어나 새로운 조국 근대화를 이룩하여야 합니다. 그래야 우리가 중진국 대열에 설 수 있습니다. 그리고 머지않아 선진국이 되어 조국 통일을 이루어낼 수 있습니다.

친애하는 주민 여러분!

우리 박 대통령 각하와 공화당에게 힘을 실어 주십시오. 이 오수섭, 나라와 민족과 우리 지역을 위하여, 여러분들의 가정을 위하여 이 한 몸 다 바치겠습니다. 그리고 불태울 각오가 되어 있습니다.

우리 박정희 대통령 각하와 공화당 정권, 그리고 저를 끝까지 믿어 주십시오. 그러면 반드시 새로운 역사가 창조되고,

잘사는 나라가 될 것입니다."

"여러분! 대단히 감사합니다. 여러분 가정이 모두 행복하고 건강한 가정이 되시기를 바랍니다. 안녕히 계십시오."

오수섭이 인사말을 마치자, 여기저기서 "오수섭! 오수섭!" 하는 연호가 운동장 구석구석에서 터져 나왔다.

나는 지난 5월에 군 교육청에서 교사 연수를 받았다. 그날, 도교육위원회 장학관은 박 대통령의 업적을 높이 평가했다. 우리나라 역사상 가장 위대한 지도자는 세종대왕과 박정희 대통령이라고 했다.

"오천 년 동안 겪어온 가난과 고난의 역사를 말끔히 씻어 버리고, 새로운 역사를 창조할 분은 바로 박정희 대통령입니다. 썩은 정치와 사회를 깨끗이 일소하고 희망과 꿈을 가지고 앞으로 달려갈 나라, 미래를 내다보며 힘차게 약진하는 나라가 되려면 대통령 연임제를 철폐하고 박 대통령을 종신 집권하도록 해야 합니다. 이것이야말로 우리가 앞으로 살길입니다.

우리는 1962년 국민 총생산이 23억 불에서 1971년 95억 불로 무려 4배 이상 증가하였으며, 수출 총액도 71년에는 10억 불을 달성했습니다. 아마도 1977년이면 100억 불을 달성할 수 있을 것입니다. 1960년부터 1970년까지 평균 경제성장률이 10%로 놀라운 경제 성장을 이루었습니다. 경제 성장만큼 근대화의 속도가 빨라 서구 사회가 수백 년에 걸쳐 이룬 것을 우리는 몇십 년 만에 달성할 수 있습니다. 이러한 국가적 목표를 이루려면 헌법을 개정하여 새로운 헌법을 만들어야 합니다. 우리의 경제 계획이 제대로 실행될 수 있도록 국가가 강력한 힘을 가지고 기업이나 노동자, 가계를 통제해야 합니다. 이것이 우리가 앞으로 나아갈 원동력입니다.

이미 제1차 경제 계획으로 울산 정유 공장이 준공되어 수출 1억 불 목표를 달성했습니다. 제2차 경제 계획으로 1967년에서 1971년까지 경부, 호남 고속도로를 개통하고 서울에서 부산까지 자동전화가 개통되었습니다. 이제 제3차 경제 계획으로 1972년부터 1976년까지 포항종합제철 준공과 서울 지하철 개통, 그리고 영동 동해 고속도로 개통을 눈앞에 두고 있습니다. 이것이 끝나면 수출 100억 불을 달성하고 1인당 국민소득이 825불로 우리도 당당히 중진국 대열에 낄 수 있습니다.

경제 개발 계획이 끝나면 식량이 자급자족화되고, 산림녹화, 화학, 철강, 기계 공업의 건설로 산업화가 고도로 달성될 것입니다. 따라서 고용 확대로 비약적으로 국민소득이 높아질 것입니다.

프랑스 드골 대통령은 프랑스가 국내외로 어려울 때, 초헌법적 권한을 가지고 장기 집권하여 위대한 프랑스를 건설했습니다. 프랑스 국민은 드골 헌법이 사라져야 한다거나 드골 대통령 퇴진을 언급하지 않았습니다. 1965년 8월 싱가포르가 말레이시아에서 분리 독립함에 따라 리콴유(李光耀)는 독립 싱가포르 총리로 취임했습니다. 1959년부터 싱가포르 총리를 하면서 냉철한 현실 감각과 능수 능란한 정치적 술수로 확고한 신념을 가지고 20세기 위대한 지도자가 되었습니다.

미국의 32대 프랭클린 D. 루스벨트 대통령은 재임 기간 12년 동안 대공황과 제2차 세계 대전을 경험한 20세기의 중심인물 중 한 사람입니다. 루스벨트의 리더십은 뉴딜 정책을 통해 대공황에서 벗어나게 하였으며 제2차 대전을 승리로 이끈 인물이었습니다. 이런 위대한 지도자들은 그 나라 국민들이 힘을 밀어주어서 위기에 처한 나라를 구한 인물들입니다. 우리도 새로운 나라로 도약하려면 위대한 지도자인 박정희 대통령을 믿고 힘을 밀어주어야 합니다. 그래야 새로운 시대가 열립니다."

장학관은 입에 거품을 뿜어내며 박정희 대통령을 민족의 영웅으로 치켜세웠다.

오수섭이 구령대에서 내려오자 이어서 공화당 지구당 위원장이 마이크를 잡았다.

"오 의원님께서 오늘 여러분께 드리려고 큰 선물을 가지고 오셨습니다. 우리가 살고 있는 이 지역이 아직 의료 시설이 낙후된 관계로 의료 혜택을 제대로 받지 못하는 주민 여러분들을 위하여 의료품을 가지고 오셨습니다. 의료품은 시간 관계상 직접 여러분에게 전달할 수 없어서 본교 어린이들에게 골고루 나누어 주려고 합니다. 널리 양해하여 주시기 바랍니다."

공화당 위원장이 말을 마치자마자 교문 밖에서 대기하고 있던 차량 한 대가 쏜살같이 운동장 안으로 들어오더니 짐꾼들이 짐을 내리기 시작하였다. 짐을 내리는 동안 군중 중에는 '오수섭! 오수섭!'하며 계속 소리를 질러대는 사람들이 있었다.

21

모든 차량이 학교를 빠져나가자 운동회는 오후 프로그램이 진행되었다.

오후 첫 프로그램인 4, 5, 6학년 여학생 강강술래부터 시작되었다. 울긋불긋 한복을 곱게 차려입은 어린 여학생들의 모습을 보고 학부모들과 주민들이 환호성을 지르고 요란한 박수 소리가 터져 나왔다. 여울에 몰린 은어 떼가 달무리가 되어 뱅뱅 도는 모습이다. 온 누리에 연분홍 물결이 여울 속으로 휘몰아 감기듯 시계 테이프가 감기듯 했다. 달빛 속에서 무리를 지어 춤을 추며 강강술래를 부르는 여인들의 한 맺힌 노랫소리를 듣는 듯하였다. 학부모들과 주민들의 뜨거운 박수 소리가 다시 한번 터져 나왔다.

이어서 5, 6학년 남학생 기마전, 그다음으로 6학년 아이들의 장애물 경기가 시작되었다.

첫 번째 단계로는 출발선 10미터 앞에 놓여 있는 매트 위에서 앞으로 구르기, 두 번째는 외 나무 다리 건너가기, 세 번째 단계로는 그물망 밑으로 기어서 통과하기, 네 번째로 3단 뜀틀 넘기, 끝으로는 자기 부모나 가족과 함께 달리기다. 단, 본교 어린이는 해당되지 않는다는 규정을 정했다.

이 종목을 진행 중에 뜻하지 않은 문제가 일어났다. 이 경기가 거의 끝나갈 무렵에 종순이라는 여자아이가 1등으로 달려가다가 자기 가족을 찾지 못하여 중간에 털썩 주저앉더니 울음을 터뜨렸다. 그러나 운동장 트랙 가운데서 울고 있는 이 아이에게 관심을 갖는 사람은 아무도 없었다.

이때 눈치를 빨리 알아차린 이정숙 선생이 종순이의 손목을 잡고 뛰기 시작했다. 갑작스럽게 일어난 일로 사람들은 의아해했다. 이 광경을 보던 사람들은 박수를 치면서 이정숙 선생을 칭찬했다. 3등으로 결승선에 들어갔지만, 결승선에서 심판을 보던 곽승현 선생은 실격 처리를 했다. 결승선에서 종순이 손목을 잡고 들어온 이정숙 선생은 심한 기침을 하면서 금방이라도 쓰러질 듯한 자세였다. 그러나 이내 정신을 가다듬고 몸을 고쳐 세운 후에 자기 반 아이들 앞으로 가서 아무런 일이 없었다는 듯이 의연한 태도를 보였다.

이날 종순이는 가족 중에 아무도 참석하지 못했다. 이정숙 선생은 이 아이의 가정 형편을 잘 알고 있었다. 종순이와 동생 기영이 남매는 학교에 자주 결석하는 일이 많았기에, 이정숙 선생은 기영이 집에 가정 방문을 하여 가정 형편을 이미 알고 있었다.

종순이 부모는 서울에서 사업을 하다가 사기를 당해 빚을 많이 지게 되었다. 여러 가지 고심 끝에 겨우 생각한 것이 모든 것을 청산하고 내외가 합의이혼을 하였다. 그 이후로는 빚을 지고 쫓겨 다니며, 거덜 난 집안 형편에 의지할 곳 없는 신세가 되었다. 거리에 나와 앉아야 할 형편에 천만다행으로 지인을 통해 이 산골에 와서 화전을 일구며 겨우 생계를 이어가고 있었다.

추석날이 돌아왔지만, 제대로 아이들을 먹이지 못하는 형편에 오늘따라 학교 운동회가 있어 부모의 마음속은 타들어 갔다. 아이들에게 학교를 가지 말라고 했지만, 소용없었다. 종순이 어머니는 시장에 나가서 쌀 한 되를 사서 간신히 도시락을 싸서 학교에 보냈다. 두 내외는 빚쟁이로 몰려 사람들의 눈을 피해 다니는 신세가 되어 운동회에 참석하지 못하고 아이들만 학교에 보냈다.

오늘은 팔월 추석 명절과 함께 지역주민과 가족들이 다 함께 모여서 즐기는 지역주민 축제의 날이었다. 그러나 종순이 집 사정과 비슷한 형편에 놓여 있는 아이들을 미처 생각하지 못했다. 부모나 가족들이 참여하지 못할 것을 미처 생각하지 않고 이 종목을 프로그램에 넣었다. 아이들의 가정 형편을 사

전에 고려하지 않고 이 종목을 넣어서 큰 실수를 범한 것이다.

운동회는 예정 시간보다 약 1시간 늦게 끝났다. 모든 것을 정리하고 마무리를 지은 다음, 호수식당에서 뒤풀이를 한다는 전갈이 왔다. 교직원들은 호수식당에 모여서 오늘 수고에 대한 격려와 회포를 겸한 식사를 했다. 교장은 오늘 하루의 노고를 높이 치하했다.

여러 차례 술잔이 오고 가고 화기애애한 분위기가 한창 무르익어갔다. 이때 평상시에 늘 조용하고 말이 없던 김형곤 선생이 약간 혀 꼬부라진 소리로 갑자기 큰 소리로 떠들기 시작했다. 아마도 평소에 자신이 가지고 있던 불만을 취중에 용기를 내어 말하려는 것 같았다.

"교장 선생님! 오늘 행사가 정말 아이들을 위한 운동회였다고 생각하세요?"

김형곤 선생이 약간 혀 꼬부라진 소리로 큰 소리로 떠들었다.

"교장 선생님, 오늘 행사는 형편없는 행사라고 생각합니다. 아이들을 위한 교육적인 행사가 아니라, 오수섭 같은 사람이 와서 정치 유세나 하도록 장소만 빌려준 행사라고요! 그렇지 않습니까? 여러 선생님들! 오수섭은 추석 명절을 이용해서 주민들에게 인사한다는 명분으로 정치 유세를 한 것입니다. 자신과 박 대통령과 공화당의 업적을 선전하고 박 대통령 종신 집권하도록 힘을 몰아줘야 우리나라가 앞으로 잘 살 수 있다고 말도 안 되는 소리만 늘어놓고 갔어요. 박정희 대통령을 민족의 영웅으로 만들고 자신들이 장기 집권을 하여 권력을 죽을 때까지 누리려고 하는 것 아니에요. 참! 기가 막힐 노릇이군요."

체육복 웃 저고리를 마구 풀어 제치고 김형곤은 흥분된 얼굴 표정으로 자신의 생각을 아무런 거리낌 없이 목소리를 높여 가며 떠들었다. 순간 분위기는 얼어붙고 모두 입을 다물고 있었다. 김형곤의 혀 꼬부라진 말을 듣고 있던 교장은 술집 여인이 따라주는 술을 벌컥벌컥 단숨에 들이켰다. 술잔이 깨어질 듯이 거칠게 술상에 내려놓았다. 김형곤을 쩨려보고 험하게 일그러진 표정으로 삿대질하며 큰 소리를 질렀다.

"김 선생! 무슨 말을 하는 거야! 지금 제 정신이야! 나한테 술주정하는 거야! 지금 우리나라가 어떤 형편인지 알아! 이제 막 후진국에서 벗어나려는 순간이야! 지금 사다리를 타고 지붕에 올라가면 중진국이 되고, 못 올라가면 영원히 후진국이 된단 말이야! 여기서 까딱 잘못되면 우리는 세계에서 제일 못 사는 나라가 되어 그대로 나락으로 떨어지는 신세가 되는 걸 왜 모르는 거야! 박 대통령을 계속 밀어줘야 우리나라가 중진국으로 올라갈 수 있는 나라가 되고 나중에 세계적인 선진국이 될 수 있어. 잘 올라가던 사다리를 걷어차면 우리는 후진국 신세를 영원히 벗어날 수 없단 말이야! 그리고 우리는 아이들을 가르치는 사람들이야. 국가의 녹을 먹고 사는 공무원이라는 말이야! 아이들에게 우리나라의 실상을 똑똑하게 알려주고 바르게 가르쳐야 해! 제발, 교사다운 품위를 지켜! 선생답게 행동하라고! 괜히 주정하지 말고! 개뿔, 잘난 것도 없는 게 말이야!"

교장은 자기 나름대로 관리자로서의 체면을 세우기 위해 술상을 오른손 주먹으로 마구 두드리면서 큰 소리를 질렀다. 그러자 김형곤은 이에 질세라 아까보다 더 큰 목소리로 교장에게 대들었다.

"교장 선생님은 하나만 알고 둘은 모르시는군요. 국가의 미래는 국정을 운영하는 지도자가 어떤 철학과 비전과 목표를 가지고 국가정책을 어떻게 펼쳐나가느냐에 달려 있습니다. 아이들의 교육을 망쳐 놓고 무슨 중진국이 되고 선진국이 된단 말입니까? 오늘 행사는 아이들 교육을 위한 행사입니다. 아이들 학습을 하는 장소에 들어와서 정치인이 정치 선전을 하는 것을 그대로 보고 있어야 합니까? 이것은 교장 선생님 같은 관리자들의 책임입니다. 교장 선생님은 오늘 잘못된 행동에 뉘우치고 반성해야 합니다. 아이들의 수업권은 어떤 일이 있어도 보장되어야 합니다. 독일 같은 나라에서는 누구든지 이를 철저히 지키고 있습니다. 아이들에게도 인권이 있습니다. 그래서 이것을 위하여 첫째, 학생은 좋은 수업을 받아야 할 권리와 함께 어른들은 수업을 방해하지 말아야 할 의무가 있습니다. 둘째, 교사는 방해받지 않고 수업할 권리가 있고 수업을 혼란 없이 잘 유지할 의무가 있습니다. 셋째, 이러한 학생과 교사의 권리와 의무를 우선적으로 보장하고 존중

받아야 합니다. 언젠가 미국에서는 영국 여왕이 국민학교에 방문했을 때, 교장이 여왕 보고 학생들 보는 앞에서 인사해 줘야 교권이 산다고 부탁해서 여왕이 교장에게 공손하게 인사를 했다는 이야기가 있습니다.

 교장 선생님! 우리에게 주어진 사명을 잘 감당하려면 아이들 앞에서 교권이 서야 합니다. 교권이 무너지는데 우리가 어떻게 아이들 앞에서 떳떳하게 가르칠 수 있습니까? 교육이 정치의 시녀나 앞잡이 노릇을 하는데, 어떻게 교권이 바로 설 수 있습니까? 말씀해 보세요!"

 김형곤은 작심한 듯 마음에 담아둔 생각을 거침없이 핏대를 올리며 떠들어 댔다. 그리고 자신의 술잔을 들고 벌컥벌컥 들여 마셨다. 김형곤의 거친 행동을 보고 교장은 큰 컵에 가득 채운 술을 단숨에 꾸역꾸역 들이켰다.

 "야, 김형곤! 너, 정신 똑바로 차려! 지금이 어느 시대인지 알아! 현실을 똑똑히 알고 지껄여! 너, 그러다가 다치는 수가 있어!"

 교장은 김형곤에게 달려들어 멱살이라도 잡을 태도였다. 입술에 묻은 술안주를 손으로 쓱쓱 마구 문지르면서 벌떡 일어났다. 두 주먹을 부르르 떨면서 금방이라도 후려칠 자세였다. 울부짖는 사자의 도끼눈으로 부릅뜨고 김형곤을 노려보았다. 그러자 뭘 생각했는지 한숨을 후유……하고 길게 내쉬었다. 잠시 후, 조금 가라앉는 목소리로 "김형곤 선생, 당신은 시대를 잘못 만났군."하며 술상을 주먹으로 내려치면서 나가

버렸다. 이날 김형곤의 주정(酒酊)이 아닌 시비(是非)로 회식 자리는 엉망진창이 되었다.

22

 가을 운동회가 끝나고 학교는 모든 것이 제자리로 돌아가 조용한 분위기가 되었다. 운동회 연습으로 오전 수업만 하고 오후에는 아이들이 운동회 연습에 시끌시끌했던 일이 언제 그랬냐는 듯이 학교 분위기가 점차 안정되어 갔다. 그러나 나라 사정은 그다지 안정된 상태가 아니었다.
 라디오 방송에서는 나라의 앞날을 위해 새로운 헌법으로 개정해야 한다는 당위성을 어느 헌법학자가 날마다 나와서 해설했다. 여당 정치인들과 추종 세력들은 헌법 개정의 당위성과 필요성을 역설하며 정치 유세를 했다.
 반대로 야당 정치인들과 반대 세력들은 박 대통령의 종신 집권을 막아야 이 땅에 독재정치가 막을 내리고, 참된 민주주의가 싹이 틀 수 있다고 반대 유세를 하느라고 나라 전체가 혼란스러웠다.

　월요일 아침 직원 조회 때마다 교장은 박 대통령의 업적과 현재 어려운 나라 형편을 조목조목 지적하면서 거의 한 시간 동안 훈시를 했다. 엊그제 군 교육청에서 실시한 교장회의 때 지시받은 내용을 그대로 우리에게 전달했다. 우리가 북한 김일성 도당들과 싸워서 이기려면 영웅적이고 뛰어난 강력한 지도자가 필요하다는 것이다. 정부에서는 박 대통령을 장기 집권하도록 이미 개헌 작업을 추진하고 있음을 알려주었다.

　"이제까지 우리가 시행하고 있는 민주주의는 서양의 민주주의를 그대로 모방한 것이에요. 이제는 우리 실정에 맞는 토착화된 민주주의를 실천해야 합니다. 여러 선생님들, 생각해보세요. 몸뚱이는 한국 사람인데, 키가 크고 덩치 큰 미국 사람 옷을 입으면 그 옷이 맞겠어요? 양복점에 가서 내 몸에 맞게 고쳐 입어야 하는 논리와 똑같습니다. 즉, 한국적 민주주의 토착화를 이루어야 합니다.

　선생님들은 이 점 유념하셔서 나라의 앞날을 위해 헌법을 개정할 수 있도록 함께 힘써야 합니다. 우리 국가의 앞날 발전과 큰 비전과 목적의식을 가지고 헌법을 개정하는 일에 적극적으로 동참하도록 하세요. 이 일이 완성되면 머지않아 자유 민주주의 바탕으로 통일을 이룩할 수 있으며, 잘 살 수 있는 나라가 될 수 있습니다.

　더군다나 우리는 국가의 녹을 먹고 사는 교사이면서 공직

자입니다. 우리가 앞장서서 국가가 하는 일에 적극적으로 협조해야 합니다. 이것이 곧 충효의 정신이며 교육자의 자세입니다. 이에 대하여 절대로 다른 생각을 갖거나 이의를 달지 마세요. 그런 행동은 절대로 교사로서의 자세가 아닙니다. 그리고 자칫 잘못하면 사상적으로 의심받을 수 있어요. 이럴 때일수록 말과 행동을 조심해야 합니다."

교장은 자신이 하고 싶은 말을 다 한 다음, 깊숙한 회전의자에서 뚱뚱한 몸을 이리저리 뒤틀면서 서서히 일어났다. 교무실을 몇 번 두리번거리더니, 이내 헛기침을 하고 뒤뚱거리며 문을 거칠게 밀면서 나갔다. 자신의 몸에 어울리지 않은 재건복 바지를 질질 끌며 교장실로 들어갔다.

이어서 교감은 내일부터는 오전 수업만 하고, 둘씩 조를 짜서 헌법 개정에 대한 계도(啓導)를 나가야 한다며, 한 사람도 빠짐없이 참가하라고 큰 소리로 다그쳤다. 그리고 교감은 유신헌법 개정의 필요성과 당위성을 또다시 시시콜콜 가르치려고 했다. 입술에 게거품을 품어가며 큰 목소리로 떠들어 댔다. 몹시 긴장된 표정이었다. 얼굴이 붉게 달아오르고 헛기침을 자주 했다. '선생님들도 아시다시피'라는 말을 반복했다. 그러나 막상 교감이 하는 말을 귀담아듣는 사람은 거의 없었다.

1972년 10월 17일, 정부는 비상계엄령을 선포하고 국회를 해산했다. 뿐만 아니라 정당 및 정치활동의 금지와 헌법의 일부 효력을 정지했다. 학교에서는 오전 수업이 끝난 후, 교사들은 유신헌법 개정의 필요성과 중요성을 주민들에게 알리기 위해 밤늦게까지 가정 방문을 하거나 주민들을 만나 계도했다.

"다음 주 월요일 1교시에는 아이들에게 유신헌법의 필요성과 중요성에 대한 포스터를 그리도록 하세요. 저학년 아이들은 이해시키기 어려운 부분이 많기 때문에 5, 6학년 아이들만 10월 유신헌법에 대한 포스터를 그리도록 하세요. 잘 된 작품은 아이들에게 상을 주겠어요. 그리고 그 작품을 자기 마을에 적당한 장소에 붙이도록 하세요. 아마 이런 일들이 우리들 몰래 상부에 보고가 될 거예요. 그러니 선생님들께서는 늘 조심하도록 하세요."

교감은 직원 조회 때 아이들이 포스터를 그려, 주민들과 학부모에게 유신헌법을 계도하라고 큰 목소리로 다그쳤다.

유신헌법 개정을 위해 소위 이 지역을 대표하는 기관장들이 수시로 모여들었다. 지역의 공화당 지구당 위원장을 중심으로, 지서장, 면장, 초·중등 학교장, 우체국장, 농촌 지도소장, 농협 조합장, 그리고 이 지역 이장 대표들은 수시로 식당 목련옥에 모였다. 어떻게 하면 지역주민들이 유신헌법 개정에 100% 찬성표를 던질 수 있을까! 하는데 열을 올리고 온갖 방법을 동원했다. 교사와 경찰, 공무원 그리고 이장들을 총동원하여 유신헌법을 지지하도록 난리법석을 떨었다.

엷은 청잣빛으로 조금씩 물들어 가는 하늘 위에, 조각난 새털 같은 구름이 멀리 흘러가고 있었다. 저 멀리 보이는 숲속은 차츰 엷은 황톳빛으로 물들어 가고 있었다. 월요일 아침, 직원 조회를 알리는 종이 울렸다.

　오늘은 어쩐 일인지 늘 입고 다니던 재건복을 입지 않았다. 누가 봐도 아주 어색한 양복을 입고 나타났는데, 일제강점기에 일본군들이 입던 국방색 웃옷에 단코바지를 입고 있었다. 교장은 일제 말에 일본 해군 출신이다. 그는 사병으로 입대해 준사관 대우인 해군 병조장까지 했다. 강제 징집된 조선인으로서는 극히 드문 일이다.

　닙본도를 허리에 차고 부하들을 거느렸다는 이야기를 술좌석에 앉으면 늘 빼놓지 않고 자랑거리로 꺼냈다. 그런 이야기를 할 때면 자기 자신이 지난날에 사로잡혀 제정신이 아닌 듯 보였다. 전투에 나가 설 때마다 앞장서서 가장 용맹하게 싸워 일본군 사령관으로부터 모범 군인 표창을 받았다고 한다. 그는 남양군도에서 미군과 싸운 일을 기억하며 자신의 용맹함을 자랑하곤 했다.

　"내가 말이야, 저…… 대만 앞 남양군도에서 미군과 전투할 때가 가장 기억에 많이 남아. 미군 전투기가 우리 함대에 대고 마구 쏘아대면 말이야, 우리는 모두 재빠르게 바다로 뛰어드는 거야. 그때는 사흘 치 미숫가루 식량을 허리에 차고 뛰어들어야 살 수 있어. 그걸 먹고 며칠은 버틸 수 있거든."

　그는 게거품을 물고 입술에 막걸리 찌꺼기를 묻힌 채 떠들어 댔다. 그러면서 큰 대접에 가득 채운 막걸리를 쉬지 않고 벌컥벌컥 마셨다.

"그런데 말이야, 우리가 비율빈(필리핀)까지 진격해서 맥아더 사령부 본부까지 들어갔더니, 아! 글쎄, 맥아더 이놈은 벌써 도망가고 아무도 없는 거야. 그때는 정말 신이 나더군."

그는 지금도 자신이 일본군 병조장인 것처럼 눈을 부릅뜨고, 이맛살을 찌푸리며 우리를 째려보고 있었다. 술에 약간 취기가 오르면 그는 우리말 대신 일본말로 혼잣말을 마구 지껄였다.

해방 후, 국내가 어수선하고 혼란스러웠을 때, 국민학교 교사가 절대적으로 부족한 사태가 벌어졌다. 정부는 교원을 시급히 충원하기 위해 사범학교 안에 단기간에 졸업할 수 있는 연습과를 설치했다. 그는 그 연습과를 졸업한 후, 국민학교 교사로 이 지역에 발령받았다. 정규 교사뿐 아니라 관리자도 부족했기 때문에 그는 운이 좋게도 27세에 시골 국민학교 교감으로 발령받았고, 8년 후인 35세에는 교장으로 승진했다.

만 65세가 정년이라면, 그는 30년 이상을 교장직으로 누릴 수 있는 복을 받은 셈이다. 그는 언제나 상황 판단이 빠르고 현실 감각이 뛰어나 적응을 잘했다. 공화당 정권에 잘 편승하여 새로운 출세와 명예를 얻으려고 혈안이 되어 있었다. 그는 "유신헌법만이 우리가 살길이다.", "10월 유신으로 우리나라가 새로운 역사를 창조해야 한다."라는 말을 수없이 되뇌고 있었다.

박 대통령과 공화당 정권을 위해 3선 개헌과 유신헌법 개정에 온몸을 다 바쳐 충성하는 그의 모습은 한편으로는 몹시 안타깝고 가련해 보이기도 했다.

교장은 교무실 문을 열고 들어올 때부터 기분이 퍽 좋아 보였다. 헤죽헤죽 웃으며 알 수 없는 미소를 지었다.

"에… 또… 오늘은 내가 지은 짧은 노래 한 곡을 소개하겠습니다. 이건 내가 직접 어제 저녁에 만든 노래인데, 잘 듣고 전교생들이 부르도록 가르치세요."

새 나라의 어린이는 대통령을 사랑합니다
유신헌법 좋은 헌법 우리나라 좋은 나라

새 나라의 어린이는 10월 유신 사랑합니다
10월 유신 이룩하여 살기 좋은 우리나라

교무실 칠판 가운데에 분필로 또박또박 큰 글씨체로 써 내려갔다. 그리고 교직원들을 두루두루 한 번 돌아보았다.

"아, 어떻습니까? 제가 어제 저녁에 골똘히 생각하면서 지은 노래입니다. 오늘부터 이 노래를 전교생들에게 모두 부르도록 하세요. 여기에 맞는 노래 곡은 아이들이 가장 쉽게 부를 수 있는, '새 나라의 어린이는……' 그 노래입니다."

"아, 예! 예! 잘 알겠습니다. 참, 좋은 노래입니다. 이것 하나만 있으면 더 이상 유신헌법 계도할 일이 없겠습니다. 참, 잘하셨습니다."

교감과 교무주임은 머리를 조아리며 속에도 없는 말을 보태서 아부했다. 그러나 다른 교직원들은 덤덤하게, 시큰둥한 반응을 보였다.

그날부터 전교생들은 이 노래를 부르며 돌아다녔다. 어린 아이들은 이것이 무엇을 의미하는지도 모르면서, 건성으로 흥얼거리며 돌아다녔다.

23

　박정희 대통령은 정상적인 방법으로는 장기 집권이 어렵다고 판단하여, 일본 명치유신(維新)이란 정치적 변혁을 모방해 단행했다. 10월 유신을 추진하기 위해 만든 헌법을 10월 27일에 선포했다. 평화적 통일 지향과 한국적 민주주의 토착화를 표방한 개헌안이 국무회의 의결을 거쳐 공고되었으며, 이를 '유신헌법'이라고 했다.

　그 내용을 간단히 설명하자면, 대통령에게 입법, 사법, 행정의 모든 중요 권력이 집중되어, 막강한 권한으로 국가를 통치할 수 있는 헌법이다. 비상시에는 헌법 효력까지 중지시킬 수 있는 긴급조치권까지 부여되어, 초헌법적인 국가 권력을 갖도록 했다. 대통령 선거 또한 국민이 직접 투표하여 선출하는 방식이 아니라, 지역 주민 대표인 통일주체국민회의에서 간접 선거로 선출하도록 했다.

11월 21일, 유신헌법 개정을 위한 국민투표가 실시되었다. 투표율 92.9%에, 91.5%의 압도적인 찬성으로 헌법 개정이 확정되었다. 1972년 12월 27일, 박정희 대통령이 취임함과 동시에 유신헌법을 공포하여 유신체제를 수립했다.

이로써 정치체제가 대폭 개정되고 통제 기제가 강화되어, 집권 세력이 막강한 힘으로 국가의 모든 것을 통제하게 되었다. 이것이 헌정사상 7차로 개정된 '제4공화국 헌법'이다. 연임 제한을 철폐하고, 박정희 대통령이 종신 집권하도록 했다.

따라서 유신헌법 아래에서는 언론은 물론, 일반 시민들까지 자유로운 정치적 표현을 할 수가 없었다. 이에 반대하거나 다른 의견을 표현하면, 긴급조치 등에 의해 체포되거나 구금되는 일이 벌어졌다.

심지어 긴급조치 4호의 내용을 보면 다음과 같은 구절이 있다.

'학생들은 정당한 이유 없이 출석하지 않거나, 수업과 시험을 거부하여도 사형, 무기징역, 5년 이상의 유기징역에 처한다.'

'유신정우회'라는, 이제까지 한 번도 들어 보지 못한 제도를 만들어 대통령의 권한을 대폭 강화했다. 통일주체국민회의 간선에 의해 국회의원 1/3을 선출하는 방식이었다. 즉, 대통령이 추천하면 통일주체국민회의가 승인하는 제도였다.

이는 영도적 국가 원수로서의 역할을 다할 수 있도록 했으며, 국회의 회기를 단축하고 권한을 대폭 약화했다. 유신헌법으로 인해 우리나라의 민주적인 사회 분위기는 곳곳에서 후퇴하게 되었다.

유신헌법 개정에 비협조적인 인사들을 색출하는 작업이 진행되었고, 국가정보원 요원들이 각 기관을 돌며 협박과 회유를 일삼았다. 이웃 K중학교 교장은 부당한 지시에 자신의 양심상 도저히 협조할 수 없어 이를 거부했다.
그러자 20대의 젊은 중앙정보부 요원 몇 명이 들이닥치더니, 나이 든 교장을 마구 협박하며 교장의 권위와 교권을 짓밟았다. 이에 분노한 교장은 갑작스러운 충격으로 쓰러져 며칠 동안 의식을 잃고 자리에서 일어나지 못하다가 사망했다.
어처구니없는 사건이었다. 교사와 학부모, 주민들은 분노에 사로잡혔지만, 막강한 권력과 싸울 수는 없었다.
유신헌법 이후, 학교에서도 관리자 중에는 자신들에게 주어진 권한을 넘어 교사들을 제멋대로 통제하는 이들이 생겨났다. 권력을 남용하는 관리자들이 하나둘 늘어났다. 교사는 교장의 명에 의하여 학습해야 한다는 명분을 내세워, 쥐꼬리만 한 권력을 마구 휘둘렀다. 이후로 모든 교육과정과 교과서는 유신헌법의 필요성과 중요성, 당위성을 담은 내용으로 바뀌었다. 특히 박정희 대통령의 업적을 높이 찬양했다.
도시와 농어촌을 가릴 것 없이, 가는 곳마다 '10월 유신으로 새 나라를 건설하자', '10월 유신으로 조국 근대화를 이룩하자', '10월 유신으로 평화통일 완수하자'라는 플래카드와 표어, 포스터로 나라 전체가 도배되다시피 했다.

　이후 대학생들을 중심으로 젊은이들이 거리로 나와 '박정희 독재정권 물러가라', '유신헌법 폐기하라', '한국적 토착화 민주주의가 웬 말이냐' 등의 구호를 외치며 집회 활동과 시위를 이어갔다. 나라 전체가 조용할 날이 없었다.
　유신헌법에 조금이라도 저촉되는 사람들은 강제로 연행되었고, 이들을 빨갱이로 몰아 마구잡이로 구속했다. 유신헌법에 반기를 들고 집단행동에 나선 대학생들은 모조리 잡혀가 강제 입영되었다. 이에 해당하는 학생들은 가장 위험하고 고통스러운 지역으로 배치되거나, 철저히 군 임무를 수행하도록 가혹하게 통제받았다.

24

아침 일찍부터 학교가 몹시 어수선하고 부산스럽다. 오늘 오후에 교육감이 우리 군 지역을 갑자기 순시하러 온다는 연락을 받았다. 학교는 난리 북새통이 되었다.

나는 학급에 들어가 아이들과 함께 유리창을 닦고, 교실 바닥에 양초를 칠해 반짝반짝 윤이 나도록 마른걸레로 문질렀다. 개울가에 널려 있는 몽글몽글한 돌멩이를 주워다가 마룻바닥을 박박 문질렀다. 훼손된 게시물마다 다시 손질하고, 아이들이 만든 작품은 모두 교실 뒤편에 전시했다. 그리고 그 아래에 아이들의 이름을 써 붙였다.

두세 시간 동안, 잠시도 눈 돌릴 틈 없이 정신 나간 사람처럼 바삐 움직였다. 여느 때와는 다른 내 모습을 본 눈치 빠른 아이 하나가 물었다.

"선생님, 오늘 장학사님 오시나요?"

그 물음에 나는 왠지 아이들 보기에 몹시 부끄러웠다.

"오늘은 교육감님이 오시는 날이에요. 우리 도내에서 가장 높으신 어른이 오시기 때문에, 그분을 맞이할 준비를 하느라 이렇게 바쁘게 청소를 했어요. 여러분도 집에 귀한 손님이 오면 어머니가 어떻게 하시나요?"

"손님맞이 준비로 집 안팎을 청소하고, 맛있는 음식을 준비하세요."

"맞아요. 귀한 손님이 오면 부모님이 손님맞이 준비를 하시지요. 그럼, 오늘 오시는 손님을 만나면 어떻게 해야 할까요?"

"인사를 잘해야 해요."

"주변을 항상 깨끗하게 해야 해요."

"공부 시간에 떠들지 말고 조용히 공부해야 해요."

"쉬는 시간에 복도에서 떠들면 안 돼요."

"묻는 말에 대답을 잘해야 해요."

"복도를 걸을 때 발뒤꿈치를 들고 걸어야 해요."

"떨어진 휴지를 주워야 해요."

"좌측 통행을 해야 해요."

아이들은 자신들이 배운 기본 행동 규칙을 자랑스럽게 이야기하며, 알고 있는 대로 실천하려는 자세를 보였다.

"여러분, 지금 참 좋은 이야기들을 많이 했어요. 정말 착한 어린이들이군요. 그런데, 여러분이 말한 이 모든 규칙을 우리가 평소에도 잘 지키고 있을까요? 그리고 왜 우리는 이런 규칙과 질서를 지켜야 할까요?"

"손님이 오면 잘 보여야 하니까요."

"높은 분이 오면 대접을 잘해야 하니까요."

"선생님이 높은 사람이 올 때마다 청소하고 인사 잘하라고 하시니까요."

"교장 선생님이 높은 사람한테 잘못 보이면 혼나니까요."

"평소엔 대충해도 되지만, 손님이 오면 특별한 날이니까요."

"우리 학교의 명예를 지켜야 하니까요."

아이들은 평소에 가지고 있던 생각들을 솔직하게, 아무 거리낌 없이 말해주었다.

"우리가 선생님에게 배운 규칙이나 질서는 언제 어디서나 꼭 지켜야 해요. 우리나라는 자유 민주주의 국가이기 때문이에요. 자유 민주주의는 권리와 자유를 중요하게 여겨요. 그 권리와 자유를 마음껏 누리려면, 우리에게 주어진 규칙과 질서를 잘 지켜야 합니다. 만약 법과 질서를 지키지 않으면, 온 세상이 무질서해져서 살기 어려운 세상이 됩니다. 그리고 자신이 잘못한 행동에 대해서는 반드시 책임을 져야 합니다. 나라의 법과 질서, 학교의 규칙은 목숨처럼 소중합니다.

누구에게 잘 보이기 위해, 그 순간만 모면하려는 행동은 매우 비굴한 짓입니다. 높은 사람에게 잘 보이려고 마음에도 없는 거짓된 행동을 하는 것은 비겁한 짓입니다. 때와 장소를 가리지 말고 참된 모습을 보여야 해요. 우리는 배우는 어린이들입니다. 항상 떳떳하고 참되게 살아야 합니다.

언제나 진실되고 올바른 행동이 몸에 배어, 좋은 습관을 갖도록 하세요. 매일매일 새롭게 변화될 수 있도록 노력해야 합니다. 학교에 높은 분이 오거나 외부 손님이 올 때만 규칙과 질서를 지키려는 마음을 가져서는 안 돼요.

누구에게 억압받거나 남에게 간섭받지 않고, 나 스스로 잘 해낼 수 있도록 자율 정신을 가져야 합니다. 여러분은 우리나라 미래를 짊어지고 나갈 보배들입니다. 나라의 앞날은 여러분이 어떤 생각을 가지고 어떻게 살아가느냐에 따라 운명이 달라집니다.

좋은 생각을 가지고 참되게 살아가는 어린이가 되어야 합니다. 그래야 살기 좋은 우리나라가 될 것이며, 세계에서 가장 행복한 나라가 될 것입니다."

아이들은 반짝이는 까만 눈동자로 나를 바라보며 조용히 귀를 기울이고 있었다.

5교시 수업이 끝난 다음, 아이들을 모두 귀가시키라는 연락이 왔다. 교육감님이 우리 군에 초도 순시 차 우리 학교를 방문한다는 전통이 내려왔다. 아이들은 수업이 일찍 끝난다고 하자, 해방감에 젖어 기뻐하며 책상을 두드리며 '와! 와! 야호!' 소리를 질렀다.

아이들이 돌아간 뒤, 교직원 회의를 알리는 종이 울렸다. 교육감님이 곧 도착할 것 같으니 모두 현관 앞에 일렬횡대로 줄을 맞춰 서라고 교감이 지시했다. 교장, 교감, 교무주임 순서로 연공서열에 따라 나란히 줄을 맞춰 서 있었다.

교감은 교육감님께 예의 바르게 행동하고, 복장을 단정히 하라고 당부했다. 그리고 문교부 소속임을 나타내는 문교 배지를 왼쪽 가슴 위에 반드시 달라고 거듭 강조했다.

나는 긴장된 마음으로 이정숙 선생 옆에 서서 교육감이 오기를 기다렸다.

정오가 조금 지나자 정문 안으로 검은색 지프차 한 대가 들이닥치더니, 곧이어 고급 검은 승용차 한 대가 미끄러지듯이 들어왔다.

잠시 후, 승용차에서 키가 작고 머리가 희끗희끗한 노신사가 지휘봉을 오른손에 들고 천천히 차에서 내렸다. 몸이 조금 통통한 그는 꼿꼿한 자세로 학교 본관과 운동장 주변을 유심히 살펴보았다. 은빛 가느다란 안경테에 맑고 작은 유리알 안경이 매섭고 날카롭게 빛났다. 그러나 한편으로는 검은 양복과 깔끔한 흰 와이셔츠 위에 곱게 매어진 붉은 넥타이가 단아한 인품을 말해주는 듯했다.

교장은 교육감 앞으로 나아가 머리를 조아리며 허리를 깊숙이 굽혀 인사했다. 모두가 교육감을 향해 분에 넘치는 뜨거운 박수로 환영했다. 교육감은 미소를 지으며 일일이 악수로 답례했다.

그는 내 앞을 지나 이정숙 앞에서 갑자기 발걸음을 멈추었다.

"음······. 선생님께서는 이 학교에 언제 부임하셨나요? 그리고 교육 경력이 몇 년이나 되셨습니까?"

갑작스러운 질문에 이정숙은 홍당무처럼 얼굴이 붉어져, 떨리는 음성으로 간신히 목구멍에서 겨우 묻어 나오는 작은 소리로 대답했다.

"저······ 이 학교로 발령받은 지 2년 정도 되었습니다. 그리고 이 학교가 첫 발령지입니다."

교육감은 이정숙을 바라보며 입가에 살며시 웃음을 지으며 질문을 이어갔다. 옆에 서 있던 나도 모르게 아랫다리가 조금씩 부들부들 떨리고 있었다.

"그런데 선생님은 왜 문교 배지를 달지 않았나요? 다음부터는 꼭 달고 근무하세요. 교사로서의 긍지와 자부심을 가지고 아이들 앞에 서야 합니다. 문교 배지는 아무나 다는 게 아닙니다. 선생님들만 달 수 있는 고유한 권한입니다."

교육감은 근엄하면서도 젊잖은 말투로 친절하게 일러주었다.

교육감은 학교 교직원들과의 인사를 마친 뒤, 군 교육장과 함께 본관 건물 뒤편, 아이들이 사용하는 변소 쪽으로 발걸음을 옮겼다. 교육감 보좌관, 학무과장, 관리과장, 장학사가 그 뒤를 따랐다. 교장과 교감, 그리고 교무주임도 황급히 그 뒤를 따랐다.

'변소' 팻말이 붙은 곳에 이르자 교육감은 발걸음을 멈추었다. 아이들의 분뇨가 넘쳐 아래 실습지가 있는 밭으로 줄줄 흘러내리고 있었다. 분뇨에서 나는 악취가 코를 진동했다.

"교장 선생님! 하루빨리 이 변소에 손을 대야 하겠습니다. 분뇨는 퍼내고, 새는 곳이 있다면 즉시 수리하세요. 교육장님이 좀 도와주셔야겠습니다."

교육감 뒤를 따르던 교육장, 학무과장, 장학사, 관리과장, 교육감 보좌관, 교장과 교감은 지적 사항을 서로 경쟁이라도 하듯이 일일이 깨알 같은 글씨로 수첩에 기록했다.

교육감은 곧장 학교 실습지로 발걸음을 옮겼다. 실습지 관리가 제법 잘 되어 있는 것을 보고 흐뭇한 표정을 지었다.

"교육장님, 이 학교는 실습지를 잘 관리하고 있군요. 어린 아이들 데리고 수고 많으셨습니다."

모처럼 칭찬을 받은 교육장과 교장은 입가에 미소를 띠며 기쁜 표정을 지었다. 교육감은 학교 주변을 꼼꼼히 살펴보았다. 그리고 이내 본관 건물로 들어섰다.

과거 군 장성 출신답게 조금도 흐트러지지 않는 자세와 언행은 마치 하급 부대에 군 지휘 검열을 나선 지휘관의 모습이었다. 교실에 들어서자 교실 출입구를 확인하고, 유리 창문을 여닫기를 반복했다. 교실마다 다니면서 일일이 시설 상태를 꼼꼼하게 점검했다. 심지어 교실 안에 붙은 게시물과 비품까지 상세하게 살펴보았다.

"교장 선생님, 태극기가 너무 오래되어 색이 바랜 것이 몇 개 있습니다. 태극기를 새로 교체하시지요. 태극기는 한 국가를 상징하는 상징물입니다. 바랜 태극기 아래에서 올바른 교육이 되겠습니까? 그리고 교실 출입구 문짝과 유리 창문도 많이 훼손됐군요. 학교 재정이 부족해서 어렵겠지만, 속히 손을 좀 써야겠습니다. 아이들이 항상 사용하는 음료수대라든가 청소 비품은 깔끔하게 정리 정돈이 되어 있어야 합니다. 이런 것들은 돈이 많이 드는 것도 아니니까요.

교장 선생님께서 관심을 가지시고, 깨끗하고 좋은 환경에서 아이들이 공부할 수 있도록 도와주셔야 하겠습니다. 여러 가지로 열악한 환경 속에서, 더군다나 산골에 오셔서 수고하시는 교장 선생님 이하 모든 선생님께 진심으로 감사드립니다. 몇 가지 부탁드린 사항은 꼭 시정해 주시기를 바랍니다."

품위를 잃지 않으면서도 당당하고 정중한 자세로, 겸손한 어투로 지시를 내렸다.

교육감은 선생님들과 일일이 악수를 나눈 뒤 차에 올랐다. 검은색 지프차와 승용차는 교문을 서서히 빠져나가더니 이내 시야에서 사라졌다. 우리는 차가 멀리 사라질 때까지 손을 흔들었다.

교무실로 들어온 우리는 곧장 긴급하게 교직원 회의를 열었다. 교감은 깨알같이 적어둔 수첩을 들여다보며, 교육감의 지적 사항들을 하나하나 전달했다.

"이정숙 선생! 문교 배지를 어떻게 했어요? 점심 식사 전에 알려줬는데 금세 잊어버렸어요? 그리고 2학년 1반 담임 선생님! 그 반 출입구가 왜 그 모양이에요. 문짝이 밑으로 주저앉아서 교실 바닥이 아주 패여 있어요. 꽤 오래된 것 같은데, 왜 그렇게 관심이 없어요?

5학년! 그 반에는 태극기가 빛이 바랜 건 둘째 치고, 태극기를 매단 줄 한쪽이 늘어져서 힘없이 왼쪽으로 기울어 있어요. 에이! 내 참, 한심해요. 한심해…….”

교감은 만년필을 귀에 꽂았다가 다시 빼 들며, 안경을 오른손으로 벗었다가 다시 쓰기를 반복했다. 입술에는 거품이 조금씩 맺혔고, 큰 소리로 지적 사항을 쏟아냈다.

며칠 뒤, 교실 칠판 중앙 위에 새로 사 온 태극기를 달아놓고, 아이들에게 태극기의 의미와 중요성을 이야기했다.

"태극기는 우리나라를 나타내는 깃발입니다. 한 나라를 상징하지요. 일제강점기에는 우리나라가 일본에 나라를 빼앗겨, 나라 없는 식민지 생활을 했어요. 그때는 태극기를 사용할 수가 없었어요. 나라가 없었기 때문이지요. 대신 일본의 깃발인 일장기를 사용했어요. 나라의 행사가 있을 때면 모든 학교나 관청에서는 일장기를 달았지요.

1936년, 독일 베를린에서 세계 올림픽 대회가 열렸습니다. 그때 손기정 선수와 남승룡 선수가 우리나라 선수로 마라톤에 출전했어요. 손기정 선수는 2시간 29분 19초로 1위를 해서 금메달을 땄고, 남승룡 선수는 3위로 동메달을 땄습니다.

온 국민이 기뻐했지요. 전 세계 사람들에게 우리나라 선수들의 이름이 알려졌어요. 하지만, 나라를 빼앗긴 식민지 백성이었던 손기정 선수와 남승룡 선수는 가슴에 태극기를 달지 못하고, 일본의 국기인 일장기를 달고 뛰었어요. 이 사실을 알게 된 우리나라 사람들은 가슴을 치며 통곡했어요.

마라톤 시상대에 오른 손기정 선수는 월계관을 고, 경기장에 울려 퍼지는 일본 국가를 들으며 고개를 숙였습니다. 국기 게양대에 올라가는 일장기를 외면했어요. 나라 없는 백성은 자기 나라 국기도 없어요. 우리나라를 잃게 되면, 태극기도 함께 잃게 되는 겁니다.

여러분, 태극기는 항상 깨끗하게 보관하고 소중히 다뤄야 해요."

새로 구입한 태극기가 교실을 한층 밝고 산뜻한 분위기로 바꾸었다. 나는 태극기를 칠판 위 중심에 조심스럽게 달아놓고, 아이들과 함께 〈태극기〉 노래를 불렀다.

> 태극기가 바람에 펄럭입니다
> 하늘 높이 아름답게 펄럭입니다
> 태극기가 힘차게 펄럭입니다
> 마을마다 집집마다 펄럭입니다

아이들은 풍금 소리에 맞추어 노래를 불렀다. 귀여운 새들이 합창하는 소리처럼 맑고 경쾌한 멜로디가 교실 밖으로 멀리멀리 퍼져나갔다.

　교육감이 학교를 방문한 이후부터 교육청 장학사와 관리과 직원들은 뻔질나게 학교를 오고 갔다. 선생님들이 문교 배지를 제대로 달고 있는지, 새로 구입한 태극기가 올바르게 달려 있는지, 변소는 교육감이 말한 대로 제대로 수리되었는지 확인하려고 장학사와 시설과 직원들은 하루가 멀다 하고 드나들었다.

　오늘도 장학사가 오전에 다녀갔다. 선생님들이 문교 배지를 달았는지, 태극기가 바르게 걸려 있는지, 교실 문짝 수리를 했는지 하나하나 점검했다. 음료수통 주변이 위생적으로 잘 정돈되어 있는지, 아이들이 머리를 깨끗이 감고 다니는지, 이를 잘 닦고 다니는지까지 고주알미주알 참견하며 위생 점검도 했다.

　오늘 나온 장학사는 지난번에 지적된 사항을 다시 확인하러 왔다. 몸이 빼빼 마르고 키가 작았으며, 꽤 깐깐하고 성깔 있어 보였다. 주름 깊게 팬 이마, 백발의 머리, 안경 너머로 보이는 황소 같은 눈빛은 조금 불안한 듯 옆 사람들을 힐끔힐끔 곁눈질로 바라보고 있었다. 그는 조심스럽게 자신이 들고 온 장부에 확인한 사항을 낱낱이 기록한 후, 말없이 돌아갔다.

25

오후 퇴근할 무렵, 갑자기 교장 선생으로부터 교장실로 오라는 연락이 왔다. 교장실에서 호출 명령이 떨어지면 대개 좋은 일로 부르는 법이 없었기에, 오늘은 또 내가 무엇을 잘못했는지 도무지 알 수 없었다.

나는 흩어진 머리를 대충 손질하고 옷매무시를 단정히 했다. 단정히 해 보았자, 검은색 바지와 뿌옇게 색이 바랜 헌 와이셔츠를 입은 내 모습은 누가 봐도 교사로서 단정한 복장은 아니었다. 약간 떨리는 마음으로 교장실 문을 두드렸다.

교장은 기다렸다는 듯이 나를 보며 반색을 했다.

"어서 들어와요, 김 선생! 자리에 앉아요. 김 양! 여기 홍차 한 잔 내와요!"

오늘은 웬일인지 여느 때와는 다르게 무척 나를 반겨주

었다. 잠시 후, 교장은 아리랑 궐련 한 대를 피워 물더니, 후유— 담배 연기를 길게 내뿜었다.

"어…… 홈…… 김 선생님을 보자고 한 것은 다름이 아니라. 어…… 후유……"

교장은 길게 한숨을 내쉬며, 쉽게 말문을 열지 않고 뜸을 들이며 우물쭈물했다.

"김 선생도 알다시피 우리 학교 실정이 무척 어렵다는 사실을 알고 있을 거예요. 지난번 교육감님이 오셔서 지적하신 것 중에 제일 시급한 것이 변소 문제예요. 지금 변소에 인분이 넘쳐흘러요. 그리고 변소에 설치된 관이 낡아서 구멍이 났어요. 인분이 밖으로 새어 나오고 있어요. 변소 아래로 흐르는 바람에 실습지 밭에 아이들 똥오줌으로 넘쳐나고 있어요. 하루빨리 이것을 퍼내고 수리를 해야 하는데, 학교 재정이 말이 아니에요. 정말 어려운 처지예요. 그래서 말인데, 선생님이 이 일을 좀 도와주어야 하겠어요."

교장은 담배 한 대를 비벼 끈 다음, 재떨이에다 "우-액, 허-헉, 카-칵" 거리며 가래침을 뱉었다. 교장의 갑작스러운 어이없는 말에 나는 말없이 멍하니 교장의 벗겨진 대머리만 바라보고 있었다. 잠깐 침묵이 흘러, 교장실은 적막감에 싸였다.

"내가 왜 김 선생한테 부탁하느냐 하면, 음…… 김 선생은 아직 20대이고 젊기 때문에 부탁하는 거예요. 그리고 선생님은 농촌 출신인 데다가 군대에서 제대한 후에 얼마 동안 집에서 농사일도 해 본 경험이 있어서 부탁하는 거예요. 아마 여기 아이들도 시골 아이들이라 일을 잘할 수 있을 겁니다. 다음 주 수요일 6교시 후에 학교 청부 김 씨와 함께 아이들을 데리고 변소에 인분을 퍼서 밭에다 뿌리세요. 넉넉잡고 한 사흘이면 끝날 거예요. 이것은 교장의 부탁이면서 지시 사항입니다."

교장은 내 의사는 묻지도 않고 일방적으로 지시했다.

"교장 선생님의 말씀을 잘 알겠습니다. 그러나 저는 아이들을 가르치려고 이 학교에 온 것이지, 학교 변소에 오줌과 똥을 치우러 이 학교에 온 것이 아닙니다. 이런 부당한 지시는 받아들일 수 없습니다. 이건 교사의 교권과 인권을 무시하고 짓밟는 명령이라고 생각합니다. 그리고 이 일로 인해 어린 아이들이 상처받게 됩니다.

변소를 치울 인건비가 없다면, 그것은 학교를 운영하는 교장 선생님의 책임입니다. 어느 학교에 가도 교사 보고 변소를 치우라고 하는 경우는 없을 겁니다. 저는 절대로 받아들일 수 없습니다."

가슴속에서 부글부글 끓어오르는 분노의 불꽃은 금방이라도 교장실을 불사르고 싶은 심정이다. 목구멍에서 피가 끼둑끼둑 넘어올 것만 같은 충격이다. 교장은 담배를 연거푸 피우며 잠시 동안 말이 없었다. 재떨이에 담배를 대충 비벼 끈 후, 주전자에서 물을 한 컵 가득 따랐다. 오른손에 컵을 들고, 약간 떨리는 손으로 꿀꺽꿀꺽 단숨에 물을 들이켰다. 마치 목마른 사슴이 개울가에서 허겁지겁 물을 퍼마시는 모습이었다.

"김 선생님은 아직 나이가 너무 젊어서 세상을 살아가는 처세를 잘 모르고 있군요. 세상을 그렇게 법과 원칙대로만 사는 게 아니에요. 때로는 어리석음과 바보스러움이 필요할 때도 있어요. 다시 말하면, 내가 싫어도 좋은 척하기도 하고, 억울한 일을 당해도 그저 말없이 묵묵히 견뎌내는 인내심이 필요할 때도 있죠. 어느 때는 바보처럼 사는 것도 필요한 법이지요. 그렇게 사는 것이, 세상을 살아가는 인생의 처세입니다.

내가 김 선생님한테 이런 일을 부탁하는 게 부당한 처사라는 거, 나도 잘 알고 있어요. 하지만 학교를 운영하다 보면 어쩔 수 없는 상황을 맞닥뜨릴 때도 참 많아요."

교장은 담배를 계속 피워 물며, "후……유……"하고 허공을 향해 담배 연기를 길게 내뿜었다.

"교사는 아이들을 가르치고 지도하는 일만으로 자신의 책무를 다하는 것이 아니에요. 아이들을 위해 가르치는 일 이외에도, 학교를 위한 헌신과 희생이 뒤따라야 참된 교육을 할 수 있어요. 변소가 넘쳐 인분을 처리하라고 한 일이 교사가 해야 할 일은 아니지요. 그러나 아이들을 위하고 학교를 위하는 희생과 헌신의 정신이 있다면, 못 할 것도 없다고 봐요. 김 선생님이 하겠다고 하면, 나도 함께 나서서 일할 각오가 되어 있어요. 아이들 몇 명을 뽑아서 우리 함께 수고 좀 합시다. 교장으로서의 부탁이오. 이쯤 되면 학교 사정이 얼마나 어려운지 짐작할 수 있겠지요. 김 선생님, 정말 미안합니다."

교장은 접대용 의자에서 일어나 나에게 천천히 다가오더니, 커다란 손으로 내 어깨를 덥석 잡았다. 그리고 내 두 손을 꼭 붙들었다. 강한 자존심과 불타오르던 자신감은 온데간데없었다. 큰 태산이라도 뽑을 듯하던 기개는 오늘따라 전혀 찾아볼 수 없었다. 맹수에게 쫓기는 약한 한 마리 들짐승처럼, 초라해 보였다.

수요일 오후, 덩치가 제법 크고 힘을 쓸만한 남자아이들 예닐곱 명을 방과 후에 남도록 했다. 명분은 학교와 아이들을 위한 특별 봉사활동이었다. 말이 봉사활동이지, 철없는 어린 아이들을 붙잡아 놓고 강제 노역을 시키는 꼴이었다. 아이들에게 빵과 사이다로 요기를 시킨 후에 작업을 시작했다. 아이들은 좀처럼 먹기 어려운 빵과 사이다를 먹으며 무척 좋아했다. 더군다나 선생님으로부터 받은 빵과 사이다는 더할 나위 없는 큰 선물이라고 생각하는 듯했다. 나는 아이들 앞에서 양심에 꺼리는 비겁한 행동을 한 것 같아 죄책감을 느꼈다.

늙수그레한 학교 청부 김 씨가 똥지게와 몇 개의 똥통, 인분을 퍼내는 똥바가지와 긴 장화 몇 켤레를 농가에서 빌려왔다. 나는 학교 청부 김 씨와 함께 변소 뚜껑을 열고, 그 안에 고여 있던 거름을 실습지 밭에 뿌리기 시작했다. 내가 앞장서서 똥을 퍼내는 모습을 보고, 처음엔 아이들이 손으로 코를 막으며 킁킁대고, 더럽다며 요리조리 피하면서 난리를 쳤다. 그러나 시간이 조금 지나자 똥물이 이리저리 튈 때마다 아이들은 재미있다는 듯이 킬킬거리며 나를 도와주었다. 처음에는 참기 힘들던 똥 냄새 속에서, 내 기억 깊숙한 곳에서 이상하고 야릇한 추억들이 주마등처럼 떠올랐다.

※

내가 국민학교 시절이던 어느 날이었다. 아랫집 아저씨가 새벽부터 똥 마차를 끌고 어딘가를 향해 가는 걸 보았다. 미군 부대에서 야매로 흘러나온 빈 드럼통 세 개를 싣고, 바삐 소를 몰아 신작로로 향하고 있었다.

나는 학교에서 돌아오면 아이들과 함께 족대를 들고 개울가에서 시간 가는 줄 모르고 고기잡이를 하곤 했다. 아랫집 아저씨가 해가 질 무렵 똥통을 싣고 돌아올 시간에 맞춰, 우리는 그제야 뿔뿔이 흩어져 집으로 돌아갔다.

어느 날 저녁, 온 식구가 두레상에 둘러앉아 밥을 먹고 있을 때였다. 할아버지와 아버지는 아랫집 아저씨 이야기를 나누고 있었다.

"용수 녀석은 어디서 그렇게 미군 놈들 똥을 사오는지 모르겠다. 벌써 몇 번째야…… 아범아, 너도 용수처럼 그 미군 놈들 똥을 좀 사 오너라."

밥을 먹고 있는데 할아버지는 느닷없이 '똥' 이야기를 꺼냈다. 나는 갑작스러운 그 말에 '우웩'하고 토할 뻔한걸, 입술을 꼭 깨물고 억지로 참았다.

"아버지, 그거 사려면 돈이 있어야 하는데, 무슨 돈 가지고 똥을 사 와요. 그냥 집에 있는 인분을 써야지, 별수 없어요."

나는 똥을 돈 주고 사 온다는 말에 무척 놀랐고, 한편으론 몹시 궁금했다.

"거…… 미군 놈들 똥은 확실히 좋다더구나! 그놈들은 매일 고기만 먹어서 똥이 아주 좋다고들 하더라. 밭 거름에는 최고라고 하는데, 그거 용수한테 얘기해서 조금 얻어 와야 되겠다."

할아버지는 더러운 똥을 얻어오겠다는 말까지 해가며, 똥에 관한 이야기를 큰 소리로 말했다. 나는 도무지 이해가 가지 않았다. 우리가 변소에 가서 싸는 똥이나, 미군이 싼 똥이나 그게 그거지, 도대체 뭐가 다르다는 말인가. 도무지 알 수가 없었다.

나는 궁금증을 풀기 위해 누나한테 물어보았다. 나보다 일곱 살 위인 누나는 분명히 알 거로 생각하고 물었는데, 누나는 짜증스러운 얼굴로 몹시 화를 냈다.

"야! 그딴 걸 알아서 뭘 하게? 미군들 똥하고 우리 똥하고 뭐가 다르냐, 다르긴…… 더럽게 어디서 그런 걸 물어봐! 야, 이 병신아!" 그러면서 주먹으로 내 머리통을 쥐어박았다.

4학년 때 자연 시간이었다. 선생님은 우리 몸의 내부가 그려진 괘도를 들고 들어오셨다. 일제강점기에 학습 자료로 사용하던 낡은 인체 괘도였다. 사람 몸속에 내장들이 얼기설기

얽혀 있는 걸 보고 아이들은 놀란 표정으로 "우와……!" 하고 소리를 질렀다. 어떤 여학생은 징그럽다고 똑바로 바라보지도 못했다.

선생님은 우리 몸속의 구조를 자세하게 하나하나 설명해 주셨다.

"입에서는 침샘이 나와서, 우리가 씹는 음식을 소화가 잘 되도록 도와줍니다. 그런 다음 음식은 밥줄을 통해 밥통으로 갑니다. 밥줄은 '식도', 밥통은 '위'라고도 하죠.

밥통 주변에는 십이지장과 쓸개, 지라, 간, 콩팥 등이 있고, 가슴안에는 염통과 허파가 있어요. 염통은 '심장', 허파는 '폐'라고도 합니다. 염통에서는 우리 몸에 필요한 피를 몸 구석구석으로 쉬지 않고 보내고, 허파는 우리가 숨을 쉴 수 있도록 도와주는 기관이죠.

밥통에서는 소화를 돕는 소화액이 나옵니다. 밥통에서 죽처럼 변한 음식은 작은창자로 갑니다. 작은창자는 '소장'이라고도 해요. 소장에서는 우리 몸에 꼭 필요한 영양분을 흡수합니다. 흡수한 영양분은 간에 저장됐다가, 몸에 필요할 때마다 간이 그 영양분을 공급해 줍니다.

우리 몸에서 필요 없는 찌꺼기를 걸러내는 곳이 콩팥입니다. 이를 '신장'이라고도 하죠. 콩팥에서 걸러낸 찌꺼기가 바로 '오줌'입니다.

작은창자에서 영양분을 충분히 흡수한 뒤에는 큰창자로 갑니다. 큰창자는 '대장'이라고 부릅니다."

대장이라는 말에 아이들은 갑자기 까르르 웃음을 터뜨렸다. 아마도 군인의 계급장이 떠올라서, '소장'과 '대장'이라는 말이 우스웠던 모양이다. 아이들은 웃어 죽겠다는 듯 한바탕 난리를 피웠다.

"큰창자에서는 우리가 필요한 물을 흡수하고, 막창자를 지나 항문으로 빠져나갑니다. 항문을 쉬운 말로 하면 '똥구멍'입니다. 이 부분이 바로 '똥'이 나오는 곳입니다. 똥을 어려운 말로는 '변'이라 해요. 그래서 너희들이 똥과 오줌을 누러 가는 곳을 '변소'라고 부르는 것이죠."

'똥구멍'이라는 말에 아이들은 또다시 깔깔대며 웃음바다가 되었다. 나이가 제법 있는 여자아이들은 무엇이 그리 부끄러운지 얼굴이 빨갛게 달아올랐다.

이때 나는 불쑥 손을 번쩍 들었다.

"선생님! 그런데 왜 미군들 똥하고 우리 똥하고 다른 이유가 뭔가요?"

나의 갑작스러운 질문에 아이들은 또 한 번 웃음바다가 되었다. 옆에 앉은 아이들은 "똥이면 같은 똥이지, 뭐가 달라, 야! 이 병신아!"하며 나를 비웃었다.

선생님은 나의 질문에, "야, 이놈아! 그런 걸 공부 시간에 물어보면 어떻게 하냐? 집에 가서 어른한테 물어봐."하며 대꾸도 없이 무안하게 돌려세웠다.

하루는 아버지가 친구들과 술을 잡수시고 집에 돌아오셨

다. 약간 취한 상태였고, 꽤 기분이 좋은 듯 보였다. 우리 집 대청마루에 철석 걸터앉더니 콧바람으로 흥얼거리며 노래를 불렀다. 나를 빙그레 바라보더니 곰방대에 가루담배를 꾹꾹 눌러 담고, 딱 성냥을 켜 담뱃불을 붙였다.

"기수야!"하고 나를 조용히 불렀다. 담뱃불을 한 모금 길게 빨더니, 물끄러미 나를 가만히 바라보았다.

"기수야! 너, '푸른 하늘 은하수' 노래 부를 줄 아냐?"하고 다정하게 물었다. 나는 잠시 멈칫하다가 대답했다.

"아, 〈반달〉 노래요. 며칠 전에 학교에서 배웠어요. 그런데 그걸 왜 물어보세요?"

아버지께서는 술만 드시면, 십팔 번지 노래가 남인수의 '이 강산 낙하 유수 흐르는 봄에……'와 채규엽의 '이 풍진 세상을 만났으니……'였다. 음치에 가까운 거칠고 칼칼한 목소리로 노래를 부르면, 주변에 듣고 있던 사람들은 귀를 막거나 슬슬 피하곤 했다.

그런데 오늘은 웬일인지, 갑자기 '푸른 하늘 은하수'에 손가락으로 장단을 맞추며 콧소리로 흥얼흥얼 노래를 부르기 시작했다.

> 푸른 하늘 은하수 하얀 쪽배에
> 계수나무 한 나무 토기 한 마리
> 돛대도 아니 달고 삿대도 없이
> 가기도 잘도 간다 서쪽 나라로

……

이 강산 낙화유수 흐르는 봄에
새파란 젊은 꿈을 엮은 맹세야
세월은 흘러가고 청춘도 가고
한 많은 인생살이 꿈같이 갔네

이 강산 흘러가는 흰 구름 속에
종달새 울어 울어 춘삼월이냐
봄버들 하늘하늘 춤을 추노니
꽃다운 이 강산에 봄맞이 가세

사랑은 낙화유수 인정은 포구
오면은 가는 것이 풍속이더냐
영춘화 야들야들 곱게 피건만
시들은 내 청춘은 언제 또 피나

……

이 풍진 세상을 만났으니
너의 희망이 무엇이냐
부귀와 영화를 누렸으면
희망이 족할까

노랫소리의 음정과 박자는 엉망이었지만, 가사는 한 글자도 틀리지 않았다. 아버지께서는 일제시대, 나라를 빼앗긴 어린 시절에 마을 아이들과 함께 어깨동무하며 노래를 부르면서 빼앗긴 나라의 설움을 달랬다고 하셨다. 조선인이라는 이유로 일본 아이들에게 멸시와 천대를 받던 기억을 떠올리면, 지금도 억울하고 분한 마음이 불끈불끈 가슴속에서 치밀어 오른다고 하셨다.

간혹 암울했던 일제시대의 기억을 되새기며 〈낙화유수〉와 〈희망가〉를 부를 때면, 아버지는 지그시 눈을 감고 콧소리로 조용히 흥얼거리곤 하셨다.

나는 어릴 적부터 아버지 곁에 가까이 다가가지 못했다. 그저 무섭기만 한 존재였다. 그 옆에 서기만 해도 주눅이 들어, 입을 크게 벌려 말을 해 본 적이 거의 없었다. 혓바닥은 얼어붙고, 입술은 덜덜 떨려 말을 더듬었다.

그럴 때마다 아버지는 어김없이 말을 더듬는다며 호통을 치고는 머리통을 후려쳤다. 아버지가 그렇게 할수록 나는 점점 더 말을 더듬는 횟수가 많아졌다. 그 후로부터 나는 사람들 앞에 나서기를 꺼렸다. 사람들 앞에서 말하는 용기가 나지 않았다. 친구들이 많이 모인 곳에서도 잘못 말하면 망신을 당할까 봐 말을 잘 하지 않았다. 모기만 한 소리로 목구멍 저 밑에서 나오는, 끊어질 듯한 말소리에 나 자신을 무척이나 미워했다.

여름철 모내기가 한창일 때가 되면 농사일을 도와드리라고, 학교에서는 '모내기 일손 돕기 방학'을 했다. 아이들이 모내기 방학을 기다리는 것은 단지 학교에서 지긋지긋한 공부를 하지 않기 때문이다. 답답한 교실에 갇혀서 공부하는 것보다, 밖에서 마음대로 친구들과 어울려 놀 수 있어서 기다리는 아이들이 많았다.

꾀가 많고 놀러 다니기 좋아하는 아이들에게는 아주 좋은 기회였다. 그동안 하고 싶어도 못 했던 바닷고기 잡으러 개펄에 가서 살다시피 했다. 집에서 모내기를 돕는 아이들은 그저 착하고 순진해서 부모님 말씀에 거역하지 못하는 아이들이다.

모내기를 시작하는 날, 나는 아침부터 열심히 아버지와 일꾼들을 따라다니면서 일손을 도왔다. 일손이 끝나고 일꾼들이 저녁 밥을 먹을 때는 으레 막걸리 잔이 오가면서 허허실실(虛虛失實)대며 하루의 고단함을 잊으려 했다. 일꾼들은 막걸리 잔에 취해 진한 농담 섞인 이야기를 주고받고 했지만, 나는 짐짓 슬며시 전혀 모르는 척했다.

그때, 느닷없이 아랫동네 점박이 박씨가 큰 소리로 내 이야기를 했다. 얼굴 한쪽에 검은 점이 있어서 그를 점박이 박씨라고 하면 마을에서 누구나 다 알고 있었다.

"기수 아버지! 기수 녀석 참 기특하네요. 요새 학교에서 그…… 무언가, 응…… 그러니까…… 모내기 방학인가 일손 돕기인가 무언가를 한 모양인데, 우리 아이놈은 도대체 집에 붙어 있지 않아요. 개펄에 가서 낚시질인가 뭔가 하느라고 집에 붙어 있는 꼴을 못 보겠어요. 그런데 저 기수 녀석은 하루 종일 아버지 따라다니면서 일을 도와주니 정말 기특한 녀석이에요."

점박이 박씨는 큰 대접으로 막걸리 잔을 단숨에 들이마시며 걸걸한 목소리로 떠들어 댔다. 그러자 옆에 있던 일꾼들도, "암! 그렇고말고. 저 녀석 정말 제법이야. 어린 녀석이 아주 착하고 기특한 녀석이야."하며 맞장구를 쳤.

이 소리를 듣고 있던 아버지는 "뭘! 그 잘난 걸 가지고들 그래!"하면서 빙그레 웃었다.

"에이! 그거 쓸데없는 소리들 말고 한 잔씩 더 하자고. 쭉…… 들이키고 나서 잠을 푹 자면 고단한 게 싹 가시니까. 그래야 내일 또 일하지……."

떠들썩하던 술자리가 끝난 다음에, 나는 엄격하고 호랑이 같은 아버지에게 말하기 좋은 기회라고 생각했다. 내가 이제까지 궁금해하던 미군의 '똥' 이야기를 꺼냈다.

"우리나라 사람하고 미국 사람하고 똥이 왜 다른가요? 그리고 왜 미군들 똥이 더 좋은지 저는 정말 모르겠어요."

아버지는 갑작스러운 질문에 당황하셨는지 잠시 생각에 잠기셨다.

"응, 그건 말이다. 미국 사람들은 고기와 우유, 그리고 빵을 많이 먹기 때문이지. 미국은 우리나라보다 훨씬 잘사는 나라야. 그래서 고기와 우유와 빵을 많이 먹거든. 우리보다 몸집도 훨씬 더 커서 우리와는 체격이 비교도 안 되지. 그런데 우리나라 사람들은 꽁보리밥에 산나물이나 뜯어서 죽을 쒀 먹으며 겨우 목숨만 연명하니, 미국 사람들하고는 비교가 되지 않아. 우리나라 사람들 중에는 제대로 먹지 못하는 사람들이 많단다.

미국 사람들은 잘 먹기 때문에, 뒤로 나오는 똥도 아주 질이 좋거든. 그래서 밭에 거름으로 쓰면 아주 훌륭하지. 채소도 잘 자라고, 땅도 좋아지고……. 일본 놈들이 물러가고 해방이 된 후에 우리가 더 못살게 된 것은, 전쟁하느라고 더 못살게 되었지. 그놈의 전쟁 말이다. 김일성, 이 더럽고 죽일 놈. 그놈 때문에 아주 못살게 되었단 말이다!"

나는 미국이 부자 나라여서 잘 입고 잘 먹는 나라인 것을 그때서야 알게 되었다.

26

 우리 마을에서 이십여 리쯤 떨어진 곳에 미군 부대가 있어서 미군들을 자주 볼 수 있었다. 토요일 오후나 일요일에는 미군들이 엽총을 들고 다니며 꿩 사냥을 하거나, 심심풀이로 '양색시'들을 데리고 와서 놀다 가는 모습을 종종 보았다.
 '양색시'는 우리나라 젊은 여자들이 미군에게 붙어서 먹고 사는 여자들을 말한다. 어떤 사람은 이들을 높여서 '양공주'라고 부르기도 했지만, 한편으로는 '양키 달라', '양갈보'라 하며 나이 든 어른들은 이들을 몹시 천대했다. 이 여인들이 미군에게 붙어 몸을 팔며 살아가는 창녀와 같은 여자들이라는 사실을 나는 나이가 조금 든 후에야 알게 되었다.
 어쨌든 우리들은 배고픔을 달래기 위해 미군들이 먹다 남긴 쇼빵(식빵), 껌, 미깡(오렌지 주스)을 얻어먹으려고 열심히 그들 뒤를 따라다녔다. 그때 배운 엉터리 영어가 '헬로 껌 프리 센트', '프리 센트 찹찹', '아이 러브 유', '선 오버 비치', '오브 더 꿩 메니메니 닥상', '헤이 유 아 라깟 댐', '키스 미', '웰컴', '겟 아웃', '아이 엠 쏘리', '렛츠 고' 따위였다.

무슨 뜻인지도 모르고, 그저 미군들에게 조금이라도 관심을 더 끌어보려 애쓰며, 평소 들은 풍월로 제멋대로 엉터리 영어를 내뱉었다. 엽총 알맹이 껍질을 몇 개 줍거나, 먹다 남은 빵 조각이나 껌이라도 얻어먹은 날은 그야말로 재수가 좋은 날이었다. 나는 그때부터 우리나라는 왜 못사는 나라인지, 미국은 왜 부자 나라인지, 무척 궁금했다.

학교에서 간혹 우윳가루 배급을 주는 날이 있었다.
어느 날, 흑인 미군이 흙먼지를 일으키며 트럭을 몰고 요란한 소리를 내며 학교 운동장으로 들어왔다. 우리들은 미군 트럭이 학교에 온 것이 무척 신기하여 호기심 어린 눈으로 바라보았다. 지금껏 자동차를 이렇게 가까이에서 본 것도 처음이었다. 아이들은 미군 주변으로 몰려들기 시작했다.

트럭을 가까이에서 본 것도 처음이었지만, 그보다도 더 신기하고 호기심이 발동한 것은 검둥이를 처음 본 것이었다. 수업 시작종이 울린 것도 모르고 아이들은 검둥이를 신기한 눈초리로 바라보았다. 여자아이들은 검둥이가 흰 이빨을 드러내며 웃는 모습이 징그럽고 무섭다고 모두 피했다. 어떤 여자아이는 무슨 무서운 짐승이라도 만난 듯, "어머나!"하고 외마디 소리를 지르며 달아나기도 했다.

 잠시 후, 트럭에서 미군 군복을 입은 우리나라 사람이 차에서 내렸다. 트럭이 운동장에 들어온 것을 보고 선생님들도 우르르 몰려나왔다. 선생님들은 덩치가 크고 힘을 쓸만한 아이들을 골라 드럼통을 옮기게 했다. 트럭 안에는 드럼통이 여러 개 실려 있었다. 그것들을 교실 복도에 죽 늘어놓았다.

 "내일은 여러분들에게 좋은 선물을 주는 날이에요. 빠짐없이 자루나 보자기 하나씩 꼭 가져와야 합니다. 주의할 것은, 자루나 보자기가 구멍이 나거나 터졌으면 반드시 꿰매서 가지고 오세요. 터진 자루나 보자기를 가져오면 우윳가루가 모두 밖으로 새 나가요."

 담임 선생님은 구멍 난 자루나 보자기를 가져오지 말라고 신신당부했다.

 다음 날은 아침부터 학교 분위기가 설렁설렁했다. 오늘은 운동장에서 조회가 있다고 했다. 모두 운동장으로 모이라는 '땡땡땡' 요란한 종소리가 울렸다.

 운동장에서 조회가 시작되었다. 운동장 구석구석에서 옹기종기 모여 놀던 아이들은 조회를 알리는 종소리를 듣고 모여들었다. 운동장 앞 중앙에 있는 구령대에 오른 교장 선생님은 잠시 우리를 두루두루 둘러보더니 이내 쩌렁쩌렁한 큰 목소리로 훈시를 시작했다.

 "어린이 여러분! 담임 선생님께서 어제 말씀하셨겠지만,

오늘은 우윳가루 배급을 받는 날입니다. 이 우윳가루는 우리나라 어린이들이 너무나 못 먹고 굶주리고 있는 것을 불쌍하게 여겨, 미국 정부에서 여러분들을 위하여 보내온 것입니다. 여러분들, 우리는 미국 국민에게 고맙게 생각하고 이 은혜를 잊지 말아야 합니다.

6·25 사변의 전란으로 우리나라는 모두 파괴되고 잿더미가 되었습니다. 앞으로 우리나라도 미국처럼 잘사는 나라, 강한 나라가 되어야 합니다. 하루빨리 저 북한 땅에 있는 김일성 공산당들을 몰아내고 통일을 이루어야 합니다.

우리 이승만 대통령께서는 '북진통일'하는 것만이 살길이라고 하셨습니다. 그러나 우리는 지금 너무 힘에 부쳐 혼자서는 이 일을 해낼 수 없습니다. 대통령께서는 '뭉쳐지면 살고 흩어지면 죽는다'라고 하셨습니다. 우리는 한마음 한뜻으로 하나가 되어 힘을 길러야 합니다. 그래야만 북한 공산당을 무찌르고 자유와 평화를 누리며 살 수 있습니다.

우리가 공산당을 이 땅에서 몰아내고 통일을 이루려면, 여러분들은 열심히 공부하고 배워야 합니다. 아는 것이 힘입니다. 배워야 삽니다. 힘센 나라, 부강한 나라를 만들어 하루속히 북한 공산당을 이 땅 위에서 몰아내야 합니다.

우리나라는 지난날 일본에게 나라를 빼앗겨 36년 동안 일본 놈들에게 압제를 받아왔습니다. 나라를 빼앗긴 것은 우리나라가 힘이 없어서였습니다. 게으르고 배우지 않고 세상에 눈이 어두운 어리석은 나라는 멸망합니다.

부지런히 배우고 익혀서 나라의 보배가 되기를 바랍니다. 우윳가루를 받아먹는 것만 좋아하면 절대로 안 됩니다. 배고픔은 잠시 견딜 수 있습니다. 그러나 남에게 멸시와 수모로 천덕꾸러기가 되는 것은 참고 견딜 수 없는 부끄러움입니다. 우윳가루 배급이나 받아먹는 나라가 되어서는 절대로 안 됩니다. 우리는 누구를 도와줄지언정, 도움을 받지 않아도 살 수 있어야 합니다. 우리 다 같이 남을 도와주는 사람이 됩시다. 어린이 여러분들은 가정과 사회와 나라에서 꼭 필요한 사람이 되기를 바랍니다."

이때 산 너머로 세 대의 쌕새기(전투기)가 시끄러운 굉음을 내며 하늘을 가르고 북쪽으로 날아가고 있었다.

교실로 들어온 선생님은 덩치가 큰 아이들을 데리고 가더니 드럼통 한 통을 가지고 들어왔다. 생각보다 꽤 무거운 듯했다. 아이들과 선생님은 끙끙대며 교실 앞쪽에 세워 놓았다. 뚜껑을 열자, 그 안에 가득 채워진 우윳가루가 뽀얀 먼지를 뿜어냈다. 약간 노르스름하고 흰색 가루에서 이제까지 맛보지 못한 특유한 냄새가 퍼지자, 아이들은 '우와!'하고 큰 목소리로 환호성을 질렀다.

번호 순서대로 보자기에 우윳가루 배급을 주었다. 보자기가 없는 아이는 찌그러진 양은그릇이나 깡통을 가지고 온 아이도 있었다. 우유의 정체가 무엇인지 알 수 없었던 우리들은 받자마자 한 움큼씩 집어 정체불명의 그것을 먹기 시작했다.

교실은 한바탕 우윳가루로 소동이 일어났다. 낄낄대고 시시덕거리며, 아이들은 뽀얗게 뒤집어쓴 얼굴과 머리와 입천장, 입가에 침과 함께 들러붙은 우윳가루를 핥아먹었다. 선생님의 주의도 아랑곳하지 않고 배고픔을 그것으로 채웠다.

어깨에는 책보자기를 둘러메고 한 손으로는 우윳가루를 든 보따리를 들고 집에 오자마자 어머니께 보여 드렸다. 나와 우리 형이 가지고 온 우윳가루를 보고는, 저녁에 이것을 쪄서 먹어야겠다고 하며 우윳가루를 물로 반죽했다. 밀가루처럼 반죽이 쉽게 되지 않는 것을 보고, 어머니는 질이 나쁜 우윳가루라고 하셨다.

어머니는 손으로 그것을 동글동글하게 빚은 다음, 솥에 물을 붓고 솔가지를 깔았다. 그 위에 베 보자기를 덮고 동글게 빚은 우유 덩어리를 조심스럽게 올려놓았다. 얼마 동안 보릿짚으로 아궁이에 불을 지폈다. 잠시 후, 가마솥에서 김이 모락모락 나기 시작했다. 우리 형제들은 침을 꿀꺽 삼키며 처음 본 우윳가루에 넋이 나가 있었다.

어머니는 김이 거의 다 사라진 것을 보고 솥뚜껑을 열었다. 우리 형제는 익은 우유 냄새에 "와!"하고 탄성을 질렀다. 솥에서 모락모락 익은 우윳가루 덩어리는 약간 찝찔하고 텁텁한 맛이었지만, 이제까지 맛보지 못한 이상야릇한 맛이었다. 맛은 중요하지 않았다. 그저 먹을 수만 있다면 무엇이든지 먹고 배만 부르면 그만이었다.

그다음 날부터 아이들은 학교에 오는 길에 너나 할 것 없이 딱딱하게 굳은 우유 덩어리를 입에 물고 오는 아이들이 많아졌다. 우리 할아버지께서는 미국 놈들은 이렇게 맛없는 것을 왜 먹는지 모르겠다며, 양코배기들은 상종하기 어려운 놈들이라고 하셨다.

우윳가루 배급을 받은 지 며칠 후였다.
담임 선생님은 미국 사람들이 굶주린 우리를 도와주고 있다고 했다. 이 모든 것이 이승만 대통령 각하께서 우리나라 국민을 너무 불쌍하게 생각하여 미국에서 원조를 얻어온 것이라고 하셨다. 나는 담임 선생님께 고마운 대통령께 편지를 써 보고 싶다고 말했다. 담임 선생님은 나를 물끄러미 바라보더니 자리에서 일어나라고 하셨다.
"기수는 참으로 훌륭한 생각을 하고 있어요. 이승만 대통령 각하께서는 갑자기 북한 공산당이 쳐들어와 우리나라가 무척 어려울 때에 북한 공산당을 무찌르고 나라를 다시 찾으셨어요. 참으로 훌륭하신 분이에요. 기수가 말한 것처럼 내일은 대통령께 보내는 편지를 쓰도록 하겠어요. 여러분, 내일은 편지지를 준비해 오세요. 편지지가 없으면 쓰지 않은 아무 종이를 예쁘게 잘라서 가져오세요. 그 위에다 편지를 쓰면 되니까요."

아이들 중에는 얇은 회색 마분지를 잘라서 가지고 온 아이,

양회 포대 누런 종이를 적당하게 가위로 네모지게 싹둑 잘라서 가져온 아이도 있는가 하면, 어떤 아이는 종이가 없어서 연필만 가지고 온 아이도 있었다.

나는 사랑방 벽장 문을 살며시 열고 들어가 아버지가 사다 놓으신 편지지 중에 두 장을 조심스럽게 뜯어 학교에 갔다. 이 편지지는 아버지께서 몹시 아끼시는 종이다. 세로로 붉은 줄이 그어져 있어 글씨 쓰기가 무척이나 힘들었다. 몽땅 연필에 침을 묻혀 가며 삐뚤빼뚤 써 내려가는 것이 무척 고역스러웠다.

첫 시간에 담임 선생님께서는 칠판 가운데에 '이승만 대통령 각하께 드리는 편지 쓰기'라고 큰 글씨로 또박또박 써 놓으셨다.

"오늘은 대통령 각하께 고맙다는 편지를 쓰는 날이에요. 각자 가지고 온 종이에 편지를 정성껏 써서 이 시간에 내도록 합니다."

담임 선생님의 말이 끝나자 우리들은 대통령께 편지를 쓰기 시작했다.

　　　　대통령 할아버지께

　　대통령 할아버지, 그동안 안녕하셨어요?
　　저는 매실 국민학교 4학년 어린이 김기수입니다.

대통령 할아버지, 나라 살림을 하시느라고 어려움이 많으시죠? 지난번에는 그 못된 북한 공산당이 우리나라를 쳐들어왔을 때 고생을 많이 하셨지요. 대통령 할아버지, 우리나라를 지켜 주셔서 참으로 고맙습니다. 저 못된 공산당들을 모조리 없애 주세요. 하루빨리 북진통일을 이루어 주세요.

지난번에는 학교에서 우윳가루 배급을 받았어요. 선생님께서는 대통령 각하와 미국 사람들에게 고맙다는 인사를 해야 한다고 하셔서 이 편지를 쓰고 있어요. 그런데 대통령 할아버지, 왜 우리는 미국보다 못살게 되었나요? 우윳가루를 얻어먹는 건 좀 부끄러워요. 그리고 작년에는 집집마다 구호물자를 얻어먹었어요. 맛이 참 좋았어요. 우리는 언제 이런 맛있는 것들을 우리 힘으로 먹을 수 있나요? 우리나라도 잘사는 나라가 되었으면 좋겠어요.

하루빨리 북진통일해서 잘사는 나라를 만들어주세요. 대통령 할아버지, 그날까지 건강하게 오래오래 사세요.

단기 4286년 ○월 ○일
매실 국민학교 4학년 김기수 올림

편지를 다 쓴 다음, 정성껏 누런 편지봉투에 조심스럽게 접어 넣고, 봉투 앞면에는 '매실 국민학교 4학년 김기수 올림' 하고 또박또박 썼다. 그리고 봉투 뒷면에는 '이승만 대통령

각하 할아버지께'라고 적었다.

이튿날, 선생님께서는 몇 통의 편지를 들고 오시더니 제일 먼저 내 편지를 아이들 앞에서 읽었다. 대통령께 드리는 편지에 자신이 하고 싶은 말을 요약하여 잘 썼다고 칭찬했다. 내가 쓴 편지를 대통령께서 보시고 답장을 보낼 거라며, 담임 선생님은 아이들 앞에서 내 머리를 쓰다듬으며 칭찬했다.

이후로 나는 우리나라 대통령이 잘사는 나라를 만들고, 못된 공산당을 무찔러 평화로운 나라를 만들게 할 것이라고 입버릇처럼 아이들 앞에서 자주 떠벌렸다. 그리고 학교 벽이나 운동장에 '이승만 대통령 만세'라고 낙서를 하기도 했다. 그럴 때마다 아이들은 나를 이상한 아이라고 생각했는지, 내 주변에서 슬슬 피하는 아이들도 있었다.

27

따뜻한 봄날 저녁때가 되면, 나는 쑥개떡을 먹으며 심심풀이로 이장 댁 바깥마당에서 마을 아이들과 놀 때가 많았다. 아이들은 그 마당에서 술래잡기나 깡통 차기, 땅뺏기, 비석치기, 자치기, 제기차기를 하며 재미있게 놀았다.

술래잡기를 할 때면, 술래가 된 아이는 눈을 감고 얼굴을 기둥에 묻은 채 하나부터 열까지 세야 한다. 하나부터 열까지 셀 때마다 우리는 술래가 있는 기둥까지 살금살금 한 발짝씩 가까이 가서 기둥에 손을 대고 "야도!"하고 크게 소리를 지른다. 술래가 눈을 감고 열까지 세는 동안 한 발짝도 움직이지 못했거나, 열까지 수가 끝날 무렵 혹은 다 센 다음에 발을 움직이다 술래에게 들키면 술래가 바뀌게 된다.

이때 아이들은 숫자를 세는 게 번거롭다며 "무궁화꽃이 피었습니다"를 하자고 서로 약속했다. 나는 그보다 "이승만 대통령 각하 만세"라고 하는 것이 더 좋겠다며 아이들을 설득했다. 이후부터 아이들은 나만 보면 "각하 만세"라며 놀렸다. 별명을 들을 때마다 나는 그저 빙그레 웃으며 좋아하는 표정을 지었다.

아버지는 종종 술에 취하시거나 마을 사람들이 품앗이하러 들에 나가 일을 할 때마다 이승만 대통령을 높이 칭찬했다.

"지금 자유당이 나라 정치를 잘하고 있어요. 그리고 이승만 대통령은 우리나라에 둘도 없는 영웅이에요. 지난번 난리 때 이승만 대통령 없었으면, 지금 아마 빨갱이 세상이 되었을 거야. 이런 걸 사람들이 잘 모르고 있어서, 참 답답해 죽겠어. 민주당이 정치를 하면 더 잘할 수 있을 것 같아? 어림없는 소리지. 신익희, 제가 제아무리 잘났다고 날뛰고 있지만, 이 대통령 따라가려면 어림 반 푼어치도 안 돼, 안 돼……."

마치 신들린 사람처럼 입에 거품을 물고 봉지에 담긴 가루 담배를 연거푸 피워가며, 사람들 앞에서 시간 가는 줄 모르고 목에 핏줄을 세워가며 이승만 대통령을 찬양했다.

저녁에 식구끼리 밥상에 둘러앉아 밥을 먹을 시간이 되면, 아버지는 숟가락을 들자마자 헛기침을 한 후에 한바탕 일장연설을 늘어놓았다. 어머니와 간혹 다툴 때도 있었다.

"민주당 놈들, 제 놈들이 무얼 안다고 그래. 저놈들이 정치를 하면 우리나라는 하루아침에 김일성한테 다 빼앗기게 될

걸. 음…… 안 되지, 절대로 안 되지."

아버지는 마음속으로 이승만 대통령을 우상처럼 섬겼고, 그것은 정말 병적인 수준이었다. 아버지가 하는 모든 행동은, 나도 모르게 조금씩 닮아가고 있었다.

어느 추운 겨울날, 청솔가지로 사랑방 군불을 지피고 있을 때였다. 문밖에서 시끌시끌 어른들이 다투는 소리가 나서, 나는 대문 틈 사이로 내다보았다. 아랫마을 술주정꾼으로 소문난 황 서방이라는 사람과 아버지가 다투고 있었다. 그는 아버지와 친분이 깊었고, 평소에는 아버지를 친형처럼 따르던 사이였다.

그날은 무슨 일 때문인지 서로 얼굴을 붉히며 악다구니로 소리를 지르며 싸우고 있었다.

"야, 이놈아! 우리가 지금 이렇게나마 먹고사는 게 누구 덕인지 알아? 이 대통령 덕분이야, 이놈아! 빨갱이 세상이 됐으면 우리가 이렇게라도 살 수 있을 줄 아냐? 입은 비뚤어져도 말은 바르게 하라고 했어. 신익희가 하면 더 잘할 것 같아? 정신 차려, 이 미친놈아!"

"아니, 형님, 내가 왜 미친놈입니까? 나, 정신 말짱해요. 그러나저러나 이승만 대통령, 이제 그만하셔야 돼요. 그리고 지금 무슨 정치를 잘하고 있다는 겁니까? 매일 같이 미국 놈들한테 빌붙어 먹고살기 바쁜 신세인데, 무슨 정치를 잘한다는 거예요? 우리가 그럼, 매일 미국 놈들 먹다 버린 꿀꿀이죽만 먹고 살아야 하나요? 형님, 생각해 보세요. 지금 보리밥도 배불리 못 먹고 있잖아요. 왜정시대보다 더 나은 게 뭐가 있어요?

일제시대 때 형님은 일본 놈들 밑에서 죽으면 죽는시늉까지 해가며 공무원 하셨잖아요. 형님은 철저한 일본 놈들 앞잡이였어요. 부끄럽게 생각하세요!"

황 서방이 작심한 듯 핏대를 올리며 몹시 흥분한 말투로 소리소리 질러댔다. 아버지는 이에 질세라 그의 멱살을 잡아끌며 금방이라도 주먹으로 한 대 후려칠 듯했다. 이 광경을 보고 있던 마을 사람들이 뜯어말리느라 야단법석을 떨었다.

황 서방과 심하게 다툰 뒤로 아버지는 말수가 조금씩 줄어들었다. 처음에는 그와 심하게 다투어 불쾌한 기분이 풀리지 않아, 다른 사람과 말하기 싫어서 그런가 보다 하고 지레짐작하고 있었다.

달포쯤 지난 다음, 아버지는 거나하게 술에 취한 상태로 집에 들어오셨다. 마루에 걸터앉자마자 형과 나를 조용히 불렀다. 그날따라 조금 처진 나지막한 목소리였다.

"지난번에 저 아래 황 서방과 다툰 거, 너희들도 알고 있겠지만, 그 사람이 말한 것 중에 내가 양심의 가책이 드는 게 있구나. 이 아비가 솔직히 말하면, 일제강점기에 일본 놈들 밑에서 그럭저럭 밥은 굶지 않고 살았다. 땟거리가 없어 남들은 굶기를 밥 먹듯 했지만, 나는 그런대로 남보다 공부를 조금 더 한 덕분에 일본 놈들 밑에서 얼마 동안 공무원 생활을 했다. 월급을 많이 주는 편은 아니었지만, 시골서 농사짓는 사람들보다 살기는 훨씬 나은 편이었지.”

여기까지 말한 다음, 얼마 동안 침묵이 흘렀다. 먼 산을 바라보면서 '후…… 휘……' 담배 연기를 길게 내뿜으며 한숨 섞인 소리를 내었다. 계속해서 한동안 침묵이 흘렀다.

아버지는 대청마루에 붙어 있는 다락에 올라가서 다 낡고 빛바랜 가방을 들고나왔다. 이 가방은 일제강점기에 공무원 생활을 하면서 들고 다니던 가방이라고 했다. 그 가방 안에는 일본 글씨로 쓴 서류가 가득 들어 있었다. 저 따위 잡동사니를 왜 버리지 않고 소중하게 간직하고 있는지, 나는 도무지 알 수 없었다.

아버지는 어두운 표정을 지으면서 무엇인가 말을 하려다가 머뭇거리며, 얼른 말문을 열지 못했다.

"이 가방에는 누구에게 말 못 할 부끄러운 사연이 들어 있다. 너희들은 이런 것이 있다는 것만 알고, 누구에게도 말을 해서는 절대로 안 된다. 한 가지 알아 두어야 할 것은, 이 아비가 일본 놈들 밑에서 그놈들을 도우며 무조건 복종하면서 살았다는 사실이다. 지금도 마을 사람들 보기에 너무 부끄럽고 양심에 찔려서, 사람들 앞에 떳떳하게 나서지 못할 때가 많단다. 이렇게 한 번 길을 삐끗하고 잘못 들면, 평생 후회하고 괴로운 마음을 안고 살아가게 된다. 이 가방 속에 있는 서류를 없애려고 해도 내 마음이 죄스럽고 꺼림칙해서 버리지 못하고 있단다."

　말을 마친 후에 아버지는 잠깐 밭두렁 옆, 미루나무 가지에 오래 묶은 헌 까치집을 바라보았다. 그리고 댓돌 위에다 곰방대를 탁탁 두드려 재를 털었다.

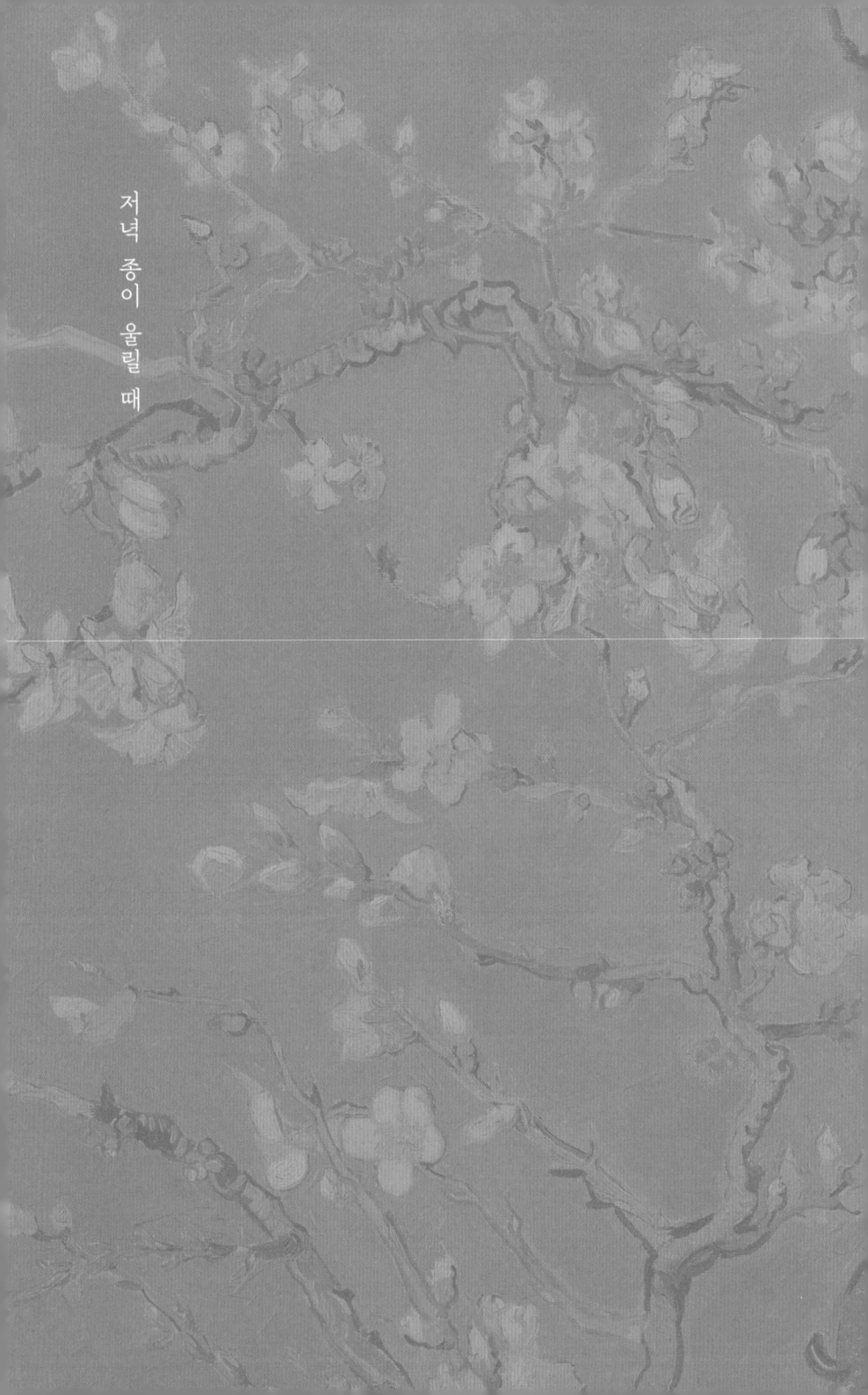

저녁 종이 울릴 때

3부

만종
晩鐘

저녁 종이 울릴 때

1

내가 5학년 때, 무더위가 기승을 부리던 8월 초쯤 어느 날, 아버지는 그날따라 나들이옷으로 갈아입고 중절모를 썼다. 그리고 나와 함께 독 짓는 가마터에 가자고 했다. 어른들은 이곳을 '독쟁이'라고 불렀다. 이 가마터는 집집마다 꼭 필요한 장독, 김칫독, 쌀독, 된장이나 고추장 항아리, 떡시루 등 옹기를 굽는 곳이다.

나는 얼떨결에 며칠 전 할아버지께서 만들어주신 게다(나막신)를 신고 아버지 뒤를 졸졸 따라갔다. 8월 초, 여름 햇볕은 여기저기서 논 김매는 농부들의 등허리를 따갑게 내리쬐고 있었다. 신작로에서는 바람이 스쳐 지나갈 때마다 희뿌연 흙먼지가 일었다. 하루에 예닐곱 번 정도 신작로를 달리는 군용 트럭은 희뿌연 흙먼지를 마구 날리며 지나간다.

군용차가 지나갈 때면 신작로 근처 논이나 밭에서 일하는 농부들에게는 심심풀이 거리가 되었다. 트럭이 지나갈 때면 잠시 허리를 펴고, 트럭이 멀리 고갯마루를 넘어가는 광경을 멍하니 바라보았다. 트럭이 희뿌옇게 흙먼지를 날리며 꼬불꼬불 좁은 산길 따라 힘겹게 산등성이를 올라가는 모습은, 무척 신기한 듯이 일손을 멈추고 바라보곤 했다.

산 언덕배기에 올라가니 커다란 당산나무가 괴물처럼 우뚝 서 있었다. 당산나무 주변에는 굵은 새끼줄이 처져 있었고, 새끼줄 매듭에는 붉은색, 흰색 헝겊들이 찢어지고 조각이 난 채 주렁주렁 매달려 있었다. 그 주변에는 작은 돌들이 수북이 쌓여 있는 모양이 마치 죽은 사람의 무덤처럼 보였다. 약간 으스스하여 나는 아버지 옆에 바싹 붙어서 그 옆을 지나가려는 순간, 아버지는 소나무 옆에서 주먹만 한 돌멩이 두 개를 주워 왔다. 그런 다음 서낭당 안쪽으로 힘껏 던지면서 뭐라고 혼자 주문을 외우는 것이 아닌가.

산등성이 아래를 내려다보니 세상이 온통 초록색 물감으로 물들어 있었다. 나는 개울 한복판에 늘어진 빨랫줄처럼 길게 놓여 있는 징검다리를 성큼성큼 건너가는 아버지 뒤를 따라갔다. 멀리 들판에는 시절을 만난 수양버들이 단정하게 머리를 빗고 가지런히 늘어져 있었다.

아버지는 잠시 쉬어 가자고 하며 개울가 바위 위에 털썩 앉았다. 개울물은 조약돌과 작은 바위틈 사이로 요리조리 비껴

가며 졸졸 흐르고 있었다. 개울물 속에는 붕어와 송사리들이 한가롭게 노닐고 있었다. 돌 틈바귀에는 가재들이 고개를 비쭉 내밀고, 손으로 물장난하는 나를 바라보고 있었다.

아버지는 곰방대에 담뱃가루를 비벼 쑤셔 넣었다. 그리고 허리춤에서 성냥을 꺼내 성냥 대가리를 성냥황에 대고 힘 있게 그은 다음 곰방대에 불을 붙였다. 입 주변의 볼이 깊게 패이고, 목덜미에 주름이 길게 잡히도록 담배를 쭉쭉 빨아들였다. 개울가 산등성이 위에서 뻐꾹새 소리가 '뻐꾹뻐꾹'하며 시원한 바람을 타고 들려왔다. 아버지는 곰방대를 너럭바위 모서리에 탁탁 털고 나서, 목에다 힘을 주어 가래침을 퇴하고 내뱉었다. 두 손바닥을 쫙 펴고 흐르는 개울물을 한 움큼 퍼 올려 입가에 대고 물을 마셨다.

"아이고 시원하다!"하고 물을 마셨다. 이때 헬리콥터 한 대가 우리 주위를 맴돌다 굉음을 내며 멀리 산 너머로 날아가고 있었다.

개울가를 지나 가파른 산에 오른 아버지는 무명 조끼 주머니에서 곰방대를 뽑았다. 곰방대를 내밀며 "저기가 옹기 굽는 가마터다."하고 가르쳐 주었다. 나는 아무 말 없이 아버지가 가르쳐 주는 가마터를 멍하니 바라보았다.

무슨 영문인지도 모르고 따라나선 나에게, 아버지는 옹기 굽는 마을에 왜 가는지 일언반구 그 까닭을 말하지 않았다. 거의 십오 리 길을 걸어서 옹기 굽는 곳에 들어섰다.

옹기 굽는 가마터에 들어서자, 여기저기서 일하던 일꾼들이 모두 일어나 아버지한테 넙죽 인사를 했다. 옹기장이 주인아저씨는 일손을 멈추고 황급히 뛰어나왔다. 우리는 이곳 주인아저씨가 안내하는 대로 따라갔다. 아버지는 나를 가깝게 오라고 하더니, 옹기 만드는 과정을 잘 살펴보라고 했다.

나이가 꽤 들어 보이는 어른이 고쟁이를 무릎 위까지 걷어 올리고, 질벅거리는 흙을 오른발 왼발 엇갈려 가며 벌쭉벌쭉 밟고 있었다. 이것은 흙에 들어 있는 불순물을 없애고 공기를 빼는 작업이라고 했다.

흙을 다진 후에는 마치 칼국수를 만들기 위해 밀가루를 방망이로 넓게 펴듯, 둥글게 펴는 작업을 하고 있었다. 다른 한쪽에서는 잘 다져진 흙덩이를 떡가래처럼 길게 늘어뜨리는 작업을 하고 있었는데, 굵기는 약 4cm 정도로 빚고, 길이는 약 1m 정도로 만들고 있었다.

가마터 옆으로 돌아갔더니, 나이가 지긋해 보이는 아저씨가 앉아 물레를 회전시키고 있었다. 물레 위에 백토 가루를 먼저 조금씩 뿌린 후, 흙뭉치를 올려 방망이로 두들겨 적당한 두께가 되도록 했다. 물레 발판을 밟아 회전시키면서, 나무칼로 일정한 규격만큼 바깥쪽을 도려내어 옹기 바닥을 만들고 있었다. 구슬땀을 흘리며 아무 말 없이, 온 정신을 물레 돌리는 데만 집중한 채 작업하고 있었다.

주인아저씨는 우리를 조금 떨어진 곳으로 안내했다. 바닥 바깥쪽으로 적당량의 흙을 이용해 태림을 쌓아 올리고 있었다. 이 태림질로 옹기의 모양을 흙으로 쌓아 올리며, 더욱 견고하고 튼튼하게 만들기 위해 바닥과 태림이 맞닿는 부분을 가는 흙으로 꼼꼼하게 메우는 작업이 한창이었다.

조금 먼발치에서는, 길게 늘여 놓은 질재기(흙 가치)를 손으로 쌓아 올리며 그릇 벽을 만들고 있었다. 세 단 내지 네 단을 쌓아 올린 뒤, 숯불이 들어 있는 통을 옹기 안에 넣고 조금씩 말리면서, 부채와 족막으로 옹기 면을 다듬고 넓히는 작업을 하고 있었다.

이 작업은 '건개질'이라 하여, 그릇 벽의 두께를 일정하게 맞추고 표면을 고르게 만드는 과정이라고 주인아저씨가 자세히 설명해 주었다. 옹기 하나를 만들기 위해 이렇게 많은 공이 들여져야 한다는 사실에 나는 크게 놀랐다.

윗부분까지 쌓아 올린 후, 손으로 옹기의 주둥이 부분을 빚어 올리고, 물가죽으로 곱게 정리했다. 옹기의 전체 모양을 부채질과 건개질로 균형 있게 다듬은 다음, 그릇의 배 부분이나 어깨 부분 등에 아름다운 선이나 각종 도장으로 예쁜 무늬를 새기고 있었다.

그릇 표면에 장식을 마치면, 물레를 빠르게 돌리며 그릇 밑을 곱게 깎아냈다. 작은 그릇들은 사람 혼자 들체를 이용해 물레 밖으로 옮기고, 큰 것은 들보를 사용해 두 사람이 함께 들어냈다. 온몸에 비 오듯 흐르는 땀방울을 닦아낼 새도 없이 분주한 모습이었다.

그늘진 곳에서 잘 말린 뒤, 손으로 옮길 수 있을 정도로 건

조된 그릇은 잿물(유약) 탕에 넣어 잿물을 입혔다. 잿물이 어느 정도 흘러내린 다음에는 난초, 목단, 꽃, 나비, 새, 산수화, 물고기 등을 그려 넣었다. 그렇게 그늘 속에서 완전히 건조시킨 뒤, 가마 안에 조심스럽게 쌓는 작업이 이어졌다.

 가마 속에는 장작불을 때워 높은 온도로 10시간 이상 굽는 마지막 작업이 기다리고 있었다. 주인아저씨는 항아리 하나를 만드는 데에 이렇게 여러 번 손길을 거쳐야 완성된다고 했다. 작은 키에 깡마른 체구였지만, 어딘지 모르게 단단한 대추나무 방망이처럼 보였다. 목소리는 쩌렁쩌렁했고, 날카로운 눈매와 다부진 모습은 볼수록 내 마음을 긴장시키는 무엇이 있었다.
 "너, 지금 몇 학년인가?"
 "저, 5학년이에요."
 "음…… 그놈 아주 참하게 생겼군!"
 "그래, 옹기 굽는 과정을 보고 나서 무엇을 느꼈나? 훌륭하신 아버지다. 너에게 이것을 보여 주기 위해 여기까지 오셨으니……"
 "그래, 말해봐라. 무엇을 보고 느꼈나? 느낀 대로 말해! 어려워하지 말고!"
 "…………."
 "아저씨가 물어보시는 건데, 똑바로 대답해야지!"
 "네…… 저…… 옹기 만드는 과정이 너무 복잡하고 힘들겠어요. 그리고 이 옹기그릇 만드는 걸 보고, 여기서 일하시는 아저씨들에게 고마운 마음을 갖게 됐어요. 또 세상에는 쉬운 일이 없다는 걸 알게 됐어요. 잘못 만들어지거나 조금 깨진 항아리를 버리는 것도 봤어요. 나도 무엇이든지 열심히 잘해야겠다고 생각하게 됐어요. 그리고 깨진 그릇처럼 되지 않도록 바르게 살아야겠어요."

나는 긴장된 마음을 진정시키며, 떨리는 입술로 몇 마디를 생각나는 대로 힘겹게 말했다.

"오! 이 녀석, 아주 제법이구나! 그래, 이렇게 어려운 과정을 거쳐야 좋은 그릇이 된단다. 무엇이든지 쉽게 이루어지는 일은 없어. 너도 앞으로 살아가면서 알게 될 거야. 사람이 세상을 살아가려면, 이보다 더 복잡하고 어려운 일이 많단다. 누구나 그것을 이기면서 참고 살아가는 거지."

옹기장 주인아저씨는 감나무 아래 있는 우물가로 가더니 두레박으로 물을 퍼 올렸다. 모서리에 입을 대고 벌컥벌컥, 목의 힘줄이 늘어질 정도로 물을 마셨다.

"너도 한 모금 마셔봐라. 이 우물은 우리 할아버지께서 파 놓으신 우물이란다. 이 감나무도, 그 옆에 있는 팽나무도 우리 할아버지께서 심으신 것이지. 오고 가는 사람들에게 잠시 쉬어 가라고, 그리고 목이 마른 사람들에게 갈증을 식혀 주기 위해 우물을 파고 나무도 심으셨어. 이 우물을 팔 때 무척 고생을 많이 했단다. 땅속에 유달리 바위가 많아서 징으로 깨뜨려 가면서 어렵게 파놓은 우물이지. 이 근동에서 이 물처럼 물맛이 좋은 물은 없지. 자, 너도 한 모금 먹어 봐."

옹기장 주인은 아버지와 나를 번갈아 바라보며 검은 수염을 쓰다듬다가, 두레박에 가득 담긴 물을 바가지에 철철 넘치게 부어 아버지와 내게 건넸다.

"아저씨는 이런 일을 언제부터 하시게 되었나요? 그리고 이 옹기그릇이 좋은 점을 알고 싶은데요."

"야, 요놈 봐라. 물어보는 게 제법이구나."

옹기장 주인은 짧은 수염을 잠시 매만지더니 다시 한 모금 물을 마셨다. 그리고 작은 입술을 오물오물한 후에 물을 '왝' 하고 길게 내뱉었다.

"항아리는 적당한 습도와 공기의 통풍으로 기물 자체가 숨을 쉬며, 독을 빨아들이거나 정제하는 방부제 역할을 해야 진정한 우리의 전통 옹기라 할 수 있다. 수없이 많은 작은 구멍을 통해 바깥 공기를 들이기도 하고, 안의 습기 등을 내보내기도 하지. 우리의 전통 옹기는 그 어떤 그릇보다도 토속적이고, 우리 민족의 삶의 애환과 정서가 고스란히 녹아 있는 너무나도 소중한 그릇이야.

도자기는 쉽게 말해서 흙을 이용해 높은 온도에서 구워낸 그릇 종류라고 할 수 있어. 도자기는 굽는 온도에 따라 약 1300도보다 낮은 온도에서 구운 것은 도기, 그보다 높은 온도에서 구운 것은 자기라고 해. 도기 가운데 유약을 바르지 않은 것은 토기라고 하는데, 토기는 600도에서 1000도 정도 온도에서 구운 질그릇을 말해. 이것들이 주로 실생활에 쓰이는 옹기들이지.

자기는 고온에서 구워야 하니까 높은 기술과 특별한 흙, 그러니까 백토가 필요하단다. 옹기 굽는 가마의 땔감으로는 오랜 시간 일정 온도를 유지해 주는 소나무 장작을 써야 하고, 손으로 빚은 항아리는 그늘에서 약 15일 동안 말려야 해. 이 옹기들이 30% 정도 마르면, 유약, 그러니까 잿물을 바르고 다시 그늘에서 20일 정도 더 건조해야 하지. 그런 다음, 가마에 넣고 4일간 불을 때야 완성되는 거야.

우리가 이 일을 하게 된 건 증조할아버지 때부터야. 대대로 옹기를 굽게 된 거지. 일제강점기 때 일본 놈들이 이 지역에 와서 품질 좋은 도자기를 만들어 내라고 닦달하는 바람에, 할아버지께서는 일부러 독과 항아리만 구워냈단다. 좋은 도자기는 죄다 강제로 빼앗겨 일본으로 보내졌거나, 일본 놈 고위층이나 이 지역 높은 자리에 있는 놈들에게 상납하는 도구로 이용됐어.

좋은 도자기를 만들려면 좋은 흙에다 특별한 기술과 노력이 필요할 뿐 아니라, 알맞은 온도도 중요해. 그리고 수없이 시행착오를 거쳐야 비로소 만들어지지. 도자기나 옹기그릇이 제대로 만들어지려면 토기장이의 피땀 어린 고통과 아픔이 따라야 해. 수백 번 실패의 연속이 있어야 하는 법이지. 토기장이의 뼈아픈 고통과 오랜 참음이 없으면, 좋은 토기 그릇은 나올 수 없어.

이건 우리 조상들이 물려준 귀중한 자산이야. 앞으로 길이 길이 보전해야 할 가치 높은 우리의 자산이지."

가마터 주인은 연신 짧은 턱수염을 매만지며, 친절하게 쨍쨍한 쇳소리로 나에게 자세히 설명했다.

집으로 돌아오는 길에, 숨이 턱턱 막히는 산 중턱에 올라 큰 바위에 말없이 걸터앉았다. 나도 아버지가 앉은 넓적한 바위 옆자리에 엉덩이를 대고 엉거주춤하게 앉았다. 길게 가지를 뻗은 늙은 소나무 그늘 아래, 작은 계곡 사이로 한 가닥 시원한 물줄기가 바위틈을 비집고 흘러가고 있었다. 실낱 구름이 바람에 날리며 가는 하늘을 바라보고 있었다. 저 아래 들판에서는 뜸부기가 뜸북 뜸북뜸북 하며 한가롭게 논바닥을 후비고 있었고, 산등성이에서는 꾀꼬리 한 쌍이 꾀꼴꾀꼴하며 큰 상수리나무에서 정답게 노닐고 있었다.

아버지는 일어나서 흘러내리는 허리춤의 바지 끈을 다시 붙잡아 매었다. 바위에 앉더니 나의 손을 넌지시 잡았다. 아버지의 따뜻한 손길이 온몸을 휘감아 들었다. 나는 어찌할 바를 몰라 몹시 당황했다. 아버지의 손길이 이처럼 따뜻하고 포근한 것을 처음 느껴보는 순간이었다.

"기수야, 너를 항아리 굽는 가마터에 데려간 이유를 알 수 있겠냐?"

아버지는 다정한 눈길로 나를 지그시 바라보았다.

이 무더운 날씨에, 그 먼 곳까지 가서 독과 항아리 굽는 가마터를 보여 준 까닭을 알 수 없었다. 산비탈 아래 개울가에서 고기 잡는 아이들의 목소리가 간간이 들려왔다.

"사람은 애초에 여러 곳에 흩어져 있는 흙 같은 존재다. 그 흙이 어떻게 사용되는가에 따라서, 그 흙의 쓰임새가 모두 서로 다르단다. 너는 가마터에서 여러 모양의 그릇을 본 것을 통해 무엇을 알게 되었니?"

아버지는 매우 진지하고 자상한 표정으로 나에게 물었다.

아버지의 물음에 선뜻 말이 나오지 않았다. 잠시 침묵이 흘렀다. 아버지는 침을 꿀꺽 삼키며 밀짚모자로 연신 부채질했다.

"그…… 그건, 저…… 저도 무엇인가 될 것 같아요."

나는 아버지의 물음에 얼떨떨한 목소리로 간신히 대답했다.

아버지는 나의 대답을 듣고 빙그레 웃으며, 만족스러운 표정을 지었다.

"무엇인가 될 것 같다고? 오호, 그래. 그렇게 돼야지."

"흙으로 만든 그릇들은 모양도 여러 가지고, 쓰임새도 여러 가지로 쓰이지. 그래, 만드는 과정을 보고 뭘 알게 되었니?"

아버지는 나를 바라보며, 무척 대견하다는 눈빛으로 기다리고 있었다.

"그릇 만드는 순서가 무척 복잡하고 힘들었어요."

"그렇지, 무척 힘들고 어려운 과정이 많았지."

"순서가 복잡하고 힘들었다…… 아하…… 순서가 복잡하고 힘들었다고 했는데, 다른 건 더 생각해 본 건 없니?"
 "아! 있어요. 사람도 무엇이 되려면 저렇게 힘들고 어려운 과정을 견뎌 내야 한다고 생각해요."
 "암, 그렇지. 허허허…… 아주 좋은 걸 알게 되었구나! 이왕이면 어려워도 좋은 그릇이 돼야 한다. 어디를 가나 여러모로 쓰임새가 좋은 그릇이 돼야 한다. 그리고 아까 깨어진 항아리나 잘못 구워진 항아리들을 모두 버리는 걸 보고 새로운 걸 깨달았다고 해서 이 아비는 무척 기쁘고 정말 기분이 좋았다."
 아버지는 '허허허' 호탕하게 웃으시며 나를 끌어안으셨다. 아버지의 품에 안겨 본 기억이 거의 없었던 터라, 무척 낯설게 느껴졌다.

2

 "이 애비는 살아오는 동안 온전하게 살지 못했단다. 좋은 그릇이 못 됐어. 일제시대, 우리나라가 어려운 시절에 나는 나라보다 우리 집이 어떻게 하면 좀 더 잘살 수 있을까만 생각하며 살아왔었지.

 나의 할아버지, 그러니까 너에겐 증조할아버지와 증조할머니, 할아버지와 할머니, 그리고 두 분의 작은아버지와 두 분의 고모들을 위해 내가 무엇인가 해야만 먹고 살 수 있는 형편이었어. 내가 장남으로서 가족을 위하는 일이라면 닥치는 대로 일을 해야만 했지. 농토는 그런대로 좀 가지고 있었지만, 농사를 지어선 온 식구가 먹고살기엔 턱없이 부족했고… 이렇게 어려울 때 하루는 너의 할아버지 친구분이 나에게 찾아오셔서 면사무소에 와서 일을 하라고 넌지시 귀띔하고 가셨단다.

할아버지께선 우리 집안이 그리 넉넉지는 않았지만, 장남인 나를 무슨 수를 써서라도 가르쳐야겠다는 생각으로 중학교까지 공부시키셨다. 일제시대에 중학교까지 졸업한 사람은 우리 지역에서 나를 비롯해 손꼽을 정도였단다. 아마 할아버지가 취직을 부탁한 모양이야.

나는 서슴지 않고 그분의 뜻에 따라 면사무소에 취직했지.

1940년대 초, 일제가 가장 어려울 때였다. 나는 일제에 충성을 다하고 근무를 잘해서 그런대로 인정받았단다. 그 공로로 면사무소 노무부장직을 맡았지. 부족한 군량미를 보충하느라 집집마다 다니면서 가을이면 엄청난 양의 곡식을 걷어 갔어. 그뿐 아니라, 전쟁 무기를 만든다고 집에 있는 놋그릇을 모두 거둬 갔다. 이 놋그릇은 제사를 드릴 때 쓰는 제기였다. 놋그릇이 없으면 조상님께 제사를 드릴 수가 없어, 집집마다 감추느라 난리법석이었지.

그 당시 노동력을 보충하기 위해 노동력이 될 만한 젊은이들을 징용이나 보국대로 뽑아 들였다. 그뿐 아니야. 어린 처녀들을 돈벌이가 되는 방직 공장이나 군수 공장에 취직시켜 준다고 하면서 반강제로 끌고 가는 일도 있었지.

이 애비는 단순히 먹고살기 위해 마을을 돌아다니며 놋그릇을 거두는 데 앞장섰단다. 이웃들이 나에게 욕을 하거나 말거나, 나는 그것에 상관하지 않았다. 군수 공장에서 일할 만한 젊은 여자가 부족하다고 해서, 시집 안 간 처녀에게 돈을 벌 수 있도록 취직시켜 주겠다는 사탕발림으로 어린 처녀들을 공출하는 데도 한몫 단단히 했단다. 일제 말에는 창씨개명을 하는 데도 적극적으로 앞장서서 일했지. 나는 오직 그렇게 하는 일이 내 살길이라고 생각했단다.

저 아랫마을에 김봉식이라는 사람이 있었다. 땅 한 평도 없는 그 집은 봉식이가 품을 팔지 않으면 굶어 죽을 지경이었다. 봉식이 큰딸이 열아홉 살이었는데, 아직 혼처가 없어, 그 아이에게 다가가 돈을 벌어 온 식구가 먹고살게 해 주겠다고 꾀어 군수 공장으로 보낸 일도 있었단다.

또 저 산 너머 장터 김 주사 댁에 머슴살이하는 두 내외가 있었다. 마을 사람들은 그 사람을 그냥 '홍천 강 서방'이라고 불렀다. 고향이 홍천이라서 그렇게 불렀지.

강 서방 집에 시집 안 간 스물한 살 과년한 딸이 있었는데, 워낙 가난해서 시집을 보낼 엄두조차 못 냈다. 이 아비는 강 서방 내외에게 다가가, 지금보다 편안히 먹고살 수 있는 길이 있다고 하며, 군수 공장에 취직시켜 주겠다고 했지.

처음에는 강 서방 내외가 완강하게 반대했다. 다 큰 계집애를 객지에 내보낼 수 없다고 하며 야단이 난 거야. 그러나 워낙 가난했던지라, 내가 책임질 테니 보내라고 하여 군수 공장으로 거의 강제로 보냈단다.

그런데 그것이 군수 공장 취직이 아니라는 걸 얼마 후에야 알게 되었지. 이 아비는 그걸 알게 된 날부터 밤마다 잠을 설치며 괴로움에 빠졌단다.

 그 일은 되돌릴 수 없는 흘러간 물이 되었고, 나는 마음을 다잡으려 했다. 내가 그러고 싶어서 그런 게 아니라, 내 나라가 그렇게 만들었다고. 우리나라를 다스리던 높은 벼슬아치들이 이 꼴을 만들었다고 핑계를 댔다.
 무엇이 옳은지 그른지 분별도 없이 저질러 놓은 내 잘못된 행동이 엄청난 화를 불러왔지. 일본 놈들이 물러간 뒤, 나는 마을 사람들 앞에 떳떳하게 나서지 못했다.
 한동안은 강원도 삼척, 아버지 외갓집에 숨어 살았지. 내가 잘못한 일이 겁이 나기도 했고, 마을 사람들에게 부끄럽고 민망해서 도저히 머리를 들 수 없었단다.

 얼마 후 세상이 조금 누그러졌을 때, 나는 집으로 돌아왔다. 가장 양심에 꺼리고 부끄러운 일은 마을 여자아이들을 일본 놈들의 강압에 못 이겨 군수 공장에 취직시켜 준 사건이었다. 나는 정말 군수 공장에 취직시켜 준다는 일본 놈 면장의 말을 곧이곧대로 믿었단다. 해방 후, 그 여자아이들이 대부분 일본 군인의 노리개가 되었다는 소식을 들었다.
 나는 이 어처구니없는 일에 감당할 수 없는 마음의 고통과 괴로움에 시달렸지. 집에 돌아와서도 마을 사람들 앞에 나서지 못하고, 간혹 뒷산 큰 바위에 올라 하염없이 시간을 보내는 날이 많았다.

마음을 바로잡지 못하고 방황하는 내 행동을 보고, 집에서는 어른들이 무척 걱정하고 계셨다. 너의 할아버지와 할머니는 아까운 자식 하나를 버렸다고 생각하셨는지, 무척 낙심하고 날마다 근심에 잠겨 계셨지. 집안 분위기는 온통 칙칙하고 먹구름이 감돌았지.

해방된 지 약 3년 후, 쌀쌀한 찬바람이 불어오는 초겨울, 12월 중순쯤에 면장님과 이웃 마을 서당 훈장님이 우리 집에 찾아왔다. 사전에 아무런 기별도 없이 들이닥친 두 사람을 보고 온 집안은 몹시 당황했고, 나는 겁부터 나기 시작했다.

면장님과 훈장님이 찾아온 이유는, 일본 놈들의 억압에 짓눌려 살아온 우리 마을 사람들에게 생활의 활력을 불어넣기 위해 농민야학 학교를 운영하려는 데 협조를 부탁하기 위함이었지. 여러 사람을 물색하다가, 내가 적임자라는 것이었어. 우리 지역주민들 대부분이 한글을 모르는 문맹자였거든. 이들에게 글을 가르쳐 새로운 삶의 문을 열어주자는 취지였단다.

나는 과거의 잘못을 뉘우치고 새로운 삶의 방향을 찾아야겠다는 생각으로 선뜻 함께 일하기로 했어. 구장네 사랑채를 빌려 밤이면 마을 사람들을 모아 한글을 가르쳤지. 교재도 없고 칠판이나 백묵도 없을 뿐 아니라, 한글을 제대로 가르칠 수 있는 준비도 전혀 되지 않은 상태에서 시작했었어.

칠판은 읍내 국민학교에 가서 교장 선생님께 사정해, 사용하다가 버리다시피 한 헌 칠판을 겨우 구해왔고, 교재는 학교에서 쓰던 가리방(철판)을 빌려 원지(原紙)에 한 글자씩 긁어 등사기로 밀어 만들었단다. 종이와 연필도 없는 시절이라, 해방 후 읍내 미군 부대를 찾아가 폐휴지를 뒤져 쓸만한 종이를 주워다 공책을 엮었어. 백묵과 연필은 서당 훈장님이 여기저기 수소문해 구하거나 자비를 들여 사오셨다.

나에게는 이 길만이 지난날의 잘못을 속죄하고 마을 사람들을 위한 유일한 길이라는 생각이 들었지. 그러나 1년을 넘기지 못하고 그만둬야 했어. 나라가 온통 어수선하고 혼란스러운 가운데, 허가도 없이 이런 일을 하는 것을 못마땅하게 여기는 사람들이 많았기 때문이지. 위로부터는 농민야학을 함부로 하지 말라는 지시가 내려왔고, 그때 나는 사상적으로 의심스러운 사람이라는 소문까지 들려왔지. 더군다나, 일제시대 일본 놈들 밑에서 나라를 배신하고 일제를 위해 활동했던 나를 마을 사람들 대부분은 탐탁지 않게 여겼기 때문이란다.

나는 결국 모든 것을 포기하고 조상 대대로 내려온 논밭 뙈기나 갈아먹으며 살겠다고 마음을 다잡았단다. 논밭 뙈기라 해도 모두 합해야 집 앞의 작은 텃밭, 그리고 저 건너 산 중턱에 있는 개간한 밭 3천여 평과, 비가 와야 겨우 모를 낼 수 있는 건답 한 섬지기가 전부였어. 그래도 우리 마을에서는 땅마지기를 그런대로 많이 가진 편이었단다."

이렇게 말한 아버지는 잠시 동안 먼 산을 바라보며, 지나간 세월을 회상하는 듯 깊은 상념에 잠겨 있었다. 그때 어디선가 아롱진 나비 한 마리가 내 주위를 맴돌다 날아갔다. 뜨거운 햇살이 내리쬐는 논두렁 위에서는 왜가리 두 마리가 이리저리 논바닥을 옮겨 다니며 분주하게 먹이를 찾고 있었다.

3

반공 도덕 내용을 가르치는 사회 시간에 나는 국민학교 5학년 시절을 회상하며, 담임 선생님으로부터 들었던 이야기를 아이들에게 들려주었다.

국민학교 5학년 때, 담임 선생님은 수업 시간에 간혹 만주 벌판에서 우리나라의 독립을 위해 일본군을 상대로 변변치 못한 무기를 들고 용감하게 싸운 독립군들의 이야기를 해 주곤 했다. 만주 청산리에서 독립군을 이끌고 적군인 일본 놈들과 맞서 싸운 김좌진 장군의 이야기는 우리에게 큰 감동을 주었다.

안중근 의사가 만주 하얼빈역에서 이토 히로부미를 권총으로 '탕 탕 탕' 쏘아 죽인 장면을 선생님은 직접 흉내 내듯 실감 나게 연기해 주었다. 마치 안중근 의사 본인이 방아쇠를 당기는 것처럼 검지를 내밀고 총 쏘는 시늉을 하자, 아이들은 '우와!' 하고 소리를 지르며 박수를 쳤다.

더욱 신났던 날은, 김좌진 장군이 일본군과 싸우는 장면을 선생님이 약간 변장을 한 채 보여 주었을 때였다. 장군이 되어 적군과 싸우는 모습을 익살스럽고도 진지하게 재현해 주자, 교실 안은 금세 흥분과 감동의 물결로 가득 찼다.

담임 선생님의 고향은 함경남도 함흥, 흥남 지구 근처였다. 어릴 때부터 흥남 지역에서 남다르게 공부를 잘해, 일제 말에는 평양 사범학교를 졸업했다고 했다. 해방 이후, 김일성 공산정권이 들어서자, 그 따뜻하던 이웃 간의 온정이 차츰 사라지고, 마을 인심은 몹시 흉흉하고 뒤숭숭해졌다고 한다.

그 좋던 이웃 간의 인정이 사라져가고, 마을엔 두려움과 공포가 가득했다. 개인이 가진 모든 재산은 강제로 몰수당했고, 인민위원회라는 조직이 생겨났다. 재산이 많은 지주, 과거 일본 제국주의의 앞잡이였던 친일파, 지식인과 종교인, 그리고 공산정권에 협조하지 않는 이들을 '반동분자'로 몰아 색출했다.

선생님은 직접 목격했다고 했다. 이들은 강제로 끌려가, 마을 주민들이 지켜보는 가운데 인민 재판이라는 이름 아래 몽둥이로 맞아 죽임을 당했다고 했다.

선생님의 아버지는 홍남 부두 근처에서 큰 어선 세 척을 소유하며 평생을 살아오신 분이었다. 그러나 해방 후, 공산정권은 선생님의 집과 논밭, 어선 세 척을 모두 몰수했다. 선생님의 아버지는 단지 재산이 많다는 이유로 '악질 지주'로 낙인찍혔다. 게다가 교회 장로라는 이유로 '악질 반동'이라는 죄목까지 씌워져 강제로 끌려갔다. 모든 재산은 강탈당하고, 아버지는 인민의 적으로 몰렸다.

6·25 전쟁이 일어나기 전, 4월 말. 선생님의 어머니는 삼대독자인 아들을 남쪽으로 피신시킬 계획을 세웠다. 남쪽으로 가야만 살아남을 수 있다고 판단한 것이다.
"너는 우리 집안의 장손이다. 어떻게 해서든 너는 살아남아야 한다. 여기 있다가는 우리 집안이 다 죽게 된다. 하나님이 너를 지켜 주실 거다. 하루빨리 이곳을 떠나거라. 서울에 너의 큰이모가 계신다. 그곳을 찾아가거라."
어머니는 부랴부랴 짐을 꾸려주며, 날이 밝기 전에 떠나라고 재촉했다. 짐보따리 안에는 인절미와 미숫가루가 담겨 있었다. 길 떠나는 아들에게 어머니는 신신당부했다. 배가 고플 때 이것으로 허기를 달래라고.
어머니는 애타는 마음으로 동구 밖까지 나와 선생님을 배웅했다. 멀어져 가는 아들의 뒷모습을 보며, 눈물을 치맛자락으로 훔치고, 손이 보이지 않을 때까지 자꾸만 흔들었다.
천신만고 끝에 3·8선을 넘어 서울역에 도착한 선생님은 청량리행 전차를 타고 이모 댁을 찾아갔다. 1950년 서울의 봄은 무척 혼란스럽고 무질서했다. 거리 곳곳의 벽에는 좌우익이 편을 갈라 싸우는 선전 포스터와 국회의원 선거 벽보들이 나붙어 있었고, 도시는 온통 난장판이었다.

선생님은 마침내 이모 댁에 도착했다. 세상이 조금만 조용해지고 안정되면, 다시 고향으로 돌아가 시골 아이들을 가르치며 살겠다는 희망을 품고 있었다.

북쪽이 무자비한 폭력과 공포가 지배하는 암흑의 세상이라면, 남쪽은 무질서와 혼란이 엉켜 도무지 실타래의 끝을 알 수 없는 세계였다.

선생님은 수업 시간마다 종종 6·25 사변 때 남북 간의 전쟁 이야기를 들려주었다. 우리들은 그 시간만큼은 모든 것을 잊고, 시간 가는 줄도 몰랐다.

낙동강 전투에서 우리 국군과 유엔군이 자신의 목숨을 바쳐가며 싸운 이야기를 들려주실 때면, 특히 학도병들이 거의 맨주먹으로 싸웠다는 이야기에 나도 모르게 두 주먹을 불끈 쥐었다.

"낙동강 전투에서는 아군과 적군이 서로 전사해, 강물이 핏빛으로 물들었다."

선생님은 그렇게 말하며 부르르 치를 떠셨다.

아이들은 창밖에서 세차게 몰아치는 비바람 소리에도 아랑곳하지 않고, 온 정신이 선생님의 이야기 속으로 깊이 빠져

들었다.

"맥아더 장군의 인천상륙작전으로 시작된 유엔 연합군의 반격은 북쪽 압록강까지 이어졌고, 승리가 눈앞에 다가오는 듯했어. 이승만 대통령은 평양까지 올라갔고, 곧 통일이 이루어질 것 같은 희망에 온 나라가 들떠 있었다. 하지만 북한의 요청을 받은 중공군이 개입하면서, 아군은 다시 큰 위기에 봉착했지. 수십만의 중공군이 인해전술로 물밀듯이 남하하기 시작했단다."

"처음엔 열 명쯤 내려오던 놈들이 기관총으로 갈기면 사라졌다가, 5분 뒤엔 20~30명이 또 내려오는 기야. 또 갈기면 사라지고, 잠시 후엔 더 많은 중공군들이 들이닥쳐. 밤새도록 쉴 틈 없이 쏟아지니 당해낼 도리가 없었지. 결국 우리 아군은 남쪽으로 후퇴할 수밖에 없었다, 이 말이지. 그게 바로 1·4 후퇴야."

선생님은 오른손 주먹을 허공에 휘두르며 얼굴을 붉혔고, 입술을 실룩이며 비통한 목소리로 소리쳤다.

"우리는 어떻게 해서든지 북진통일을 해야 해! 공산당들을 이 땅에서 몰아내야 한다 이 말이야. 저 김일성 북괴 공산당들을 완전히 없애야 해! 여러분들, 다 명심하라우. 빨갱이 간나 새끼들은 아주 독종이야. 사람 새끼들이 아냐. 승냥이보다 더 독한 놈들이지. 아마도 우리 고향에 계신 부모님들과 형제들은 다 무사하지 않을끼야. 공산당이라면 정말 이가 갈려. 여러분들, 정신 바짝 차리라우. 저놈들이 언제 또 쳐내려올지 모른다니까.

　"3·8선은 말이야, 우리나라를 힘센 강대국들이 38도선을 남북으로 강제로 그어 갈라놓은 선이야. 이게 다 우리가 힘이 약해서 그런 거야. 우리가 힘을 길러야 해. 힘이 없으니까 나라를 일본한테도 빼앗긴 거야. 그래설라믄이, 열심히 공부하고 배워야 한다 이 말이지."

　여기까지 말한 선생님은 우리나라 지도를 칠판에 걸어 놓고, 3·8선을 백묵으로 그려 표시하였다. 그리고 동서로 길게 뻗은 휴전선을 따라 다시 선을 긋더니, 조금 떨리는 목소리로 설명을 이어갔다.

　"1953년, 전쟁이 막바지에 이르자 북한 공산군과 중공군 측에서 먼저 휴전 협정을 요구해 왔어. 공산군 측의 요구를 받아들인 유엔군 측은 휴전 협정을 맺었지. 1953년 7월 27일, 교전이 멈춘 지점을 기준으로 임진강에서 동해안까지 약 240킬로미터 거리를 휴전선으로 설정했어. 그리고 군사 충돌을 막기 위해 남북으로 각각 2킬로미터 거리를 띄운 완충 지대를 만들었는데, 그게 바로 비무장지대야."

　"이때 온 국민이 나서서 휴전 협정 반대 궐기대회를 열었다. 통일을 눈앞에 두고 중공군의 침략으로 그 기회를 아쉽게 놓친 우리나라는 '북진통일'을 외치며 총궐기에 나섰지. 그러나 우리의 힘만으로는 감당할 수 없는 일이었어.

　여러분들, 이러한 사실들을 정확히 알고 있어야 한다 이 말이야. 너무나 아쉽고, 분통이 터지는 일이야. 그러니까 우리

스스로가 힘을 길러야 한다는 거지."

선생님은 세계적인 명산인 금강산의 일만 이천 봉우리와 만물상, 외금강, 내금강, 해금강의 신비롭고 빼어난 아름다움에 대해 이야기해 주었다. 산세가 기묘하고 향나무와 측백나무의 향기가 감도는 묘향산의 풍경도 들려주었다. 또 원산 앞바다의 아름다운 백사장, 명사십리와 동해의 장엄한 경치, 평양의 모란봉과 대동강이 서로 어우러진 풍경에 관해서도 이야기했다. 잃어버린 고향을 떠올리며, 선생님은 깊은 그리움과 안타까움에 잠겼다.

잠시 창밖을 멍하니 내다보던 선생님은, 해방 후 북한에서 살아야 했던 우리 반 반장 정수의 부모님이 겪은 고초에 대해서도 들려주었다.

4

정수네 집은 경기도 개성시에서 그리 멀지 않은 북쪽, 송악산 기슭의 조용한 농촌 마을에 자리 잡고 있었다. 이곳은 송악산 동쪽으로는 임진강 지류인 마미천이 흐르는, 풍취가 아름다운 지역이었다.

정수네는 6·25 사변 전까지 이곳에서 한약방을 운영했다. 증조할아버지 때부터 대대로 물려받은 가업이었다. 정수 아버지는 할아버지로부터 일찍이 한약 공부를 했다. 의료 시설이 거의 없던 시절, 그는 이 지역에서 몸이 아프고 병든 환자들을 밤낮없이 돌봐 주었다. 형편이 어려운 주민들에게는 무료로 한약을 지어 주기도 했고, 물질적으로도 많은 도움을 주었다. 다른 농촌보다 풍요롭고 인심이 좋기로 소문난 마을이었다.

해방되고 얼마 지나지 않아 이상한 소문이 돌기 시작했다. 우리나라가 둘로 나뉘어 북쪽은 소련군이, 남쪽은 미군이 다스리게 된다는 소문이었다. 그러던 어느 날, 정수네 집 근처에 '3·8선'이라는 팻말이 붙었다. 하지만 주민들은 그 팻말이 왜 그 자리에 붙었는지, 무슨 의미인지 아는 사람이 거의 없었다. 이 지역 사람들은 정치에는 별 관심이 없었고, 그저 예전처럼 농사일에만 마음을 두고 있었다.

며칠 후, 인민군 복장을 한 북괴군 장교와 소련군 복장을 한 장교가 와서 무언가를 소련말로 씨부렁거리더니 군용 지프를 타고 휑하니 사라졌다.

그로부터 1년쯤 지나 새봄이 되었다. 농사철이 되어 정수 할아버지가 머슴을 데리고 윗마을 밭을 갈고 있는데, 느닷없이 세 명의 인민군이 찾아왔다. 그중 한 명은 장교였다. 그는 앞으로 이 밭을 갈려면 당의 허가를 받아야 한다고 했다. 만약 명령을 어기면 반동으로 처벌하겠다고 협박했다.

그로부터 달포쯤 되었을까, 날이 저물어 어둑어둑해질 무렵, 아랫마을 황 서방이 정수네 집을 찾아왔다. 왼쪽 팔뚝에 붉은 완장을 찬 그는 대문을 열고 들어섰다. 황 서방은 솔밭마을에 사는 인물로, 지역 토박이 문중의 묘지기로 살며 종중 땅을 부쳐 먹으며 어렵게 근근이 살아가는 사람이었다. 마을 사람들은 평소에 그를 거의 거들떠보지도 않았다.

그런 황 서방이, 희고 누리끼리한 무명 헝겊에 붉은 물감으로 '위원장'이라는 직함을 적은 완장을 차고 갑자기 나타난 것이다.

"원장 선생님, 안에 계신가요?"

이리저리 집안을 둘러보며 구석구석 눈알을 굴리는 눈빛이, 평소와는 전혀 달랐다. 황 서방은 '큼큼' 헛기침하며 코를 훌쩍거렸다. 꿰맨 고무신을 벗어 댓돌 위에 흙을 털듯 '탁탁' 쳤다. 옷에는 때가 덕지덕지 묻어 있었고, 그는 꾀죄죄한 베 잠방이를 다시 고쳐 입었다. 고슴도치처럼 뾰족뾰족하고 까칠한 구레나룻을 오른손으로 쓱 훑어내렸다.

"원장님! 누가 찾아오셨어요!"

잔심부름하던 계집아이가 황 서방을 못마땅하다는 듯 얼굴을 잔뜩 찡그리며 바라보았다.

"응, 그래. 들어오시라고 해라."

내실에서 오십 대 후반쯤 되어 보이는, 굵고 젊잖은 남자의 목소리가 대청마루 바깥까지 흘러나왔다. 황 서방은 이 원장을 보자 예전처럼 넙죽 엎드려 절을 하였다.

"원, 이 사람아. 절은 무슨 절이야. 어디가 불편해서 왔는가? 식구들 거느리고 살려면 건강해야지. 자네, 지금도 저 산 너머 종중 땅 갈아먹고 사나?"

"예, 그렇습니다요. 아이고, 없는 놈이 별수 있나요. 그것도 그저 감지덕지하지요. 이게 다 원장님 덕분 아닙니까."

황 서방은 중국 만주에서 태어났다. 원래 고향은 경상북도

상주 지방이었다. 그의 부모는 일제강점기에 일본 놈들의 농간으로 땅과 재산을 몽땅 빼앗겼다. 먹고 살길이 막막해진 부모는, 황 서방이 아주 어릴 때 그를 데리고 만주 연변 지방으로 이주하게 되었다.

한 뼘의 농토도 없이 중국인 지주의 땅을 부쳐 먹으며 온 가족이 매달려 농사를 지었지만, 일 년을 먹고살기엔 턱없이 부족했다. 못된 중국 놈 지주는 황 서방네가 온 힘을 쏟아 지은 곡식을 거의 다 빼앗다시피 했다. 결국 그의 아버지는 영양 부족으로 폐결핵에 걸려 세상을 떠났고, 몇 해 지나지 않아 어머니도 같은 병으로 숨을 거두었다.

그 후 황 서방은 두 동생을 데리고 유리걸식하며 떠돌아다니다가, 해방되기 1년 전 남동생이 열병으로 세상을 떠났다. 여동생과 함께 압록강을 건너 조국으로 돌아왔지만, 그들을 반겨주는 사람은 아무도 없었다. 고향으로 가고 싶었지만 여의치 않아 황해도 개성 근처에서 남의 집 머슴살이를 시작했다.

일을 성실하고 착실하게 해서 이웃들 사이에서 인정을 받기 시작했고, 시골에서 소문은 삽시간에 퍼졌다. 그러던 어느 날 저녁, 건너 마을에 살던 봉수길이라는 사람이 찾아와 딸을 시집보내고 싶다고 하였다. 갈 곳 없고 기댈 데 없는 황 서방은 기꺼이 승낙했다.

봉수길의 딸과 혼인한 후, 움막 같은 집을 짓고 새살림을 차렸다. 가진 것 없는 살림이었지만, 오손도손 단꿈을 꾸며 살아갔다. 얼마 지나지 않아 지역 문벌이 높은 어느 문중에서 종중의 전답과 묘지를 관리해 달라는 부탁을 받았다. 황 서방은 그 땅을 부쳐 먹기로 마음먹고 받아들였다.

황 서방의 본명은 황부자. 죽을 때까지 배고프지 말고 부자로 살기를 바라는 마음으로, 아버지가 지어 준 이름이었다. 그는 늘 배부르게 먹고사는 것이 소원이었다. 그래서인지, 땅을 많이 가진 지주들이나 돈 많은 사람들에게는 저도 모르게 적개심과 질투심이 불쑥불쑥 올라왔다. 그러나 그런 속내는 드러내지 않았다.

해방되고 남북이 갈리면서 북한에는 김일성 공산정권이 들어섰다. 이때 황 서방에게 절호의 기회가 찾아왔다. 공산당이 지주들의 재산을 몰수하고 토지를 무상으로 나누어 준다는 소문을 들은 것이다. 땅 한 평 없는 황 서방은 속으로 기뻐 어쩔 줄 몰랐다. 나도 이제 땅을 가질 수 있겠구나, 하는 꿈이 가슴을 부풀게 했다. 이제껏 가슴 깊이 쌓였던 응어리가 스르르 풀리는 듯한 기분이었다.

어느 날, 개성시 인민위원회 당 간부라는 사람이 황 서방을 찾아왔다. 이처럼 높은 사람을 만나 보는 것이 처음이라 무척 떨리고 몹시 겁이 났다. 그는 내일 오후 1시까지 인민위원회 사무실로 출두하라는 개성시 인민 위원장으로부터 발부된 쪽지를 주고는 아무 말도 없이 사라졌다.

이튿날, 황 서방은 몹시 불안한 마음으로 인민위원회 사무실을 찾아갔다. 두렵고 떨리는 마음을 다잡으며, 전날 받은 종이쪽지를 들고 사무실 안으로 들어섰다. 낡은 중절모를 쓴 채, 바쁘게 무언가를 하는 젊은 사내에게 다가가 쪽지를 내밀었다. 사내는 쪽지를 흘긋 보더니 황 서방을 아래위로 훑어보았다. 그러고는 아무 말도 없이 쪽지를 들고 휑하니 어디론가 나갔다 오더니, 여기서 잠깐 기다리라고 명령하듯 말하였다.

얼마 지나지 않아 쪽지를 들고 들어오는 허름한 사람들이 하나둘 모여들기 시작했다. 시간이 조금 흐르자 열대여섯 명이 모였다. 모두 행색이 몹시 초라하고, 이 지역에서는 보잘것없는 사람들이었다.

조금 뒤, 인민위원회 간부라는 사람이 나타났다. 몸집이 제법 크고, 매우 험상궂게 생긴 인상이었다. 짧게 깎은 머리에 치켜 올라간 눈꼬리는 마치 호랑이 눈처럼 매서워 보였다.

"예, 동무들. 참 반갑소이다. 이미 동무들도 잘 알고 있겠지만서도, 아… 지금 우리 민족의 영웅이신 위대한 김일성 장군님께서는, 우리 조선을 모든 인민이 누구나 평등하게 잘 사는 나라로 만들기 위해 날마다 고심하고 계시오이다. 그래서 조선민주주의인민공화국을 세우셨소.

우리는 김일성 장군님의 큰 뜻을 받들어 혁명 대업에 앞장서야 하오. 가장 중요한 것은 이 혁명 과업을 완수하기 위하여, 마을마다 유능한 인민 위원장들이 필요하다는 것이오. 그러니께, 우리 인민위원회에서는 당신들을 마을 인민 위원장으로 추대하였소. 인민 위원장인 당신들은 혁명 대열에 앞장서서 최선을 다해 주기 바라오."

말을 마친 후, '인민 위원장'이라는 직함이 적힌 종이쪽지와 무명 헝겊에 붉은 글씨로 쓴 완장을 왼팔에 끼워 주었다. 갑작스럽게, 난생처음 완장을 차게 된 황 서방은 어리둥절한 가운데 괜히 자신도 모르게 우쭐한 기분이 들었다.

북한을 장악한 김일성 정권은 점차 본색을 드러내기 시작했다. 한약방 이강진 원장은 재산이 많다는 이유로 '악질 부르주아'라는 죄목으로 일찌감치 반동분자로 낙인찍혀 있었다. 이강진 원장을 반동으로 몰아세우려는 계획을 황 서방은 시당 인민위원회를 통해 비밀리에 알게 되었다.

황 서방에게 이 원장은 그동안 자신을 살펴 주고 삶의 길을 열어준 고마운 은인이었다. 그런 그에게 작은 보답이라도 해야겠다는 마음이 들었다.

"원장님! 긴히 말씀드릴 게 있습니다. 저… 이건 정말 엄청난 비밀인데요. 원장님만 알고 계셔야 합니다."

"무슨 비밀인가? 이 사람아, 자네하고 나하고 무슨 비밀이 있어서 그래. 어서 말해 보게, 들어나 보겠네."

"원장님! 큰일났습니다. 원장님처럼 돈 있고 재산 많은 분들은 모두 숙청 대상입니다."

"아니, 숙청이라니? 그게 무슨 말인가? 숙청을 하면 어떻게 되는 거야?"

"원장님, 이건 정말 극비인데요. 잘못되면 죽게 되고요, 재산은 몽땅 다 빼앗기는 거죠."

"그게 정말인가? 그러면… 어떻게 해야 살 수 있나? 원, 세상에 무슨 이런 법이 다 있단 말이야!"

"원장님, 한 가지 방법은 있어요."

"방법이라니? 그 방법이라는 게 뭔가?"

"모든 걸 다 정리하시고, 하루빨리 이곳을 뜨시는 겁니다. 그리고 남쪽으로 잠시 피신하시는 게 좋을 듯합니다. 이건 제가 그동안 원장님께 신세를 많이 져서 드리는 말씀입니다. 모든 건 극비리에 하셔야 해요. 이 사실을 당에서 알게 되면 큰일납니다."

그 이후로 정수 할아버지는 부랴부랴 땅과 집을 헐값에 팔고, 집에 보관해 두었던 한약재를 대충 꾸려 가지고 3·8선 이남으로 야간에 도주하듯 피란을 오게 되었다.

조상 대대로 가업을 이어받은 정수 아버지는 이곳에 와서 한약방을 열었고, 의료 시설이 거의 없는 현실을 무척 안타깝게 여겼다. 그래서 지역주민들을 위하여 약을 싼값에 조제해 주거나, 형편이 아주 어려운 이웃들에게는 거의 무료로 약을 내주는 경우가 많았다.

나는 정수네 가족이 지금까지 겪어온 사정을 다 이야기한 다음, 정수 아버지는 우리 지역에서 좋은 일을 많이 하시는 참으로 고마운 분이라고 말해주었다. 그러고는 아이들에게,

여러분도 정수 아버지처럼, 내 이웃과 우리 고장을 위하여 봉사하고 희생할 줄 아는 사람이 되어야 한다고 당부했다.

담임 선생인 나의 이야기를 듣고 있던 아이들은 정수를 바라보며 뜨거운 박수를 쳤다.

5

지난날, 내 담임 선생님은 우리를 바라보며 대추나무로 잘 다듬어 깎은 기다란 지시봉으로 칠판을 짚어가며 다음과 같은 이야기를 계속하셨다.

함경남도는 종합적인 공업 생산 기지로 형성되기에 유리한 자연적, 경제적 조건을 갖추고 있었다. 이 지역에는 우리 나라에서 가장 큰 아연, 구리, 철, 마그네슘, 무연탄, 유연탄 매장지가 있었고, 수력 자원이 풍부하여 전기를 생산하기에도 매우 유리한 지형 조건을 갖추고 있었다. 홍남 지구에는 유명한 홍남 제련소가 있었으며, 동양에서 가장 큰 비료 공장도 이곳에 자리하고 있었다.

"이 모든 것들이 북쪽에 있어서 우리가 쓰지 못하고 있다는 게 너무나도 아쉽고 억울하다 이 말이야. 우리가 힘을 길러 하루속히 북진통일을 해서, 그 모든 것을 되찾아야 한다는 거지."

울컥한 목소리로 말씀을 이어가신 선생님은 우리를 두루두루 바라보셨다. 그리고 잠깐 눈을 감고 고개를 숙이셨다.

선생님은 북한에 두고 온 가족과 고향 생각이 날 때마다 우리들 앞에서 〈함흥 아리랑〉을 구성지게 불렀다. 노래를 다 부른 다음에는 눈시울이 붉어져, 잠시 동안 창밖의 먼 산을 하염없이 바라보곤 하셨다.

> 문전옥답은 다 팔아먹고
> 거러지 생활이 웬일이냐
> 양양의 길 같은 이 내 몸도
> 내 짝을 잃고 이 꽃이람
> 십 리 길 멀다고 우는 임아
> 이 날이 지면 어찌하리
> 아리 아리랑 쓰리 쓰리랑
> 아라리가 나왔네 에에에……
>
> 다람 다람 다람쥐
> 알밤 줍는 다람쥐
> 보름 보름 달밤에
> 알밤 줍는 다람쥐

선생님이 아리랑 노래를 부를 때, 우리는 무슨 뜻도 모르고 그냥 좋아서 "아리 아리랑 쓰리 쓰리랑 아라리가 나왔네 에에 에에……"하며 어깨를 들썩거리며 함께 노래를 불렀다. 음악 시간에는 능숙하게 풍금을 치면서 〈다람쥐〉 노래를 가르쳐 주었다. 선생님이 어릴 때 고향에서 많이 불렀던 노래라고 하면서 낡은 풍금으로 우리에게 노래를 가르쳐 주었다.

반공 독본 시간에 선생님은 장진호 전투에서 흥남 철수(撤收) 사건 이야기를 들려주었다. 우리나라 지도를 칠판 가운데에 펼쳐서 걸어 놓고, 잠시 고개를 떨군 후에 다음과 같은 이야기를 들려주었다.

6·25 사변 당시, 동북부 전선 함경남북도 일원에서 작전 중이던 아군 주력 부대가 흥남항에서 대규모 해상 철수 작전을 단행한 사건이다.

1950년 겨울 장진호는 어느 해 보다 혹독하게 추웠다. 영하 40도 혹한 속에 미 해병 1사단은 중공군 7개 사단과 사투를 벌였다. 헤아릴 수 없이 몰려오는 중공군과 무서운 추위와 싸워야 했다. 어쩔 수 없이 작전상 후퇴를 할 수밖에 없었다.

국군과 유엔군은 많은 병력과 차량을 비롯한 대부분의 군 장비와 물자를 옮겨 철수 작전을 시작하였다. 이때 북한 공산당이 싫어서 남쪽으로 피난하려는 흥남 지역 일대 피난민들이 흥남 항구로 10만 명 정도가 몰려들었다. 피난민들은 살길을 찾아 남쪽으로 보내 달라고 아우성을 쳤다. 그야말로 아비규환의 생지옥 같은 일이 벌어진 것이다.

북한 피난민들과 우리 군 대표단들의 간곡한 호소로 유엔군 미군 장군이 피난민들을 돕겠다고 승낙하였다. 군 장비 일부와 피난민 약 1만 4천 명을 싣고 남쪽으로 항해하여 단 한 명의 사망자도 없이 무사히 거제도에 도착하였다. 세계 역사상 유례없는 대규모 철수 작전이라고 말하고 난 뒤, 선생님의 눈가에는 촉촉이 눈시울이 젖어 있었다.

이 철수 작전 이후에 기적적으로 몇 명의 고향 사람들을 서울에서 만날 수 있었다. 고향 사람들을 통하여 집을 떠난 뒤 처음으로 부모님 안부와 처참하게 변한 고향 소식을 알게 되었다. 이렇게 만날 수 있게 해 주신 하나님과 조상님께 감사하여 조국 대한민국을 위하여 무엇인가 뜻있는 일을 하겠다고 말하였다.

고향을 등지고 홀로 된 선생님은 수업 시간에도 간혹 고향 생각이 나는지, 자습 시간에 무표정한 모습으로 창밖을 내다보면서 긴 한숨을 내쉬는 경우가 종종 있었다.

내 이야기를 끝까지 재미있게 듣던 아이들은, 우리 국군이 압록강까지 진격했을 때 우리가 조금만 더 힘이 있었으면 통일할 수 있었을 텐데, 그것을 이루지 못한 것이 무척 아쉽다고 하였다.

이야기를 모두 마친 후에 아이들과 함께 손에 손을 잡고
〈우리의 소원은 통일〉 노래를 함께 불렀다.

      우리의 소원은 통일
      꿈에도 소원은 통일
      이 정성 다해서 통일
      통일을 이루자
      이 겨레 살리는 통일
      이 나라 살리는 통일
      통일이여 어서 오라
      통일이여 오라

6

내일은 4월 5일, 온 국민이 나무를 심는 식목일이다. 아이들에게는 나무를 심을 때 필요한 도구와 점심 도시락을 가져오라고 했다. 내일은 교실에서 공부를 하지 않는다는 담임 선생의 말에 너무 좋아서 모두들 마음이 들떴다.

식목일 아침, 아이들에게 나무 심기 요령과 주의 사항을 설명했다. 나는 나무를 심기 위해 산으로 출발하기 전에 왜 나무를 심어야 하는지 그 까닭을 물어봤다.

"왜 산에 나무를 심어야 하나요?" 하고 아이들에게 질문했다. 대부분 아이들은 산에 나무가 없으면 땔나무가 없기 때문에 심어야 한다고 대답했다. 그중 민수는 자기는 책에서 읽었다며, 잘사는 나라일수록 산에 나무가 많다고 하면서 이렇게 말했다.

"산에 나무가 없으면 비가 한꺼번에 많이 올 때 홍수가 나고, 비가 안 오면 가물기 때문에 산에 나무를 심어야 합니다. 그래서 잘사는 나라들은 산에 나무가 많다고 합니다."하고 또렷하게 말했다.

이때 맨 앞에 앉은 키가 작은 순옥이는 자리에서 벌떡 일어나더니 이렇게 말했다.

"서울에서 고등학교 다니는 외사촌 오빠가 말하기를, 산에 나무가 없으면 자원도 부족해지고, 새들이 날아와 쉴 곳도 사라지고, 공기도 나빠지고, 산이 쉽게 무너지며 산사태가 날 수도 있다고 했어요. 그리고 우리가 쓰고 있는 종이도 나무로 만들어요. 우리나라는 지금 종이가 부족해서 다른 나라에서 사들여야 합니다. 우리가 배우는 교과서도 만들 수가 없어서 유네스코의 원조로 교과서를 만들고 있어요."하고 귀여운 표정을 지으며 또렷하게 말했다.

아이들은 나무를 심고 가꾸는 것이 매우 중요하다고 생각하고 있었다. 오늘 나무를 심는 것이 나라를 위하는 애국의 길이고, 우리나라 미래를 위해 꼭 필요한 일이라고 알려줬다.

프랑스의 작가 장 지오노의 대표작인『나무를 심은 사람』에 다음과 같은 이야기가 있다.

"황폐해진 프랑스 프로방스 고원지대에서 엘제아르 푸피에 할아버지가 살고 있었어요. 이 할아버지는 도토리 100개를 나무가 없는 산에 정성껏 심었어요. 할아버지는 30년 동안 묵묵히 그 일을 하면서 아무 말도 하지 않고 살았어요. 사람들과 말없이 오랜 세월을 사는 바람에 말조차 잃어버렸지요. 30년이 지난 후에 할아버지가 심은 나무들은 울창한 숲을 이루었어요. 주변이 아름다운 숲과 나무로 뒤덮여 멀리 떠난 새들도 날아오고 나그네들의 쉼터가 되었지요.

오늘 산에 나무를 심으면 먼 훗날, 여러분이 어른이 되어 푸른 숲을 볼 때마다 마음이 뿌듯할 거예요. 그때 내가 나무를 심지 않았더라면 어떻게 되었을까? 하고 지난날을 되돌아보면 큰 보람을 느낄 때가 올 거예요. 잠자는 산에 나무를 심어 푸른 세상으로 변화시키면 자연의 소중함을 많은 사람들이 알게 되겠지요. 나무 심기는 우리에게 희망을 주고 꿈을 심어주는 일입니다."하고 나무 심기의 중요성과 필요성을 알려줬다.

우리나라 산은 대부분 나무가 없는 붉은 민둥산이었다. 이를 심각하게 여긴 정부는 식목일을 정해 어린아이들로부터 어른에 이르기까지 나무 심기를 하도록 했다. 이 나무 심기 사업은 국가에서 매우 중요한 정책으로 추진됐다.

나는 얼마 전에 읽은, 일제강점기를 배경으로 한 김동인의 단편소설「붉은 산」을 아이들에게 들려주며 감명 깊었던 이야기를 전했다. 일본에게 나라를 빼앗겨 만주로 쫓겨 간 주인공의 이야기다.

만주 벌판에서 조국 산천을 그리워한 주인공 정익호 '삵'을 통하여 일제강점기에 수난받은 우리 민족의 애환을 이야기한 소설이다. 많은 사람으로부터 천대와 멸시를 받던 삶은 죽어가면서 '붉은 산'과 '흰옷'을 보고 싶다고 했다. 붉은 산은 조국의 민둥산을 떠오르게 하는 한 장면이다. 흰옷은 평화를 사랑하는 우리나라를 말하는 것이고, 우리 조상들이 주로 흰옷을 즐겨 입었기 때문이다. 그 당시 우리나라의 상징적인 단어가 '흰옷'과 민둥산인 '붉은 산'이었다.

과거 우리나라 산의 50% 이상이 민둥산이었고, 풀 한 포기 없는 산지가 약 8% 이상이었다. 연료가 귀했기 때문에 갈대, 낙엽, 솔잎은 물론이고 나무뿌리인 등걸도 귀중한 땔감이었다. 심지어는 잔디마저 흙을 털어 말려 땔감으로 사용했다. 초목의 남벌로 민둥산이 되어 홍수와 가뭄의 피해는 해방 직후부터 줄곧 이어졌다. 나는 중·고등학교 학창 시절에 영화를 단체로 극장에서 볼 수 있는 기회가 여러 번 있었다. 그중 외국 서양 영화를 볼 때마다 그 배경이 푸른 숲이 우거지고 맑은 강물이 흐르는 광경을 보고 깊은 감명을 받았다. 어디를 가나 숲이 우거진 도시와 아름답고 깨끗한 거리, 그리고 푸른 언덕 위에 세워진 예배당과 숲속의 전원주택들은 내 마음을 사로잡았다. 스크린에 비친 장면마다 우리의 생활 환경과는 너무나 거리가 먼 광경이었다.

우리나라는 약 70%가 산지다. 나무와 숲을 잘 가꾸는 일이 부강한 나라가 되는 길이라고 국민학교 6학년 담임 선생님은 우리에게 가르쳤다. 북부 유럽은 풍부한 산림 자원을 가지고 부강한 나라가 됐다고 했다. 나라를 잘살게 하려면 그 나라의 지도자는 올바른 치산치수(治山治水)에 힘써야 한다고 했다.

정부는 1949년부터 4월 5일을 식목일로 제정하여 나무 심기 사업을 시작했다. 6·25 전쟁으로 인해 산림은 매우 심각할 정도로 황폐해졌다. 전후 복구 사업 중 나무 심기는 생존이 걸린 문제였다.

1959년 9월 추석 하루 전날, 남부 지방에서는 평균 초속 약 45미터의 '사라호' 태풍이 불어닥쳤다. 1904년 우리나라 기상관측이 시작된 이후 가장 규모가 큰 태풍이었다. 사망자 924명, 이재민 100만 명, 재산 피해만도 그 당시 우리나라 GDP의 2%에 해당하는 2,600만 달러에 달했다. 특히 토양이 대량으로 유실되어 가옥들이 무너져 내리고 도로는 파손되고 교량은 끊어졌다. 추수를 앞두고 있던 남부 지방은 불과 이틀 만에 그야말로 물바다로 변했다. 이렇게 홍수 피해가 컸던 이유는 이를 막아줄 나무들이 산에 없었기 때문이었다.

결국 정부는 사방공사의 필요성을 절감하게 되었다. 황폐한 땅을 복구하거나 산지의 붕괴를 막기 위해 나무를 심는 사업을 벌였다. 이때 정부는 미국으로부터 원조 물자로 받은 밀가루를 사방공사에 동원된 일꾼들의 품삯으로 나눠주었다. 밀가루만으로는 부족했기 때문에 쌀, 보리, 비누, 광목(무명천) 등 미국에서 받은 원조 물자를 모두 나누어 주었다.

우리나라는 매년 여름부터 가을까지 태풍과 수해로 시달

리고 있었다. 이를 안타깝게 여긴 정부는 해마다 되풀이되는 피해를 줄이기 위해 무엇보다도 사방사업을 철저히 시행하며 조림 사업에 힘썼다.

그렇게 산림녹화에 힘쓰고 있을 때 예기치 않은 악재가 발생했다. 바로 솔잎을 남김없이 모조리 갉아 먹는 송충이였다. 1964년경에는 유난히 송충이가 들끓었다. 애써 심은 묘목들이 자라기도 전에 모두 송충이들이 잎을 갉아 먹어 나무들은 말라 죽어버렸다. 나무 심기도 중요하지만, 송충이 박멸이 급선무였다.

오죽했으면 서울시청 앞에서 송충이를 없애자는 궐기대회가 열릴 정도였다. '나뭇잎을 갉아 먹는 송충이를 없애자', '송충이를 박멸하자'라는 피켓을 들고 온 국민이 나서서 거국적인 운동을 벌였다. 군·관·민이 합동으로 나무젓가락과 깡통을 들고 산으로 올라가 송충이잡이에 나섰다. 어린 초등학생들부터 고등학교 여학생들까지 나무젓가락을 들고 숲속을 뒤져가며 징그러운 송충이 한 마리라도 더 잡으려고 애썼다. 깡통에 송충이가 가득 찰 때까지 잡았다. 한편으로는 공군을 동원해 전국 산하에 DDT를 살포했다.

1951년에는 산림보호법을 제정했다. 산에 나무를 벌채하다가 적발되면 감방 신세를 져야 했다. 정부는 대체 연료를 마련하지 못한 상태에서 일방적으로 입산 금지령을 내렸다. 국민은 너나 할 것 없이 불평을 늘어놓기 시작했다.

"아니, 대체 땔감도 없이 뭐로 불을 때라는 말이야? 이게 무슨 횡포야!"

　1967년에는 화전(火田) 금지 조처가 내려졌다. 깊은 산속에 들어가 산에 불을 질러 풀과 나무가 탄 지역에 밭을 일구어 먹고 사는 사람들을 화전민이라고 했다. 이들 때문에 애써 가꾼 묘목들이 산불로 인해 순식간에 타버리는 일이 잦았다. 이를 그대로 방관할 수 없었던 정부는 화전민 소탕 작전에 나섰다. 조림 사업으로는 주로 소나무, 아카시아, 오리나무, 버드나무, 양싸리나무 등 속성 나무 위주로 심었다.

　오전 9시가 조금 지난 뒤, 면사무소 직원들이 소나무와 오리나무, 아카시아 나무 묘목을 리어카에 가득 싣고 왔다. 이 나무들을 반별로 골고루 나누었다. 아이들은 이 어린나무를 들고 험한 산길을 따라 약 오 리 길을 걸어서 산 중턱에 도착했다. 가파른 산에는 어린 잡초와 나뭇등걸이 깔려 있었고, 몇 그루의 키 작은 상수리나무와 밤나무들이 이 산을 지키고 있었다. 민둥산이 되어 이미 산 귀퉁이와 끝자락은 깊이 파이고 무너져 내린 곳도 있었다. 산 중턱에 올라가 아이들을 가로와 세로로 줄을 맞추어 세웠다. 줄을 맞추며 나무를 심었다. 어린 소나무를 받은 아이들은 산 중턱에 심고, 아카시아 나무와 오리나무는 이미 파이거나 무너진 곳에 심었다.
　아이들은 선생님의 지시에 잘 따라주었다. 힘이 약한 여자 아이들이 호미로 땅을 팔 때는 남자아이들이 삽과 곡괭이로 땅을 파며 도와주었다. 다 심고 난 뒤에는 산 밑 개울가에 가서 자기가 신고 있던 고무신에 물을 담아 나무에 물을 주는 아이들도 있었다. 담임 선생님이 시키지도 않은 일을 스스로 알아서 하고 있었다.

 나무를 다 심고 산에서 내려와 개울가에 앉아 가져온 도시락을 먹었다. 도시락을 다 먹은 후에는 산에 나무를 심은 자신의 소감을 발표하는 시간을 가졌다.

 "오늘 산에 나무를 심고 나서 여러분들은 어떤 생각을 갖게 되었나요?"

 내가 질문하자 아이들은 얼마 동안 서로의 얼굴을 빤히 쳐다만 보고 있었다. 잠시 후, 얼굴이 예쁘장한 예숙이가 손을 번쩍 들었다.

 "오늘 심은 나무가 잘 자라서 앞으로 숲이 울창해지면 홍수가 나지 않고 가뭄도 없을 거예요. 그러면 우리 마을 어른들은 농사짓는 데 근심 걱정을 덜 하게 될 거예요."

 반 오락 시간이면 늘 나와서 노래를 잘 부르던 예숙이가 또렷하게 말했다.

 이어서 덩치가 가장 크고 늘 장난꾸러기인 명복이가 벌떡 일어서서 말했다.

 "나무는 집을 짓는 데 꼭 필요합니다. 지난번 우리 삼촌네 집을 짓는데 나무가 없어서 멀리 서울까지 가서 사 왔어요. 그런데 그 나무는 다른 나라에서 사 온 거랍니다. 우리나라에 나무가 많으면 다른 나라에 가서 나무를 사 올 필요가 없을 겁니다. 그래서 저는 나무를 많이 심는 것도 중요하지만, 잘 키우는 것도 중요하다고 생각합니다."

큰 목소리로 씩씩하게 발표했다.

이때 내 얼굴을 물끄러미 쳐다보던 반장 정수는 학급 아이들을 둘러본 뒤에 다음과 같이 말했다.

"지금 우리가 배우고 있는 교과서는 유네스코라는 데서 원조를 받아 만든 책입니다. 그래서 우리가 쓰고 있는 책을 깨끗이 사용해서 동생들에게 물려줘야 해요. 이게 모두 우리나라에 나무가 없어서 종이를 만들지 못하기 때문입니다. 산에 나무를 심고 잘 가꾸는 것이 잘사는 나라가 되는 길이에요. 잘사는 나라는 산에 나무를 잘 키운다고 해요. 우리나라 산들이 모두 푸른 산으로 변하면 앞으로 우리나라도 잘살게 될 거예요."

아이들은 자신이 이미 알고 있는 내용을 듬직하게 대답했다. 나는 아이들을 잘 가르치는 것이 얼마나 소중한 일인지 다시 한번 마음속 깊이 느꼈다. 참으로 보람 있고 의미 있는 시간이었다.

나는 산에서 내려오며 아이들과 함께 손을 잡고 〈메아리〉와 〈겨울나무〉 노래를 부르며 내려왔다. 싱그러운 봄바람이 우리들의 노랫소리와 함께 살랑살랑 불어왔다.

> 산에 산에 산에다 나무를 심자
> 산에 산에 산에다 옷을 입히자
> 메아리가 살게시리 나무를 심자……

나무야 나무야 겨울 나무야
눈 쌓인 응달에 외로이 서서
아무도 찾지 않는 추운 겨울을
바람 따라 휘파람만 불고 있느냐

평생을 살아봐도 늘 한 자리
넓은 세상 얘기도 바람께 듣고
꽃 피던 봄 여름 생각하면서
나무는 휘파람만 불고 있구나

 산에 나무를 심은 다음 날, 억세게 봄비가 내렸다. 아이들은 자기들이 심은 나무가 잘 자랄 수 있겠다며 쏟아지는 비를 보며 좋아서 재잘거렸다. 자기들이 애써 심은 나무들이 무럭무럭 자라기를 바라고 있었다.

 식목일이 지나고 얼마 후, 강원도에서 대규모 도벌 사건이 일어났다. 한 목재 기업 사장이 산속에 버젓이 길을 닦고, 하루에 인부 수십 명씩 동원해 마구잡이로 벌채를 한 것이다. 이러한 사건들이 종종 있었지만 사람들은 그저 그러려니 하며 쉬쉬하고 지나쳤다.
 수사 결과, 목재 공장 사장이 공무원에게 거액의 뇌물을 주고 허가를 받아 계획적이고 조직적으로 도벌한 것으로 밝혀졌다. 온 국민이 나무를 심고 가꾸는 데 총력을 기울일 때,

잘못된 어른들의 행위가 아이들에게 알려질까 봐 전전긍긍했다.

 나무에 붙은 송충이보다 인간 송충이를 먼저 잡아야 한다는 말이 사람들 입에 오르내렸다. 이런 인간 송충이들을 '인간 말종', '인간쓰레기'라고 불렀다. 한편에서는 지옥 불구덩이에나 떨어져 뒈지라고 악담을 퍼붓는 사람들도 있었다.

7

나는 국민학교 시절에 책 읽기를 무척 좋아했다. 그러나 책을 살 돈이 없어서, 이웃 마을에 살고 있는 친구에게 간혹 책을 빌려 볼 때가 많았다. 그중에서 내가 가장 좋아했던 책은 위인전이다. 이순신 장군, 김유신 장군, 강감찬, 세종대왕, 나폴레옹 등, 주로 위인전을 빌려다 읽었다.

이순신 장군의 이야기를 읽고, 어떤 어려운 역경 속에서도 굴복하지 않고 의연하며 늠름한 모습을 알게 되었다. 나라와 백성을 사랑하는 마음이란 무엇인지 깨닫게 되었다. 특히 이순신 장군이 부하들을 자기 자식처럼 사랑하고 아끼는 마음, 그리고 백성을 위하여 몸과 마음을 아끼지 않고 헌신하는 삶에 깊은 감명을 받았다. 전쟁에 나가 부하들 앞에서 "죽을힘을 다해 싸우면 살고, 살기 위해 피하면 죽는다(必死卽生, 必

生卽死)"라고 외쳤다는 이야기에 깊은 감동을 받았다. 12척의 배로 왜적의 배 333척을 물리친 전술과 지혜, 용감성에 감탄했다.

나이팅게일 전기를 읽고, 가난하고 어려운 이웃을 위하여 나의 마음과 몸을 다해 돕고 싶은 마음이 가슴속 깊이 파고들었다. 헬렌 켈러와 베토벤 전기를 통해서는 어떤 역경과 고난 속에서도 희망의 끈을 놓지 않고 살아가는 방법을 배우게 되었다.

그중에서도 특히 감명받은 인물은 흑인을 해방한 미국의 16대 대통령, 에이브러햄 링컨이었다. 그는 어릴 때부터 극심한 가난 속에서 어머니의 뜨거운 기독교 신앙심에 영향을 받고 자랐다. 이웃을 사랑하는 박애정신(博愛精神)과 측은지심(惻隱之心)을 지닌 그는, 흑인들을 노예로부터 해방시킨 훌륭한 변호사이자 뛰어난 정치가일 뿐 아니라, 위대한 대통령이었다.

이 밖에도 많은 동화책과 소설책을 읽었다. 『안데르센 동화집』과 『아라비안 나이트』를 읽고 아름다운 세계에 빠져 보기도 했으며, 『로빈 후드』, 『몽테크리스토 백작』, 『레 미제라블』을 읽으며 어린 마음에 불의하고 부패한 세상에 대한 저항심을 품게 되었다. 『성냥팔이 소녀』, 『소공녀』, 『폭풍의 언덕』, 『톰 소여의 모험』, 『대위의 딸』, 『수레바퀴 아래서』 등을 탐독하며, 나는 나의 갈 길을 꿈꾸어 왔다.

이곳에서 아이들이 책과 만날 수 있는 환경은 너무나 열악했다. 책이라고는 기껏해야 학교에서 배우는 교과서 이외에는, 다른 책을 만날 기회가 거의 없었다. 나는 아이들에게 더 많은 배움의 세계와, 새로운 넓은 세상을 보여 주기로 마음먹었다. 좋은 품성과 인격을 기르고, 다양한 지식과 꿈과 비전을 가질 수 있도록 돕고자 했다. 창의력이 없는 지식보다, 스스로 사유(思惟)할 수 있는 힘을 길러 줘야겠다고 생각했다. 삶과 생의 여정과 함께, 역경의 터널을 통과하는 자세와 능력을 준비할 수 있도록 이끌고 싶었다.

아이들이 다양한 책을 접하며 기초적인 실력을 쌓고, 자신의 적성과 소질을 개발할 수 있는 눈을 뜨도록 도와야겠다는 다짐도 했다.

우선 나는 분단별로 아이들과 함께 책을 비치할 수 있는 학급문고를 만들기로 했다. 어떻게 만들어야 할까? 그 방법은 아이들과 함께 해결하기로 했다. 아이들은 학급회의 시간을 이용하여 토의하는 것이 좋겠다고 의견을 모았다.

월요일 1교시 학급회의 시간, 그날의 토의 의제는 '학급문고 만들기'였다.

"지금부터 제30회 학급회를 시작하겠습니다."

학급 총무이자 서기인 이근수가 약간 떨리는 목소리로, 학급 회의를 시작한다는 개회사를 했다.

"지금부터 회장님 인사가 있겠습니다."

회장 정수는 반 아이들에게 넙죽 인사를 했다. 잠시 머뭇거리더니, 얼굴이 붉게 상기된 채로 아이들 앞에 서서 인사말을 전했다.

"2학기 들어서 회의를 자주 못 했습니다. 다음 시간부터는 빠짐없이 회의할 수 있도록 힘쓰겠습니다. 오늘 토의할 내용은 학급문고 만들기입니다. 여러분들께서 좋은 의견을 발표해 주시기를 바랍니다."

회장의 인사가 끝난 후, 서기가 토의할 내용을 칠판에 기록했다. 교실 안에는 잠시 적막감이 흘렀다. 창밖 느티나무 위에서는 참새 한 쌍이 날아와 짹짹 소리를 내며 적막을 깨뜨렸다. 아이들은 서로서로 곁눈질하며 눈치를 보고 있었다. 얼마간 침묵이 이어졌다.

그러던 중, 덩치가 크고 반에서 나이가 제일 많은 은덕이가 손을 번쩍 들었다.

"학급문고를 만들려면 우선 책이 있어야 합니다. 책을 어떻게 구할 것인가? 그것부터 의논해야 한다고 생각합니다."

얼굴이 벌겋게 달아오른 은덕이는 긴장되고 떨리는 기색을 감추지 못한 채 자신의 의견을 또렷하게 말했다.

"책을 구하기 전에, 책을 비치할 수 있는 책꽂이가 필요합니다. 책꽂이를 먼저 만들어놓고 책을 모아야 합니다. 책꽂이 만들 계획을 먼저 짜야 한다고 생각합니다. 일에는 순서가 있다고 생각합니다. 무엇부터 먼저 해야 할지를 생각해야 합니다."

키가 작고 야무지게 생긴 영애는 제법 어른스러운 말투로 또박또박 자신의 의견을 발표했다.

이날 회의의 결과는, 우선 첫 번째로 책꽂이를 만들어 책을 비치하기로 했다. 실과 시간에 분단별로 책꽂이를 한 개씩 만들기로 만장일치로 결정됐다.

나는 책꽂이를 만들 재료를 준비했다. 이곳저곳을 다니며 시설물을 고치거나 수리할 때 쓰다 남은 송판이나 베니어를 주워 모았다. 지난여름, 면사무소 근처 복지관을 짓던 곳에 가서 쓰다 버려진 베니어를 주워 왔다. 더럽혀진 재료는 깨끗이 닦고 사포로 문질러 아이들이 편리하게 사용할 수 있도록 정리해 두었다.

아이들은 못과 망치, 톱 등을 분단별로 준비했다. 아침부터 교실 분위기는 어수선하고 들떠 있었다. 교실 뒤편에는 얇은 판자와 베니어가 한가득 쌓여 있었다. 장난기 많은 아이 중에는 망치를 들고 이리저리 뛰어다니며 책상과 마룻바닥을 두드리는 아이, 톱을 가지고 서로 칼싸움하는 아이도 있었다. 교실은 온통 아수라장이었다.

나는 판자와 베니어를 골고루 나누어 준 다음, 교무실 책상 위에 놓여 있던 책꽂이를 보여 주었다. 만들기에 앞서 책꽂이의 모양과 구조를 설명하고, 무엇보다 안전사고에 유의하라고 신신당부했다.

작업 활동이 시작되자, 교실은 떠나갈 듯 요란스러웠다. 여기저기서 쓱싹쓱싹 톱질하는 아이들, 퉁탕퉁탕 망치로 두드리는 아이들, 깔깔대고 웃는 아이들의 해맑은 얼굴까지, 모처럼 교실 가득 생기가 돌았다. 너무 소란스러워 옆 반 수업에 방해가 될까, 걱정이 앞섰다.

그러던 중, 갑자기 교실 뒷문이 드르륵 열리더니 꾀죄죄하고 초라한 모습의 키 작은 노인이 들어왔다.

"영식이 어디 있냐! 이놈아, 망치하고 톱 이리 내놔! 할애비가 쓰고 있는 연장을 아무 말도 없이 가져가면 어쩌자는 거냐! 얼른 이리 내놔!"

노인은 헌 검정 고무신을 벗어 두 손으로 교실 바닥에 흙을 탁탁 털었다. 손자의 이름을 부르며 마구 야단을 쳤다. 턱 밑 짧은 수염을 만지작거리더니, 입술을 실룩이며 몹시 화가 난 표정을 지었다.

나는 돌발적인 일에 놀라 황급히 달려가 노인께 인사를 드렸다.

"영식이 할아버지시군요. 저는 영식이 담임입니다. 영식이가 어르신께 허락도 없이 연장을 가져왔군요. 죄송합니다. 제가 사전에 아이들을 제대로 지도하지 못해 이런 실수를 저질렀네요. 정말 죄송합니다."

나는 진심으로 사과했다.

"아니, 그… 선생님께서 그렇게 말씀하시니 오히려 제가 죄송하군요. 그런데 그 망치하고 톱은 어따 쓰시려고 가져오라고 하신 겁니까?"

"예, 저희 반에 학급문고를 만들려고 계획 중입니다. 학급문고를 만들려면 책꽂이가 필요한데, 그게 없어서 아이들 힘으로 직접 만들어 보려 합니다."

"책꽂이를 만든다고요? 아이고, 이런 어린아이들 데리고 무슨 책꽂이를 만든다니…. 참, 답답하시군요. 그러지 마시고요, 내가 만들어 드리겠습니다. 책꽂이 몇 개가 필요합니까? 말씀만 하세요. 제가 평생 목수 일을 해 온 사람입니다. 그까짓 책꽂이쯤이야 식은 죽 먹기보다 쉽죠."

"어르신께서 그렇게 말씀해 주셔서 정말 감사합니다. 염치없는 부탁이지만 그렇게 해 주신다면 정말 고맙겠습니다. 그러나 아이들이 하는 이 활동은 교육적인 가치가 있어서 수업은 계속 진행하겠습니다. 어르신께서는 필요한 연장만 가져가시지요."

영식이 할아버지가 돌아간 뒤, 급사 여자아이가 교실 문을 열고 들어오더니 교감 선생님께서 1교시 수업이 끝나는 대로 교무실로 와달라는 전달 사항을 전했다. 그러면서 "아마도 교실이 너무 시끄러워 교장 선생님께서 몹시 화가 나신 모양이에요"라고, 내가 묻지도 않은 말을 덧붙이고는 급히 교실 문을 닫고 나갔다.

교무실에 들어서자마자, 교감은 나를 보자 한쪽 안경테를 붙잡고 부르르 떨며 어금니를 물고 두 주먹을 불끈 쥐었다.

자신의 책상을 있는 힘껏 몇 번이나 꽝꽝 내려치더니, 금방이라도 주먹을 휘두를 기세로 나에게 달려들었다.

"김 선생, 지금 뭘 하는 겁니까? 아이들 데리고 뭐 하는 거예요?"

"책꽂이를 만들고 있습니다. 학급문고를 만들려고요."

"책꽂이를 만든다고요? 아니, 교육과정에 책꽂이 만드는 과정이 있어요? 말해 봐요! 교육과정대로나 지도하세요! 괜히 딴짓하지 말고요! 김 선생은 왜 그렇게 말썽을 자주 피워요! 참 답답하네. 에이, 참……"

"교감 선생님께 염려를 끼쳐 죄송합니다. 물론 교육과정에는 없습니다. 그런데 이곳 아이들은 책을 보고 싶어도 책이 없어, 책을 볼 수 없는 딱한 사정을 안타깝게 여겨서 학급문고를 아이들과 함께 만들기로 했습니다. 그래서 책꽂이를 만들고 있습니다. 교감 선생님께서도 이해해 주시길 바랍니다. 이런 활동도 하나의 노작 활동으로 근로정신과 창의력, 그리고 협동 정신을 기르게 하는 교육적 효과가 있다고 생각합니다."

"아니! 김 선생, 지금 이 나이 먹은 교감을 가르치려고 하는 겁니까? 그 반 때문에 시끄러워서 다른 반이 수업을 못해요. 좀 미안한 마음이라도 가져요. 정 하고 싶으면 방과 후에, 다른 반 아이들이 다 귀가한 뒤에 하든지 말든지 하세요. 그렇지 않으면 교실 밖에서 하든지요……. 그리고 학급문고를 만들려면 책이 있어야 할 텐데, 책은 어떻게 구입할 생각이에요? 괜히 이것 때문에 학부모들로부터 항의나 들어오지 않게 조심하세요."

  교감은 극히 사무적인 말만 할 뿐, 아이들을 위해 협조해 주겠다는 의도는 전혀 없었다. 나는 방과 후 시간을 이용해 틈틈이 아이들과 함께 작업을 계속 이어갔다. 아이마다 자신만의 소질과 끼가 있어, 다양한 모양의 책꽂이를 만들고 있었다.

  다른 분단보다 더 새로운 모양의 책꽂이를 만들기 위해 서로 머리를 맞대고 의논하는 모습은 참으로 대견스럽게 보였다. 여자아이들은 여러 가지 색의 색종이를 예쁘게 오려 붙이고 색칠하였다. 여자아이들만이 가지고 있는 색깔에 대한 감수성을 여지없이 드러내고 있었다.

8

명수는 송판 위에 긴 자를 대고 연필로 줄을 그은 다음, 그 선을 따라 톱질을 열심히 하고 있다. 선 밖으로 톱날이 벗어나지 않도록 조심스럽게 톱질하고 있다. 자르고 난 후에는 거친 모서리 부분을 페이퍼로 정성스럽게 문질렀다. 만드는 모습이 꽤 진지하고, 열중하는 모습이다.

명수네 집은 학교에서 약 20리 정도 떨어진 마을에 있다. 집에서 학교에 오려면 작은 강을 건너야 하고, 그 뒤로는 두 개의 높고 험한 산을 넘어야 학교에 도착할 수 있다. 날씨가 나빠서 나룻배가 강을 건널 수 없을 때는 학교에 올 수가 없다. 특히 비가 많이 오거나, 바람이 심하게 부는 날, 눈이 많이 오는 날, 또는 나룻배 사공이 사정이 있어 배를 띄울 수 없을 때는 등교할 수 없는 것이다.

명수 아버지는 명수가 2학년이던 해, 산에서 벌목공으로 일하다가 큰 나무가 엉뚱한 방향으로 쓰러지는 바람에 부딪혀 허리를 크게 다쳤다. 지금은 몸을 제대로 쓸 수 없는 신체장애인이다. 명수 어머니가 작은 밭뙈기를 일구며 겨우 살림을 꾸려 나가고 있다. 이것만으로는 생활이 어려워 품팔이를 하거나, 봄과 여름이면 산에 올라가 산나물을 뜯어다가 장날에 내다 팔아 생계를 이어가고 있는 형편이다. 어느 때는 더덕, 고사리, 취나물, 도라지, 두릅 등을 학교까지 가져와 선생님들께 좀 팔아 달라고 조심스레 청하는 경우도 종종 있었다. 나는 명수네 딱한 사정을 알고 간혹 그것을 사주기도 했다.

지난 5월 초, 나는 학급의 몇몇 아이들과 함께 명수네 가정방문을 했다. 학교 앞 신작로를 벗어나 작은 개울가를 건너 비탈진 오솔길로 접어들었다. 5월의 날씨는 청아하게 푸르러져 가고 있었다. 밭두렁에 심긴 복사꽃에서 실어 나르는 꽃향기는 내 코와 뺨을 살포시 스쳐 지나갔다. 소나무 숲에서 풍겨 오는 향긋한 솔 냄새는 마음을 상쾌하고 평안하게 해 주었다. 연둣빛 안개 같고 구름 같았던 강둑의 수양버들도 이제는 뚜렷한 푸른빛이 피어올랐다.
　이 산 저 산 산등성이에서 들려오는 뻐꾹뻐꾹 소리와 이름 모를 산새들의 합창, 계곡에서 흘러내리는 맑고 깨끗한 물소리는 나를 물아일치(物我一致)의 경지에 이르게 했다. 산비탈 곳곳에서는 한 평의 땅이라도 더 일구어 보려는 농부들의 힘겨운 모습이 보였다.
 야트막한 산등성이를 넘어 비탈진 길을 내려오니, 바위틈에 빨갛게 알알이 물든 철쭉꽃들이 한창 피어 있었다. 언덕 아래에는 송이버섯 모양의 회색빛 초가집들이 옹기종기 모여 있었고, 밭을 가는 어미 소를 보고 음매 하며 뛰어가는 송아지의 모습은 몹시 정겨워 보였다. 돌담길 옆으로는 우아하고 향기로운 라일락과 노란 개나리꽃이 어우러져 마을이 온통 꽃 잔치를 벌이고 있었다. 그야말로 울긋불긋한 꽃 대궐이었다.
 마을 어귀에 다다르니, 강을 건네줄 뱃사공이 우리를 기다리고 있었다. 나룻배 위로 시원하게 불어오는 오월의 강바람은 내 마음을 창공 위로 두둥실 띄워 주었다. 초여름 하늘빛보다 더 파란 쪽빛 강물 위로 고향을 찾아온 제비들이 물결 위를 스치며 장난을 치고 있었다. 나는 가슴속에서 북받쳐 오르는 흥분을 어쩌지 못해 쪽배 안에서 아이들과 함께 노래를 불렀다.

> 산 위에서 부는 바람 시원한 바람
> 그 바람은 좋은 바람 고마운 바람
> 여름에 나무꾼이 나무를 할 때
> 이마에 흐른 땀을 씻어 준대요……
>
> 초록빛 바닷물에 두 손을 담그면
> 초록빛 바닷물에 두 손을 담그면

파란 하늘빛 물이 들지요
어여쁜 초록빛 손이 되지요

   배 선착장에서 내려 나룻배 사공인 노인과 작별한 뒤, 비탈길을 벗어나 밭두렁 사이를 지나 작은 언덕길을 따라 올라가니 명수네 집이 보였다. 어른 한 사람이 간신히 들어갈 만한 싸리문이 비스듬히 열려 있었다. 마당 한가운데는 강아지 한 마리가 꼬리를 흔들며 우리를 반겨 주었다. 사람 구경이 귀한 마을이라 모처럼 찾아온 손님이 무척 반가운 모양이었다.
   인기척 없는 집 안, 싸리나무 울타리 한구석에는 빈 함지박과 깨진 양푼이 덩그러니 뒹굴고 있었다. 긴 장대로 높게 세운 빨랫줄에는 막 빨아 널어놓은 듯한 헌 옷 몇 개가 강바람에 이리저리 맥없이 흔들거리고 있었다.

   나는 아이들과 함께 툇마루 위에 걸터앉아, 한가롭게 흐르는 강물을 무심히 바라보며 이런저런 무거운 상념에 사로잡혀 있었다. 잠시 후, 온몸이 흙과 땀으로 뒤범벅이 된 명수 어머니가 호미를 든 채 허겁지겁 달려왔다.
   "아이고! 선생님 오신 줄도 모르고 있었네요. 밭에서 일 좀 하느라고 늦었어요. 참, 죄송하네요. 사는 형편이 너무 부끄러워서 방으로 모시지도 못하고……."
   투박하고 순박하면서도 수더분한 모습에서 전형적인 시골 아낙네의 모습이 엿보였다.

"명수 어머니, 저는 이 마을 가정 방문차 잠시 둘러 가려고 왔습니다. 너무 부담 갖지 마세요. 그런데 명수 아버님은 어디 가셨나요?"

"아유! 내 정신 좀 봐! 방에 누워 계세요. 허리를 심하게 다쳐서 거동을 잘 못 하셔요."

"치료는 좀 받으셨어요?"

"아이고! 무슨 치료를 받아요. 돈이 있어야 병원이고 어디고 가 보죠. 저쪽 강 건너 밤골 마을에 침을 놓을 줄 아는 어른이 계시는데, 한번 오시라고 하니까 힘들어서 여기까지 못 오시겠대요. 그래서 우리 마을 청년 몇이 애 아버지를 업고 한 번 갔다 왔지요. 조금 차도가 있는가 했더니 다시 병이 도져서 지금 거의 꼼짝 못 하셔요. 지금이라도 돈이 좀 있으면 읍내 병원이라도 가서 치료를 받든지, 침을 좀 맞아 보든지 할 텐데, 돈이 있어야 뭘 좀 하죠. 에이고! 그놈의 돈이 뭔지……."

명수 어머니는 한숨을 내쉬며 자조 섞인 목소리로 한바탕 수다 아닌 수다를 풀어냈다.

"아이참! 이렇게 모처럼 저희 집에 오셨는데, 너무 제 얘기만 했군요. 여기 좀 앉으세요." 하며 마당 한가운데에 헌 돗자리를 깔아 놓았다. 나는 아이들과 함께 어색한 태도로 주저주저하다가 털썩 돗자리 위에 앉았다.

주변을 둘러보며 잠시 머물렀다가 갈 생각이었다. 싸리나무 울타리 틈 사이로 보이는 풍경은 나지막한 비탈진 산을 개간해 만든 밭뙈기와 토담으로 지은 오두막집들이 듬성듬성 펼쳐져 있었다. 간혹 누런 황소가 딸랑딸랑 방울 소리를 내며 밭을 가는 소리가 들려왔다.

 잠시 후, 명수 어머니는 부리나케 부엌으로 가더니 솥뚜껑 여는 소리와 함께 아궁이에 불을 지피는 소리가 났다. 나는 엉겁결에 벌떡 일어섰다. 빨리 돌아갈 생각으로 부엌 쪽으로 가 명수 어머니에게 인사를 드렸다.

 "선생님, 잠깐만 앉아 계세요. 모처럼 오셨는데 그냥 가시면 안 되죠. 제가 고구마를 삶고 있으니까요, 맛은 없더라도 잡수고 가세요. 이 고구마는 겨우내 묵은 게 되어서 맛은 별로 없을 거예요."

 지나친 사양은 예의가 아닌 듯하여 머뭇거리다가 다시 그 자리에 털썩 주저앉았다.

 잠시 후, 명수 어머니는 찐 고구마와 김치를 개다리소반 위에 정성껏 담아 가지고 나왔다. 원래 이곳에 고구마는 밭에 모래가 많아 다른 곳에서 나는 고구마보다 맛이 썩 좋다고 하면서 자랑을 늘어놓았다. 겨울 식량은 감자와 고구마와 옥수수가 전부라고 하며, 명수 어머니는 한숨 섞인 목소리로 어려움을 털어놓았다.

 "선생님, 저…… 한 가지 좀…… 어려운 부탁을 해도 될까요?"

 명수 어머니는 잠시 말을 멈추더니 침울한 표정을 지었다. 차마 입 밖에 내지 못할 딱한 사정이 있는 듯했다.

"명수 어머니, 무슨 내용인지 모르지만 말 못 할 사정이 있으신가 봐요. 무슨 말씀인지 알 수 없으나, 제가 도와드릴 수 있다면 도와드릴 테니 염려하지 말고 말씀하세요."

"저…… 선생님, 우리 명수가 육성회비를 달라고 매일 졸라대는데, 돈이 있으면 지금이라도 드렸으면 좋겠는데 드릴 수 없군요. 참으로 죄송하네요. 우리 명수 육성회비 면제가 안 될까요? 부끄러운 부탁입니다. 제가 오죽하면 이런 말씀을 드리겠습니까?"

명수 어머니의 그 참담한 심정을 이해할 수 있었지만, 나는 너무나 갑작스러운 일이라 당혹스럽고 어찌할 바를 몰라 몹시 당황스러운 표정을 지었다.

"명수 어머니께서 어렵고 딱한 사정을 제가 잘 알겠습니다. 이 문제는 제가 혼자 해결할 문제가 아닙니다. 학교에 돌아가서 교장 선생님과 상의한 후에 그 결과를 알려 드리겠습니다."

명수 어머니는 어려운 큰 문제 덩어리가 해결된 듯, 어두운 얼굴빛이 사라지고 밝은 표정을 지었다.

"선생님, 참으로 감사합니다. 선생님만 믿겠습니다. 그리고 돌아가실 때 고구마 몇 개를 자루에 담았는데, 이걸 가지고 가시죠. 애들과 같이 들고 가면 그리 무겁지 않을 거예요. 제가 직접 가져다드려야 하는데, 요즘 너무나 바빠서 갈 새가 없군요."

명수 어머니는 정성스럽게 담은 고구마 자루를 문밖에 내다 놓았다. 부리나케 이웃집에 가더니 지게를 진 젊은이를 데리고 와서 나에게 인사를 시켰다. 이 고구마는 보릿고개 전까지 명수네 가족들이 먹어야 할 식량이다. 강 나루터까지 이 짐을 날라다 줄 모양이다.

나는 놀란 표정을 지으며, "아니, 괜찮습니다. 아이들과 같이 들고 가면 무겁지 않습니다."하고 극구 사양했으나, 젊은이는 지게에 덥석 얹더니 쏜살같이 도망가듯 사립문 앞에서 사라졌다.

비록 굶주림으로 살기 어려운 가난한 곳이지만, 후덕한 인심과 순박한 인정만큼은 풍요로웠다. 나는 산골 마을에, 어렵고 고달픈 삶에 지친 시골 농민들의 생활을 보고 안타까운 마음으로 아이들을 더 사랑하게 되었다. 가난한 농촌에서 자라온 나 역시 이런 어려운 농촌 생활에 익숙한 편이다. 농촌 현실을 바라보고 마음에 짐이 무거워져만 갔다. 팍팍하고 가난한 농촌 생활에서 하루 속히 벗어나 잘사는 농촌이 되기를 바랄 뿐이었다.

9

이곳의 오월 산과 들은 엷은 초록색 물감으로 마구 뿌린 한 폭의 수채화다. 마을 입구마다 '새마을운동으로 잘살아 보자'라는 현수막이 걸려 있다. 세계적인 빈곤 국가인 우리나라가 잘사는 길은 이 길밖에 없다는 것을 수업 시간에 아이들에게 여러 차례 강조했다.

우리 국민들은 오직 숙명론에 갇혀 있다. 가난하게 살고 있는 현실을 그저 한탄과 시름으로 달래고 있었다. 새마을운동은 농민들의 체념과 봉쇄성과 지역 지향성을 극히 단기간 내에 전국적인 규모로 타파하려는 농촌의 사회적 혁명이었다.

나는 하숙집으로 돌아와 명수네 딱한 사정을 도와줄 방안을 골똘히 생각했다. 명수 어머니의 "에이고, 그놈의 돈이 뭔지!" 이 말이 귀에 맴돌아 잠을 제대로 청할 수가 없었다. 이리 뒤척, 저리 뒤척거리며 거의 뜬눈으로 밤을 지새웠다.

아침 식사 때 선배 곽승현 선생에게 명수네 사정을 말했더니, 곽 선생은 피식 코웃음을 지었다.

"김 선생님은 아직 이곳 사정을 잘 모르시는군요. 그런 가정이 어디 한두 가정입니까? 거의 다 비슷한 형편이에요. 그런 사정 다 받아들일 수 없어요. 그냥 무시하세요."

곽승현 선생은 내가 무척 답답하고 어리석다는 표정으로 바라보더니, 아무 일도 없다는 듯이 식사하고 일어섰다.

학교에 출근하자마자 교감 선생님께 어제 가정 방문을 다녀온 과정과 명수네 딱한 사정을 낱낱이 보고한 후에 육성회비를 면제해 줄 것을 간청했다. 그러나 교감은 일언지하(一言之下)에 거절했다. 다시는 그런 얘기를 함부로 하지 말라며, 오히려 나에게 입단속을 하도록 지시까지 했다.

"이곳 사정은 선생님보다 내가 더 잘 알고 있어요. 선생님은 내가 지시하는 대로 따라오기만 해요! 학교 운영은 교장 선생님과 내가 하는 것이니까. 그리고 모든 것이 육성회에서 결정해요. 그런 사정 다 받아 주면 학교 운영을 어떻게 합니까? 선생님은 참으로 철이 없군요. 다시는 그런 말 누구한테도 하지 말아요!"

교감은 어처구니없는 일을 벌여 놓아 또 골치 아픈 일을 저지르지 말라고 하며, 행정적이고 사무적인 말만 되풀이했다. 그뿐 아니라 동료 선생님들도 나의 이러한 행동을 한심하고 답답하다는 눈초리로 바라보고 있었다.

수업이 다 끝난 후에 정숙은 나를 교무실 밖으로 나오라고 하더니 학교 우물가 등나무 아래 야외교실로 데리고 갔다. 나는 무슨 일인지도 모르고 좀 어색한 태도로, 강제로 끌려가다시피 했다.

벤치에 앉자마자 약간 호들갑을 떨면서 도움을 요청하는 것이 아닌가.

"선생님, 우리 반 육성회비가 너무 안 걷혀요. 교감 선생님이 우리 반 실적이 제일 나쁘다고 야단인데, 어떻게 해야 할지 모르겠어요. 요새 이것 때문에 걱정이 돼서 잠이 잘 안 와요. 선생님, 무슨 좋은 방법이 없을까요? 교감 선생님은 가정 방문을 가서라도 받아 오라고 야단인데, 저 혼자 다닐 수가 없어요. 아이들 생각하면 가정 방문을 가는 것도 좋겠지만, 젊은 여자가 산길로 혼자 다니는 것도 쉽지 않아요.

지난번에는 교과서 값을 안 낸 아이들이 있어서 제가 대신 대납을 했어요. 육성회비조차 내가 모두 책임지고 대납하기에는 너무나 짐이 무거워요. 다른 방법을 찾아야 하겠어요. 무슨 방법이 없을까요? 선생님께서 좀 도와주세요."

나는 요즘 정숙의 부스스한 머리 모양과 교무실에서도 말수가 적고 화장기 없는 어둡고 침울한 표정을 짓고 있는 까닭을 알게 되었다. 잠시 말없이 침묵이 흘렀다. 등나무 가지 사이로 피어나는 보라색 꽃송이를 바라보고 있는 동안, 어디선가 이름 모를 새 한 마리가 날아왔다. 꽃송이를 부리로 몇 번 콕콕 찢더니 학교 운동장을 가로질러 플라타너스 사이로 날아갔다.

"이 선생님, 제가 도와드릴 뚜렷한 방법이 떠오르지 않네요. 이게 모두 우리의 잘못은 아니잖아요. 국민학교는 분명히 의무교육이라 모든 것을 국가가 책임지고 무상으로 가르쳐야 하는 것 아닙니까? 그런데 이것을 실행하지 않는 정치 지도자들과 무책임한 문교 행정 관료들이 교육의 중요성을 외면하고 있는 것이 안타까운 일이지요. 정치 지도자들에게는 도로나 다리를 하나 더 만들고, 공장을 하나 더 짓는 것이 더 현실적이지요. 국민들 눈에는 당장 나타나는 흔적을 원하고 있거든요.

문교 행정관리들이나 학교 관리자들에게도 책임이 크다고 생각해요. 그저 엎드려 오직 자기 살길을 찾기에 급급하지요. 참으로 비굴하고 사꾸라 같은 존재들이라고 생각해요. 복지부동하는 자세로 살아가는 저들이 있는 한, 우리 교육은 개혁하고 변화하기는 어려울 겁니다.

물론 재정이 빈약한 국가의 현실을 무시할 수는 없지요. '교육은 백년지대계'라는 허울 좋은 말들은 많이 하지만, 이것은 정치 지도자와 문교 관리들이 교사들을 자기 마음대로 조종할 때 사용하는 말이에요. 참된 교육을 할 수 있는 옥토를 만들어주어야 합니다. 이 옥토에 씨를 뿌리고, 좋은 햇빛과 물과 영양분을 골고루 정성스럽게 공급해 줘야 뿌리를 내려

잘 자랄 수 있지 않겠어요? 과일 열매는 손쉽게 열리는 것이 아니에요. 땀 흘려 가꾸어야 좋은 열매를 맺을 수 있지요.

한 송이 국화꽃이 피려면, 긴긴 여름날 폭풍과 비바람을 이겨내고, 늦가을 서리를 맞아야 아름다운 꽃을 피우고 그윽한 향기를 뿜어낼 수 있지요. 변화와 완성에는 시간과 반복된 노력이 있어야 하지요. 부조리한 현실을 변화시킬 수 있도록 노력해야 돼요. 우선 우리에게 맡겨진 사명감은 잊어서는 안 된다고 생각해요. 현실을 극복해야지요. 어려운 현실과 싸워야 합니다. 힘차게 도전하는 마음을 가져야지요. 선생님의 그 어려운 고통과 짐을 함께 나누어지고 가야 합니다. 서로서로 힘을 합하고 위로하며 다독거리며 나가야겠지요.

선생님, 제가 도와드릴게요. 내 코가 석 자이지만, 함께 힘을 나누면 짐이 작아질 거예요. 우리 아이들을 훌륭하게 잘 가꾸는 멋진 정원사가 됩시다!"

나는 정숙과 함께 가정 방문을 하면서, 학교의 어려운 현실을 학부모들에게 솔직하게 알리고, 아이들의 가정을 찾아가 어렵고 고통스러운 처지를 함께 아파하고 용기를 북돋아 주기로 했다.

"선생님, 말씀을 들으니까 마음이 조금 편안하고, 불안했던 것이 좀 가시는 것 같아요."

정숙은 밝은 표정으로 빙그레 미소를 지었다.

방과 후에 반장 김정수와 부반장 김복순, 총무 이근수가 나를 찾아왔다.

"선생님! 저희들이 책을 조금 모아 왔어요."

반장인 정수가 보자기를 풀면서 나에게 책을 보여 주었다. 보자기 안에는 아이들이 볼 수 있는 책도 있지만, 성인들만 볼 수 있는 책들도 몇 권 있었다. 정수는 자기가 보고 있던 책들 중 몇 권을 부모님의 허락을 받고 가져왔다고 했다. 성인이 보는 책은 이발소 영업을 하는 용길이네 가게에서 가져온 것이었다. 이발소에 비치된 잡지들을 어른들이 이발하러 왔다가 낱장으로 뜯어 가루담배를 말아 피우는 것을 보고, 이왕 버릴 거라면 학교에 가져와 아이들에게 보여 주자는 생각이 들어 가져왔다는 것이다.

반 아이들을 위해 책을 가져온 것을 보고, 너무나 고마워서 나는 감정을 억제할 수가 없었다.

"정말 장하고 훌륭하다! 너희 같은 애들이 있기에 가르치는 보람을 느낀다."

나는 기쁜 마음으로 아이들을 칭찬했다.

여러 가지 어려운 형편과 환경 때문에 아이들을 통해 책을 수집하기가 어렵다고 판단한 나는, 학급 대표 몇 명을 데리고 일요일에 서울 청량리 헌책방을 찾아가기로 했다. 아이들은 처음 가 보는 서울의 모습을 상상하며 마음이 꽤 설레는 듯했다.

교통이 불편한 이 지역은 읍내로 가는 버스가 오전, 오후

합해 고작 네 번 정도만 운행되고 있다. 우리는 아침 일찍 버스를 타고 읍내까지 간 다음에 서울행 기차를 탔다. 이제까지 기차를 타본 적 없는 아이들은 뱀처럼 길게 늘어진 열차를 보고 무척 놀란 표정을 지었다.

기차를 타고 차창 밖을 바라보며 바깥 풍경이 빠르게 휙휙 지나가고, 새로운 경치가 펼쳐지는 것을 보며 "우와!"하며 소리를 지르는 모습은 참으로 순박하고 티 없이 맑은 어린아이다운 모습이었다.

청량리 책방을 둘러본 아이들은, 책방마다 책이 가득 쌓여 있는 것을 보고 놀란 표정으로 연신 감탄을 터뜨렸다. 아이들이 볼만한 책을 몇 권 구입한 후에는 어린이대공원에 가서 재미있게 놀았다. 아이들은 천진난만하게 이리저리 뛰어다니며 무척 즐거워했다.

주말인 토요일이 돌아왔다. 4교시 후에 정수 아버지가 오토바이에 짐 보따리를 싣고 학교에 왔다. 나를 찾는다는 급사의 말을 듣고 교무실에 가 보니, 정수 아버지와 나이가 늦수그레한 한 사람이 나를 기다리고 있었다. 정수 아버지는 여느 때와는 다르게 반색하며 인사를 건넸다.

"지난번에는 정수를 데리고 서울 구경을 시켜 주셔서 정말 고맙습니다. 제가 일부러 데리고 다닐 시간이 없어서 서울 구경을 자주 시켜 주지도 못했는데, 이번에 서울 갔다 오더니 정수 녀석이 선생님 자랑을 얼마나 하는지 모르겠어요. 정말 감사합니다.

그런데 이번에 학급문고를 만든다고 하셨다면서요. 그 생각 참 잘하셨습니다. 이곳 아이들이 책을 읽고 싶어도 책이 있어야 읽지요. 우리 정수에게 간혹 책을 사다 주기는 하지만 그것도 한계가 있더군요. 제가 책을 사러 갈 시간도 없고요. 책을 산다고 해도 어떤 책이 좋은지 알 수가 있어야지요. 그래서 이번에 아이들이 볼만한 책을 여러 사람에게 물어보고 구입해서 가져왔습니다. 약소하지만 받아 주시면 고맙겠습니다."

정수 아버지는 책 보따리를 우리 반에 들여놓고는 바쁘다고 하며 부리나케 오토바이를 타고 돌아갔다.

학급 뒷벽 쪽으로 선반을 만들어 학급문고를 정리했다. 아이들은 아침에 등교하면, 누가 시키지 않아도 자기가 좋아하는 책을 골라 읽거나, 읽은 책에 대한 줄거리를 서로 이야기하며 시간을 보냈다.

나는 독서 목록을 비치했다. 책을 빌려 볼 때는 독서 반장 이선자에게 허락받은 후에 빌려 보도록 했다. 책을 다 읽은 후에는 독서감상문을 간단하게 작성해 보도록 했다.

국어 시간이나 방과 후에는 분단별로 독서 토론회를 열었다. 아이들에게 글쓰기와 자신의 생각을 다른 사람 앞에서 말할 수 있는 시간을 주었다. 다른 사람 앞에서 말할 수 있는 발표력을 키워 주고, 다른 사람의 의견을 존중하는 습관을 길러 주었다.

독후감상문

날짜 : 1972년 ○월 ○일 금요일
학년·반 : 5학년
이름 : 김은미
책 제목 : 유관순
지은이 : 전영택

나는 선생님께서 유관순 누나에 대한 이야기를 많이 해 주셔서, 유관순 위인전을 읽어보았다. 지난번 삼일절 때, 선생님은 <유관순 누나> 노래를 가르쳐 주셨다.

유관순은 1904년, 천안 부근에서 일찍이 기독교 학교를 세운 유중권의 딸로 태어났다. 그리고 1918년 이화학당에 입학했다. 나라를 사랑해야 한다는 것을 학교에서 배우고, 아버지의 영향을 많이 받았다.

1919년 3월 1일, 고종 황제의 장례가 있던 날, 고종 황제가 일본 놈들에게 독살되었다는 소문이 온 나라에 퍼졌다. 일본에게 빼앗긴 나라를 되찾기 위해, 나라를 사랑하는 애국지사들이 3월 1일 만세운동을 일으켰다.

3월 1일, 학생들이 시위운동에 많이 참가했기 때문에 모든 학교에 임시 휴교령이 내려졌다. 유관순은 고향인 천안시 병천면으로 내려갔다. 몰래 독립 선언서를 숨겨 고향으로 돌아온 유관순은 마을 어른들을 찾아다니며 만세 운동의 필요성을 설명했다.

장이 열리는 4월 1일, 사람이 많이 모이는 아우내 장터에서 고향 어른들과 함께 "대한 독립 만세"를 외쳤다. 만세 운동 당일, 사람들에게 나누어 줄 태극기를 직접 만들었고, 인근 마을마다 찾아가 아우내 장터의 만세 운동을 알렸다.

"여러분! 반만년의 유구한 역사를 자랑하는 우리나라를 저 잔인한 일본이 강제로 빼앗았습니다. 우리는 나라 없는 백성으로 온갖 압제와 설움을 참고 살아왔지만, 이제는 더 이상 참을 수 없습니다. 지금 세계의 여러 약소민족은 나라의 독립을 위해 일어서고 있습니다. 우리도 대한 독립 만세를 외쳐 나라를 되찾읍시다!"

1919년 4월 1일, 충남 천안 병천 아우내 장터에서 마을 주민들과 함께 목청껏 대한 독립 만세를 외쳤다. 약 3천여 명의 시위 대열이 장터 곳곳에서 만세 운동을 벌이자, 병천 헌병주재소의 헌병들이 총과 칼로 무자비하게 탄압했다.

이 만세 시위에서 부모를 잃은 유관순은 천안 헌병대에 끌려가 갖은 고문을 당했다. 그러나 조금도 굴하지 않았다. 일본 법정에서도 의지와 기개를 잃지 않고 일제의 재판을 거부했다.

재판 이후 서대문 감옥으로 옮겨진 후에도, 옥

중에서 계속 독립 만세를 외치다 모진 고문을 받고, 열여덟 살 나이에 옥중에서 순국했다. 유관순은 죽기 전, 다음과 같은 말을 남겼다.

"내 손톱이 빠져나가고, 내 귀와 코가 잘리고, 내 손과 다리가 부러져도 그 고통은 이길 수 있으나, 나라를 잃어버린 고통은 견딜 수 없습니다."

나는 유관순으로부터 다음과 같은 것을 배웠다. 일본 놈들에게 견디기 어려운 모진 고문을 당했어도, 우리나라의 독립 만세를 부르며 나라를 사랑한 정신이다.

나는 유관순처럼 나라를 사랑하는 마음을 갖겠다. 나보다 이웃과 나라를 먼저 생각하겠다. 나라가 위태로울 때 유관순처럼 생명을 바쳐 끝까지 잘 지키겠다.

나라를 잘 지키려면, 우리나라가 힘이 센 나라가 되어야 한다. 강한 나라가 되려면 우리들은 열심히 공부하고 배워서 훌륭한 사람이 되어야 한다. 이것이 곧 나라를 위하는 길이다. 나는 열심히 배우고 익혀서, 나라에 꼭 필요한 사람이 되겠다.

10

 무더운 더위가 매일 기승을 부리고, 모든 산과 들이 온통 짙은 푸르름으로 물들어가고 있었다. 이곳의 아이들은 산이나 들에 나가 곤충들을 잡고, 개울가나 강가에 나가 물놀이를 하며 여름 한 철을 보낸다. 어떤 아이는 산에 올라가 다람쥐들과 함께 온종일 시간을 보내기도 한다. 초록빛으로 물든 들판을 밭두렁이나 논두렁 길을 따라 아무 데로나 마음껏 달려가곤 했다. 개울가에 가서 물장구를 치고 가재나 붕어를 잡으며 길고 긴 여름 한낮을 보낸다.
 나는 방과 후 시간이 날 때마다 넓은 개울가에 나가 주낙을 쳐 놓고 고기를 잡았다. 발강이, 모래무지, 붕어, 미꾸라지를 잡아 개울가에 작은 양은솥을 큰 돌멩이 위에 걸어 놓고 매운탕을 해 먹는 맛이야말로 정말 꿀맛이었다. 아이들과 함께 고기를 잡아서 매운탕을 끓여 먹었다. 고추장을 적당히 풀어 넣고, 호박, 파, 감자를 대충 썰어 넣는다. 여기에 잡은 고기를 깨끗이 다듬어 솥에 넣고, 밀가루를 반죽해 수제비를 넣어 끓인다. 이곳에서는 이보다 더 맛있는 먹거리가 없다. 개울가에서 이렇게 노는 것을 이곳에서는 '천렵'이라고 불렀다. 아이들은 물론이고, 어른들도 논이나 밭에서 일하다가 조금 지루하거나 더위를 식히고 싶을 때면 개울물에 몸을 풍덩 빠뜨려 무더운 한여름을 보냈다.

학교 일과가 끝난 후, 퇴근하여 하숙집 방에 돌아와 모처럼 시원하고 달콤한 오후에 낮잠을 청하고 있는데, 웬 낯선 청년이 나를 찾아왔다. 차림새를 보니 이곳에서 농사짓는 젊은이처럼 보였다.

"선생님, 쉬고 계시는데 이렇게 불쑥 찾아와서 죄송합니다. 제가 명수 외삼촌 되는 사람입니다. 지난번에 저희 누님 집에 한 번 다녀가셨다는 말씀 들었습니다. 매형이 몸을 다쳐 꼼짝 못 하고 계셔서 누님이 작은 밭뙈기를 갈아 근근이 생활하고 있죠. 살기가 너무 어려워 명수 육성회비와 교과서 값을 낼 수가 없어, 학교를 그만두려고요. 제가 아는 분이 명수를 서울에 취직시켜 준다고 해서 선생님과 상의드리러 왔습니다. 자장면집에 가서 일하면 먹는 건 해결되고 용돈도 준다고 해서 그 집으로 보내려고요. 선생님께서는 어떻게 생각하시는지요?"

예상치도 못한 방문객의 갑작스러운 말에 나는 충격을 받았다. 어안이 벙벙하여 뭐라고 대답해야 할지 말문이 막혀 버렸다. 얼마 동안 골똘히 생각한 후, 나는 젊은이에게 조심스럽게, 궁색한 대답을 했다.

"명수 삼촌도 젊었지만, 저도 젊습니다. 젊기 때문에 서로 말이 잘 통할 것 같군요. 명수네 집이 지금 살기가 어려워서 명수가 서울에 가서 자장면이나 배달하고, 한 달에 용돈 조금 번다고 해서 집 형편이 얼마나 좋아질 것 같습니까? 명수는 국민학교에 다니는 어린아이입니다. 이렇게 어린아이를 노동판에 내몰게 되면 명수의 앞날은 어떻게 되겠습니까? 보나 마나 뻔한 거 아닙니까? 아무런 목표도, 목적의식도 없이 떠돌이 신세가 될지 모릅니다. 배움의 기초를 겨우 닦아가는 아이를 험한 세상에 내몰리게 되면, 한 사람의 앞길을 막는 것입니다.

명수 외삼촌께서 잘 판단하셔서 이 아이의 앞길을 도와주세요. 더군다나 국민학교는 의무교육입니다. 저도 힘을 다해 도와드리겠습니다. 당장의 배고픔과 어려움 때문에 모든 것을 포기할 수 없습니다. 명수 어머니와 함께 잘 의논하셔서 결정해 주세요. 가능한 한 제가 학교에 잘 다닐 수 있도록 도와드릴게요.

아이에게 꿈과 희망을 줘야 합니다. 미래를 포기하지 않도록 힘을 주셔야 합니다. 부득이 남의 집에 가서 일을 하게 되더라도, 명수의 앞날을 위하여 목표 의식을 심어줘야 합니다.

명수보다 더 어려운 환경을 잘 극복하고 성공한 사람들도 많이 있으니까요."

명수 삼촌은 내 말을 듣더니 아주 심각하고 어두운 표정을 지었다.

"선생님, 말씀 잘 들었습니다. 그러나 지금 우리 누님도 건강이 나쁜 데다 매형마저 병으로 누워 계셔, 명수 뒷바라지할 사람이 없습니다. 그래서 명수가 집에 있을 처지가 못 됩니다. 우리 어머니가 종종 보살피기는 하지만, 거리가 워낙 멀고 거동하시기에도 불편하여 명수네 집에 가 계실 형편이 못 됩니다. 선생님 말씀은 백번 옳은 말씀이지만, 형편이 그러하니 어쩔 도리가 없습니다. 선생님, 이해해 주십시오."

명수 외삼촌은 젖은 눈시울로 나에게 하소연을 한 다음, 축 처진 어깨로 힘없이 하숙집 마당을 빠져나갔다.

학년 초부터 전복순은 무단으로 석 달째 장기 결석을 하고 있다. 장기 결석의 이유나 사정을 전혀 알 수 없어 방과 후 시간을 내 몇몇 아이들과 함께 가정 방문을 했다.

거칠고 외진 산길과 개울을 건너 거의 한 시간 넘게 걸어 복순이네 집을 찾아갔다. 학교에서 선생님이 왔다는 소문을 듣고 마을 아이들이 여기저기서 모여들기 시작했다.

누더기 옷을 입은 아이, 머리에 종기가 심하게 난 아이, 얼굴에 흰 버짐이 낀 아이, 누렇고 찐득거리는 콧물을 흘리는 아이, 제대로 된 옷 한 벌 입지 못한 아이, 모두가 몹시 측은하고 안타까운 모습이었다. 그러나 한편으로는 사랑스럽고 귀엽게도 보였다.

코흘리개 사내아이들은 나를 보며 계면쩍은 듯 머리를 긁적거리다가 넙죽 인사를 했다. 계집아이들은 멀찌감치 서서 꾀죄죄한 치마저고리 위에 다소곳이 손을 얹고 부끄러운 모습으로 인사했다. 남자아이들은 서로 다투어 가며 내 옆에 가까이 와 함께 걸었다. 정말 수정같이 티 없이 맑고 순박한 아이들이었다.

흙으로 마구 비벼 지은 토담집들이 듬성듬성 흩어진 산골 마을로, 한 사람이 겨우 다닐 만한 오솔길로 접어들었다. 어떤 집은 그 길마저 없어, 산밭을 일구어 만든 밭두렁을 아슬아슬하게 밟고 지나가야 했다.

상수리나무가 우거진 숲을 지나 억새 길을 따라 산모퉁이를 돌아갔다. 복순네 집은 남의 밭두렁을 요리조리 조심스레 밟고 가야만 겨우 찾아갈 수 있었다. 금방이라도 무너질 듯한 토담집이었다. 한쪽에 버팀목으로 담벼락을 간신히 떠받치고 있는 모습이 아슬아슬해 보였다.

지붕은 언제 새로 갈았는지 이엉이 썩어 짙은 잿빛으로 바래 있었고, 군데군데 움푹 팬 곳에는 잡초들이 무성하게 자라고 있었다. 좁은 밭두렁으로 통하는 바깥마당에는 명아주, 쑥, 패랭이, 쇠뜨기 같은 잡초가 무성했고, 벌레들이 그사이를 나돌고 있었다.

사립문 앞으로 흐르는 시궁창에는 앞마당에서 흘러나온

개숫물이 고여 썩는 냄새가 코를 찔렀다. 울컥 헛구역질이 치밀었다.

사립문 사이로 보이는 툇마루에는 찢어진 검정 고무신과 나무로 깎아 만든 겨다가 나란히 놓여 있었다. 인기척이 나자 얼굴이 검게 그을리고 머리도 제대로 빗지 못한 채, 무명 수건으로 대충 머리를 뒤집어쓴 여인이 방문을 열고 내다보았다. 담임 선생인 줄 알고 황급히 옷매무시를 가다듬고 헌 고무신을 신은 채 댓돌 아래로 내려와 허리를 굽혀 인사했다.

"화전을 일구며 살아가는 우리에게 무슨 여유가 있겠어요. 옥수수와 감자로 연명하다가, 그것마저 떨어져 아이들 먹일 것도 없어요. 살기가 너무 어렵고 막막하죠. 아이를 서울 부잣집에 보내 잔심부름이라도 하면 세끼 밥은 제때 배불리 먹을 수 있을 것 같아서, 아는 사람의 소개로 몇 달 전에 보냈죠. 어린 것이 잘하고 있는지, 매일 걱정하고 있어요. 아이고, 불쌍한 것……."

바싹 마른 광대뼈를 한 손으로 만지작거리며, 큰 죄라도 지은 죄인처럼 얼굴을 붉히더니 이내 고개를 떨궜다. 이야기를 마치고 잠시 말이 없었다. 갑자기 몸을 부르르 떨더니, 흩어진 머리채를 두 손으로 쥐어뜯으며 가슴을 두 주먹으로 내리쳤다. 때 묻은 치마로 얼굴을 가리고 훌쩍였다. 이내 담임 선생인 내 손을 붙잡고 엉엉 소리를 내며 섧게 울기 시작했다.

"아이고, 불쌍한 우리 복순이. 부모 잘못 만나 이렇게 고생을 시키니, 이 에미 가슴이 미어지는 것 같아요."

헝클어진 머리를 쥐어뜯으며 소리내어 섧게 울었다.

이런 상황에서 나는 뭐라 위로의 말을 할 수가 없었다. 나 역시 복순이 어머니와 함께 잠시 눈물을 흘렸다.

심란한 마음과 지친 걸음으로 저녁 무렵에야 돌아왔다. 저들의 아픔을 함께할 수 없는 나의 처지가 너무 원망스럽고 안타까울 뿐이었다. 기막힌 현실 앞에서 나의 마음 한편이 무너지는 듯했다. '잘 살아보세, 우리도 한번 잘 살아보세…….' 이런 노랫말을 언제까지 기다려야 잘 사는 세상이 될까? 우리에게 '잘 사는 세상'이 돌아온다는 것은, 그저 먼 하늘의 구름을 잡는 허망한 꿈같이만 들렸다. 우리는 언제 행복의 무지개를 잡을 수 있을까? 행복의 파랑새는 언제쯤 돌아올까? 현실은 그저 먹구름만 몰려오고 있을 뿐이다.

11

떼를 지어 지저귀는 새 소리가 새벽임을 알려주었다. 아침부터 하숙집 울타리에 해묵은 참죽나무 가지 위에서 까치들이 모여 '깍 깍깍' 요란스럽게 지저귀는 소리에 잠이 깼다. 마치 까치들이 모여 아침 회의라도 하는 듯했다.

막 해가 뜨려던 참, 빼곡한 나뭇가지 사이로 보이는 하늘빛은 어떤 색깔로도 표현할 수가 없었다. 군이 표현하자면 핑크색에 물든 제비꽃과 황금빛이 어우러진 유채화 같았다. 하숙집 여주인은 오늘 우리 집에 좋은 소식이 올 것 같다고 하였다. 마당 한가운데 있는 우물에서 두레박으로 물을 퍼 올리며 수다를 떨었다.

2교시 수업이 끝나자마자 우편집배원이 나에게 편지 한 통을 주고 갔다. 무심결에 받아 보니 발신인은 이종길, 전혀 알지 못하는 사람으로부터 온 편지다. 주소는 강원도 H군 00면 00리. '소망 결핵 요양원'이라고 적혀 있었다. 결핵 요양원에서 나에게 편지를 보낸 사람이 누구인지 무척 궁금했다. 썩 내키지 않는 마음으로 편지를 뜯어보았다. 그러나 발신인은 이종길이 아니라 이정숙이었다.

   이정숙은 건강상의 이유로 지난해 가을 운동회가 끝난 후에 휴직했다. 결핵 치료를 위해 요양원에 입원한 사실을 이제야 알게 되었다. 나는 반가움과 설레는 마음으로 급히 편지 겉봉을 뜯었다. 그녀가 학교를 떠난 뒤로 나는 늘 마음 한구석이 텅 빈 듯했다. 보고 싶은 그리운 마음으로 나날을 보냈다. 살고 있는 주소로 편지를 몇 번 띄웠으나 '수취인 부재'라고 하며 편지가 되돌아왔다.
   매일 밤 조용한 시간이면 정숙이가 보고 싶었다. 그리움에 사무쳐 밤을 지새울 때가 많았다. 내 첫사랑의 여인이라는 것을 마음 깊은 곳에서 문득문득 불같이 타오르고 있었다. 떨리는 마음으로 편지를 읽어 내려갔다.

   보고 싶은 김기수 선생님께

   정들었던 학교를 떠난 지 어언 1년이 되어가고 있습니다. 벌써 아침저녁으로 불어오는 바람이 제법 차가워졌군요. 곧 가을

이 깊어지겠지요. 요양원 마당에 빛바랜 오동잎이 하나, 둘 떨어지고 있어요.

요즘은 세월이 너무 빠르게 지나가는 것을 새삼스럽게 느끼고 있어요. 중국의 남송 시대 주희는 '젊은 날은 늙기 쉬우나 학업을 이루기 어려우니, 아주 짧은 시간도 하찮게 여기지 말라. 연못가 봄들이 꿈이 깨기 전에 섬돌 앞 오동나무 잎은 벌써 가을 소리를 내는구나'하며 빠르게 흘러가는 세월을 아쉬워했습니다. 성경에도 '세월은 화살처럼 빠르니 세월을 아끼라'라고 하였지요.

선생님, 편지를 쓰는 이 시간에도 학교에서 아이들과 함께 생활하던 추억들이 물보라처럼 기억 속에서 모락모락 피어오르고 있어요. 어젯밤에는 꿈속에서 선생님을 뵈었지요. 선생님의 그 인자한 표정과 어떤 어려운 일이 있어도 차분하게 대처하시는 모습, 그리고 자상하고 품위 있는 말씀과 태도는 제 머릿속에서 지워지지 않아요.

요즘, 요양원 한쪽에서 선생님과 아이들의 모습을 스케치하고 있어요. 선생님 얼굴을 스케치할 때는 몇 번이고 지우고 다시 그렸는지 몰라요. 아이들의 모습을 차례대로 스케치하는 일이 하루의 일과가 되었답니다. 천진난만하고 티 없이 맑고 순진한 아이들의 마음과 행동이 너무나 사랑스러웠어요.

어제는 문득 용숙이 생각이 났어요. 비록 제가 직접 맡아 가르친 아이는 아니었지만, 용숙이 모습 속에서 제가 해야 할 일을 다 하지 못한 것 같아 안타까운 마음으로 스케치했어요. 헐벗고 가난한 아이들을 위해 우리가 해야 할 일, 올바르고 참된 교육을 하기에는 너무나 어려운 여건들이 많아요. 더 이상 어찌할 수 없는 현실이 너무 안타까워요.

　어려움을 잘 극복하고 인내하며 꿈과 희망의 끈을 놓지 않는 참된 사람으로 길러내는 것이 교육하는 사람들의 사명이라고 생각해요. 진정한 가르침은 아이들을 가슴으로 만나고 소통하며 나누는 것이 아닐까요?

　선생님! 그러나 현실은 이것을 실천하는 데 넘어야 할 장벽이 너무 많아요. 저는 비록 짧은 교육 경력이었지만, 현장에서 느끼는 학교 행정의 문제점과 교육의 본질적인 허점을 많이 관찰했어요.

　아침마다 우리는 관리자들로부터 고리타분한 지시 사항을 들어야만 했어요. 이는 교사들을 통제하는 수단이고 자율성을 빼앗는 행위가 아닐까요? 교사는 자율성과 창의성을 가지고 아이들과 함께 학습 활동을 해야 한다고 생각해요. 상급 기관으로부터 쏟아져 내려오는 낡은 지시 사항들이 교사들을 옥죄고 통제하고 있어요.

　그리고 교육은 점점 정치의 시녀 노릇을 하고 있어요. 대통령과 국무총리 지시 사항 등 거의 일상화되어 있는 수많은 지시는 아이들을 위한 것이 아니라, 오직 정권을 지키기 위한 도구처럼 느껴졌어요.

　아이들은 우리 미래의 보석과 같은 존재라고 생각해요. 너무나 사랑스러운 나라의 동량(棟梁)들이에요. 이 아이들을 위해 정부는 무엇을 준비하고 있는지, 미래의 교육을 위해 얼마나 많은 에너지를 쏟고 있는지 정말 알고 싶어요.

다 허물어진 교실과 낡은 책걸상, 열악한 학습 환경과 준비되지 않은 자료들로 가득한 교육의 장(場)에서 과연 아이들이 자신의 잠재력과 창의력을 마음껏 펼칠 수 있을까요? 헐벗고 가난한 아이들에게 육성회비와 교과서 값, 그리고 학급 환경비를 걷는 나라가 이 지구상에 얼마나 될까요? 정말 안타깝고 답답한 현실이에요.

선생님, 저는 이 시간 마음 한구석에 허전하고 우울하며 아픈 가슴을 안고 있어요. 육신이 병든 몸으로 아이들을 위해 무엇인가 하고 싶어도 할 수 없는 제 마음을 이해하시겠어요? 사랑하고 싶어도 사랑을 실천할 수 없는 현실 속에서, 저는 밤마다 기도하고 있어요.

'정의로운 일들을 행함으로써 우리는 정의로운 사람이 되며, 절제 있는 일들을 행함으로써 절제 있는 사람이 되고, 용감한 일을 행함으로써 용감한 사람이 되는 것이다'라며 이론(테오리오)과 균형을 이루는 실천(프락시스)의 중요성을 강조한 아리스토텔레스는 『니코마코스 윤리학』에서 강조했지요. 틈만 나면 선생님의 앞날을 위하여, 그리고 아이들의 미래를 위하여 하나님께 기도하고 있어요.

요새 저는 성경책을 매일 같이 읽는 습관이 생겼어요.
제가 제일 좋아하는 성경 구절은 신약성경 '고린도전서 13장'이에요. 13장은 '사랑'에 대하여 말해 주고 있지요. '내가 사람의 방언과 천사의 말을 할지라도 사랑이 없으면 소리 나는 구리와 울리는 꽹과리가 되고, 내가 예언하는 능이 있어 모든 비밀과 모든 지식을 알고, 또 산을 옮길 만한 모든 믿음이 있을지라도 사랑이 없으면 내가 아무것도 아니요, 내가 내게 있는 모든 것으로 구제하고 또 내 몸을 불사르게 내어줄지라도 사랑이 없으면 내게 아무 유익이 없느니라.'

'이 세상의 것을 남보다 많이 소유하여도 사랑이 없으면 소리 나는 구리와 울리는 꽹과리 같다'라고 한 것을 우리 교사들이 귀 담아들어야 할 구절이지요. 특히 가난과 굶주림으로 여러 가지 고통과 어려운 환경 속에서 자라나는 어린아이들에게는 교사의 사랑이 생명처럼 귀중한 것을 깨닫게 되었어요.

선생님! 지난달에는 단체로 서울 어린이회관을 관람했어요. 박정희 대통령이 쓴 글귀 비석을 보았지요. '해 같이 밝고 꽃처럼 아름답게 슬기를 키우는 어린이'라고 쓴 글귀를 읽고 우리 아이들이 정말 이 글귀 내용처럼 잘 자라는 어린이들이 되기를 기도했어요.

영부인 육영수 여사의 글귀도 읽어보았어요. 내용이 너무나 아름답고 정감이 가는 짧은 한 편의 시였어요. '웃고 뛰놀자 그리고 하늘을 보며 생각하고, 푸른 내일의 꿈을 키우자.' 정말 이런 환경에서 자라나는 아이들이 되기를 원하고 있어요. 언젠가는 이 꿈들이 이루어지겠지요.

우리나라 어린이 헌장 전문에는 다음과 같은 내용이 있어요.
'어린이는 나라와 겨레의 앞날을 이어나갈 새 사람이므로, 그들의 몸과 마음을 귀히 여겨 옳고 아름답고 씩씩하게 자라도록 힘써야 한다'라고 하였어요.

어린이 헌장 2조와 3조에는 다음과 같은 내용이 각각 실려 있어요.

'어린이는 마음껏 놀고 공부할 수 있는 시설과 환경을 마련해 주어야 한다.'

'어린이는 튼튼하게 낳아 가정과 사회에서 참된 애정으로 교육해야 한다'라고 했어요. 그뿐 아니라 6조에는 '어린이는 어떠한 경우에라도 악용의 대상이 되어서는 아니 된다'라고 분명히 실려 있지만, 우리는 정작 거의 실천을 못 하는 현실이 너무나 안타까워요.

현재 학교 교육은 국가의 권력 유지를 위하여 충성스럽고 성실한 국민을 만들어 내는 공간이 되었어요. 교육이 국가 권력에 종속되어 있는 현실이지요. 배타적인 정치 이념과 사상이 노골적으로 또는 은연중에 교육 철학과 법과 제도의 바탕에 깔린 우리의 교육이 참된 교육이라고 볼 수 있을까요?

박정희 정권은 학교 현장에 '국기에 대한 맹세'와 '국민교육헌장'을 만들어 아이들에게 가르치도록 강요하고 있어요. 이것은 일제강점기 일본 군국주의식 교육철학의 잔재가 아닌가요? 국가의 권력과 국가 우선주의가 교육에 미치는 폐해가 얼마나 많은지 가늠할 수 없어요.

선생님! 여러 가지 부족한 제가 너무 많은 수다를 늘어놓은 것을 용서하세요. 건강을 회복한 후에 학교로 돌아가 아이들을 만났으면 좋겠어요. 이 글이 선생님과 마지막 인사가 될까 봐 두려워요. 어젯밤에는 고열과 심한 기침, 각혈에 시달렸어요. 지금 라디오에서 패티 김의 <초우>기 밤공기를 타고 애절한 목소리로 나의 마음을 흔들어 놓고 있어요.
 삶과 죽음의 문제는 오직 하나님만 아신다고 지난주 교회 목사님이 설교 말씀을 하셨어요. 인간의 영혼 문제는 하늘의 뜻에 맡길 수밖에 없다고 생각해요. 선생님, 그래서 사람들이 신앙을 갖고 하나님을 믿고 의지하나 봐요.

 제가 학교를 떠나던 날, 달밤에 선생님과 함께 호숫가를 걷던 기억이 떠올라요. 그때 우리는 알퐁스 드 라마르틴의 시를 읊으며 순수한 사랑을 이야기했어요.
 저는 그 순간이 너무나도 행복했어요. 지금 이 시간에도 라마르틴의 시 「호수」를 읊으며 선생님 생각을 하고 있어요.

> 이렇게 늘 새로운 기슭으로 밀리며
> 영원한 밤 속에 실려가 돌아오지 못하고
> 우리, 단 하루라도 넓은 세월의 바다 위에
> 닻을 내릴 수는 없는 것일까?
>
> 오오 호수여, 세월은 한 해도 지나지 않았는데
> 그녀가 다시 보아야 할 이 정다운 물가에
> 보라, 그녀가 전에 앉아 있던 이 돌 위에
> 나 홀로 앉아 있노라!
>
> 그때 나는 바위 밑에서 흐느꼈고
> 바위에 부딪혀 갈라지면서
> 물거품을 뿜어대고 있었다.

사랑스런 그녀의 발에.

그날 저녁의 일을 그대 기억하는가.
우리가 말없이 배를 저을 때, 오직 들리는 것은
이 지상에서 오직 조화 있게 물결을 가르는
우리의 노 젓는 소리뿐이었다.

밤늦게 돌아오는 길에 선생님은 저에게 연보라색 들국화 한 송이를 꺾어 안겨주셨어요. 별빛이 쏟아지고 찰랑거리는 달빛과 어우러져 퍼지는 꽃향기에 저는 잠시 취했었지요. 선생님은 들국화는 순수하고 상쾌하며 희망을 주는 꽃이라고 하셨어요. 제가 너무나 순수하고, 남보다 영혼이 맑고 고운 성품이라고 하셨지요. 만나 볼수록 기쁨이 넘치고 상쾌해진다고 하시며 저를 꼭 껴안아 주셨어요.

우리는 호숫가를 벗어나기 전에 송민도의 <여옥의 노래>를 함께 불렀지요. 정말 그 순간만큼은 영원토록 머무르고 싶은 시간이었어요.

불러도 대답 없는 님의 모습 찾아서
외로이 가는 길엔 낙엽이 날립니다
들국화 송이송이 그리운 마음
바람은 말 없구나 어드메 계시온지
거니는 발자국은 자욱마다 넘치니
이 마음 그리움을 내 어이 전하리까

가까이 계시 올 땐 그립기만 하던 님
　　떠나고 안 계시면 서러움 사무치네
　　소나무 가지마다 그리운 말씀
　　호수도 잠자누나 어드메 계시온지
　　그날의 손길이 가슴속에 사무쳐
　　이 목숨 다하도록 부르다가 가오리다

　정숙의 편지를 읽어 내려가면서 그녀가 티 없이 맑고 고운 유리알 같은 사고와 감정을 지니고 있다는 것을 알게 되었다. 정의롭고 진실되며 참된 가치관과 올바른 판단력으로 세상을 바라보고 있었다. 그녀가 온몸을 바쳐 이토록 아이들을 사랑하고 있음을 다시 한번 깨달았다. 그녀의 진실하고 솔직한 사랑의 고백으로 내 마음속에는 그리움의 거센 파도가 밀려오기 시작했다. 알 수 없는 향긋한 냄새가 마음을 흔들어 놓았다. 아니, 한 송이 들국화의 향내가 은은하게 나의 주변을 맴돌고 있었다.

12

 토요일 오후에 나는 모처럼 이정숙을 만나려고 아침 일찍 서둘러 길을 떠났다. 월요일이 학교 개교기념일로 이틀 연휴가 되어 시간을 낼 수 있었다. 서울 성동역에서 춘천행 기차를 탔다. 거의 한 시간에 한 번씩 다니는 기차 안에는 춘천으로 가는 장사꾼들과 휴가를 나왔다가 복귀하는 군인들, 강원도로 여행하는 몇몇 대학생들, 그리고 모처럼 서울 나들이를 왔다가 돌아가는 승객들이 있었다.
 구름 한 점 없는 눈부신 파란 가을 하늘이 북한강 물결과 함께 하나가 되었다. 울긋불긋한 단풍잎들이 쪽빛 강물 위에 흘러내릴 듯 어우러져 있었다. 가을이 깊어가는 길목, 무리를 지어 피어난 코스모스는 시원한 가을바람과 함께 그윽한 가을꽃 냄새를 풍겼다. 가평군 대성리역과 가평역을 지나며 강촌 마을 강 건너 등산 폭포를 바라보았다. 강물을 따라 길게 흐르는 산그림자와 단풍에 물들어가는 계곡을 바라보며, 달리는 기차 안에서 정숙의 모습을 머릿속에 그려보았다.

날씬한 몸매와 알맞은 키, 오뚝한 콧날, 호수처럼 맑고 촉촉한 눈동자, 가냘픈 입술과 백옥 같은 피부와 하얀 이. 언제나 보아도 웃음이 떠나지 않는 20대 중반의 여인이었다. 마치 달밤에 막 피어난 백합꽃 한 송이처럼 향기롭고 청순한 자태였다.

춘천역에 도착했다는 여자 역무원의 안내방송을 들으며 나는 개찰구를 빠져나왔다. 시외버스 정류장에서 H지역으로 가는 버스에 몸을 실었다. 20여 명 남짓한 승객을 태우자 버스는 곧 출발했다.

잠시 후에 시내를 벗어나 산골 길로 접어들었다. 비포장도로에 들어서자, 험한 산과 깊은 계곡을 따라 버스는 달리고 있었다. 울퉁불퉁한 좁은 산길은 승객들의 몸을 심하게 흔들어 댔다. 산과 계곡을 따라 가면 갈수록 집들이 점차 뜸해지기 시작했다. 산비탈에는 듬성듬성 가을걷이를 마친 밭과 황폐해진 산들이 보였다. 꼬불꼬불 굽이진 길인데도 운전사는 용하게도 쉼 없이 핸들을 꺾었다.

커브 길도 차차 뜸해지더니 버스는 갑자기 울창한 잣나무와 소나무, 밤나무가 우거진 숲속으로 들어섰다. 잣나무는 마치 원시림처럼 곧게 뻗어 올라 햇빛을 온통 가렸다. 열린 창문으로 들어오는 바람은 갑자기 차가운 기운이 감돌았다. 계곡 하천 길을 따라 잣나무 숲을 얼마 동안 달렸다.

버스는 주위가 산으로 둘러싸인 산골 마을에 다다랐다. 이미 벼를 벤 논바닥은 황량하기 짝이 없었다. 아직 추수를 하지 못한 논에서는 누렇게 무르익은 벼 이삭에서 풍기는 냄새가 바람을 타고 내 코를 자극했다. 맑은 개울물이 길을 따라 흐르고 있었다. 차창 밖으로 멀리 초가집에서 하얀 연기가 모락모락 피어오르고 있었다. 초가집 마당마다 빨랫줄에는 빨래가 힘없이 널려 있었다.

버스는 좁다란 숲속 길을 몇 번이고 접어들면서 승객들은 하나, 둘, 내리기 시작했다. 내리는 승객은 있었지만 타는 승객은 한 명도 없었다. 시내를 출발한 지 50분쯤 지나자 험한 고갯길을 오르기 시작했다. 숨차게 헐떡거리며 오르자 전망이 탁 트인 고갯마루에 다다랐다. 잠시 후에 반대 방향에서 오르는 버스를 기다리고 있었다. 고갯길을 조금 내려온 데서부터 길 폭이 갑자기 좁아져서 버스 두 대가 엇갈려 지나갈 수 없었다.

계곡을 따라 줄지어 있던 마을도 차츰 적어지고 논과 밭도 거의 보이지 않았다. 내가 내린 정류장 주변에는 인가가 없는 곳이다. 정류장 표지만 덩그러니 서 있는 옆에 작은 개울물이 흐르고 있었다. 저만치 등산로 입구에 '소망 결핵 요양원' 입구 안내판이 비스듬하게, 페인트가 벗겨진 채 세워져 있었다.

완만한 비탈길을 따라 올라가자, 그 입구에는 '소망 결핵 요양원(관계자 이외의 출입을 삼가 하시기 바랍니다)'라는 팻말이 있었다. 잡목이 우거진 숲을 따라 올라갔다. 간혹 푸드득하고 새들이 놀라 날갯짓하며 날아가는 소리가 들려왔다.

숲속 끝자락에 도착하니 늘어진 철책이 처져 있고, 흰 페인트가 군데군데 벗겨진 녹슨 철재 대문이 있었다. 수위실에는 나이 60대 중반쯤 되어 보이는 노인이 의자에 앉아 꾸벅꾸벅 졸고 있었다. 출입하는 사람이 없어 한가로운 모습이다.

나는 창문 옆에서 수위가 깨어날 때까지 기다렸다. 감색 제복을 입은 노인은 머리가 조금 벗겨지고, 잡초처럼 턱수염이 덥수룩했다. 그는 고개를 앞으로 떨구며 깊은 잠에 빠져 있었다.

잠시 후에 잠에서 깨어난 수위는 낯선 사람이 창문 앞에 서 있는 것을 보고 놀란 표정으로 나를 바라보았다. 오랫동안 낮잠을 잔 것이 계면쩍은 듯, 머리를 양손 바닥으로 매만졌다.

"아이구! 이거 죄송하게 되었습니다." 하고 자리에서 벌떡 일어났다.

내가 용건을 말하고 환자의 이름을 대자, 그는 어디론가 전화를 걸었다. 그는 "네, 네, 알겠습니다."라고 전화로 대답했다.

"오른쪽 솔밭 사잇길로 올라가셔서 원무과 사무실에 들어가 김양숙 씨를 찾으시면 안내해 드릴 것입니다."하고 그는 공손한 태도로 안내했다.

솔밭 사잇길로 들어서자 온 세상이 노란빛으로 물들어 가고 있었다. 은행잎이 떨어진 바닥도, 나뭇잎이 걸린 하늘도 온통 노란빛이었다. 노란 은행잎들이 숲속 길 위에 융단처럼 깔려 있었고, 그 주변에는 작은 바위 위쪽으로 듬성듬성 갈색으로 물든 풀잎과 이파리들이 계절을 알리고 있었다.

사잇길이 끝나자 흰색으로 페인트를 칠한 이층 건물이 나왔다. 입구에는 '환자를 위하여 출입을 자제해 주십시오'라는 문구가 쓰여 있었다. 현관문을 열고 들어서니 안은 깨끗하게 잘 정돈되어 있었다.

현관 안 벽면에는 '최후의 만찬'과 '저녁 종', '이삭줍기', 박수근의 '나무와 두 여인', '나물 캐는 소녀들' 같은 그림들이 여기저기 걸려 있었다. 그리고 벽면 정면에는 몇 개의 성경 구절이 쓰여 있는 액자도 걸려 있었다.

원무과 사무실 창구에서 김양숙을 찾았다. 검은 갈색 긴 머리에 크고 검은 눈동자, 그리고 흰 피부에 훤칠한 키로 제법 호감이 가는 인상이었다. 내가 이정숙을 찾아온 문병객이라는 것을 알고, 그녀는 제법 친절하게 안내해 주었다.

따뜻한 홍차 한 잔을 나에게 건네며 한 장의 서류를 보여 주었다. 인적 사항과 방문 목적, 환자와의 관계를 기록하라고 하였다. 인적 사항과 방문 목적은 곧바로 작성했지만, 정숙과의 관계에서 한참을 망설였다. 눈치를 챈 김양숙은 어렵게 생각하지 말고 그냥 사실대로 쓰라고 말했다. 나는 '학교 동료'라고 적은 뒤 서류를 넘겨주었다.

김양숙은 내가 쓴 서류를 검토한 후 아무 말 없이 침울한 표정으로 다른 사무실로 안내했다. 사무실은 썰렁하게 텅 비어 있었다. 그녀는 허름한 긴 소파에 앉으라고 권했다. 소파 앞 테이블 위에는 '과장 이영식'이라는 큰 명패가 놓여 있었고, 텅 빈 사무실의 칠판에는 환자들의 이름과 병명, 나이, 그리고 입원과 퇴원 날짜 등이 빼곡하게 기록되어 있었다.

이름 : 李貞淑
성별 : 女
나이 : 26세
병명 : 만성 폐결핵
입원 : 1972. 11. 2.
퇴원 : 1973. 10. 25.

칠판에 기록된 내용을 보고 나는 눈을 의심했다. 그동안 치료가 잘돼서 정말 건강을 회복해 퇴원했다는 말인가? 아니면 병이 더 악화돼 다른 요양원이나 병원으로 옮긴 것일까? 몹시 궁금하고 불안하여 초조한 마음으로 과장을 기다렸다.

10여 분이 지나자 흰 가운을 입은 과장이 나타났다. 키가 작고 뚱뚱한 몸매에, 앞머리가 조금 벗겨진 60대 초반의 마음씨 착한 시골 농부 같은 인상이었다. 그는 그녀와의 관계를 묻지도 않고, 어두운 표정으로 친절하게 지금까지의 과정을 설명했다.

"이정숙 씨는 여기 온 날부터 잠을 잘 자지 못했어요. 매일 밤 클래식 음악을 듣거나 가요 등을 들으며 시간을 보냈지요. 간혹 달밤이면 요양원 뜰을 홀로 걷기도 하고 벤치에 앉아서 찬 이슬을 맞으며 몹시 외로워 보였습니다.

요양원에 들어오면 규칙을 지켜야 합니다. 기상 시간과 취침 시간을 지켜야 하는데, 이정숙 씨는 규칙을 자주 어겼지요. 여기 계신 환자분들이 무료함을 달래기 위해 자신의 취미 생활을 하도록 권장하고 있는데, 이정숙 씨는 그림 그리기를 좋아해서 날마다 스케치북에 인물화를 그리는 모습을 자주 봤습니다.

이곳에서도 낮에는 자유 활동이 많지만, 공동으로 해야 할 일에는 가능한 한 참석하도록 권장하고 있어요. 아침 체조, 산책하기, 주변 청소하기, 꽃밭 가꾸기, 빨래하기 등 서로 도우며 어울려 지냅니다. 올가을에는 매일 송이버섯을 따고 밤을 주워서 송이버섯밥이나 밤밥을 지어 먹으며, 이곳 생활을 나름대로 즐기고 있었어요. 이곳은 계곡이 깊고 산지가 높은 산골이라 가을이 빨리 찾아옵니다. 추위가 일찍 시작되는 지역이지요. 이정숙 씨는 밤마다 요양원 뜰을 늦게까지 돌아다니다가 경비 요원들에게 여러 차례 주의를 받았습니다.

우리 결핵 요양원에는 중환자가 많지만, 의료 인력은 턱없이 부족한 현실입니다. 절대적인 안정을 취해야 하는데, 본인 스스로 규칙을 무시하고 무리하게 병상 생활을 하는 경우가 많았어요."

담당 과장은 안타까운 표정으로 오른손으로 아래턱을 매만지며 입술을 실룩거렸다. 그리고 잠시 말을 잇지 못했다. 안경을 벗어 손수건으로 닦은 후에 주전자에 들어 있는 물을 유리컵에 가득 따라 벌컥벌컥 단숨에 마셨다.

회전의자에서 일어나 내가 앉아 있는 긴 소파로 몸을 이동하더니 나와 마주 앉았다. 잠깐 말이 없던 그는 자신의 대머리를 오른손으로 긁적였다.

"이정숙 씨는 학교 선생님인 것으로 알고 있습니다. 그동안 학교에서는 별다른 소식을 듣지 못했습니까?"하고 의아한 표정으로 나를 쳐다보았다.

"환자로서 수칙을 제대로 지키지 않아 중증 폐결핵 합병증으로 급성폐렴이 발생했습니다. 이로 인해 기관지 폐쇄로 인한 갑작스러운 호흡곤란이 찾아왔습니다. 심한 호흡곤란과 고열, 객혈과 함께 황달까지 겹쳐서 응급조치를 취했습니다. 산소 공급 조치를 했으나, 점점 호흡곤란이 심해져 매우 위중한 상태가 됐습니다. 그래서 인근 군부대 도움으로 춘천 종합병원에 도착했지만, 이미 이정숙 씨는 숨을 거둔 상태였습니다. 선생님, 참으로 죄송합니다. 우리로서는 최선을 다했으나

불가항력이었습니다."

과장은 나의 손을 붙잡고 머리를 깊이 숙여 사과했다.

"이정숙 씨처럼 나이가 젊은 환자가 꽃도 제대로 피워 보지도 못하고 세상을 떠나는 것을 볼 때마다 가슴이 미어지게 아픕니다. 우리나라는 1962년부터 국가 결핵 관리 사업이 시작되었지만 아직도 초보적인 단계입니다. 결핵 질병 관리에 대한 재정적 지원책이 하루빨리 세워져야 하겠습니다."

나는 뜻하지 않은 비보(悲報)에 머릿속이 하얗게 비워진 듯했다. 아무런 소리가 귀에 들리지 않을 뿐만 아니라, 갑작스러운 충격에 눈이 흐려져 앞이 보이지 않았다. 갑자기 머리가 아프고 어지럼증이 몰려왔다. 과장의 말은 더 이상 귀에 들어오지 않았다.

시간이 조금 지난 뒤, 나는 정숙이 사망한 날짜와 시신은 어디에 안치되었는지를 구체적으로 알아보았다. 사망 날짜는 10월 26일이며, 보호자인 언니를 중심으로 병원에서 가족과 함께 쓸쓸하게 장례를 치른 후에 화장(火葬)했다는 사실을 과장은 조심스럽게 전해 주었다.

뜻밖의 사망 소식에 입에 경련이 일어나 차마 입이 열리지 않았다. 과장은 머리를 조아리며 죄송하다는 말만 되풀이했다.

정숙의 죽음은 너무나 많은 아쉬움을 남긴 추억이었다. 그 추억들은 지나간 시간 속에서 잇따라 주마등처럼 스쳐 지나갔다. 정숙은 자기 할 일에 대해서는 어떤 어려운 악조건이 닥쳐도 최선을 다해 뜻을 이루는 성격이었다. 연약한 여자로서 남자도 쉽게 넘기 어려운 험한 산길을 가쁜 숨을 몰아쉬며 아이들 집을 방문했다. 자신의 책임을 다하려고 애썼다. 그 먼 길을 마다하지 않고 아이들 집마다 찾아가 가정 형편을 살폈다. 학습 자료나 학용품 등을 미처 챙기지 못한 아이들을 위해 자비로 구입해 아이들이 학습에 불편이 없도록 했다.

그녀는 평소에 분홍색 블라우스와 보라색 셔츠를 즐겨 입었다. 긴 머리에 자주색 머리핀을 꽂고 언제나 해맑은 눈으로 나를 바라보았다. 늘 조잘거리며 이야기하고 웃음이 떠나지 않았다.

그녀에 대한 애틋함이 밀물처럼 다가왔다.

왜 그녀가 이토록 생각나는 걸까?

왜 그녀는 이렇게 내 가슴속에서 떠나지 않고 남아 있는 걸까?

그래, 이것이 사랑일까? 아무것도 아닌, 잠시 스쳐 간 바람이 아니라 가슴 깊은 곳에 둥지를 튼 분명한, 뜨거운 사랑이었다.

보고 싶어졌다. 밝은 미소, 맑고 큰 검은 눈동자, 그 천진난만한 목소리. 그녀와 다시 한번 풋풋한 싱그러운 사랑으로 아름다운 세상을 그려보고 싶어졌다.
 나는 외딴섬에 홀로 남겨져 있었다.

 외딴섬에 내던져진 나에게 외로움과 슬픔의 울타리가 에워싸고 있었다. 정숙의 죽음으로, 이제까지 느껴보지 못한 첫사랑의 애끓는 감정이 샘물처럼 솟아나기 시작했다. 사랑하는 이를 잃은 슬픔을 무엇으로도 치유할 수 없다는 걸 알게 되었다.

13
✼

 그날 나는 춘천행 버스를 타고 역에서 내려 동해로 가는 버스를 무작정 갈아탔다. 도착한 곳은 속초 근처 작은 마을이었다. 바닷가 모래밭에 홀로 앉아 빈속에 깡소주를 마셨다. 땅거미가 내려앉고 어둠의 파도 소리를 들으며 바람 소리에 귀를 기울였다. 헝클어진 머리에 배낭을 메고 어둠이 깊어져 가는 바닷가를 무작정 남쪽으로 걸었다. 철썩거리는 해변에서 두 남녀가 낄낄거리며 팔짱을 끼고 모래밭을 다정히 걷고 있었다.
 조금 늦은 밤, 모래밭 미루나무 옆에 있는 작은 여인숙으로 들어갔다. 이미 소주 몇 병을 마셔 취한 상태였지만, 공허하고 허무한 감정을 억누를 수 없었다. 소주 한 병과 고등어 통조림 한 통, 빵을 주인에게 주문했다. 배낭 안에서 라디오를 꺼냈다. 심야 음악 방송에서 서정적이고 애잔한 노래가 흘러나왔다.

소주와 통조림, 빵으로 소주잔을 채우며 걷잡을 수 없는 눈물을 흘렸다. 고등학교 시절, 친구들과 함께 즐겁게 불렀던 〈Sad Movie(슬픈 영화)〉를 어느 여가수가 애절한 목소리로 불렀다. 이어서 〈Sealed with a Kiss(키스로 봉한 편지)〉가 Brian Hyland(브라이언 하이랜드)의 부드럽고 감성적인 소년의 목소리로 흘러나왔다.

> Though we've got to say goodbye
> for the summer
> Darling, promise you this
> I'll send you all my love
> Every day in a letter
> Sealed with a kiss
> (우리가 여름 동안 헤어져 있다 해도
> 나는 약속할게요, 내 사랑을 담아
> 전해 드릴 것을……
> 키스로 봉한 편지를)
>
> Yes, it's you be a cold lonely summer
> I'll send you all my dreams
> Every day in a letter

Sealed with a kiss

(춥고 외로운 여름이 되겠지만

내가 그 공허함을 채워 드릴게요.

매일 내 꿈들을 담아서 전해 드릴게요.

키스로 봉한 편지에)

노래 도입부와 중간에 나오는 하모니카 연주는, 여름내 잠시 헤어진 연인에 대한 그리움을 감미롭고 아름답게 풀어낸 멜로디였다. 나는 눈을 지그시 감고, 감미로운 노랫소리에 취한 채 연거푸 소주잔을 들이켜며 빵 부스러기까지 입안에 털어 넣었다.

이어서 라디오에서는 "부산시 남포동에 사시는 김명자 씨가 서울 성북동에 계신 이명수 씨에게 보내는 노래를 띄워드립니다."하고 여자 DJ의 낭랑한 목소리가 흘러나왔다. 노래 제목은 〈La Vie en Rose(장밋빛 인생)〉이었다. 에디트 피아프(Édith Piaf)의 곱고 서정적인 목소리가 전파를 타고 나의 가슴속으로 깊숙이 파고들었다.

Des yeux qui font baisser les miens

Un rire qui se perd sur sa bouche

Voila le portrait sans retouche

De l'homme auquel j'appartiens

(내 시선을 내리깔게 하는 눈동자

입술에 옅게 사라지는 미소
이것이 나를 미치게 하는
그분의 고치지 않은 초상화입니다.)

Quand il me prend dans ses bras
Il me parle tout bas
Je vois la vie en rose
(그가 나를 품에 안고
가만히 내게 속삭여 주셨을 때
나에게는 장밋빛 인생이 보였습니다.)

Et dès que je t'aperçois
Alors je sens dans moi
Mon cœur qui bat
(그를 언뜻 보기만 해도
그때 내 안에서는
맥박 치는 심장을 느끼는 거예요.)

여인숙 들창 밖, 멀리서 들려오는 모래 위의 파도 소리와 함께 바다 한가운데 휘영청 떠 있는 고요한 달빛이 뚫어진 창 틈 사이로 스며들고 있었다. 외롭고 슬픈 감정이 마치 깨어진 날카로운 사금파리로 나를 마구 찌르는 듯했다.

잠을 청했지만 좀처럼 잠이 오지 않았다. 정숙과 함께 학교

생활을 하던 추억들이 쉴 새 없이 주마등처럼 스쳐 지나갔다. 밤잠을 설쳐 새벽녘에 겨우 잠이 들었다. 여인숙 주인이 방문을 두드려 나를 깨웠다. 11시가 넘어서야 겨우 잠에서 깨어났다.

장거리 전화로 학교에 전화를 걸었다. 강원도 속초에 사는 친구 어머니가 갑자기 별세하여 조문하러 와 있다고 연락할 참이었다. 무단결근했다는 교감의 잔소리가 듣기 싫어서, 오늘 하루 어쩔 수 없이 결근하게 되었다는 핑계를 대려고 전화를 건 것이었다.

장거리 전화를 신청하자 교환양이 잠시 기다려 달라고 했다. 약 1시간 뒤, 교환 양으로부터 연락이 왔다. 그 지역의 전화 사정이 좋지 않아 연결되지 않는다고 하면서, 잠시 후에 다시 한번 걸어 달라고 했다.

여인숙을 빠져나와 다시 바닷가 모래밭을 무작정 걸었다. 괜히 마음이 답답하고 우울하여 견딜 수가 없었다. 정숙의 죽음으로 인해 인생의 삶의 가치를 다시 한번 되새겨 보았다. 내 인생의 존재는 무엇인가? 하고 나 자신에게 물어보았다. 변변치 못한 개똥철학으로 '인생이란 무엇인가?'하고, 대학교 2학년 때 친구들과 어울려 막걸리 잔을 기울이며 밤이 늦도록 삶의 문제에 대하여 논하였지만, 해결의 실마리는 풀어지지 않고 우리들의 숙제로 남겼던 기억이 새삼스럽게 떠올랐다.

푸른 바다 위에 몇 점의 보랏빛 구름이 한가로이 흘러가고 있었다. 구름 한 점이 흩어졌다가 다시 뭉쳐 새로운 구름이 되고, 다시 여러 갈래로 갈라지며 어디론가 흘러가고 있었다. 저 멀리 떠다니는 조각배들이 오늘따라 외롭고 쓸쓸하게 보였다.

그날 저녁 늦게 하숙집으로 돌아왔다. 아무런 소식도 없이 사흘 동안 돌아오지 않아 걱정을 많이 했다고 하며, 하숙집 주인은 나의 눈치를 살폈다. 아무 대답도 없이 대충 인사만 하고 방으로 들어가 잠을 청했다. 며칠 동안 일어난 사건들이 꿈만 같았다. 이것이 차라리 꿈이었으면 좋겠다는 망상에 사로잡혔다.

정숙의 죽음에는 아랑곳하지 않고 학교생활은 그럭저럭 흘러가고 있었다. 지난날 한솥밥을 먹던 동료의 죽음 소식에 건성으로 안타깝다고 말할 뿐이었다. 다만, 누구나 한 번쯤 거쳐 갈 죽음의 길이라고 생각하고 있는 듯했다. 진정한 마음으로 가슴 아파하고 울어 줄 동료가 없다는 것이 너무나 허전하고 안타까우면서, 마음에 분노가 끓어올랐다.

14
✣

늦가을 비가 새벽부터 내려 날씨가 몹시 을씨년스럽다. 차갑게 떨어지는 빗방울이 굵어지면서 스산한 기운이 감돌았다. 비가 많이 오는 날이면 학교에 오지 않는 아이들이 많았다. 한두 시간 걸어서 오려면 몇 개의 개울을 건너고, 좁고 험한 산비탈 길을 오르내려야 하기 때문이다.

학교에 출근하자마자 '우두둑, 우두둑' 하며 교무실 입구 양철 지붕을 요란하게 후려치는 소리가 났다. 이곳은 늦가을에도 때늦은 비가 제법 많이 쏟아질 때가 종종 있었다. '비가 많이 오지 말아야 할 텐데' 하며 은근히 걱정되었다. 오늘 아이들이 많이 결석할까 봐 무척 염려되고 신경이 쓰였다. 이곳에서는 으레 이런 일이 있어도 그러려니 하고 넘어가는 경우가 많았지만, 오늘은 왜 그런지 마음이 편치 않았다.

빨리 학급에 들어가 아이들이 오는 모습을 봐야겠다. 멀리서 오는 아이들은 학교에 오는 도중 비를 많이 맞아 옷이 흠뻑 젖은 모습으로 등교하는 경우가 대부분이다. 학교에 가까운 곳에서 사는 아이들도 변변한 우산이 없어서 헌 곡식 포대나 우장(농부들이 비를 피하기 위하여 짚을 엮어 만든 우비)을 뒤집어쓰고 오는 아이들이 많다. 아이들 중에는 책 보자기를 허리춤에 질끈 동여매고 맨발로 학교에 오는 모습을 볼 때마다, 지난날 나의 모습을 보는 듯하였다.

1950년대, 내가 국민학교를 다니던 극도로 가난한 시절. 학교에 오고 가는 길에서 쏟아지는 비를 피하려고 찢어진 양회 포대나 가마니를 등에 업고 가다가 앞을 보지 못해 웅덩이에 그만 빠져 허우적거리고 있을 때, 지나가던 어른이 건져주던 생각이 문득 스쳐 지나갔다.

1교시가 끝나갈 무렵, 교실 뒷문이 드르륵 하고 열리더니 영수가 들어왔다. 온몸이 흠뻑 젖어 몰골이 말이 아니었다. 사람의 행색으로는 차마 볼 수 없는 꼴불견이었다. 갑자기 쏟아진 폭우로 비를 몽땅 맞으며 맨발로 학교에 온 영수는 꼭 물에 빠진 생쥐 같았다.

집에서 출발할 때는 비가 오지 않았는데, 화전골을 막 지나던 즈음부터 비가 주룩주룩 억수같이 쏟아졌다고 했다. 그러나 피할 곳이 마땅치 않아 학교에 늦을까 봐 비를 다 맞고 뛰어온 것이다. 자기가 한 행동을 아이들 앞에서 자랑스럽게 떠들어 댔다. 옷이 몽땅 물에 젖어 있을 뿐 아니라, 얼굴 부위와 무릎, 팔꿈치에 상처가 나 피를 흘리고 있는 걸 보니, 고생 꽤나 한 모양이었다. 오다가 계곡물이 불어 큰 개울을 건너려다, 불어난 물길에 휩쓸려 그만 발을 헛디뎌 넘어지는 바람에 간신히 개울을 건너왔다고 했다.

나는 비를 맞고 온 아이들이 온종일 학교에서 생활하기가 어렵겠다고 생각했다. 궁여지책으로 교실 뒤에 긴 노끈을 매어 놓고, 비에 젖은 옷들을 걸어 놓았다. 속옷 바람으로 앉은 아이들은 서로 손가락질하며 한바탕 웃음바다가 되었다.

그러나 정작 옷을 벗어야 할 영수를 비롯한 몇몇 아이들은 펄쩍 뛰며 옷 벗기를 거부했다.

"선생님, 저는 그냥 이렇게 있을게요. 옷 안 말려도 괜찮아요."

영수는 끝내 거절했다.

"온종일 젖은 옷을 입고 있으면 축축해서 견디기 힘들 텐데, 그리고 감기 들지도 모르고……."

"선생님, 저는 속옷을 안 입어요. 그냥 겉옷만 입고 왔어요. 속옷이 없어요."

헌 헝겊으로 덕지덕지 기운 누더기 겉옷만 입고 학교에 온 아이들에게, 그 말을 꺼냄으로써 마음의 상처를 준 것 같아 미안했다.

"아, 그래. 선생님이 미처 몰랐구나…… 너희들 편한 대로 해."하고 말해주었다. 그리고 몇몇 아이들을 숙직실로 데려가

베 수건으로 몸을 닦아주었다. 숙직실에 있는 헌 옷들을 주섬주섬 챙겨 대충 입혔다.

아이들이 비에 흠뻑 젖은 채 오후까지 수업을 계속하기는 어려울 것 같아, 단축수업을 하고 아이들을 일찍 집에 보내는 게 좋겠다고 교감에게 건의했다.

"교감 선생님, 많은 애들이 비를 몽땅 맞고 학교에 오다가 옷이 모두 젖어서 더 이상 수업하기 어려우니, 오늘은 일찍 집으로 돌려보내는 것이 좋겠습니다. 젖은 속옷만 입고 있는 애들이 많아요. 그리고 속옷을 입지 않은 애들은 물기가 흐르는 겉옷을 그대로 입고 있습니다. 애들의 건강을 생각해서 일찍 보내도록 허락해 주십시오."

그러나 교감은 나의 말을 들은 후, 잠시 말없이 비가 쏟아지는 창밖 운동장을 우두커니 바라보았다. 한참 후에 자기 회전의자에 앉아 두 다리를 책상 위에 올려놓고, 발끝을 가볍게 까불어대며 말했다.

"김 선생, 군대 갔다 왔어요?"

"예! 군대 가서 제대한 후에 복직 발령받고 이 학교에 온 것 아닙니까?"

"그렇지요! 그러면 군대에서 훈련받을 때 비가 온다고 훈련을 포기합니까? 그리고 눈이나 비가 오거나 날씨가 춥고 더울 때 적이 공격하면 어떻게 해야 하나요?"

내가 무척이나 어리석고 한심스럽다는 듯이, 교감은 회전의자를 한 번 좌우로 돌리며 엉덩이를 들었다가 몸뚱이를 뒤로 비스듬히 젖혔다. 퇴색한 갈색 골덴 양복저고리에서 아리랑 담배 한 대를 빼어 물었다. 5·16이 일어난 후, 혁명 과업을 완수하고 국가를 새롭게 재건해야 한다는 명분으로 모든 공무원과 관공서 직원들에게 골덴 양복인 재건복을 입도록 종용하였다.

이내 성냥을 찾아 담배 한 모금을 쭉 빨더니, "후……휴……" 하고 담배 연기를 길게 내뿜었다. 동그랗고 길게 그려진 담배 연기는 내 얼굴 위로 날아갔다. 순간 갑자기 재채기가 나는 것을 간신히 참고 교감의 얼굴을 쳐다보았다.

"그거야, 총 들고 나가 싸워야 하지요. 뒤로 물러서거나 포기할 수 없지요."

"그것을 알고 있는 사람이, 비가 조금 온다고 수업을 단축하자고 하니 그게 말이 됩니까? 김 선생, 수업하기 싫어서 애들을 인질로 잡은 거 아닙니까? 아이들 핑계 대지 말아요. 다른 허튼소리 하지 말고 교실에 가서 애들 잘 단속하고 수업해요! 담임 선생은 학교에서 부모 같은 존재예요. 애들이 비를 맞고 왔으면 거기에 대한 대책을 세워야지, 그것도 못하면서 무슨 교사를 하겠다는 거예요."

교감은 주먹을 불끈 쥐더니, 자신의 사무용 철제 책상을 요란스럽게 두들기며 큰 목소리로 고함을 질렀다. 교감은 자신의 감정을 강하게 표현할 때마다 주먹으로 책상을 두드리며 윽박지르는 버릇이 있다. 전체 교사들 앞에서 자신의 통솔력을 과시하기 위한 행위인 것 같았다. 심한 자극과 충격을 주어 교사들이 말없이 순순히 따라와 주기를 바라는 뜻으로, 괜한 성질을 내는 것 같았다.

"교감 선생님, 학교는 군대가 아닙니다. 군대는 정해진 엄격한 규율과 명령에 따라 움직이는 특수 조직이며 집단입니다. 지나친 온정과 따뜻한 감성이 뒤따르면 군대는 통솔할 수 없을 뿐 아니라 군기가 해이해져 전투력이 상실되고, 군대로서의 임무를 수행할 수가 없습니다.

그러나 학교는 다릅니다. 학교는 무엇보다 중요한 것이 따뜻한 사랑과 포근하게 보살펴 주는 마음이라고 생각합니다. 지금 아이들은 흠뻑 비에 젖은 몸으로 학교에 왔습니다. 이런 상태로는 정상적인 수업을 할 수 없습니다.

오늘은 많은 아이들이 도시락도 가져오지 못했습니다. 며칠 전에는 옥수숫가루로 따뜻한 죽을 쒀 주었지만, 오늘은 그것마저 배급이 안 돼서 줄 수가 없습니다. 아침도 제대로 먹지 못하고 온 아이들이 많습니다. 교감 선생님께서 단축수업 결정을 내려 주십시오."

다른 선생님들은 내 말에 마음속으로는 동조하고 있었지만, 감히 주제넘게 나이 어린 교사가 교감과 담판을 짓겠다고 논쟁하는 모습을 차가운 눈초리로 비웃고 있었다.

마지막 5교시를 조금 일찍 서둘러 아이들을 보내고, 교실에서 억수같이 쏟아지는 창밖을 바라보았다. 오늘 아침에 일어난 일들을 머릿속에 되새겨보았다. 그리고 잠시 우울한 기분에 사로잡혔다. 그것도 잠시, 불현듯 불안한 먹구름이 내 심장을 강하게 두드렸다. 영수는 집에 가려면 큰 개울을 건너야 한다. 개울물이 걷잡을 수 없이 많이 불어나면 위험에 처할 수 있다고 생각했다. 나는 불안한 마음으로 우의를 걸쳐 입고 영수가 집으로 간 길을 뒤따라 한달음에 달려갔다.

비는 억수같이 쏟아지고 있었다. 제법 먼 길, 거친 숨을 몰아쉬며 달려갔다. 내 얼굴과 몸은 땀과 빗물로 뒤범벅이 되었다. 맹수들이 울부짖는 소리처럼 들려오는 빗소리는 내 귀를 때리고, 빗물이 얼굴을 가려 앞을 제대로 볼 수가 없었다.

좁다란 논두렁을 걷다가 신발이 벗겨지면서 그만 미끄러져 웅덩이에 풍덩 빠졌다. 다행히 얕게 패인 웅덩이에 빗물이 고여 쉽게 빠져나올 수 있었다. 아래 바지는 진흙으로 범벅이 되었고, 신발은 이미 논두렁과 비탈길을 달려오는 바람에 진흙투성이가 되었다.

우산이나 우비도 없이 비를 몽땅 맞고 집으로 돌아가는 아이들을 생각하니, 담임 교사로서 너무나 마음이 아팠다. 어린이는 어려움에 처했을 때 보호받을 권리가 있다. 어른들은 이들을 위해 어떤 방법과 수단을 동원해서라도 지켜 주어야 한다.

학교는 새싹인 이 어린 생명들이 험한 풍랑과 위험에 처했을 때, 이를 신속히 보호할 수 있는 준비가 있어야 한다. 학교는 어머니와 같은 따뜻한 마음을 가져야 한다. 자신의 아이를 위해 아픔과 고통과 기쁨을 함께하고, 깊고 뜨거운 사랑으로 품어주는 어머니와 같은 존재가 학교다. 그러나 현재 우리 학교의 형편은 어떤가. 지식만 전달하고, 국가가 정해준 교육과정과 지시 사항을 앵무새처럼 말한 대로 움직이는 꼭두각시 같은 교육이야말로 진정 참된 교육이란 말인가.

교사는 나무나 꽃을 아름답게 잘 가꾸는 정원사와 같다. 어떤 꽃은 다른 꽃보다 물을 많이 주어야 하고, 햇빛이 부족하면 햇빛이 잘 드는 곳으로 옮겨야 한다. 만사는 때가 있는 법이다. 가을이 되어야 사과 열매가 열린다. 과일나무를 관심과 애정을 가지고 기르면 좋은 열매를 맺을 수 있다.

아이들마다 독특한 성품과 소질, 적성이나 능력을 가지고 있다. 주어진 환경이나 타고난 성향, 기질, 개성, 능력에 따라 잘 자라도록 최선을 다해 돌봐 주어야 한다. 그래야 아름답게 조화를 이루는 살기 좋은 세상이 될 수 있다.

꽃병에 꽂힌 꽃들도 여러 종류의 꽃들이 모여 조화를 이루어야 더욱 아름답다. 세상은 장미꽃 하나로만 이루어지지 않는다. 국화꽃, 장미꽃, 백합꽃, 벚꽃, 살구꽃, 철쭉꽃 등이 어울려야 아름다운 세상이 된다. 꽃은 한 송이이면서 여러 송이가 되어야 하고, 나무는 한 그루지만 여러 그루가 모여 숲을 이루어야 한다.

15

얼마나 달려왔을까. 눈 앞을 가린 빗물 속에서 희끗희끗 움직이는 허수아비 같은 물체가 보였다. 바로 영수인 것을 직감한 나는 두 손을 모아 나팔 모양을 하면서 "영수야! 영수야!"하고 소리를 질렀다. 괜히 나도 모르게 눈물이 나고, 울컥하며 반가움과 울화통이 터져 나왔다. 참을 수 없는 기쁨과 분노가 솟구쳤다. 빗물에 젖은 영수를 끌어안고 안도의 한숨을 쉬었다. 영수는 나의 이런 행동을 보고 의아스럽다는 표정으로 바라보았다.

"선생님, 어디 가세요?"

"응! 너희들이 집으로 잘 가고 있나 하고 둘러보는 중이야. 혹시 친구 집에 가서 놀다가 집에 돌아가지 않으면, 집에서 부모님이 몹시 걱정하며 기다릴 테니까. 그래서 혹시나 하고 나와 본 거야. 나랑 같이 샘터 개울까지 가자! 거기는 물이 불어서 아마 위험할 거야."

나는 우비를 벗어 영수와 함께 어깨동무를 하며, 머리 뒤통수만 겨우 비를 가린 채로 좁은 산길을 걸었다. 차디찬 영수의 몸에서 따뜻한 온기를 느낄 수 있었다. 실버들이 빗물에 못 이겨 흐느적거리고 있었다. 질척거리는 비탈진 오솔길을 내려오는데, 어디선가 우두둑 나뭇가지가 비바람에 힘없이 꺾여 나가는 소리가 들렸다. 개울가에 아카시아 나무들이 뿌리째 뽑혀 나뒹굴고, 풀잎들은 맥없이 이리저리 바람에 흐느적거리고 있었다. 영수는 비를 피하려고 나에게 바짝 붙어 따뜻한 온기를 불어주었다.

"영수야, 이렇게 바짝 붙어서 나하고 어깨동무하니까 어떤 생각이 드니?"

"선생님하고 함께 이렇게 걸으니까 따뜻해서 좋아요. 선생님이 아빠 같은 생각이 들어요."

"너, 아빠가 보고 싶은 모양이구나?"

"아빠가 보고 싶을 때가 많아요. 엄마가 혼자 일하는 걸 보면 마음이 좋지 않아요. 우리도 아빠가 있으면 잘 살 수 있을 텐데……"

말끝을 미처 맺지 못한 영수는 말없이 걸었다.

얼마를 걸었을까. 산비탈에서 좁은 샛길로 접어들어 내려가더니, 갑자기 낭떠러지가 나타났다. 비가 많이 와서 계곡물이 불어 오솔길 모퉁이가 무너져 건너갈 수가 없다. 영수는 제법 익숙한 몸놀림으로 앞장서서 걸었다.

"선생님, 조금 올라가면 건너갈 수 있는 곳이 있어요. 선생님, 이제 돌아가세요. 저 혼자서도 건너갈 수 있어요."

※

영수네는 서울 청계천 무허가 난민촌에서 살다가, 청계천 복개 공사와 함께 무허가 철거 작업으로 살 곳을 잃고 이곳까지 떠밀려 오게 되었다. 청계천 무허가 난민촌 주민들은 주로 6·25 전쟁 때 남쪽으로 살길을 찾아 피난 온 피난민들과, 피폐한 농촌에서 살기 어려워 서울로 상경한 가난한 농민들과 노동자들이 대부분이었다.

그뿐 아니라 청량리 사창가에서 몸을 파는 여인들과 술집 여자 종업원들도 많았다. 그곳 주민들은 극도로 가난하고 굶주리며 헐벗은 사회적 하층민이자 대부분 소외 계층이었다. 그곳의 아이들은 옷조차 제대로 챙겨 입지 못하고, 거처하는 곳은 집이라고 부를 수도 없는 곳들이었다. 시커먼 판잣집들이 누더기 옷처럼 무질서하게 늘어져 있고, 하천 위에 나무 기둥을 박아 그 위에 집을 짓고 살았다. 집에서 버리는 설거지물이나 구정물, 화장실에서 나오는 똥과 오줌은 그대로 청계천으로 흘러 들어갔다.

판잣집 동네는 언제나 소란스러웠다. 세상에 대한 불평과 원망, 이유 없는 분노로 이웃 간의 불신과 다툼, 폭력으로 이어져 동네가 조용할 날이 없었다. 술을 먹고 툭하면 싸움질하는 사람, 별다른 이유 없이 상대방에게 시비를 거는 사람, 사기꾼, 도박꾼, 좀도둑들이 들끓어 날마다 악다구니 소리가 끊일 새가 없었다.

청계천 복개 공사와 함께 개발 바람이 불면서 이곳 무허가 판잣집들이 서서히 철거 작업을 하게 되었다. 오고 갈 곳이 없는 영수네 가족은 헌 이불과 옷 몇 벌, 솥단지만 가지고 살길을 찾아 이곳까지 떠밀려 들어왔다. 청계천에서 살기 전에는 서울 남산 판자촌에서 살았다. 영수 아버지는 서울 남산 판자촌과 서울역 근처를 오고 가며 지게꾼으로 일했다.

남산 판자촌은 6·25 사변 때 북한 땅에서 휴전선을 넘어 살길을 찾아 남으로 피난 온 피난민들로 들끓었다. 북한에서 몰려온 실향민들이 주인 없는 남산 자락에 자리를 잡았다. 해방 후에 생긴 이곳은, 북한에서 월남한 실향민들이 "북한 지역이 통일되면 다시 돌아간다"라는 말을 입에 달고 살았다. 그래서 이곳을 일명 '해방촌'이라고 하였다.

해방촌 인구가 급격히 불어난 건 1960년대 이후다. 일자리를 찾아 지방에서 서울로 올라온 사람들이 서울역에서 가깝고 집세가 싼 해방촌으로 몰려들었다. 남산 기슭 산길을 도려내고, 미군 부대에서 나온 합판과 기름을 먹인 종이, 속칭 루삥이나 레이션 곽으로 덕지덕지 지붕을 덮은 하꼬방이 가득

들어서 있었다. 처마가 양어깨를 스칠 만큼 비좁은 골목인 데다, 부엌에서 아무렇게나 마구 버린 구정물로 늘 괴괴한 냄새가 코를 찔렀다.

겨울이면 마구 내다 버린 구정물이 얼어서 미끄러운 길에는 타다 버린 구공탄재가 군데군데 아무렇게나 나뒹굴고 있었다. 바람이라도 휙 불어오면 구공탄재 먼지가 뽀얗게 날렸다. 영수 아버지는 달랑 지게 하나만 가지고 서울역 근처에서 오고 가는 손님들을 상대로 짐을 날라다 주고 그 삯을 받아 겨우 목구멍에 풀칠했다. 원래 타고난 체력이 약한 데다가 땟거리가 없어 제대로 먹지 못하여 몸은 점점 쇠약해졌다. 더군다나 지게꾼 일을 하는 것이 힘에 부친 노동이 되어서 몸은 점점 더 망가져 가고 있었다.

눈이 오는 어느 추운 겨울날이었다. 음력 설날이 가까워지고, 사람들의 마음이 명절의 기쁨을 앞두고 고향을 찾아가는 사람들로 서울역은 꽤나 붐비고 있었다. 점심때가 되어 역 근처 길가에서 싸구려 막국수 한 그릇을 사 먹었다. 역 모퉁이 양지쪽에서 쭈그리고 앉아 지게를 베개 삼아 햇볕을 쬐며 잠시 쉬고 있었다. 이때, 자신의 발밑에 뜯지 않은 아리랑 담배 한 갑이 떨어져 있었다. 그는 이것을 냉큼 주워 모처럼 마음 놓고 궐련 담배 한 개비를 꺼내 담배 연기를 길게 내뿜으며 피우고 있었다.

그것도 잠시, 어떤 젊은 여인이 다가오더니 말했다.

"지게꾼 아저씨! 짐 좀 날라다 주세요."

여인이 하는 말을 듣고 정신을 가다듬어 부리나케 담뱃불을 대충 끈 후에 벌떡 일어나 짐을 지게에 옮겨 실었다. 집이 남산 해방촌이라고 했다. 짐이 무거워서 자기가 도저히 머리에 이고 갈 수가 없으니 집까지 날라다 달라고 했다. 짐삯은 섭섭지 않게 주겠노라고 했다. 무척 상냥하고 예절 바르게 말했다.

짐을 지고 큰 도로를 지나 좁은 골목길로 접어들었다. 며칠 전에 내린 눈으로 응달진 골목길은 녹지 않고 얼어붙어 지게를 지고 언덕길을 올라가기에 너무나 힘에 겨웠다. 칼바람이 부는 매서운 날씨인데도 불구하고, 등허리와 얼굴에는 비지땀이 흘렀다. 헉헉거리는 모습이 몹시 안타까운지 여인은 잠시 쉬어 가자고 했다. 그러나 지게를 내려놓고 다시 올라갈 수 없는 골목길이라 내쳐 그대로 가는 것이 더 좋을 듯싶다고 생각하여 쉬지 않고 올라갔다.

원래 약골 체질에 제대로 먹지 못한 그는, 무거운 짐을 지고 가파른 언덕길을 올라가는 일이 애당초 감당할 수 없는 일이었다. 꿰매어 신은 검정 신발 한 짝이 옆구리 실밥이 터지면서 벗겨져 나가는 바람에 발이 미끄러워 몸이 기우뚱하였다. 중심을 제대로 잡지 못한 그는 심한 현기증으로 몸을 좌우로 비틀거리다, 갑자기 아래 다리가 후들거렸다. 지게와 함께 정신을 잃고 아래로 그만 곤두박질치며 굴러벌어졌나. 시게에 얹은 짐은 풍비박산이 되고, 자신은 머리뿐만 아니라 온 몸을 심하게 다쳐 의식을 잃은 채로 병원으로 실려 갔다.

워낙 어려운 가정 형편이라 병원비 마련할 길이 막막했다. 어찌할 수 없어 살고 있던 판잣집을 처분하고 퇴원했다. 오고 갈 데가 없던 차에 고향 친구의 도움으로 청계천으로 오게 됐다. 그러나 퇴원 후 집에서 변변한 약도 써 보지도 못하고, 영수 아버지는 몇 달 동안 시름시름 앓다가 가족들을 남겨 놓고 세상을 떠났다.

영수 어머니는 영수와 영수의 여동생, 두 자녀를 데리고 청계천 근처 길거리에서 노점을 하며 근근이 생활했다. 어려운 생활은 꼬리에 꼬리를 물고 이어졌다. 그나마 의지하고 살던 무허가 판잣집 철거 바람이 부는 바람에 이곳에서도 쫓겨날 신세가 됐다. 서서히 청계천 도시 개발이 시작된 것이다.

하늘이 무너져도 솟아날 구멍이 있다고, 길거리에 나앉게 된 영수네 가족은 요행히 지인의 소개로 깊은 산속에 들어가 화전을 갈아서 근근이 먹고살게 됐다.

화전 가꾸는 일은 여자 혼자서 쉽지 않은 일이었다. 깊은 산속에 들어가 불을 질러 산을 태우고, 타다 남은 나뭇등걸을 뽑아냈다. 돌을 고른 다음에 밭을 괭이나 삽으로 일구어내는 일이란 무척 힘들고 고된 일이었다. 그러나 당장 먹고살기 위해 할 수 있는 일이란 이것밖에 없었.

비바람을 겨우 피할 수 있는 움막집을 지었다. 비탈진 밭에다 옥수수 씨를 뿌리고, 자투리땅에는 감자나 고구마와 채소 등을 가꿨다. 일 년 내내 먹을 것이란, 옥수수와 조금씩 가꾼 감자와 고구마가 영수네 세 식구가 먹어야 할 식량이다.

※

개울가에 도착했을 때 물이 세차게 넘쳐나서 큰 바위들을 휩쓸고 갈 기세였다. 둘은 한 몸이 되어서 바싹 붙어 물가로 다가갔다. 나와 영수는 거의 알몸이 되다시피 했다. 거세게 밀려오는 흙탕물은 금방이라도 우리를 집어삼킬 듯이 덤벼들었다. 나는 영수를 등에 업고 개울을 건너가기로 했다.

"영수야! 내 등에 업혀라. 내 목을 꽉 잡아야 한다. 어떤 일이 있어도 놓쳐서는 안 된다!"

영수를 등에 업은 나는 조심스럽게 물결이 조금 약한 곳을 발로 더듬으며 천천히 걸어 들어갔다. 세차게 밀려 내려오는 흙탕물은 내 허벅지까지 넘쳐 올랐다. 개울 중간쯤 건너왔을까, 물결이 점점 거칠고 빠르게 움직이며 나의 어깨 위까지 차올랐다. 나의 두 다리가 허공에 붕 뜨면서 그만 중심을 잃었다.

급한 대로 영수의 목을 꽉 잡고 함께 헤엄쳐 건너갔다. 영수도 위급함을 느꼈는지 나의 몸을 꽉 붙들고 자기도 있는 힘을 다해 물장구를 쳤다. 나의 발이 개울물 밑바닥에 조금씩 닿기 시작했다. 우리는 천천히 물살을 헤치며 개울을 건넜다.

빗줄기는 조금씩 약해지기 시작했다. 개울을 건너 언덕 위에 올라가 지친 몸을 추스른 다음에 영수를 바라보았다. 억수로 내리는 비를 몽땅 맞으며 물결이 거센 개울물을 건너는 바람에 입술이 파르르 족족 하고, 온몸이 추위에 덜덜 떨고 있었다.

나는 영수의 손을 잡고 상수리나무 숲을 따라 언덕배기로 올라갔다. 저 아래 화전민들이 사는 집들이 빗속에 빛바랜 유령처럼 보였다.

"선생님! 저 이제 여기서 혼자 갈 수 있어요. 저희 집이 저기 소나무 옆에 있는 작은 집이에요."

"선생님이 너희 집까지 함께 가면 좋을 듯한데, 안 되겠니?"

"아… 아… 아니에요. 저 혼자 갈 수 있어요."

나는 영수가 집까지 무사히 들어가는 것을 보고 학교로 되돌아왔다. 그러나 지치고 허기진 나에게 돌아온 화살은 따가운 시선과 질책, 그리고 원망뿐이었다. 근무 중 무단이탈과 다른 반보다 조금 일찍 귀가시킨 나에게 교감을 비롯한 모든 선생님이 비난의 눈초리로 바라보았다.

"김 선생, 아무 말도 없이 어딜 갔다 오는 겁니까? 직장 상사에게 보고도 없이 무단이탈을 해요? 그리고 선생님 반이 일찍 아이들을 보내는 바람에 학교 전체 분위기가 뒤숭숭해서 수업을 제대로 못 했어요. 도대체 어딜 갔다 온 거예요?"

"교감 선생님께 보고도 없이 오랜 시간 학교를 이탈한 것은 제 잘못입니다. 비가 너무 많이 와서 염려되어 아이들 귀가 지도를 하려고 밖에 나갔다 돌아왔습니다."

아이들을 생각하는 나의 진솔한 마음을 그대로 말했으나, 교감은 나의 태도가 못마땅한 듯 불쾌한 기색으로 코를 킁킁대며 창밖을 바라보았다.

"김 선생! 귀가 지도는 학교 근방까지만 지도하면 돼요. 그런데 두세 시간 동안 도대체 어디서 무얼 했어요?"

교감은 나에게 짜증을 내며 의자에서 벌떡 일어나더니, 버럭 큰 소리를 질렀다.

"화전골에 사는 아이가 있어서 큰 개울을 건네다 주고 오는 길입니다. 이렇게 젖은 제 옷과 몸 상태를 보면 알 수 있지 않아요?"

나는 여기저기 상처 난 부분과 찢긴 옷을 보여 주었다.

"교감 선생님, 오늘 제 행동은 진심 어린 마음으로 아이들을 사랑했기 때문에 일어난 일입니다. 아이들을 위험한 곳에서 안전한 곳으로 옮기려고 도운 행동입니다. 우리 반 아이들은 모두 제가 책임지고 가르치고 있습니다.

교감 선생님, 너무 고정된 관념에서 벗어나십시오. 탁상공론식 법칙과 규정에서 벗어나야 합니다. 교육은 자율성을 강조합니다. 담임 선생님과 아이들이 좀 더 자유롭게 학교생활을 할 수 있도록 도와주셔야 합니다. 이제는 개방적이고 자율적인 학교 교육행정을 하셨으면 좋겠습니다."

이 일이 있고 난 뒤, 나이 많은 선배 교사는 은근히 나를 피하는 눈치였다. 교장과 교감은 수시로 예고도 없이 우리 반에 들어와 수업 상황이나 아이들의 태도, 행동을 점검했다. 그 외에도 갑자기 출석부를 가져오라며 출석 상황을 수시로 확인했다.

수업 시간에 들어와서는 칠판 판서가 나쁘다거나, 교실 청소가 잘 안됐으니, 대청소를 하라고 말할 때가 많아졌다. 심지어 교실에 앉은 아이들이 앞뒤 좌우로 줄이 맞지 않는다며 잔소리를 하기도 했다. 자기 마음대로 마구 들볶아댔다. 이 모든 것은, 아이들을 위한 교육이라는 명분 아래 행해졌지만, 너무나 유치하고 수치스러운 권력이었다.

16

 토요일 아침에 일어나 하늘을 바라보니 을씨년스러운 늦가을 하늘이다. 이웃집 울타리에 있는 해묵은 감나무 위에서 까치 두 마리가 날아와 서로 부리를 마주하며 '깍깍' 인사를 나누고 있었다. 하숙집 여주인은 오늘도 좋은 소식이 있을 것 같다며 마당 가운데 있는 우물에서 물을 길어 올렸다. 그는 아침마다 까치가 와서 '깍깍'거릴 때마다 오늘은 좋은 소식이 있을 거라고 입버릇처럼 말했다. 두레박으로 퍼 올린 물을 벌컥벌컥 마시자, 목구멍을 타고 내려가는 물줄기 덕분에 정수리부터 발끝까지 온몸이 한결 가벼워진 기분이었다.
 요즘 영수는 계속 등교하지 않았다. 화전골에 사는 아이들이라도 있으면 인편을 통해서라도 소식을 알고 싶었으나, 웬일인지 그 마을 아이들조차 통 학교를 나오지 않았다. 다음

주에는 시간을 내서 영수네 집을 찾아가 보기로 했다.

　토요일 오후, 마을 앞에 있는 개울가로 나가 흘러가는 물결을 가로질러 주낙을 길게 쳐놓았다. 개울가 모래밭에 벌렁 드러누워 높푸른 늦가을 하늘을 무심히 바라보았다. 솜털 같은 조각구름들이 쉬엄쉬엄 서쪽 하늘로 흘러가고 있었다. 푸른 하늘 속으로 흰 구름이 녹아들고, 구름송이들이 서서히 사라지고 있었다. 하늘의 푸른빛이 물감처럼 흘러내리는 듯했다. 눈이 부시도록 청명한 늦가을 햇살이 개울가 모래 위로 소나기처럼 쏟아져 내려왔다.
　개울가에서 고기 잡는 아이들의 재잘거리는 소리와 바윗돌 틈 사이로 돌돌돌 흘러가는 물소리가 귓가에 쉬엄쉬엄 스며들었다. 간간이 들려오는 개울물 소리와 버들잎 사이로 지나가는 바람 소리가 나의 살 속으로 점점이 스며들었다. 간혹 음매 하며 어미 소를 찾는 송아지 울음과, 딸랑거리며 화답하는 방울 소리가 어렴풋이 들려왔다. 산과 들에서 불어오는 물기 없는 바람은 알알이 익어 가는 산나무 열매 향기를 안고 콧등 위로 흘러왔다.
　자연의 아름다움과 조화로움, 신비로움을 느끼는 순간이었다. 하나님이 아름다운 대자연을 창조할 때, 제일 마지막에 당신의 형상에 따라 인간을 지으셨다. 그만큼 인간은 자연 중에서 가장 아름답고도 위대한 걸작품이다. 하나님은 인간을 가장 아름다운 존재로 창조했을 뿐만 아니라, 이 세상을 다스리고 지배할 수 있는 권리까지 주셨다. 우리는 하나님으로부터 무한한 사랑을 받은 존재, 사랑으로 빚어진 최고의 생명체다.

솔 향기 바람이 불어오는 하늘 위로 V자를 그리며 떼 지어 날아가는 기러기들을 바라보며, 늦가을 햇살에 취해 개울가 모래밭에서 잠시 깜박 잠이 들었다. 얼마나 잤을까. 주변에 정적이 감돌고, 몸에서 으스스한 냉기가 스며들 무렵, 잠에서 깨어났다. 저 멀리 손바닥만 한 검푸른 구름이 곱달산 쪽으로 유유히 흘러가고 있었다.

몸을 뒤척이며 아직도 온기가 배어 있는 포근한 모래밭 위에서 저물어 가는 연분홍 보랏빛 노을을 바라보았다. 보랏빛 구름 사이로 언뜻언뜻 보이는 노을은 산마루 위에 걸려 있었다. 인적이 드문 징검다리 위에는 이름 모를 작은 새들이 한가롭게 놀고 있었다. 푸드득, 하고 물총새 한 마리가 수양 버드나무 가지 위에서 날아갔다. 잠시 나뭇가지가 흔들리더니, 팔랑거리며 빛바랜 작은 이파리 하나가 떨어졌다.

노을빛이 차츰 옅어지며 미루나무 그림자가 내 얼굴 위에서 서서히 사라졌다. 노을이 저물고 주변에 땅거미가 내려앉으면서, 차츰 어둠이 찾아왔다. 하늘과 땅이 붉음과 어둠으로 나뉘어지고 있었다. 으스스한 냉기가 온몸에 조금씩 감돌았다. 이때, 고요한 정적을 깨고 어디선가 아이들의 도란도란 이야기 소리가 희미하게 들려오기 시작했다. 그 말소리는 점점 가까워졌고, 이윽고 나를 찾는 소리가 또렷하게 들려왔다.

"선생님! 선생님을 얼마나 찾아다녔는지 몰라요."

다급하게 나를 찾아온 아이들을 보며, 특별한 연유가 있으리라는 것을 직감적으로 느꼈다. 불길한 마음을 달래려 깊은 숨을 잠시 몰아쉬었다. 나를 보는 순간, 반장 정수를 중심으로 용길이와 정은이는 눈시울을 붉히며 울먹이고 있었다. 저 아이들에게 무슨 일이 일어난 것일까. 자초지종을 묻기도 전에 나는 아이들을 껴안아 주었다.

"선생님, 며칠 전에 영수가 죽었어요."

정수의 입에서 갑작스레 튀어나온 말소리는 내 귀를 의심하게 했다. 그저 허공을 맴도는 메아리처럼 들릴 뿐이었다. 이미 나의 입술은 일그러지고, 목구멍 깊숙이선 가래 같은 것이 끓어올랐다. 이것이 사실이 아니길, 꿈속에서 일어난 사건이기를 바랄 뿐이었다.

"뭐라고? 왜 갑자기 죽었지? 그렇게 건강한 아이가 왜 그랬지?"

아무런 가치도, 효용도 없는 말들이 그저 더듬거리며 터져 나왔다. 말끝을 잇지 못한 채, 허공만 바라보았다.

"지난번에 비 많이 오던 날, 학교 갔다 와서 감기를 심하게 앓았대요. 그게 점점 심해져서 급성폐렴이 됐대요. 그런 후 치료도 제대로 못 받고……."

정수는 울먹이며 말을 이었다. 이내 코를 실룩거리더니 눈물을 주르륵 흘렸다.

나는 잠시 혼란스러운 감정을 억눌렀다. 가슴이 찢어질 듯 아려오는 슬픔과 아픔보다, 분노와 원망의 유리 조각들이 내 심장을 갈기갈기 찢고 있었다. 아이들은 친구의 갑작스러운 죽음 앞에서, 서글픔과 심란한 마음으로 어찌할 바를 모르고 있었다.

이튿날 나는 몇몇 아이들과 함께 영수네 집을 찾아갔다. 아이들이 영수의 영혼을 달래기 위하여 보라색과 흰색 들국화 꽃가지를 꺾어 정성껏 꽃다발을 만들었다. 산길을 넘고 개울을 건너가면서 모두들 침통한 분위기였다.

낙엽이 지는 나뭇가지 사이로 따사로운 햇볕이 쏟아져 내려오고 있었다. 빽빽한 소나무와 잣나무 숲속 사이로 다람쥐들이 오르락내리락하며, 우리를 보고도 아랑곳하지 않고 겨울 준비에 바쁘게 움직이고 있었다. 옥수수를 베어 낸 텅 빈 산자락은 황량하기만 했다. 반쯤 열려 있는 사립문을 밀고 들어갔다. 마당 한구석에서 홀로 낮잠을 즐기던 누런 개가 길게 기지개를 켰다. 낯선 이방인을 보더니 이내 코를 킁킁대고는 컹컹거리며 사납게 짖어대었다. 개 짖는 소리와 마당에서 웅성거리는 인기척을 들은 주인은 찢어진 문틈으로 빠끔히 내다보았다.

"누구세요?"
"저…… 영수 담임입니다. 영수 때문에 얼마나 상심 되셨습니까. 진작 찾아뵈어야 했는데, 미처 찾아뵙지 못해 죄송합니다."

나와 반 아이들을 보자, 영수 어머니는 금방 눈시울이 그렁그렁해졌다. 목이 메어 차마 말을 하지 못했다. 우리들의 손목을 번갈아 붙잡고는 울음을 터뜨렸다. 걷잡을 수 없이 흐르는 눈물 앞에서 나의 감정도 주체할 수 없었다. 눈시울이 뜨거워지더니, 몇 줄기의 눈물이 주르륵 흘러내렸다.

"우리 영수는 돈이 없어 죽었어요. 비를 많이 맞고 오던 날, 밤늦게 열이 많이 나고 기침을 했어요. 이튿날 몹시 앓고 있는 아이를 보고, 빨리 약을 사다 먹여야겠다고 생각했지요. 아침에 일어나 면사무소 옆에 있는 약방에 가서 약을 사 와야 했는데, 돈이 있어야지요. 마을 집집마다 다니면서 통사정을 해도, 돈이 없다는 거예요. 하도 급해서 옥수수 포대를 머리에 이고 나가 팔려고 했지만, 누가 사야 말이지요. 장날이 아니라 팔기가 더 어려웠어요. 옥수수만 빨리 팔아서 약을 사 먹였더라면……"

영수 어머니는 때 묻은 치마에 콧물을 흥 하고 닦은 후에 털썩 주저앉더니, 망연자실한 채 대성통곡을 했다.

나흘 동안 간신히 물만 마시던 영수는 혼수상태에 빠졌다. 갑자기 병이 도져 밤중에 마을 장정들에게 업혀, 급한 대로 면 보건소로 달려갔다. 늦은 밤이라 의사도 퇴근하여, 치료받을 사람이 없었다. 1시간쯤 지난 후에 연락받은 의사가 달려왔다. 의사의 진단은 급성폐렴이었다. 읍내 큰 병원으로 빨리 데리고 가서 치료받지 않으면 위험하다는 진단이었다.

그러나 이 밤중에 무슨 수를 써서 읍내까지 간단 말인가. 다급한 대로 임시 처방으로 응급처치를 하고, 보건소에서 준 약을 가지고 집으로 돌아올 수밖에 없었다. 약을 먹고 사흘 동안 열이 조금 내려 차도가 있는 듯했으나, 나흘째 되는 날 밤에 다시 높은 열이 나기 시작했다. 깊은 산속이라 교통수단이 없어 들것에 얹혀 어두운 산길을 더듬어 나왔으나, 이미 손쓸 여력도 없이 영수는 어린 나이에 꽃도 피워 보지 못하고 저세상으로 갔다.

영수 어머니의 메마르고 힘없는 통곡 소리와 하염없는 눈물은 오래도록 계속되었다. 허탈한 마음으로 위로해 보았지만, 영수가 없는 빈자리를 채울 길이 없었다.

아이들이 정성껏 만든 들국화 한 다발을 영수의 영정에 바쳤다. 먹는 것과 입는 것이 풍족한 좋은 세상에서 태어나기를 바라며, 제를 올렸다.

17

영수가 죽은 지 보름 후에 한 통의 편지가 날아왔다. 겉봉투 주소란에 '영수 엄마로부터'라는 서툰 글씨가 쓰여 있었다. 서둘러 봉투를 뜯어 보니, 영수의 일기장이 들어 있었다. 거의 날마다 빠뜨리지 않고 자신의 학교생활이나 가정생활을 낱낱이 일기장에 써 놓았다. 그동안 간혹 아이들의 일기장을 검사했으나, 바쁘다는 핑계로 세세하게 살펴보지 못하고 건성건성 넘어간 나 자신이 몹시 부끄러웠다.

아이들의 아픔과 상처를 겉으로만 느끼고 아파했다. 아이들의 진정한 고통을 함께 나누지 못하고 생활해 온 것이다. 그러나 나는 신(神)이 아니라 교사일 뿐이다. 교사의 임무인 학습지도, 생활지도, 학교에서 주어진 학교 행정 업무와 학급 업무, 주변 환경 정리 등, 상부나 윗사람의 지시와 명령에 따르고 주어진 본분에 충실히 이행하는 것만도 벅찼다.

어쨌든 나는 아이들 마음속에 있는 깊은 상처를 포근하고 따뜻하게 보듬어 주지 못했고, 읽을 줄도 몰랐다. 아이들의 인성과 생명을 올바른 방법으로 살리지 못했다. 그동안 나는 한낱 잘 짜인 틀 속에 묻혀 있는 작은 부속품에 지나지 않았다.

영수가 세상을 떠나기 며칠 전에 쓴 마지막 일기장이 나를 너무나 슬프게 했다. 괴로움과 안타까움이 물밀듯 밀려와 가슴을 더욱 아프게 했다. 평소에 영수에게 사랑으로 살갑게 보살피지 못한 나의 마음 한쪽이, 날카로운 칼로 베어 나간 듯 미어지는 듯했다.

나는 어려움에 처한 아이들을 따뜻하게 보살피지 못한 현실 앞에서, 슬픔과 부끄러움이 뒤엉켜 마음 깊숙이 나를 짓눌렀다.

> 197X년 10월 X일 X요일 날씨(비)
>
> 오늘은 늦가을인데도 비가 많이 왔다.
> 학교에 가려고 하니까 비가 너무 많이 와서 안 가려고 했다. 엄마도 오늘은 학교에 가지 말라고 하셨다. 그러나 집에 있으면 너무너무 심심하다. 우리 집에는 라디오가 없다. 우리 반 반장 정수네 집에 가면 라디오가 있다. 우리도 라디오가 있으면

이런 날은 심심하지 않을 것 같다.
아침에 비를 맞고 그대로 학교에 갔다. 비를 맞고 온 나를 본 선생님은 나에게 먼 길 오느라고 고생했다고 하시며 칭찬을 해 주셨다. 비에 몽땅 젖은 옷을 보고, 옷 하나를 가져오시더니 젖은 옷을 벗긴 뒤에 나에게 입혀 주셨다.
너무나 기분이 좋았다.
집에 오는 길에 내 뒤를 따라오시더니 큰 개울을 업어서 건너 주셨다. 하마터면 빠질 뻔했다. 그때는 선생님이 우리 아빠 같았다. 나도 아빠가 있으면 좋겠다고 생각했다.
다음에는 학교에 갈 때, 선생님께 맛있게 찐 옥수수를 꼭 가져다드려야겠다.
선생님, 정말 고맙습니다.
선생님, 사랑해요.

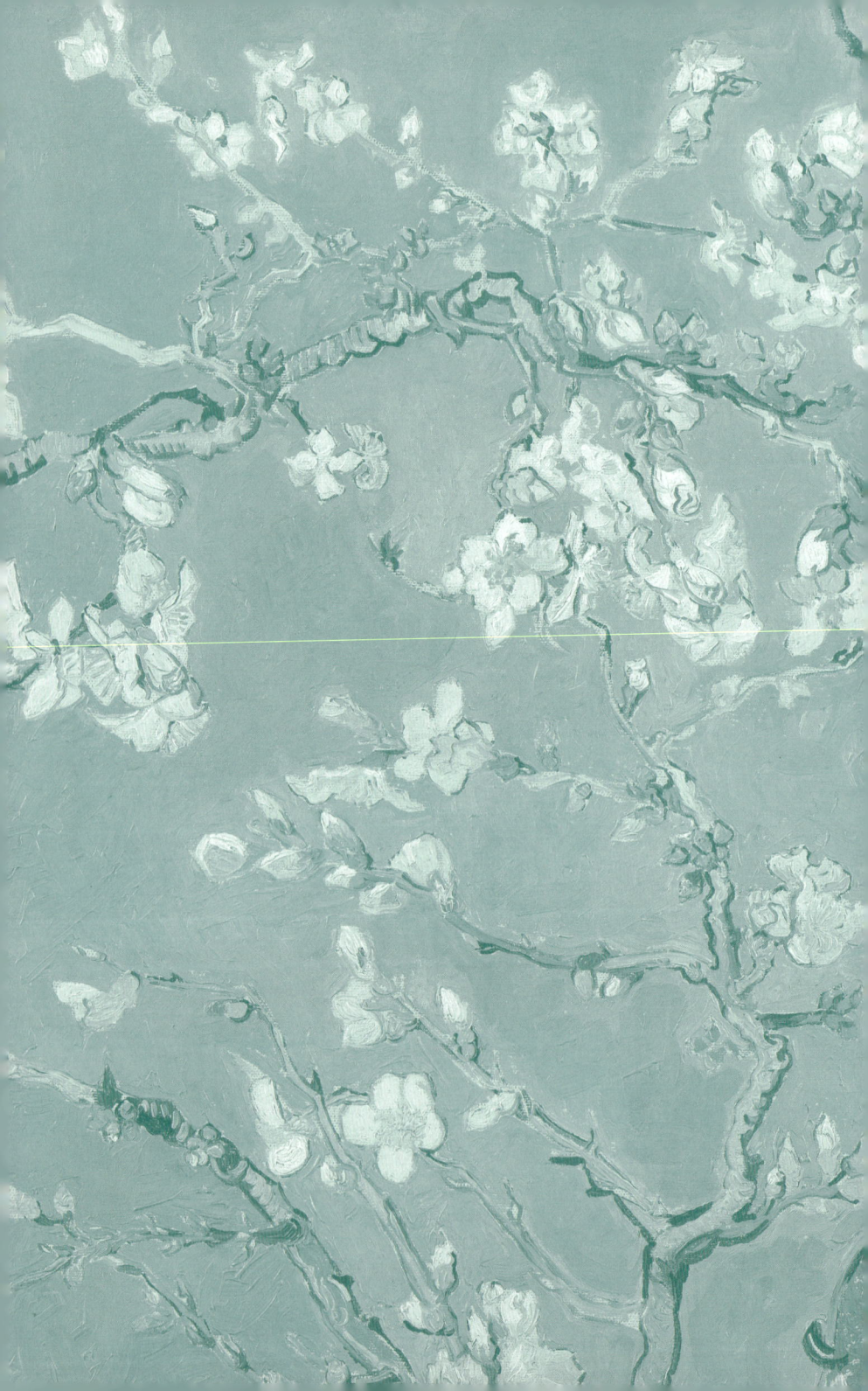

작가의 말

남기고 싶은 기억들

　나의 지난날 기억과 상상력으로 언젠가는 글을 남기고 싶었다. 몇 번이나 망설임 끝에 한 편의 소설을 쓰게 되었다. 막상 시작해 보니 결코 녹록한 작업이 아니었다. 이 글을 쓰기 위해 모든 활동을 내려놓고 글쓰기에만 매달려 집중하려고 힘썼다.

　남들이 쓴 글을 읽을 때는 대수롭지 않게 여겼던 글들이, 막상 내가 이 글을 쓰면서 보니 글을 쓴 이들의 무한한 상상력과 창의력이 새삼 경이로웠고, 그분들에게 깊은 감사를 느끼게 되었다. 내 나이 82세, 더 늦기 전에 이 한 편의 소설을 마무리해야겠다고 마음먹었다. 시간 날 때마다 생각나는 대로 두서없이 쓴 글이라, 독자들 앞에 내놓으려니 부끄럽고 민망하기도 하다. 그래도 내 삶의 가치관과 인생관을 통해 전하고 싶은 이야기를 이 소설에 담아 두고 싶었.

　따사로운 봄빛이 분수처럼 쏟아지는 날이다. 한겨울 움츠렸던 시간이 마음껏 기지개를 켜고 있다. 길가와 공원마다 철쭉꽃들이 망울마다 피려고 귀엽게 아름다운 색으로 물들어가고 있다. 창밖에는 어젯밤 내린 봄비로 돋아난 잎새들이 파르스름한 물감으로 채색되어가고 있다. 내 나이 82세, 세월의 흐름이 너무 빠르다는 것을 절실히 느끼고 있다. 그야말로 한 달이 하루처럼 느껴진다.

한(恨)도 많고 처절했던 지나간 세월을 이제 되돌아보면, 슬픔과 아픔보다는 오히려 아련한 추억으로 간직하고 싶다는 마음이 든다. 지나간 날의 역사는 우리들의 창조적 사건들이다. 그래서 우리는 그 역사적 사건들을 잃어버리거나 결코 잊어서는 안 된다.

소설은 창조적 기억이라고 한다. 창조적 기억이란, 시간의 흐름으로 가능한 것이다. 헤밍웨이는 "남에게 받아쓰게 할 수 있는 기억이라면, 굳이 작가가 아니어도 가능하다. 그러나 남에게 받아쓰게 할 수 없는 기억, 그것만이 곧 소설이다."라고 했다. 그래서 소설은 상상력으로서의 기억이라고 한다.

나는 어린 시절에 6·25, 4·19, 5·16, 5·18을 겪었다. 이 사건들은 모두 나에게는 기억하고 싶지 않은 사건들이다. 그러나 우리가 걸어온 뼈아픈 역사적 순간들을 언젠가는 글로 남기고 싶었다. 지난 1960~70년대, 첩첩산중에 자리한 산골 학교에서 몹시 가난하고 배고픈 어린아이들과 함께 지낸 시절 역시 내게 많은 것을 남겨 주었다. 가난과 질병으로 사랑하는 제자의 죽음을 보고, 슬픔과 고뇌의 시간을 보냈던 그 시절은, 털어 버릴 수 없는, 아직도 잊지 못할 사건이었다.

　나의 젊은 청춘을 다 바쳤던 그때 그 시절은 정말 어려운 고비가 많은 세월이었다. 산골 아이들을 위해 내 나름대로 참된 교육을 하려고 했으나, 어려운 시대적 상황 속에서 올바르고 창의적인 가치관을 가지고 나아갈 수 없었다. 가난하고 헐벗은 산골 아이들을 마음껏 사랑하지 못하고, 도와주지 못한 채 떠나온 20대 젊은 시절이, 요즘 들어 더욱 아쉽고 그리워진다. 늦었지만 이제야 와서 그 추억들을 하나하나 더듬어 가며 부족한 상상력으로 이 책을 펴내었다.

　이 소설을 출간할 수 있도록 힘과 용기를 주고 끝까지 도와주신, 이화춘 장로님의 따님인 도서출판 클북 이경선 대표님 감사합니다.

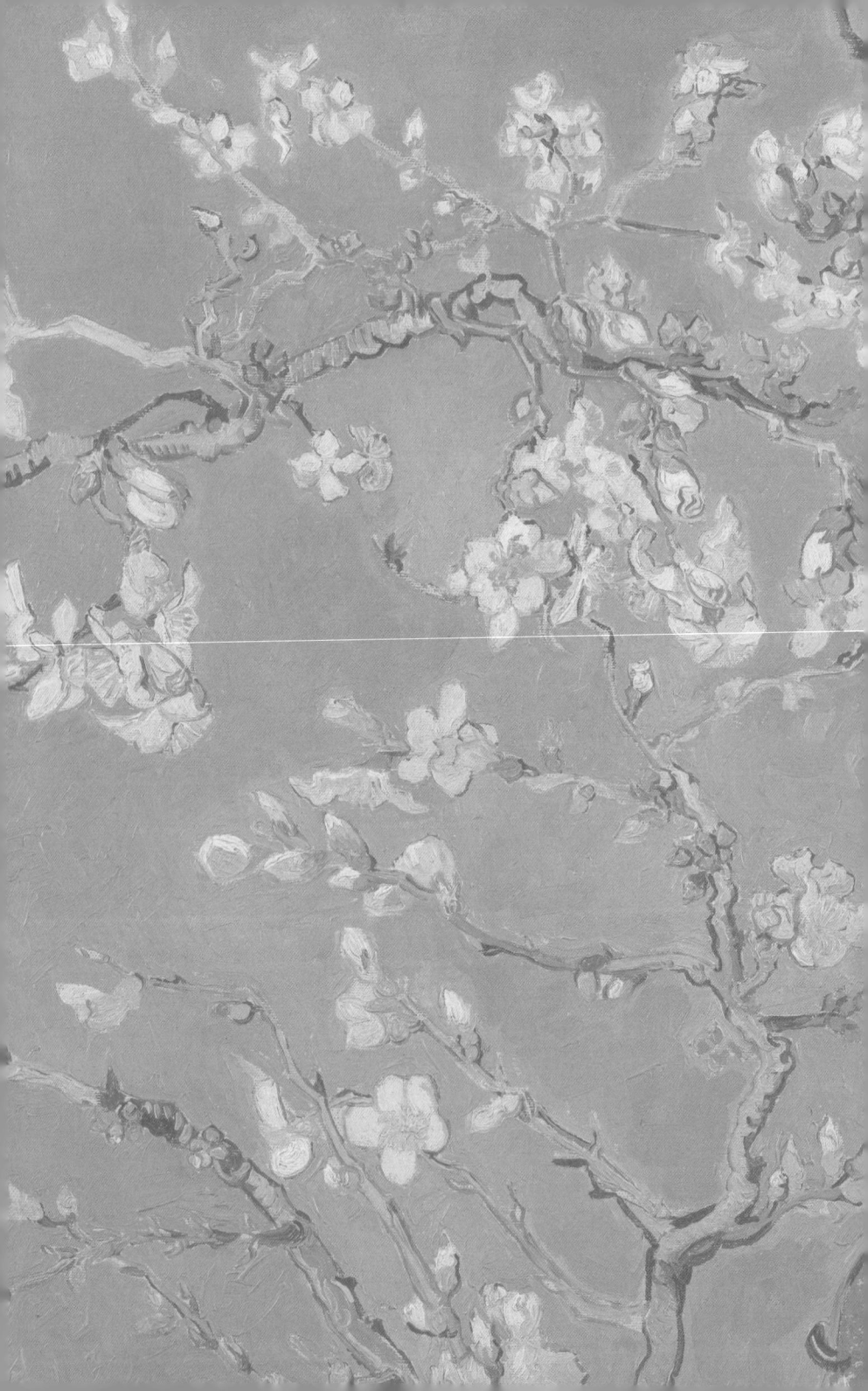

기억의 저녁에 건네는 말들

우리는 시대를 기억한다고 말하지만,
사실은 사랑하는 이의 얼굴 하나를 떠올리는 것으로
그 시절을 다시 살아냅니다.

『저녁 종이 울릴 때』는
어떤 거대한 흐름이나 역사보다,
교실의 아이들, 마을의 사람들,
아침마다 밥을 짓고 저녁마다 종을 울리던
그 이름 없는 하루하루를 되살리는 책이었습니다.

이야기를 따라 읽다 보면
한 사람의 삶이 품고 있던 계절의 흐름,
그 안에 피고 지는 얼굴과 마음이 오래 남습니다.

그래서 책을 다 읽고 난 지금,
우리는 '무엇이었는가'를 이야기하기보다
'무엇이 남았는가'를 묻고 싶어졌습니다.

그 마음으로
작가님께 조심스럽게 열두 개의 질문을 건넸습니다.
그 응답은 기억의 저녁처럼
마음 깊은 곳에서 피어난 사색의 문장들이었습니다.

열두 개의 질문, 열두 개의 이야기.

작가의 진심어린 응답의 문장들이
기억의 저녁에 울리는 종소리처럼,
당신의 하루 곁에 오래도록 머물기를 바랍니다.

저녁 종이 울릴 때

1.

기억을 다시 꺼내어 글로 옮긴다는 건
그 시절을 다시 살아보는 일일지도 모르겠습니다.
그 시간들을 다시 마주하실 때
어떤 감정이 가장 먼저 떠오르셨는지 여쭙고 싶습니다.

작가   1960, 70년대는 비록 배고프고 힘든 시절이었지만,
이웃 간의 따듯한 정으로 살아가던 시절이었습니다.
그때 그 시절, 물질적으로는 궁핍하였으나
마음은 풍요로웠던 그 시절이, 지금도 문득문득
그리워집니다.

2.

글을 쓰시면서 쉽게 지나치지 못했던 장면,
혹은 오래 머물렀던 마음의 풍경이 있으셨다면
그 이야기를 듣고 싶습니다.

작가   깊은 산골, 1년 내내 쌀 한 톨 구경하기 어려운
화전민 마을의 아이들을 살뜰히 보살피지 못했던
제 마음이 이제 와 무척 후회로 남아 있습니다.
하지만 화전골을 향해 들어갈 때 펼쳐지던

자연의 아름다움은 지금도 생생하게 기억납니다.
원시림처럼 우거진 소나무 숲, 그 숲 사이를
오르내리던 귀여운 다람쥐들의 모습은 태고의
자연을 그대로 보여주고 있었습니다. 무엇에 비교할
수 없이 맑고 깨끗하게 흐르던 계곡물도 잊히지
않습니다. 올여름, 시간이 허락된다면 다시 그곳에
가서 그 물로 밥을 짓고, 발을 담가보고 싶습니다.

3.

책을 읽는 내내 계절이 흘러가는 시골 마을처럼
크게 말하지 않아도 마음에 오래 남는 순간들이 있었습니다.
작가님께 그런 시간은 어떤 모습으로 남아 있으신가요?

작가   가만히 앉아 조용히 시간을 보내고 있노라면,
지나간 세월의 풍경들이 문득 떠오를 때가
많습니다. 그중에서도 산골 마을에서 아이들과 함께
어울렸던 시간이 유난히 그립습니다. 정말 오래
머물고 싶었던 순간들이었고, 꿈엔들 잊지 못할
시간입니다. 지금도 간혹 그 시절 그 순간들이 제
꿈속에서 생생히 펼쳐지곤 합니다.

4.

소설 곳곳에 등장하는 아이들은 각자 다른 상처와 표정을 가지고 있었지요.
그중에서도 지금까지도 마음에 남아 있는 아이가 있으시다면,
그 이유와 함께 조심스레 여쭙고 싶습니다.

작가   화전골에 살던 영수는 늘 옥수수 도시락을 들고 학교에 오던 아이였습니다. 어려운 형편에도 성격은 명랑하고 활발했습니다. 늦가을 때아닌 폭우로 계곡의 개울물이 불어났을 때, 집에 돌아가는 영수와 함께 물을 헤치며 어렵게 건넌 기억이 있습니다. 그날 이후로 영수는 심한 감기로 고생을 하였으나, 의료시설이 없는 그 마을에서는 제때 치료를 받지 못했습니다. 감기가 악화되어 결국 급성 폐렴으로 짧은 생을 마감하고 말았습니다. 이는 영수의 가족은 물론, 담임인 저에게도 큰 아픔으로 남았습니다. 그때 조금만 더 빨리 영수의 상태를 알았더라면, 직접 약을 사다 병문안을 하고 위로를 건넸을 텐데… 교사로서 그 사명을 다하지 못한 점, 지금도 영수의 영혼 앞에 사죄하고 싶습니다.

5.

쓰신 인물들 가운데
지금도 문득 미안해지는 인물이 있으시다면,
그에게 지금 어떤 말을 건네고 싶으신가요?

작가 지난 시간을 더듬어 올라가 봅니다. 고루한 옛
풍습이 남아 있는 폐쇄적인 산골 마을의 분위기가
떠오릅니다. 여자 앞에서 무척 내성적인 김기수와
외형적이고 발랄한 이정숙, 두 사람의 운명적인
만남은 안타까움과 상처만을 남겼습니다. 별빛
아래에서 나눈 고백은 있었지만, 주인공 김기수가
좀 더 용기 있게 이정숙에게 다가가지 못했던
점이 아쉬움으로 남습니다. 슬픔과 아픔만을 남긴
이별이었지만, 어쩌면 그래서 더욱 순수하게
기억되는 사랑이었는지도 모르겠습니다.

6.

이야기를 따라가다 보면
김기수라는 인물 안에 작가님의 모습이 겹쳐지는 순간들이
많았습니다.

작가님 스스로 생각하실 때,
가장 닮아 있는 부분은 무엇인가요?

작가   주인공 김기수는 제 모습의 분신이자 거울 같은
존재입니다. 겉으로는 부드럽고 온화하지만,
내면에는 강한 신념을 지닌 외유내강의 인물이지요.
불의나 부도덕 앞에서는 결코 참지 못하지만,
그것을 직접 행동으로 옮기기에는 늘 망설임이
따랐습니다. 김기수라는 인물을 통해 저의 그런
내면을 보여주고 싶었습니다.

7.

산골학교, 발령장, 하숙방, 논두렁, 종소리…
지금은 사라진 풍경들이 이 책 속에는 고스란히 살아 있었습니다.
그 장면들을 지금 다시 꺼내 쓰실 수 있었던 이유가
무엇이었을까요?

작가   지난 1960년대, 그 시절의 풍경은 이제 상상
속에서나 만날 수 있는 추억이 되었습니다. 봄이면
푸르른 숲에서 들려오던 뻐꾸기와 산비둘기 소리,
여름이면 철모르는 아이들이 발가벗고 개울가에서
물장난치던 천진한 웃음소리, 가을이면 단풍과

억새풀, 그리고 뒤뜰에 발갛게 익어가던 단감들,
겨울이면 소나무 가지에 포근히 내려앉던 하얀
눈송이...
이제는 모두 색바랜 사진 속이나 한 폭의 그림처럼
아득해졌습니다. 그 자리에는 고층빌딩과 자동차의
물결만 남아 있습니다. 사라진 자연 속에 깃들어
있던 옛 풍경은, 우리들 영혼 깊은 곳에 포근하게
남은 '마음의 고향'입니다. 이제는 마음의 고향을
어디에서 다시 찾을 수 있을까요. 그곳은 어머니의
품처럼 따뜻하고, 기꺼이 행복을 나누어 주며,
오래도록 간직하고 싶은 공간이었습니다. 우리들의
삶 속에서 물질문화보다 정신문화가 더 소중함을
여든을 넘어 깨닫게 되었으니, 참으로 어리석은
인생을 살아온 것이 아닌가 돌아보게 됩니다.

8.

책을 읽으며 느낀 것은,
아이들 앞에 서 계실 때 작가님께서 늘 한결같은 마음으로
계셨다는 점이었습니다.
그 시간들 속에서 스스로 가장 오래 품고 계셨던 마음이 있다면
들려주실 수 있을까요?

작가   인간은 더불어 함께 어울려 사는 존재입니다.
이웃과 함께 살아가며, 나보다 내 이웃과 친구들을
소중하게 여기는 마음을 가질 때 비로소 우리는
행복한 세상을 이룰 수 있다고 생각합니다. 사랑과
우정 앞에서, 그것을 실천하려는 마음의 자세를
가져야 한다고 믿습니다.

9.

교사로서 긴 시간 살아오신 작가님께
'가르친다'는 건 무엇이었는지,
지금 와서 돌아보시면 어떤 마음이 드시는지도 듣고 싶습니다.

작가   가르친다는 것은 교사로서 먼저 모범을 보이는
일입니다. 자식은 부모의 뒷모습을 보고 자란다는
말처럼, 교사의 삶 역시 아이들에게 그대로
전달됩니다. 마치 조각가가 모난 나무와 돌을 갈고
다듬어 아름다운 작품을 만드는 과정과 같습니다.
정원사가 꽃과 나무를 가꾸듯이 가꾸어야 합니다.
가르침은 곧 올바른 인간을 세워가는 과정이라
생각합니다.

10.

소설에는 크고 작은 이별들이 많이 등장합니다.
누군가를 떠나보낸다는 일,
그 이후에도 마음에 남는 것은 무엇이었는지 여쭤보고 싶습니다.

작가 제가 마흔한 살이 되던 해, 선친께서 갑자기 세상을 떠나셨습니다. 조상 대대로 물려받은 논과 밭, 전 재산이 하루아침에 날아갔기 때문입니다. 성경 말씀에도 '이 세상의 재물은 독수리가 날개 치며 날아가듯 사라진다' 하였고, '모든 것은 하나님께서 잠시 맡겨두신 것이다'라고 하였습니다. 형님의 사업 실패로 인한 충격으로 갑작스럽게 세상을 떠나신 아버지를 떠올리며, 제가 다 하지 못한 후회와 아쉬움에 얼마 동안 괴로워했습니다. 그러나 그 아픔은 세월의 흐름과 함께 잊혀가고 있고, 이제는 아픈 상처를 잊게 해주신 하나님께 감사드리고 있습니다.

11.

이 책을 읽는 젊은 독자들은
작가님이 겪어오신 시대나 장면들이 낯설게 느껴질지도 모릅니다.
그들에게 조심스레 전하고 싶은 말씀이 있으실까요?

작가   과거의 역사를 모르면 미래도 없다고 합니다.
온고지신(溫故知新)이라는 말이 있습니다. 과거를
모르면 희망을 잃게 됩니다. 지난날의 아픈 역사는
우리에게 큰 가르침을 줍니다. 고즈녁한 저녁
하늘에 울려 퍼지는 종소리는, 어쩌면 새로운
새벽을 알리는 희망의 종소리일지도 모릅니다.

12.

마지막으로, 작가님께
글을 쓴다는 건 어떤 시간이었나요?
그리고 지금, 삶을 기억하고 남긴다는 건 어떤 의미인가요?

작가   스무 살 무렵, 산골 오지에서의 학교생활은 제
평생 잊을 수 없는 순간들이었습니다. 잃어버린 그
시간을 되돌리고 싶었습니다. 그래서 7~8년 동안
틈나는 대로 시간을 쪼개어 글을 써왔습니다. 지난
삶의 기억 중, 파편처럼 흩어졌던 추억들을 모아
하나의 글로 엮어 남기고자 했습니다. 이 글이
누군가에게는, 깻잎처럼 조용히 펼쳐지는 역사의 한
페이지가 되기를 바랍니다.

저녁 종이 울릴 때

초판 발행 · 2025년 5월 15일

지은이 · 임홍순
펴낸이 · 이경선
편　집 · 한주은 여수민 손재현 이미하 박순희
디자인 총괄 · 박아림(디자인숲)

발행처 · 도서출판 클북
등　록 · 504-2019-0000002호 (2019. 2. 8.)
편집실 · 인천광역시 연수구 센트럴로 313 C2130
팩　스 · 054-613-5604
이메일 · ask.gracehan@gmail.com

ISBN 979-11-92577-27-2　03810